方腦殼怪相

羅清和——著

作者聲明：

故事來自生活，人物純屬虛構；

任由諸君評說，請勿對號入座。

目次

楔子

天道幽深，暗藏玄機，說破了鬼神驚嚇，能解者輝映山川。

成都是一座有兩千多年歷史的文化名城，城內有府、南二河。南河又名錦江河，在城南，由西向東，順流而下可到樂山；府河由西向北，繞城大半，到東門大橋下去不遠，同南河交匯；二水合流東去幾百米便是九眼橋。舊橋有九個孔洞，長四十丈，寬四丈，高三丈，是座拱背石橋。它剛好同橋下南岸不遠之地、一座十多層高的白塔相輝映，因此有「橋弓塔箭」之說。白塔所在地叫白塔寺。

前書《方腦殼傳奇》第一回說，明末清初，張獻忠攻占成都建立大西政權不久，因街市民謠：「橋似弓，塔似箭，箭箭射中金鑾殿」，引起不安，派兵去拆九眼橋下南岸的白塔，引出傳奇故事，這續集的故事也是由此開始，茲錄於下，以續前緣。

這天，張獻忠的御林軍統領帶兵來拆白塔之時，只見法號玄空的守塔法師合掌口唸「阿彌陀佛」，對統領道：「成都古稱龜城，史前之巴蜀曾是一片汪洋。西元前三一六年，秦滅巴蜀，派張儀入川築城，屢築不就，後有大龜浮於水岸，張儀乃按大龜爬行之線，築城終就。現若掘地三尺，即可見水。此塔為鎮海神塔，鎮的海眼，若是拆塔，海水湧出，會將成都淪為汪洋。將軍如若不信，入夜可將耳貼於地面，自可聽見海濤洶湧之聲。」

統領不信，喝退玄空法師，仍令手下拆塔。當塔拆到最後一層時，眾人見塔中現出一個石碑，上面刻有「修塔為鎮龍，拆塔張獻忠，吹簫不用竹，一箭貫當胸」的偈文，不禁大驚。

張獻忠聞報，立即率眾文武親臨現場審視，他的軍師讀了偈文，心存疑慮，反覆觀察石碑後，附在他耳邊悄悄地說：

「大王，此碑表面看似陳舊，仔細一看，根本不像過去造的。微臣結合街上流傳的那首民謠細細思量，估計有人暗中作怪，故弄玄虛，用以唬嚇大王。」

張獻忠聞言大笑，令人趕快將石碑掘起，玄空法師見狀，合掌再次苦苦阻攔。

這時，圍觀者已是裏三層、外三層。眾人聽說碑下鎮的是海眼，紛紛隨玄空法師跪在地上磕頭，求張別動此石碑，以免生靈遭難。張獻忠大為惱怒，喝退眾人，命手下人即刻動手，不得有誤。豈料，石碑剛被挖鬆，眾兵丁套上繩索正欲將其抬起之時，忽聽一聲巨響，眼見碑下冒出一股霧狀水柱，將石碑托到半空，裂為粉末，水霧相交，形成了斗大一朵彩雲，往河的上游冉冉而去。在場人見狀無不大驚失色，待一切恢復平靜，眾人這才發現玄空法師已在塔邊一個青石板上坐化。

是夜，張獻忠心驚肉跳，坐臥不安。他喚過軍師，問他：「今日之事是吉是凶？」

軍師不假思索，隨口答道：「微臣以為，今日之事與《水滸》中洪太尉誤走妖魔相似，應是以宋江為首的部分梁山好漢，當初只反貪官不反昏君，違犯天意，死後其三魂七魄被貶於蜀中，鎮在塔下，大王今日將其放出來，即是天意，想來此舉對大王無損，請放寬心。」

張獻忠聞言心下釋然。

軍師剛一離去，有值日星官來報，說他夜觀天象，發現有文曲星、文斗星、文魁星、文巧星、文慧星、文憨星、文補星、文史星、文剛星、文抓星、文直星、文癡星及文呆星等一大潑大小星宿，全都雲集在成都城南上空，甚是茫然。張獻忠是農民出生，沒什麼文化，不懂天文地理，只見他出外抬頭望著天空看了半天，見滿天星斗，看不出名堂，不以為然，拂袖喝退星官，逕自於龍床安臥去了。

半夜，張獻忠夢見玄空法師向他託夢說：「成都乃文化名城，為奇章怪才之士、騷人墨客之流薈萃之地。大王今日又放出眾多古往今來受文字獄冤死的憨直文人之魂魄，往後蓉南奇才將不可勝數。自古文人輕武夫，大王屬罡星臨凡，與眾文星不相融洽，在此定都必敗，宜儘早從水路退兵離開成都為好。」言罷飄然而去。

張獻忠夢醒驚出一身冷汗。第二天他便派人將宮中所有的金銀細軟、珠寶玉器，以及他入川後在綿竹白雲山吉祥寺古剎中得到的一顆佛寶舍利等集中一處，分載了三隻大船，欲運往樂山藏匿。出發這天，船從九眼橋始，才行至現在的望江公園河段，霎時間狂風大作，飛沙走石，天昏地暗，伸手不見五指；頃刻雲開日出，一切如舊，可是那三隻載寶船卻奇蹟般地消失得無影無蹤。後來傳說只要找到一對石牛、石鼓，便能找到這批寶貝，因此成都流傳有「石牛對石鼓，金銀萬萬五；誰人識得破，買個成都府」的民謠。迄今為止，張獻忠錦江河失寶仍是未解之謎，令許多尋寶者神往。

話說張獻忠見銀船失蹤，不禁大驚，在他兵敗決意撤離成都時，卻再也不敢走水路行軍。撤退那天早上，大霧瀰漫，他身著大紅袍，騎高頭大馬，出成都北門，行至鳳凰山附近時，被埋伏在那裏的清軍肅王攔擊，一時萬箭齊發，張獻忠前胸中箭而亡，應了白塔石碑上「吹簫不用竹，一箭貫當胸」的預言。

後來有人發現那四句偈言乃玄空法師所為，他雖然坐化，但卻留有一本專講算命預測的《玄空祕笈》，被民國年間在此附近開命館、眾稱「北斗君」的人得到。

北斗君民國初年出生在九眼橋附近。據說在他出生那天晚上，有一朵七彩祥雲在他家屋頂上空盤旋，那雲正是當年張獻忠拆白塔時，從地下冒出的水柱形成的那朵；傳言每當它出現在錦江兩岸的上空，若有文星墜落，此地便會有忠義之士降世。有趣的是，本書人物大都出生在錦江兩岸，據說出生時都有祥雲出現。據老年人講，那朵雲每年的八月十五晚上，必然出現在錦江沿河之上，凡能看見祥雲者，定交好運。因此，每到這天晚上，知情而又好奇者，總要沿河觀望，盼祥雲出現，能降吉降福。

北斗君自幼聰慧，好讀書，喜愛易學，年近而立，家境貧寒，以占卜糊口，住在白塔寺舊址旁一個小土地廟內。據說這裏過去曾經是玄空大師的禪房。一天晚上，他正燈下苦讀，忽見地上冒出一團火球，直滾到牆角便不見了，一連三夜如此，令他感到蹊蹺，於是用鋤頭在火球所到牆角挖掘，發現這裏原是夾牆，牆內放有一個紫檀木匣子。打開匣子，見內藏一本黃紙線裝書，封面上寫有《玄空祕笈》四個大字，墨香猶存。是夜，他夢見玄空法師對他說：

「汝今得此《祕笈》便是我的衣缽傳人了。但汝今後若與人算命預測吉凶禍福時，只能點到即止，因凡事都有定數。汝須切記！」

後來果如玄空法師所言，北斗君在給人算命時因貪圖潤金洩漏天機，使自己成了瞎子。

光陰似箭，日月如梭。隨著時間流逝，北斗君在江湖三教九流中已名震西蜀，許多達官貴人找他算過命的，都言很準。一九四九年，成都易幟前夕，四川軍閥陸蘊魁眼見國民黨大勢已去，內心茫然，聽說北斗君神算，想請他指點迷津。這天，他身著便衣，坐了一輛黃包車來到北斗君的命館門前，當車夫剛把車停下，他忽然心血來潮，想試試北斗君的卜算功夫，於是下車後悄悄附在車夫耳邊，如此這般說了幾句，然後同車夫一前一後進入命館。

說來也巧，就在二人進入命館的前一刻，北斗君坐在椅子上打坐參禪時做了一夢：夢見自己正在錦江河邊散步，忽見玄空法師手捧一粒寬腎形多花菜豆，來到他面前說：

「此豆乃當年張獻忠在望江樓附近丟失的那顆佛寶舍利的轉世靈化物，豆的陰陽兩面的圖紋蘊藏日月山川、大千世界，你可拿去仔細觀悟玄機。」

言畢將多花菜豆遞到他手中。豈料北斗君接拿未穩，將豆跌落於地；此時平地忽然一陣風起，將其捲至空中，頃刻化作了《方腦殼傳奇》一書，乘一朵七彩祥雲，往滾滾紅塵飄去。

《方腦殼傳奇》問世後，有人問，既然此書是佛舍利幻化，書中卻沒有與之相關的故事，是何道理？看官只知其一不知其二：宇宙幻化，時空轉換，有其規律。前因結後果，前書只記錄了北斗君夢醒，替陸蘊魁掐算八字，指導他舵轉流向，大陸易幟後，升遷進了北京，而拉他去算命的黃包車夫卻遭打成了反革命分子，窮困潦倒，引出陳羅漢、孫九路、勾家和、毛月夢、喬半城等眾文星艱苦求生的故事，真正與宗教、儒林、官場、社會等相連的奇觀，是在這本續集的文化混沌時期。佛說萬事萬物皆係眾緣和合，緣到則現。

第一回　張俊能託夢說因果，丁壽文靈視悟奇緣

時間匆匆，歲月留痕。當中國的改革開放深入到一個新階段，社會發生翻天覆地變化之際，前書以陳羅漢為代表的這群文星也已經年過半百。

此時，中等個頭的陳羅漢不僅身體比過去胖了許多，思想也比過去成熟許多。立德、立功、立言是人生三重境界，立言是最高境界。當成都府南河畔這群文星紛紛在向這一目標衝刺時，又演出無數精彩故事。按照定數，這些故事應由前書串線人物陳羅漢據實錄出。看官或許會問，前書眾多文星，個個才華橫溢，續集根本輪不到陳羅漢執筆，因何又會落到他的頭上？此中自有緣由。

這天晚上，陳羅漢正在燈下讀書，忽見一人飄然而至。陳羅漢細看來者，原來是老友張俊能。張是前書一位早逝的文星，過世多年。怎麼會突然出現？

陳羅漢正在納悶，只見張俊能來到他面前，拱手說：「羅漢兄，恭喜你文星當值！」

陳羅漢不解，問張：「此話怎講？」

張俊能沒有正面回答，而是說：「羅漢兄可還記得，九眼橋有個人稱北斗君的算命高人？」

陳羅漢不明白張問話的用意，反問：「知道怎樣，不知道又怎樣？」

張俊能道：「你可知道，當年北斗君給陸將軍算命之前做夢的傳說？」

陳羅漢追問他：「什麼傳說？」

張俊能道：「傳說四川綿竹白雲山吉祥寺曾丟失一顆佛寶舍利，可有此事？」

陳羅漢見張俊能反覆提問，有點不耐煩，說：「俊能兄，你有話請明說，別打啞謎，我這人腦殼方，不會猜謎。」

張俊能道：「你且別急，聽我慢慢道來：傳說綿竹白雲山吉祥寺的這粒佛寶舍利化成了多花菜豆，後來又化作了《方腦殼傳奇》一書，飛入滾滾紅塵。此書現在雖然出版，卻還不全，另有續集才算全書。按照定數，現在是《傳奇》續集成書之時。此書一般人不能執筆，因此寫書的重任就歷史性地落到你的肩上，所以說你是當值文星。」

陳羅漢搖頭笑言：「俊能兄別開玩笑，這是不可能的。我身邊眾多有才華的朋友，隨便怎樣也不會輪到我這個方腦殼來執筆，何況我不會寫書。」

張俊能哈哈一笑，道：「羅漢兄，你這『方腦殼』三個字說到點子上了。你有所不知，即便我們身邊的朋友比你有文采，但他們也不能執筆。」

陳羅漢仍然搖頭說：「俊能兄，你這不是開玩笑吧？我們身邊的朋友為何不能執筆？」

張俊能道：「不是他們不能寫，是他們沒有你這段經歷。實話跟你講，我是遵照佛祖與觀音菩薩的旨意，前來點化於你。」

說到此，張俊能把話一轉，道：「你可曾記得，當年你們同毛大哥等人騎自行車上青城山去遊玩，你在途中無意之中得到一粒奇石，你們在青城山投宿時，你用這塊石頭夢打一個冤鬼？」從因果關係講，前事之因，後事之果。」

說到此，得交代幾句：張俊能所言，是前書第十四回出現之事。這裏有必要重播該章節片段，看官讀後，始知前因。

是夜，他們在天師洞投宿。八個人住在一間大房子裏，羅漢和老九睡在進門邊。夜深人靜，眾人都因疲勞入夢，只有羅漢拿著那塊石頭坐在床上冥思苦想。正將入夢，忽見房門被人輕輕推開，了無聲息，進來一人。但見來者約三四十歲，形象儒雅，身著中山服，懷插金筆，儼然一個知識分子，飄忽欲前又退，如有形而無形，沉沉默默，待言復止，似含冤而難伸，大有「一團怨氣無處洩，萬種冤姿彌來」之勢。

羅漢見狀問道：「你是何人，有何言語，為何欲言又止？」

來人見問，忽然雙腳立正，舉手行注目禮道：「毛主席教導我們，千萬不要忘記階級鬥爭！」隨即又對羅漢道：「同志，請問你可曾看見一個形象儒雅、身著中山服飾、懷插金筆之人？」

羅漢微微一笑，搖頭正欲說話，來人忽地退出門外，不見片刻，隨即又推門進來，行禮問話如前。

羅漢道：「你這人可笑，豈不在問自己麼？」

來人不理會羅漢之言，旋即上前來拉羅漢，令他一急，用手去擋，發現對方有影無形，不覺大驚，以為有鬼，隨手將手中的石頭朝來人用力擲去，只聽見「砰」的一聲巨響，石頭碎裂，來者頓無蹤跡。羅漢睜眼一看，原來是南柯一夢。

羅漢醒來，令他奇怪的是，那塊石頭竟真的碎裂，床邊只剩下一小塊碎片。他拾起碎片，叫醒眾人，備述經過，大家聽後都笑他亂發神經。

么弟道：「『文革』中屈死無數知識分子，想必是你心中懸念，所以有此夢幻，至於石頭粉碎，多半是石灰質地的材料，被你夢中用力一扔，當然要粉碎，不足為奇。」

羅漢聞言，將石頭碎片揣入懷中，不再多言。

上面這事，陳羅漢至今記憶猶新。他見張俊能提起，不解地問張：「此事同寫續集有何關聯？」

張俊能道：「因果通三世，成熟有早遲。當年你手中的那粒石頭，是一粒玄空石，是張獻忠拆成都九眼橋白塔時從地下冒出的石頭。此石受千年冤魂熬煉，能降妖鎮魔。你用此石打的那個冤鬼，是個身負曠世奇冤的知識分子，他見你為人忠厚，意欲向你傾吐冤情，不期被你用玄空石打他，讓他難以超生。所幸他已得到佛菩薩加持，升位成了護法，否則你還脫不了左手。冤魂雖然歸位，但他的冤屈卻要在《方腦殼傳奇續集》中記載，以警世人。佛祖說，解鈴還須繫鈴人，你既然用玄空石打了他，理當由你來實錄他的冤屈。觀音菩薩說你是文憨星臨凡，為人忠厚，沒寫過大部頭，恐怕不行。佛祖說，這部續集不需要文采，要求文筆樸實無華，秉筆直書，求真就行。」

陳羅漢道：「要我將他的冤屈錄出，他總得把蒙受冤枉的來龍去脈講給我聽。然而人鬼陰陽兩界，我如何能找到他呢？」

張俊能道：「你老兄別急，他的故事將來自會有他的後人講給你聽。」言畢，揚手在陳羅漢頭上一拍，道了聲「羅漢兄保重」，便悄然而去。

陳羅漢猛然驚醒，原來又是南柯一夢。

成都這座歷史文化名城古蹟眾多，大慈寺就是其中之一。大慈寺坐落在成都市中心的蜀都大道大慈寺路。這是一座文化積澱豐厚的歷史名剎，世傳為「震旦第一叢林」，據今已有一千多年。唐朝的玄奘法師就在大慈寺律院受戒學律。

陳羅漢夢醒，時常納悶，自己經歷平平，無奇可傳，如何能寫眾多方腦殼的傳奇故事？說來也巧，這天下午，陳羅漢在大慈寺參觀字畫後，來到茶館，突然有人在背後拍他肩頭，回頭見是一個中年人。但見來人年齡比陳羅漢略小幾歲。瘦高個子，戴了副金絲眼鏡，看上去斯文有加。

來人見陳羅漢目光驚詫，說：「羅漢兄不認得我了麼？」

陳羅漢把來人仔細端詳，感到此人面熟，卻想不起在什麼地方見過，只得笑言：「朋友好面熟，請問尊姓？」

來人哈哈大笑，道：「羅漢兄貴人多忘事，怎麼把當年騎自行車上青城山，沿途為大家充當後勤的小丁娃忘了？」

見來人提起過去，陳羅漢不禁想起張俊能託夢之事，拍腦袋說：「唉呀，原來是壽文兄，多年沒見，長得風度翩翩，都認不出來了。」

來人笑說：「羅漢兄，大文人，大經理，大老闆，當然記不得小兄弟哦。」

陳羅漢道：「哪裏，不是『三大』的問題，是過去你沒有戴眼鏡，現在戴了眼鏡，所以我沒認出你來。」

這裏得交代幾句，這位自稱「小丁娃」的來者，在前書十四回蜻蜓點水，出現過一次，往後再也沒有現身。那年，陳羅漢用玄空石夢打冤鬼，他也在場。他在前書沒有名字，只叫他丁娃，是孫九路的朋友，姓丁名壽文。

丁壽文同陳羅漢寒喧了兩句，要陳羅漢坐下喝茶，隨即招呼服務員來杯花茶。

陳羅漢落座，問丁壽文在幹什麼。

丁壽文道：「羅漢兄，你和毛大哥這群習文的朋友都是文星下界，只有我一個人練武，是罡星臨凡。如今不練武也習文，成了文罡星，在研究佛文化。」

聽說丁壽文在研究佛文化，陳羅漢想起張俊能夢中所言，心想：「看來俊能兄的夢要應驗，否則從小習武的丁娃能夠學佛已經很不簡單了，想不到他公然說在研究佛文化。『研究』二字非同一般，我要好好聽他談一談研究佛學的心得體會，可能他就是傳奇續集中的重要角色。」

聯想至此，陳羅漢道：「壽文兄，佛文化博大精深，你敢言『研究』二字，說明你的佛學造詣很深。既如此，我想請教，『南無阿彌陀佛』是什麼意思？」

丁壽文見問，不假思索，道：「按字義講，『南無』為皈依、求救等意；『阿彌陀』按字義講是『無量』，即光明智慧、慈悲、壽命無量；『佛』即『覺』，連起來是一尊佛的名號。長期誦念這一名號，能使心靈純淨，凡事平安吉祥。」

陳羅漢問他：「佛經中說的『般若』為何意？」

丁壽文道：「般若即智慧。」

陳羅漢又問：「學佛分幾步？」

丁壽文道：「學佛分四步：信、解、行、證。燒香拜佛為之信，研究佛經為之解，遵照而為謂之行，功得圓滿為之證。」

陳羅漢見連提三問，丁壽文應答如流，相信他對佛學有所參悟，道：「我還有個問題，佛舍利為何物？能不能化成豆子？」

丁壽文聞聽「舍利」二字，精神一振，點頭道：「不瞞老兄講，我自幼對神祕現象有一種直覺頓悟：舍利是印度語，譯成中文為骨身或靈骨之義。佛舍利通常指佛陀遺骨，又稱佛骨。廣意講，佛祖用以弘法、度眾的物品，也稱為佛舍利，其佛力無邊，不可思議。舍利化豆是佛性轉移的特殊佛文化現象，佛力不變。我就親眼目睹了這一聖物。」

陳羅漢聽了這話，精神也為之一振，把政權易幟初期，北斗君替陸將軍算命之前，夢見佛舍利化豆的故事講了一遍。

丁壽文聽後手往桌上一拍，激動地說：「羅漢兄，張獻忠錦江失寶的傳說盡人皆知，迄今為止，很多尋寶者還沒死心。不過話說回來，沒有佛緣是不可能得到這批寶藏的。」說到這裏，壓低聲音，神祕地說：「不瞞羅漢兄，你說的這粒奇豆的確是佛寶舍利所化，而且我可以告訴你，這粒奇豆就在我這裏，不信我可以讓你參觀。」

位於成都九眼橋下南岸的望江公園，是成都風景名勝。園內錦江邊上有崇麗閣，相傳為明時紀念唐代女詩人薛濤而建。高三十九米，四層，又稱「望江樓」，是這裏的標誌性建築。

丁壽文語出驚人。陳羅漢聽說此豆在他那裏，笑言：「壽文兄會講笑話，這粒靈豆怎麼可能在你那裏？」

丁壽文正色說：「羅漢兄，我這是正兒八經的話，不開玩笑。我在望江公園對岸，無意中得到一粒奇豆，用了三年時間，運用靈視觀悟法，從豆的正反兩面觀悟出四十多幅圖畫。我發現豆的陰陽兩面所展示的複合畫面，囊括了整個宇宙的生命信息，佛教過去未來的因果玄機。其間佛教的悟空、弘法、度眾、淨土、禪觀、持戒、因果、名相、生死輪迴等內容，均在豆面顯現。靈豆的陰面多維全品圖，構成了佛祖成佛的心路歷程。豆的陽面多維全品圖，構成的是佛法中的八正道圖解，其中有童子拜觀音、佛祖睹星悟道、龍出仙島等圖。內中龍出仙島，正是成都望江樓的地貌，也就是張獻忠三船金銀財寶及那顆佛寶舍利丟失之地，你說奇不奇？」

丁壽文講這話時一臉認真，儼然是個在佛學上有很深造詣的學者。

陳羅漢似信非信，說：「壽文兄，我想不通，既然此豆如此神奇，你是怎樣得到的？我能否看一看豆上面的圖紋？」

丁壽文見問，從包裏取出一本相冊，打開第一頁，指著內中兩張照片道：「羅漢兄，靈豆的來歷我肯定要講，現在你先看了這兩張照片再說下文。」

陳羅漢順著丁壽文所指，見照片是兩幅寬腎形圖案，黑白相間，各不相同，左看右看也看不出明堂，只得問他這些圖案說明什麼。

丁壽文道：「羅漢兄，這兩張照片是靈豆的正反兩面，是我請攝影師用高倍相機拍攝下來的。」接下來指著A面說：「這是靈豆的正面圖案，我從這幅圖中看到了成都望江公園的地理位置，我將這圖命名為『龍出仙島』。」

陳羅漢順著所指，見圖案果然像成都望江公園的崇麗閣。

這時丁壽文又把照片換了個角度，指著上面的圖案說：「羅漢兄你看，這幅圖是二千五百年前，佛祖在菩提樹下仰望星空，大悟成佛的情景。我將這幅圖命名為『睹星悟道』。」接著又把照片轉換了個角度，指著上面的圖案說：「羅漢兄你看，圖中這個兒童正在朝拜觀音菩薩，我將它取名『童子拜觀音』。」

陳羅漢經丁提示，認真觀看，果然覺得如他所言，不由點頭稱是。

丁壽文見陳羅漢頻頻點頭，又指著另一張照片說：「羅漢兄，這是靈豆B面。我從上面不僅看出十二生肖，還看出了佛家的八正道、八禪景、正覺、正悟，諸多佛中至理，你說神不神奇。」

陳羅漢見丁壽文說這話時，眉宇間流露出得意的神態，笑言：「壽文兄，你的確不簡單，你公然能在一粒普通豆子上面看出這麼多與佛相關的圖案，一般人想都不會想到那上面去。你怎麼會想起去觀悟豆上面的圖紋呢？」

丁壽文說：「你老兄這個問題問得好，最初我雖然覺得豆面上的花紋奇特，將它當成奇豆，放在寫字臺上，偶爾把玩，並沒有特別在意。三年前的一天，我到成都召覺寺去敬香，路過一間禪房，剛好有位老和尚從裏邊出來。老和尚一見我便雙手合十，口唸『阿彌陀佛』，說：『施主請裏邊坐』。我見老和尚相邀，也就糊裏糊塗跟了進去。他把我讓進禪房坐定，泡上茶說，他昨晚夢見韋陀菩薩講，今天有貴人到來。剛才他出門正好遇見我，所以認定我是韋陀菩薩說的貴人。聽了老和尚之言，我感到納悶，問他何以能證明我就是韋陀菩薩說的貴人。老和尚說，時間、地點均無差異，說明我當然是韋陀菩薩託夢指的取經人。我見他又改稱我為取經人，問他：『此話怎講？』老和尚說：『佛法在世間，不離世間覺。當今世道，物質一天天豐富，精神一天天萎縮。佛祖眼見世人貪嗔癡業障深重，難以消除，決定啟用無字真經，普度眾生。』但這部無字真經需要有人去取，說我就是取經人，所以把我請進來，傳達菩薩旨意。」

陳羅漢被丁壽文的神奇故事吸引，追問他無字真經是何奇書。

丁壽文道：「羅漢兄別急，好戲在後頭。」接著又道：「我也同你一樣，感到莫名奇妙，問他：『何為無字真經？』老和尚說，唐僧師徒當年西天取經，第一次取回真經，路過一條河，把經書掉在河裏，撈起真經，在石頭上曬經時發現，經書上面沒有文字，又返回西天換取真經。佛祖見他們回來換經，感慨地對觀音菩薩說：『那是無字真經，可惜東土之人不識，只得給他們換成有字真經。』所以唐僧西行，取回的是有字真經，無字真經尚沒現世。韋陀菩薩說，現在是無字真經現世之時，只是需要有緣人取經，才能將其傳世普度眾生。說我同佛因緣殊勝，是無字真經的取經人。聽了老和尚之言，我問他：『無字真經所藏何處，如何才能取到？』請他明示。老和尚說無字真經已經幻化於紅塵之中，要我悉心研讀經書，自會悟到真經所在何處，到時取得真經，教化世人，普度眾生，是一件功德善事。老和尚言畢，雙手合十，唸了聲『阿彌陀佛』，不再回答我的問題，把我送出禪房。」

陳羅漢見他說得玄妙，追問他取到真經沒有。

丁壽文說：「真經雖然取到，可是費了無數周折。」

陳羅漢聞言，似信非信，問他如何得到無字真經的，真經現在何處，可否讓他一睹聖物。

丁壽文指著靈豆正反兩面的照片說：「這就是無字真經。」

陳羅漢聞言本欲想笑，但他見丁壽文一臉嚴肅，又不敢笑，只得帶著懷疑的口吻說：「壽文兄，這照片怎麼會是無字真經？願聞其詳。」

丁壽文道：「說來話長，自從那天我從老和尚禪房出來，就一直在思索無字真經的事。老和尚要我多讀經書，於是我遍閱相關佛書，仍沒發現無字真經的信息。這天晚上，我在燈下讀書，見有文章說《大藏經》裏記載有種子說法，這『種子』二字使我由此聯想到這粒靈豆。心想靈豆就是種子，於是把靈豆拿在手中，仔細觀看，誰知竟然從豆面的圖紋看出佛祖在菩提樹下大悟成佛的情景。當時我很興奮，聯想到禪門的『身如菩提樹，心如明鏡臺，時時勤拂拭，莫使染塵埃』，以及六祖慧能的『身非菩提樹，明鏡亦非臺，本來無一物，何處染塵埃』，兩首偈語。我悟出佛祖成佛的玄機是：大地眾生皆具如來智慧德相，眾生都能成佛。於是我在這兩首偈語的基礎上，寫下禪門第三悟：菩提聖果樹，紅光照靈臺；佛指西來意，歸去盡塵埃。」

丁壽文說到這裏，顯得很興奮，略停片刻又道：「我從佛祖睹星悟道一圖悟出禪門第三悟後，意識到豆面上的圖紋就是聖物顯靈的無字真經，從此開始認真研讀。唐僧師徒為取有字真經，歷盡劫波，受盡肉體上的苦難。我取這部無字真經，是用腦力。可以說絞盡腦汁，費盡心力，歷時三年，靈視觀悟，終於把這部無字真經解讀完畢。我發現這些圖紋是宇宙虛態生靈，透過靈界光輝對物質世界折射，投影在這粒豆種上的痕跡。這一特殊現象足以證明宇宙的虛態世界和人類靈魂的存在。這是人類高層思維對宇宙發展探索的成果，也是人類對自然界的神祕現象和奇特事物多方觀察、多維聯想、多層次分析的科研成果。這一成果能開啟人類對宇宙中靈性虛態世界及其生靈的知覺和認可，是靈性工程學研究的良好開端。而這一粒神奇豆子上面的圖紋，為研究宇宙間的神奇現象提供了物證。」

陳羅漢沒想到丁壽文在觀悟靈豆圖案上形成了一整套理論，似信非信說：「壽文兄，你的這些多維聯想並不能說明這些圖案就是如你所言的龍出仙島、睹星悟道情景。」

丁壽文不等陳羅漢把話說完，反駁說：「老兄之言差矣，我這聯想不是一般聯想，是用多維靈視觀悟法觀察到的自然奇觀。我這套觀悟法已經形成理論，成為靈視學。靈視學揭示的是自然奧祕，生命奇蹟，深得信眾認同。我可以告訴你，只要科學地進行修煉，站在高平臺上，運用這種高層次思維模式，就能觀悟到宇宙空間的生命奇蹟。」

接下來，丁壽文又說：「羅漢兄，剛才我是從科學角度講的。從佛學角度講，佛有三身：法身、報身、應身。這粒靈豆是釋迦牟尼佛法身舍利的靈化物，是稀世珍寶。豆面上的圖案就是無字真經，而且後面還有意想不到的奇觀。」

正是：

靈鷲峰前現寶珠，幽深大道藏宇宙；
五斑光彩映乾坤，真經無字顯奇豆。

看官欲知後面有何奇觀，且聽下回分解。

第二回 陳羅漢文星當值日，韋老太守諾贖原罪

丁壽文在一粒普通的豆子悟出無字真經，是陳羅漢當值班文星後遇到的第一件傳奇故事，他把張俊能託夢的事同丁壽文講了。

丁聞訊撫掌大笑說：「羅漢兄，我正愁沒人執筆，替我把發現無字真經的心路歷程記錄下來，你就出現了，這是天意。當年，那位老和尚曾對我講，說佛菩薩派了兩位護法神來協助我完成這件功德善事，你既是值班文星，就是舍利護法。你要認真記錄，不負菩薩重託。」

其實，陳羅漢對丁壽文這套豆佛理論已經產生興趣，如今見丁主動提出，要他替豆舍利立傳，正合心意，回說：

「壽文兄，你要我把你的傳奇故事記錄下來，就得把你研讀無字真經的心路歷程講給我聽，我才好據實錄下。」

丁壽文見陳羅漢首肯，從包內取出一個資料夾說：「儘管我取這部無字真經吃了很多苦，最終得以將真經譯出，獻給眾生，我也就很愉悅了。這集子中的四十多幅圖畫，就是從豆面不同角度觀察到的，是無字真經。每篇真經都有一個故事，由知名畫家配圖對照。你是舍利護法，文字統籌就留給你了。」接下來翻開首頁，指著佛祖睹星悟道圖說：「羅漢兄，這粒豆子是佛祖以豆

弘法的物證。佛祖以豆弘法的緣由是這樣的：有一天，佛祖正在西天雷音寺說法，忽見吉祥尊者來報，說有孩童攜帶五粒多花菜豆，歷盡劫難，不遠萬里來到西天，敬獻佛祖。佛祖聞訊，召見孩童，收下豆子。隨即將其中一粒豆子拿在手中，金光一閃，化作舍利，拋下凡塵，普度眾生。這就是佛家有名的種子說法。這粒豆子化成舍利落入凡塵後又化作佛童，遊遍名山大川。最後到了四川綿竹白雲山吉祥寺，在寺外的青石板上睡覺，現出舍利真身，被寺內長老法眼識破，將其恭迎到寺內供奉。」

陳羅漢聽到這裏，打斷丁壽文的話說：「壽文兄，你是怎麼知道佛祖以豆弘法的舍利會變成佛童，來到綿竹吉祥寺的？」

丁壽文說：「佛祖在東土有兩次弘法：第一次是眾所周知的唐僧師徒西天取經的故事，第二次是用無字真經在四川弘法。佛祖之所以要選擇在四川弘法，是因為雖然人心思貪，但相比之下，蜀人風正，容易教化，所以制定先治蜀人的教化策略，讓豆舍利化身佛童，來到吉祥寺弘法度眾。」

陳羅漢聞言又說：「壽文兄，我還有個問題：既然佛舍利在吉祥寺供奉，為何又落入張獻忠之手？又怎麼會失落在成都錦江河畔？」

丁壽文笑道：「位於綿竹白雲山下的吉祥寺，相傳與東漢光武帝劉秀的點將臺遙相對應。傳說吉祥寺是東漢劉莊為父皇劉開基修建，這在當時，是我國的第二座佛寺。藏經樓有唐代的十二部貝葉經典，觀音殿內的一尊香樟木雕刻而成千年觀音神像，距今一千八百年，還有一粒佛祖的法身舍利。明末清初，兵荒馬亂，盜賊在吉祥寺盜得佛寶舍利，途中被義軍領袖張獻忠擒獲，舍利落入張之手，後又被張丟失在成都錦江河畔的望江樓地域。張獻忠錦江失寶，驚動了觀音菩薩，菩薩立即向佛祖彙報。佛祖笑言，這粒舍利之所以在錦江丟失，那是定數。隨即要那位獻豆的佛童下界護法，說待他施豆奉佛善事完成，他便功德圓滿，成其正果。隨後佛祖又派了兩位護法神下凡為舍利護法。」

陳羅漢見問不窮他，又道：「照你這樣講，你的前生就是那位獻豆的佛童了？」

丁壽文搖頭說：「我不是那位佛童，但我可以告訴你，你就是佛祖派下凡來的舍利護法之一。」

陳羅漢追問說：「那你又是什麼角色呢？」

丁壽文道：「老和尚講了，我是無字真經的取經人，至於我的前生，天機不可洩漏。」

丁壽文為了證實所言不虛，從資料夾裏取出一張剪報，遞給陳羅漢道：「羅漢兄，你看這份報紙。這是一位記者參拜豆佛舍利後寫的通訊。」

陳羅漢接過剪紙，但見上面的標題是：「成都出現豆佛舍利」。內容如下：

二千五百年前的一個晚上，明星現於天上，在一顆菩堤樹下，有人忽然發出讚歎：奇哉，妙哉！大地眾生皆具如來智慧德相。這便是傳說中的佛祖釋迦牟尼在菩堤樹下睹星悟道，大悟成佛的時刻。如今，人們可以通過一粒植物豆種上的天然畫面，目睹這一勝景，受其教化。作為一粒植物豆種，其生命體上能展現出佛祖悟道的輝煌時刻，既令人感到不可思議，又讓人倍感親切。人們稱這粒富有神奇內涵的豆子為靈豆，佛教界尊奉為豆佛。它是四川民俗專家丁壽文先生有緣在成都望江樓附近得到的。此豆經農業專家鑑定，屬植物中的紅花亞種，豆面乳白棕紅相間的圖紋是天然的。

丁先生自從得到這粒具有神奇圖紋的植物豆種後，以科學嚴謹的治學態度，大智慧的多象思維，在大德高僧指點下，對其進行研究。歷時三年，最終慧眼識破內中玄奧，悟出豆面上的神異圖紋是釋迦牟尼佛所證的八正道實相，是通解佛學緣起法則之精髓，是佛祖法身舍利的展露。

丁壽文先生通過靈視觀悟法，從豆面觀悟出了幾十幅與佛有關的圖畫，並請著名宗教繪畫大師為豆面上的幾十幅佛教圖案配畫，加上文字說明，彙集成了圖文並茂的靈視影集。該集問世，為佛教靈修程序的理論找到實證。為修煉者在靜心、凝神、空靈、入定等方面提供了方便。靈視影集有如一把開啟人們靈性知覺大門的金鑰匙，使你能正大光明走入靈性世界，得到佛的加持，產生靈性火花，迅速開悟。去年，來自世界各地的宗教界人士觀看靈豆後，全都稱奇。說四川有此聖物，很了不起，要好好保護。丁先生發願，要將豆佛舍利送到同他有緣的寺廟供奉，讓豆佛歸位，完成這件功德善事。

陳羅漢讀了報導，雖然相信丁壽文所言不虛，但又產生疑問，對丁道：「這篇報導寫得很好，只是我想不通，國內媒體是不允許報導這類帶有迷信色彩的消息，這個記者敢於把這事報導出來，很了不起。」

丁壽文聞訊，正色說：「羅漢兄誤解了，這不是封建迷信，這是科學。『靈視影集有如一把開啟人們靈性知覺大門的金鑰匙，使你正大光明地走入靈性世界，得到佛的加持，產生靈性的火花，迅速開悟。』這段話就是從科學的角度闡述。當然，你老兄說得是，這篇報導能夠出來，費了諸多周折。寫這篇報導的記者是虔誠的佛教徒，他看見豆佛的照片，聽了我的宣講，大禮參拜豆佛實物。當天回去，情緒激動，寫了這篇通訊。文中還說：『這粒釋迦牟尼佛的法身豆舍利，是舉世矚目的佛門聖寶。』這句話後來被總編刪去了。」

丁壽文講到此，略停片刻又道：「文章發表後，那位記者產生了後怕，擔心上面追查。我鼓勵他說，他這是在為舍利護法，功德無量，將會澤及子孫後代，他這才心安。」

丁壽文的話勾起陳羅漢對靈豆實物的興趣，說：「壽文兄，你講了那麼多故事，但我只看了豆佛的照片，你能不能讓我參拜豆佛實物？」

丁壽文點頭說：「老兄是舍利護法，不說我也要讓你看，你這就隨我回家，參拜豆佛實相。」

丁壽文家住成都東二環路一處新建築底樓，是間套三住房。陳羅漢隨丁壽文來到他家，他剛泡上茶，還沒來得及讓羅漢參拜豆佛，便聽見外面有人敲門。

丁壽文開門，見是一位七十歲的老太太，忙將來人讓進屋內，指著來人對陳羅漢道：「這位是韋婆婆，她的前生是吉祥寺的舍利護法。」說完，又指著陳羅漢對韋婆婆介紹說：「韋婆婆，妳快來認識，這位陳羅漢先生是新都寶光寺的舍利護法轉世。陳老師同妳一樣，肩負佛寶歸位重擔，希望你們密切配合，讓佛寶舍利儘快歸位，你們也好早成正果。」

聽說陳羅漢是寶光寺的舍利護法轉世，韋婆婆喜出望外，雙手合十說：「阿彌陀佛！菩薩保佑。前兩天我做了個夢，夢見最近要遇貴人，果然今天就見到陳大菩薩。這下好了，有陳大菩薩幫助，舍利定能早歸大位，我也好早日正果。」

陳羅漢聽了韋婆婆所言，問她何以知道她自己是舍利護法的。

韋老太說：「陳大菩薩有所不知，我在丁大菩薩那裏請回兩張豆佛的照片供奉，當天晚上，我家上空便出現了一朵七彩祥雲。那晚我夢見韋陀菩薩對我講，說我前身是吉祥寺守護舍利的護法和尚，只因護法不力，在張獻忠入川時丟失佛寶，罰我轉世男變女身，在望江樓一帶守候佛寶現世，迎送歸位，我才能功德圓滿，正果歸位。」

韋老太說到這裏，雙手合十，口唸「阿彌陀佛」，隨後又道：「過去望江樓一帶有好幾座寺廟，舍利曾在化城寺、榮華寺、報恩寺、石佛寺等寺廟顯過靈。民國十八年八月十五晚上，石佛寺上空有一朵七彩祥雲盤旋，後來有人在寺內挖到一個石人。民國二十一年地震，把望江樓崇麗閣的寶頂震落，在修復寶頂時，有人在河中發現銀子，挖出一對石牛，那時我就以為舍利要現世了，結果還是沒有。現在好了，豆佛舍利終於現世。」

韋婆婆講到這裏，丁壽文打斷她的話說：「韋婆婆，這件事讓我來講給陳護法聽，他好如實記錄。」

丁壽文說著對陳羅漢道：「羅漢兄有所不知，自從張獻忠錦江失寶後，成都就流傳有『石牛對石鼓，金銀萬萬五，誰能識得破，買個成都府』的民謠。傳說只要找到石牛和石鼓，將上面的圖紋對照，便能知道張獻忠這批寶貝所在的準確位置。這批寶貝是一筆巨大的財富，一旦面世，能再建一個大成都，為此令尋寶者們神往。其實那些尋寶者不明白，張獻忠的這批寶藏要與佛有緣的人才能得到。從前望江樓有一位擺渡老人，在擺渡時發現水中白光閃閃，覺得好奇，下水撈起一錠白銀。這銀可不是一般的銀子，老梢翁回家，怕銀有閃失，悄悄將銀子放在裝米的罎內，豈料第二天早上，他老婆舀米做飯，發現原本只有小半罎米的罎子，不知怎的，突然成了滿罎白米。消息傳出，人們紛紛到渡船口尋寶。有人分明同擺渡老人一樣，看見水中白光閃閃，撈起來卻不是銀子。後來有人在梢翁擺渡的地方發現一對石牛，但沒找到石鼓。如果找到石鼓，張獻忠這批寶物就找到了。前些日子，社會上傳言，說有人找到了那批寶藏的路線圖，實際是騙人的。

記錄寶物所在的石鼓在什麼地方，我心裏有數，只是現在不是開發的時候。」

接下來，丁壽文略微沉思又道：「其實，那些尋寶者不明白，張獻忠的三船金銀既然同佛寶舍利一同消失，財寶便受舍利佛化成為佛銀。佛銀也同舍利一樣，可以靈化轉世成其他物品現世。這是佛祖用以檢測人世貪念的又一法物。」

丁壽文講到這裏，話題一轉，說：「羅漢兄，你不是想參拜豆佛舍利嗎？請跟我來。」說完打開一間房門，把手一招，做了個「請」的姿式，將二人讓了進去。但見這間屋子有十六個平方米，呈長方形，臨窗對面擺了一張條形供桌，兩邊各擺了兩張木椅子。供桌正方擺著一個大的鏡框，裏面是豆佛正反兩面的照片，鏡框前擺了兩個石頭。

二人進屋落座。丁壽文從供桌上取下一個石頭，指著上面的圖紋說：「羅漢兄，你看這個石頭就是佛銀石，是我在望江樓石牛出水處得到的天工神品。不信你看，石頭上有布穀鳥從樹叢中騰飛而起，頭頂『天府』二字，旁邊有正楷『一步』二字，石上還有天馬行空這幅異相圖，結構奇妙，鬼斧神工，令人歎為觀止。石面上的圖案展示了春到人間、佛光普照天府的吉祥畫面。石頭上的『杜宇一聲春曉』圖案，剛好同成都昭覺寺大德高僧清定法師所撰『一杜騰空，千載奇觀，錦江春色來天地；孤松抱石，六朝異景，巴蜀佛光照古今』這副對聯的意境相合，我將這塊銀石命名為知春石。」

陳羅漢從丁壽手中接過知春石，把玩片刻說：「這枚石頭圖紋雖然奇特，但不如我當年那枚玄空石，能降妖鎮魔。」

丁壽文聞言，把知春石頭拿回去，放回供桌，取下另一個石頭說：「羅漢兄，你看這塊石頭，它同你那枚玄空石有異曲同工之妙。這叫佛銀石，形狀就像一錠白銀，上面雖然沒有字，但它的妙用在於能檢測人的貪欲。我將這塊石頭命名為知貪石，也是我在望江樓豆佛現世的地方得到的。」

說到這裏，丁壽文把石頭遞給陳羅漢說：「羅漢兄，你肯定要問，這石何以能測貪欲？現在我不回答你的問題，你先把這塊石頭拿在手上掂量一下，看有多重，我再講下文。」

陳羅漢接過石頭，在手中掂量片刻說：「壽文兄，我感到這塊石頭有點沉但不重。」

丁壽文聞言大笑說：「這就對了，所謂：『天得一清，地得一靈，人得一念。』人的貪與不貪就在一念之間。你拿著這塊石頭感覺沉而不重，說明你既能認識金錢的價值又沒有貪欲。貪欲重的人拿著這塊石頭感覺會相當沉重。前不久，有兩位朋友來我家，其中一人是當官的，這位官員拿著知貪石，感覺相當沉重。據此我便知道此人是個貪官，不便點破玄機，只叫他注意財不露白。誰知這話才說了不到一個星期，那位官員就被反貪局盯上。另一位朋友是個文人，拿著石頭感覺輕飄飄的，我意識到此人是個清高之士。後來我又用這塊石頭測試過多人，感覺各異，相當靈驗。」

講到這裏，丁壽文有點激動，將石頭放回原處後，又道：「羅漢兄，豆佛舍利與佛銀石，是不可多得的佛文化資源，其開發利用價值相當之大，為此我想了一整套開發計畫。

正是：

人共天地，心同日月；
觀悟妙覺，玄通神靈。

看官欲知後事，且聽下回分解。

第三回　陳羅漢護法談玄機，丁壽文執著迷悟間

陳羅漢見丁壽文說他有一整套豆佛開發計畫，問他具體方案。

丁道：「方案我肯定要講，你先聽我把話說完。」接著壓底聲音，神祕地說：「知貪石與豆佛舍利可謂天生一對寶物，不信我舉個例子給你聽：一次，我家來了個欲念很重的朋友，手拿知貪石，感覺相當沉重，我說他有貪欲，他不服氣，要我找天秤稱一下石頭的重量。我將知貪石放在天秤上，在另一端放上一個明顯的比石頭重的物品，天秤卻絲毫沒動。這時朋友忽發奇想，要我取下重物，換上豆佛舍利。我照他要求做了，想不到天秤竟然微微擺動起來，雖然沒把石頭那端蹺上來，卻顯出了分量。朋友大為驚訝，連說此豆神奇，要我妥善保管，將來拿去賣個好價錢。朋友話剛出口，天秤開始向豆佛舍利這邊傾斜。朋友見狀說：『起碼賣一百萬。』天秤又向豆佛這邊傾斜一點。朋友又說：『不止一百萬，至少賣五百萬。』天秤再次傾斜。朋友再次加碼：三千萬、五千萬、一億元。他每加一次碼，天秤便往上蹺一點，最後把天秤那端的石頭蹺上來了。我明白，這是豆佛舍利的價值顯現。當時朋友問我對這現象做何解釋，我告訴他，心即是佛，佛外有佛，種說佛法，佛中有佛。一粒豆含大千世界，當然價值連城。內中玄機，是我用靈視心悟法破譯出來的。」

丁壽文說到這裏，停下來喝了口茶，又道：「朋友問我何謂靈視心悟法則，我告訴他，靈視心悟法與靈視觀悟法，是我的靈視學中兩個部分。靈視學所揭示的是自然界的奧祕，生命中的奇蹟，是一門科學。我已經同醫院講好，用我的靈視文化去做臨終關懷，向那些生命最後關頭的癌症病人展示佛祖睹星悟道、大悟成佛時刻的輝煌。用我的禪門第三悟的佛偈同他們講解生命的奧祕，讓他們知道『歸去盡塵埃』的佛中至理。我要對他們講，所謂歸去盡塵埃，指人的軀體不過是一具皮囊，靈魂離開肉體，皮囊就沒用了，等於舊屋的人搬離後，舊屋就沒用了一樣，但靈魂不滅。有了這一認識，他們就能安詳地離開人世。這樣的臨終關懷可以說功德無量。那位朋友認為我講得很有道理，建議我去做臨終關懷時適當收費。我說這是做善事，不能心存功利。」

丁壽文說到這裏，指著韋老太又道：「當我對朋友講，要去醫院同癌症病人做臨終關懷時，天秤開始左右搖擺，豆佛舍利那端直線上升到最高處。當那位朋友說到要我做臨終關懷收費時，豆佛舍利又把石頭蹺上去了。當我不同意收費，豆佛舍利又升到高處。如此一上一下，反覆多次。羅漢兄如若不信，可以問韋婆婆。」

韋老太見問，在一邊點頭道：「丁大菩薩說得是，我親眼看見天秤上下擺動。」

韋老太剛替丁壽文證實他所言不虛，外面就有人敲門。丁壽文開門一看，原來是韋老太的孫女來找她，說家裏有事，要韋老太回去。

韋老太走後，丁壽文又道：「羅漢兄，你是舍利護法，你能悟出內中玄機麼？」

陳羅漢略微思索道：「最近社會上出現了用耳朵聽字、用念力穿牆破洞的人，這些人都有特異功能，特異功能主要表現在人的心念方面，念力無窮。天秤擺動應該是念力所為。」

丁壽文點頭道：「羅漢兄解釋對了，但不全面。這不僅是心念的力使天秤上下擺動，也是各自對豆佛舍利價值取向的心念顯現。說白了是豆佛舍利體現了人們不同的價值觀。佛家之所以講明心見性，就是怕心魔附身，墮入六道輪迴。就以我前面講的那位在望江樓擺渡的老梢翁而言，他有幸得到佛銀石，一是他的佛報，二是佛祖通過他得到佛銀石召告世人，石牛就藏在附近。果然，有一天晚上，皓月當空，碧天皎潔，有撈銀人在這裏發現一尊古石牛，為此轟動蓉城。但人們卻不知道，石牛是佛祖安排在這裏守候佛寶舍利的護法神牛。我為此寫了一首詩：此物巍巍像活牛，埋藏水底幾春秋；風吹遍體無毛動，雨滴齊眉弗入口。自來鼻上無繩索，牧童扳角不回頭；佛祖託物見真性，天地為柱夜不收。」

詠完詩，丁壽文話峰一轉，又道：「羅漢兄，我還要告訴你一件神奇的事。就在石牛出水沒有幾天，綿竹吉祥寺上空出現了一朵彩色祥雲。這朵祥雲同傳說中張獻忠拆成都九眼橋白塔時出現過的那朵祥雲如出一轍。那晚吉祥寺的長老法師做了個夢，夢見吉祥寺內一片光明。佛樂聲中，有人高唱：『吉祥遇如意，佛光照大地。』這裏的如意，指的就是豆佛舍利。長老夢醒，有人告訴他，成都九眼橋發現古石牛，使他聯想到張獻忠在成都望江樓附近丟失的那顆佛寶舍利。後來他們從韋婆婆那裏得知豆佛舍利在我這裏，曾多次派高僧來同我洽談，希望我將豆佛舍利送歸吉祥寺供奉。說如果我答應，他們準備在吉祥寺為豆佛舍利修建一座光明如意至尊通靈塔（簡稱光明如意塔）。此塔將以豆佛舍利的陰陽兩面所示八幅圖意，弘法、度眾、禪定、正定等八正道為基底修建八角塔，又以正思、正念等八段修行內容，精心設計成八層至尊通靈塔，充分展現佛家的八正道、八禪景，以及佛祖正道的八歷程。我已經答應他們，待塔竣工，恭送豆佛到吉祥寺歸位，完成這件讓眾生心中有佛的功德善事。」

丁壽文說完略停片刻又道：「不僅如此，我還發願，要在靈寶如意豆現世之地，成都望江樓雷神廟舊址修一座豆佛寺。寺內有文星殿、石牛亭、觀雲臺、八正樓。八正樓就是用來供奉豆佛舍利的地方。」

丁壽文剛說到此，羅漢兄打斷他的話說：「壽文兄，我提個問題：剛才你說已經答應將豆佛舍利送歸吉祥寺，現在又說要將豆舍利供奉在豆佛寺的八正樓，一粒舍利怎麼可能兩處供奉？」

丁壽文不以為然說：「羅漢兄這就方腦殼了，吉祥寺是豆佛舍利前世所在地，豆佛寺是豆舍利如今現世地。兩座寺廟都與豆佛有不解之緣，可交替供奉，以豆佛寺為主。我之所以主張以豆佛寺為主，是因為這粒在成都望江樓附近現世的豆佛舍利是世界上最小的佛，幾年前樂山發現的睡佛是世界上最大的佛。就地理而言，從成都望江樓前面的錦江河順流而下可以到達樂山，由此形成了世界上最大的佛和最小的佛一水相連，共證佛理的奇觀。我計畫在綿竹、成都、樂山三處開發，形成佛文化旅遊景觀。可讓海內外遊客到成都、綿竹旅遊觀光時，能在佛祖二次弘法之地瞻仰佛寶聖果，得到佛的加持。望江樓是成都市政府造福子孫後代的府南河翡翠工程的終極點，修建豆佛寺是在為這個終極點增加個完美的吉祥符號。一旦形成旅遊熱線，就會使得成都、綿竹、樂山這三座歷史文化名城享譽世界，那將功德無量。」

這裏得交代幾句，丁壽文說的府南河工程，是成都舊城改造的一個重要工程，當時正在進行。

丁壽文說到他的佛寶開發計畫，顯得眉飛色舞。停了一下又說：「羅漢兄，你不是問我豆佛開發計畫嗎？現在我可以坦率地告訴你，豆佛是不可多得的佛文化資源。我同老教授商量好了，我們要充分運用這個千載難遇的資源，將其轉化為佛文化產品。通過這一系列的佛文化產品形成的佛文化產業，繁榮一方旅遊業，造福一方人民。眾多佛教禪院就是佛文化產品的銷售市場，廣大佛教信眾就是佛文化產品的消費者。」

聽丁壽文說到這裏，陳羅漢也有點興奮，說：「壽文兄，沒想到一粒普通的豆子，被你反覆研究，竟然發展到如此宏偉的計畫。只是你說了這麼多，還沒讓我參拜豆佛舍利。」

丁壽文見陳羅漢如此說，在供桌取下一個精巧的盒子，揭開蓋子，指著內中的一粒豆子說：「羅漢兄，現在豆佛舍利尚沒歸位，你是護法，可以拿在手中細看。它一旦歸位，任何人都不能用手觸碰。」

陳羅漢接過靈豆，拿在手中看了半天，見這粒豆子為寬腎形，長二點三公分，寬一點八公分，厚零點七公分，上面有乳白棕紅相間的圖紋，說：「壽文兄，如果不經你提示，任何人都要將它當作普通豆子看待。它和普通豆子的差異在於上面的圖紋特殊。」

丁壽文接過陳羅漢的話說：「你說對了，這粒豆子雖然同普通豆子沒有兩樣，但上面的圖紋卻天下獨一無二，是三界中的上品。我們下一步要用它在全國搞百廟護寶見真活動，以形成一系列旅遊熱線，達到古佛隨身、萬邦朝聖的局面。實話對老兄講，這些計畫是一個老教授替我設計的。」

陳羅漢見丁壽文再次提到老教授，問他此是何人。

丁壽文道：「說起我同這位老教授認識，有一段故事：去年，我帶著靈視集圖片，在文殊院後面的園林內宣講豆佛舍利之際，來了一位離休領導幹部，這位老幹部聽我講了豆佛舍利的來歷，仔細看了靈豆的照片。一再追問我豆面的圖紋可是天然形成的，提出要想參拜豆佛實物。說如果看了豆佛上面的圖紋確係天然，他將給我介紹一個策畫大師。我見老幹部一臉認真，知道此人有來頭，也沒問他姓氏名誰，在什麼地方供職，徑直將他帶到我家，讓他參拜了豆佛。老幹部證實圖紋是天然的後，打電話給他一位教授朋友，要老教授立即打的過來，說有要事相商。過了不久，老教授就打的來到我家。老教授聽我講了豆佛的故事，觀看了圖片，參拜了豆佛，當場吟詩一首：『聖果成天然，人道服天道；天道傳佛旨，蜀中現真經。』」

丁壽文講到這裏，再次神祕地說：「老兄有所不知，這位老教授是省上某領導的幕僚，省上領導給了他三大權力：破格錄用人才，破格授予學歷，破格頒發相關證書。你同毛大哥這群朋友雖然個個都有才華，可惜全是自學成才，沒有學歷文憑。現在社會講究文憑，我想找個機會，向老教授推薦你和各位朋友。請他給省上打個內參，給你們討個說法，破格給你們頒發一個頭銜，這樣你們在社會上就有一個對外的身分了。」

陳羅漢聽了這話，問他教授姓氏名誰？怎麼會有如此大的能耐？那位引薦他們認識的離休幹部又是誰？

丁壽文答說：「老教授和那位離休幹部的名字暫且保密，後面我自會介紹你們認識。」

陳羅漢見丁壽文不肯說出對方的名字，怕他誤會，主動解釋說：「其實我對學歷不在乎，我們本來就沒受過高等教育，何必硬要討個不實的帽子。我問他名字，是出於好奇。」

丁壽文見陳羅漢對文憑不感興趣，把話扯回來又道：「老教授很有眼光，思維也很活躍，他觀悟靈豆後，同意我的『佛祖第二次用無字真經在四川弘法』之說。為了證實這粒豆子上的花紋是天然形成的，他同農業專家聯繫，鑑定豆子和出具證明。他還搞了一整套策畫方案，說要動用他所有的關係，把豆佛炒作成天下第一奇豆，然後開個拍賣會，賣個好價錢，為此老教授向我提出一個要求。」

說到這裏，丁壽文把話停下。

陳羅漢聞言，追問他老教授提的什麼條件。

丁壽文道：「老教授要我同他簽個協議，倘若他將靈豆炒作成功，這粒豆子他有一半所有權，說只要簽了協議，到公證處公證，他便開始運作。我當然不同意。」

陳羅漢聽說老教授主張將豆佛舍利拿去拍賣，正色說：「壽文兄，我有句話不知當講不當講？」

丁壽文把手一招說：「老兄是高人，又是舍利護法，我正想聽你高見。」

陳羅漢一臉嚴肅說：「以我之見，此豆不開價乃無價之寶，開價則一錢不值。」說完不再多言。

丁壽文感到陳羅漢的話中暗藏玄機，忙道：「羅漢兄，別賣關子，請直言道來，我洗耳恭聽。」

陳羅漢將豆子還給丁壽文說：「原因很簡單，我從你剛才講的，你朋友說靈豆價值上億，它便在天秤上把知貪石蹺上來了，當你說去做臨終關懷不能收費的善念時，石頭又把豆子蹺上去了，這一反常現象悟出：以豆面的花紋而言，乃世間唯一，所以無價；然而就質地言，無非一粒多花菜豆，一塊錢就可以買一斤。誰出一萬元買這粒豆子，便是天下第一方腦殼。我認為，豆佛如不歸到它應該去的寺廟，就沒有價值。」

丁壽文將手中的豆佛舍利放回原處，激動地說：「羅漢兄，虧你還是舍利護法，你把道理悟反了。老教授經常提醒我，說豆子一旦離開我們，人們就不會圍著我們團團轉了，我們也就失去價值。他有一法既能讓豆佛歸位，佛寶又不離我身。」

陳羅漢問他方法何在？

丁壽文說：「老教授準備在吉祥寺搞個佛寶見真儀式，儀式完後，我仍然把豆子帶回來，供在我家的神位上，因為這粒豆子是我發現的，我有權保管。」

真善美與假惡醜有時僅在一念之間。丁壽文要用豆佛舍利無償地去做癌症病人臨終關懷的善念是美，有人勸他以此謀利的建議是醜。

陳羅漢自從張俊能託夢，在他頭上拍了一巴掌，天眼洞開，從此能夠透視人們意念背後的影像。他見丁壽文剛說他有權保存豆佛舍利時，臉色開始晦暗，背後魔影晃動，知道這是貪念所致，嚴肅地說：「壽文兄之言差也，豆子雖然是你發現的，但它已經不是一粒普通豆子，它成了佛寶舍利就是佛門至寶，當然要回歸佛門。你如能讓豆佛歸位，不僅功德無量，你也成佛，何以會失去價值？反之，你把豆佛放在家裏不讓它歸位，你也不能成佛，這不僅是你的損失，也是眾生的損失。」

丁壽文聞言沉思片刻說：「所謂一佛國在豆中，我就是國王，當然不能讓豆子離開我，否則這個國王就成了無國之君。」

丁壽文話剛落地，陳羅漢洞開天眼，見丁壽文頭上修行來的白光已然黯淡，背後的魔影越來越明顯，知道這是貪魔迷惑了他的心智，不禁一聲棒喝：「壽文兄注意貪魔附身！」

丁壽文聞訊，似有覺悟，連忙改口說：「非是我不願意送豆佛歸位，我早已想好，要吉祥寺派高僧同我一道走遍全國百個寺廟，讓這一百個寺廟掛我的豆佛圖，一百個寺廟蓋章，承諾共同在吉祥寺修建光明如意塔。至於走遍一百個寺廟的費用由吉祥寺承擔。他們要迎接豆佛歸位，是要做貢獻嘛。反過來講，就算讓豆佛歸位，也不可能白送他們。」

陳羅漢棒喝後，見丁壽文雖然開始清醒，但聽他說「掛我的豆佛圖」及「不能白送」，知道貪魔還在他身後作怪，不禁正色道：「壽文兄，這粒普通的豆子面上的奇特圖案被你精心研究，發展成系列理論，公然能掀起如此大波，這本來是件好事，但你中了貪魔之邪，遲遲不肯將豆佛舍利送去歸位，說白了是你的貪欲太重，才會前後矛盾。這粒豆子既是佛寶舍利所化，就是佛門至寶，豈能由你私藏！彼既為靈物，見你如此貪婪，只得另尋載體顯靈歸位，普度眾生。到時你手中這粒豆子就會變成一粒毫無意義的普通豆子。」

言為心聲，相隨心變。陳羅漢說這話時，見丁壽文背後魔影時隱時現，丁壽文好似在照哈哈鏡，臉變得很長，知道這是貪魔在背後所為，又道：「你說你是豆佛國中之王，此言不能成立。此豆是佛祖舍利的轉世靈化物，你只能稱護法，豈可妄言佛國之王，將自己凌駕於佛祖之上。你自稱佛國之王，這粒豆子就沒有價值了，你也會被世人視為瘋子。你要一百個寺廟來承認你這粒豆子有靈，又不肯將實物送入寺廟，別人不是傻子，白幫你正個佛果，讓你當開山老祖。一念之善可以成佛，一念之惡可以成魔。本來你已經功德圓滿，即將正果，結果卻因這一念之貪，再次墮入六道輪迴。」

丁壽文不服陳羅漢說他將墮六道輪迴，反駁道：「羅漢兄之言差也，我是無字真經的取經人，怎麼可能墮入六道輪迴？不瞞你老兄講，我不僅不會墮入六道輪迴，還要拯救那些可能墮入六道輪迴中的人。前不久，孫九哥找過我，說他要在豆佛面前懺悔過去，求豆佛加持他，免去一次到地獄去同鬼魂對質的因果事件。」

正是：

豆中佛國天地寬，靈寶現世照癡貪；
善惡源由來心底，一念之差難過關。

看官欲知後事，且聽下回分解。

第四回　孫九路錦江驚舊事，陳羅漢恬淡憶往昔

丁壽文說的孫九哥，本名孫九路，是前書一位重要角色。他在書的前半部分故事很多，後來去了香港，故事也就少了。陳羅漢當年得到那枚夢打冤鬼的玄空石，最初就是孫九路拾到的。陳羅漢見丁壽文提起孫九路，問九哥什麼事情要在豆佛面前懺悔。

丁壽文道：「你可記得九哥當年同飛哥白吃了一位農民黃鱔的事？」

陳羅漢見問，點頭表示知道，問丁壽文為何提起此事。

丁壽文道：「這事說來話長，非三言兩語說得清、道得明的。」

列位看官，丁壽文不肯讓豆佛歸位，說明他還處於迷悟之間。既然如此，那就暫且將豆佛舍利放在一邊，後面再做交代，這裏單言孫九路：此君受他老師影響，一直都有精神追求。他知道，人生在世，「富貴」二字雖然是眾多人為之追求的目標，但是，當一些人真正富起來後卻意外發現，富和貴二者有相當距離：富的人不一定貴，貴的人卻不見得富有。正如人們通常稱那些有文字追求的貧者是精神上的百萬富翁，從來沒有人說不識字的暴發戶身分何等高貴，說明人除了物質生活還得有精神追求。

正因為孫九路對人生有以上認識，當他在香港搏殺多年，經濟上有了改觀，便回到成都定

居，開始自己的精神追求。成都九眼橋的上游有兩座橋：安順橋和新南門大橋。這時成都的府南河改造工程已經竣工，沿河兩岸低矮的瓦塊房已早已蕩然無存，繼之而來的是一幢幢高樓大廈。九眼橋、安順橋、新南門大橋的舊橋早已拆除，建了新橋。新的安順廊橋氣派，仿古設計。橋上高級餐廳的建築古樸典雅，別具一格。大概是濃濃的懷舊情結驅使，孫九路回來後在安順廊橋附近購置了一套電梯公寓。不知是巧合還是冥冥中的天意，當他搬進新居後才發現，這套住宅的地理位置恰好就在當年他同飛哥白吃了那位老農黃鱔的附近。

說到這裏，在下得交代幾句：孫九路同飛哥白吃老農黃鱔之事，是在前書第二十八回。這裏重播該章節片段，方便看官瞭解前因。

老九同飛哥還沒走上半條街，見一個農民手提一隻裝魚的笆簍迎面走來。

老九見狀低聲對飛哥說：「莫忙走，等前面那個老表過來，讓我看一下他笆簍裏邊裝的是啥東西，如果有搞頭，你就看我的。」

當老九見農民走過來時，便招呼他道：「喂老表，你提的啥子？」

農民側頭望著二人邊走邊說：「黃鱔。」

老九道：「你不要走，提過來我看一下嘛，該不會是死的哦？」

農民隨手將笆簍遞給老九道：「昨晚才挾的，啥子死的哦！」

老九揭開笆簍蓋子，見內中果然裝的全是黃鱔，估量約有十來斤，心想：「你這個農二哥也不看風向，這幾天風聲那麼緊，還敢出來搞投機倒把，如果遇到牛腦殼，謹防吃不完兜著走。與其你等會兒被他們沒收了不道謝，不如便宜點賣給我們，讓我們拿去送禮。」

老九打定主意，便一本正經地問農民多少錢一斤。

農民彎著么指說：「七角。」

老九又往笆簍裏看了下道：「這麼小根，哪賣得了七角，少一點我給你打瓜買，免得你多跑路。」

農民見他要全買下，笑道：「那少五分錢。」

老九將笆簍往農民跟前一遞，隨即又拿回自己身邊，說：「全部給你打瓜才少五分咋行？再少五分。」

農民道：「我們兩爺子昨晚在田裏熬了個通夜，腳桿上爬了好幾根螞蝗，才挾了這點，不能再少了。」

老九故意猶豫了半天，終於答應全買下來。只見他指著安順橋方向對農民道：「我身上的錢不夠，你跟我到河那邊去拿錢。」說完順手將笆簍遞給飛哥，使眼色說：「老飛，你提好，別讓黃鱔爬出來了。」

農民見遇到大買主，笑嘻嘻地說：「爬不出來，放心。」接著跟隨二人朝安順橋走去。

飛哥提著黃鱔走在二人前面，快到安順橋時，老九漫不經心地問農民：「你是哪裏的人？」

農民答道：「附近三瓦窯的。」

老九又道：「哪個公社？」

農民道：「永豐公社。」

這時老九故意嚴肅地盯著他，提高嗓門問道：「啥子大隊？啥子小隊？」

起初農民以為老九是在一般性閒聊，現在見他突然提了一連串問題，加上他那目光好生厲害，內心不由得緊張起來，懷疑自己遇到了牛腦殼（指市管會的人），於是吞吞吐吐地說：「我，我是一般社員。」

老九見狀，知道對方心虛，立即篡改了毛主席「宜將勝勇追窮寇，不可沽名學霸王」的詩句，在內心默唸：「宜將勝勇追窮農，為買便宜學勾勾（指市管會的便衣）。」然後大聲質問對方：「你叫啥子名字？啥子成分？親屬中可有關、管、殺分子？這黃鱔到底是哪裏來的？」

老九這一連串火炮似提問，當時就把農民弄得暈頭轉向，腳打閃閃，心想他果然是勾勾，於是哭喪著臉說：「我、我、我……」結果「我」了半天，沒「我」出個名堂。

老九見恐嚇法奏效，徑直上前兩步，追上飛哥大聲說：「喂，老飛，你把黃鱔提好，等會好給他算總賬。」

他說這話時，故意不看那個農民，想以此來加深農民的恐嚇心理。果然，農民聽說算賬，感到有弦外之音，猶如晴空霹雷，魂飛天外，根本來不及去認真思考，便認定老九是市管會的人，連忙趁老九在同飛哥說話時，兩頭一望，拔腿便往後跑。

老九見農民逃跑，於心不忍，在原地踏腳高叫：「你別跑嘛，我要給你錢！」

農民聽見老九的腳步聲，以為老九在追他，頭也不回，迅速地鑽進附近的小巷。

老九見農民倒拐，歎了口氣，對飛哥說道：「毛主席說，階級鬥爭一抓就靈，硬是靈。」

人們但凡做任何事情總希望求個心理平衡。孫九路青年時雖然白吃過農民的雞，但對方都是有「劣」行的人。他們當時樸素的思想認識是，他們在仿效梁山好漢打富濟貧。他們懲惡揚善兼吃魈頭，既飽饑餓的肚子又在懲惡，是正義行為。儘管他們所懲治對象並非真正的大惡，揚的善也談不上什麼大善，但這對他們來講，心態是平衡的。然而，他那年同飛哥白吃了那位老農黃鱔的事，使他的心態一直不平衡。那次，他的初衷並非想要白吃老農的黃鱔，他是見老農提著頭天晚上從田裏捉來的黃鱔到市場去賣，擔心市管會的管理員說他走資本主義道路，把黃鱔給老農沒收了。當時他想，與其農民把黃鱔提到市場去賣被沒收，不如用言語嚇他，讓他便宜把黃鱔賣給自己，誰知弄巧成拙。後來有朋友批評孫九路，說老農已然很可憐了，他公然還白吃別人的黃鱔，是刁民行為。多年來，每當孫九路想起這事便耿耿於懷。如今回到舊地，每當臨窗眺望錦江河，便會憶起當年的情景。

俗話說：「日有所思，夜有所夢。」這天晚上，孫九路剛剛入睡，忽見一位老農，身著打補丁的藍布衣衫，赤腳步履艱難地來到他面前，伸手拉他。

孫九路見老農面熟，不覺一驚，指著來人大叫：「你是何人，拉我幹啥？」

老農見孫九路驚恐，輕言細語問他知不知道自己是誰；接著不等孫九路回答，自我介紹：「我就是當年提了一巴簍黃鱔途經安順橋，到市場去賣，被你們問我啥子成分，嚇得我丟掉黃鱔，拔腿就跑的那個農民。」

經老農自薦，孫九路恍然大悟，道：「你來得正好！那次我哪是要白吃你的黃鱔，我是怕你提到市場去賣，被市管員給你沒收了，好心想提醒你，結果你沒等我把話說完，丟下黃鱔便跑。這麼多年，我一直在找你，想把錢補給你。」

老農擺手：「不必了，補也沒用了。」

孫九路不解，正欲問他為什麼，老農歎道：「唉，你有所不知，我那次被你嚇得魂飛魄散，逃跑之際，慌不擇路，把腳上的草鞋跑掉一隻。光腳板踩著碎玻璃片，劃傷了腳，第二天傷口沒好又下田去捉黃鱔，結果螞蝗經由傷口進入體內，不久見閻王去了。」

孫九路聽說來者是老農的鬼魂，以為找他索命來了，內心不安，連說：「你！你！你！哪個叫你傷都沒好就下田去捉黃鱔嘛？你陰魂不散，你死不能怪我呵！」

老農見孫九路恐懼，安慰他說：「你不要怕，我雖然因你而亡，但那是命有該得。只是我到了陰曹地府，眾黃鱔紛紛前來找我索命。牠們把我拉到閻王爺那裏，閻王爺問明經過，知道黃鱔是你們幾個文星吃的，拿你們沒奈何，對我網開一面，沒有怪罪我；但他說，那隻裝黃鱔的巴簍是作案工具，要收繳歸案，我才能轉世投胎。多年來，我一直在找你。今天雞腳神告訴我，說你回成都來定居了，所以特來找你討還那隻巴簍。如果你丟失了，就請你同我一道去閻王爺那裏說清楚，好讓我早點超生。」言畢伸手來拉孫九路。

正在這時，電話鈴響，把孫九路從夢中驚醒，時正午夜。

孫九路夢醒驚魂未定，伸手去拿電話，鈴聲已然終止。說來奇怪，第二天午夜剛過，孫九路正躺在床上思索昨晚同老農的夢中對話，電話聲又響，他隨手拿起話筒「喂」了兩聲，電話裏沒有一點聲音。孫九路見電話了無聲息，自言自語罵了聲：「有鬼！」誰知，他剛放下電話，鈴聲又響。孫九路伸出發抖的手，拿起話筒，這次話筒裏有聲音了，然而十分微弱，他尖起耳朵聽了半天，也沒聽清楚對方說的什麼。他剛放下電話，鈴聲再次響起。這次他屏住氣仔細聽，終於聽清楚了，這聲音好像在說：「黃鱔，巴簍！巴簍，黃鱔！」孫九路不聽則已，一聽這話渾身冷汗直冒，急忙掛上電話，雙手合十，口唸「阿彌陀佛」！

一連幾天，每到午夜電話鈴響，孫九路拿起電話聽到的都是「黃鱔，巴簍」那兩句話，嚇得他往後再也不敢接聽電話了。後來午夜的電話鈴聲雖然沒有再響，可老農的身影卻總是在他腦海揮之不去，棄之不能。久而久之，內疚、不安、同情之心使他想到丁壽文。他同丁壽文是多年好友，他聽丁說用豆佛舍利的照片能超度亡靈，於是他找到丁壽文，在丁那裏恭請了兩張豆佛舍利的照片，在安順橋頭專門為老農招魂，也才有前面丁壽文說他在豆佛面前懺悔一事。其實孫九路懺悔的目的，是要告訴世人，他們在浩劫年代，為了求生存吃了點小魁頭，那不叫抓拿騙吃。他們是清白的，他們有良知，有正義感！他們不是刁民，他們是當代文俠！

「抓拿騙吃」是地道的成都土語，意指某人不務正業，是個刁民。說孫九路是刁民的是他的老師丘墨硯，他在前書第十七回，蜻蜓點水，露過一面，後來便再沒有出現，讀者對他印象不深。此君極有才華，也相當自負，自稱才子中的才子。其實，就文采而論，丘墨硯自稱才子中才子說得過去，他在這一群朋友中，的確堪稱領袖群倫的人物。人說美文有愛，可惜此君雖才華出眾，文章卻通篇是恨，恨滿胸懷，對萬事萬物都恨，正如「文革」期間，當政者雖說要讓人民過上好生活，卻又大搞階級鬥爭，發人之惡，造成眾多流血事件，傷害了許多無辜生命。正因為丘墨硯的文章中恨結難消，讀後給人印象，雖有才華卻無恬淡的思想境界、包容大肚的雅量，有人稱他是文學領域的周公謹，用以形容其心胸狹隘。不過此君雖然氣量狹小，持才傲物，眼中卻容不得半粒沙子，凡他認為誰做了有損人格的事，定要當面臉色伺候。

孫九路很會反向思維：丘墨硯罵他刁民，他一直不服，這次搬新居，錦江驚舊事，夢見老農陰魂不散，找他索還巴簍時，說閻王爺稱他們這群人是文星。他事後心想：「既然閻王爺都稱我們是文星，說明我們不是一般文人。」

凡事講心態，孫九路有此認識後，加上請豆佛舍利為老農亡靈做了超度，吃了一粒定心丸，雖內心愧疚，卻也不再懼怕老農的鬼魂前來糾纏。

這天，毛月夢喬遷新居，宴請老友。孫九路與丘墨硯、陳羅漢同桌。

席間，陳羅漢見服務員上了一道蒜燒黃鱔，同孫九路戲言：「九哥，這黃鱔你不能吃，吃了今晚你家的電話又要響。」

孫九路見陳羅漢話中影射老農，把手一揮，道：「羅漢，你少嚇我，我們這群文俠連閻王爺都奈何不了，那個農二哥的鬼魂敢把我怎樣？況且我還請佛舍利為他做了超度。」接著掉頭向身邊陳羅漢的太太英英解釋當年恐嚇老農的經過。

孫九路說話，只要話匣子一打開，便會沒完沒了。他只顧談得興起，沒注意到坐在他身邊的丘墨硯面色難看。

丘墨硯素來就看不慣孫九路吃找補、刻假飯票，不止一次指責孫九路白吃老農黃鱔的行為是刁民行為，如今見孫九路又在那裏津津樂道談論舊事，不禁大為惱怒，對著席間狠狠罵了句：「刁民！抓拿騙吃！」說完也沒同東道主毛月夢打招呼，逕自起身離坐，拂袖而去。

孫九路受了搶白，很不自在，望著丘的背影，自言自語說：「搞文化革命嗦？無限上綱。腐儒！腐儒！」

孫九路同陳羅漢是見不得、離不得的莫逆之交，只要二人聚在一起，總要相互抬槓，時常鬧出許多有趣的笑話。毛月夢稱他們是城隍廟的鼓錘一對。在毛月夢請客後不久，孫九路約陳羅漢夫妻在安順廊橋喝茶。

其間，陳羅漢指著舊安順橋方向，故意逗弄孫九路，對英英說：「太太妳看，那裏便是九哥當年白吃那位老農黃鱔的地方，我建議在那裏豎個牌子，上寫：階級鬥一抓就靈風水寶地。」

孫九路不聽則已，一聽這話，不滿地對陳羅漢道：「羅漢，我都成了刁民，你還好意思取笑我，太不樂教。」接下來發牢騷說：「墨硯兄罵我們是刁民，我就不服！其實，不怕他老兄書讀得多，學富五車，但迂腐得可愛。他沒有弄懂，我們這群人敢跳老海，敢吃找補，說明我們不是一般文人，我們是文俠！」

孫九路說到這裏，把話停下，看了看英英，喝了口茶，又道：「陳太，妳有所不知，我們吃找補那二年妳還小，理解不到我們那些年的生存狀態。其實我們是在仿效梁山好漢打富濟貧、懲惡揚善！墨硯兄公然把梁山好漢也說成刁民，妳說他腦殼有沒有問題？」

孫九路發完牢騷，從包內拿出一疊書稿遞給陳羅漢道：「羅漢兄，不瞞你講，我最近完成一部長篇小說，書名《坦白與交代》。有人說，這是寫給『文革』時人保組的坦白交代材料，我也承認，因此取了這個怪名字。我寫這書的目的，是要反映我們在紅色恐怖時代的悲慘狀況，我要向世人招示，我們不是刁民。這是前半部，你看一看，提點意見。」

也是該有好戲，陳羅漢接過書稿，還沒細讀內容便發現個錯字，說：「九哥，恕我直言，憑你老兄的才華，豐富的生活閱歷，我相信這書一定精彩，只是你老兄粗心大意，你看，我還沒讀內容就發現麻將的『將』多個草頭，成了『蔣』字。」

孫九路沒想到文章剛遞過去，就被陳羅漢挑出個錯字，頓覺顏面無光，辯說：「我清楚，成都麻將的『將』沒有草頭，我這是港式手法。」說完從陳羅漢手中要過書稿，放入包內，說：「這樣吧，讓我拿回去檢查一遍，下次給你看。」

一星期後，孫九路來到陳羅漢家，再次將書稿遞給陳羅漢說：「羅漢兄，這次你仔細讀，如果再挑出錯字，我招待你兩口子吃粗糧王火鍋。」

陳羅漢接過書稿，仍如上次，還沒細讀，便發現孫九路已悄然將文中的「蔣」字改為了「將」，笑著把書稿遞到英英面前，指著「將」字，悄悄耳語了兩句，隨後同孫九路開玩笑說：「怎麼，九哥不打港式麻蔣了？」

孫九路聞言，以為陳羅漢有意踩他痛腳，把陳羅漢上下打量片刻，聲音低沉，不冷不熱地說：「羅漢，謙虛點，別以為自己寫了個勞什子處方詩，得到毛大哥表揚，就自以為是了。說實話，你那個言志的歪處方詩不見得怎樣。」

英英聽他說「歪處方詩」，老大不快，立馬搶過話說：「九哥，不怕你聰明絕頂，但比起么弟，你只不過小腦發達。」

孫九路見英英說他小腦發達？激動地說：「啥子喃！我只是小腦發達？妳弄醒豁，我們這些人，在文化大革命中個個都是先知先覺，思想深刻得很。」

英英見他自稱思想深刻，又說：「既然九哥思想深刻、修養好，為何容不得別人提意見喃？」

英英說完話，不等孫九路回答，又道：「九哥，我給你提個意見，你這人欺軟怕硬，那天毛大哥請客，丘才子罵你抓拿騙吃，你大氣都不敢出，我們羅漢——」

英英剛說到這裏，孫九路把手一揮，打斷英英談話，道：「陳太，這妳就不知道了，墨硯兄出身地主家庭，他父親在解放初被鎮壓了，只要他一聽到有人提地主，心頭就難受，他認為那位老農是地主出身，物傷其類，才會說我是刁民。」

英英好勝，聽孫九路如此解釋，又道：「那我們羅漢好心給你指出錯字，你當面不認，事後悄悄改正，這又做何解釋？」

孫九路很會詭辯，他見英英要他解釋「蔣」字去草頭，笑言：「妳別以為麻將的『將』加草頭是錯誤的，麻將是舊社會傳來的，舊社會是蔣介石的天下，老蔣走的是資本主義道路，香港也實行的是資本主義制度，所以加草頭是正確的。上次經羅漢兄指出，我考慮到在國內寫書，要入鄉隨俗，按這裏的規矩把草頭去掉。羅漢兄沒錯，我也沒錯。」

英英聽了孫九路詭辯，進一步說：「剛才你自己說的，挑出錯字，招待我們吃粗糧王，粗糧王火鍋是成都最便宜的自助餐火鍋，每客才十八元。不管怎樣，我們羅漢給你挑出了錯字，你必須請我們吃一頓火鍋才脫得了手，不然我們要把你打港式麻蔣的笑話講給朋友們聽。」

英英這招果然厲害，孫九路聽說要把他的笑話擴散，內心一驚，表面卻若無其事，說：「陳太，妳想吃火鍋可以，要我辦招待也行，但妳不能把我招待妳倆口子吃火鍋說成我在認錯。」

英英見孫九路雖然答應招待吃火鍋，卻不肯服輸，正欲得理不饒人，陳羅漢怕英英再說下去，孫九路面子不好過，在一邊擺手說：「算了，算了，既然九哥答應請我們吃粗糧王火鍋，就不管是什麼性質的了。總之他欠我們一頓火鍋債，父債子還，如果他不兌現，幾十年後，叫我們孫娃子找他的孫娃子討債去。」

孫九路聽了陳羅漢的幽默，收起提包，對陳羅漢夫妻道：「好了，你兩口子兩張嘴，我說不過，改天再來。拜拜！」說完留下書稿起身離去。

孫九路走後，英英問陳羅漢道：「九哥被丘才子罵得狗血噴頭，雖內心不服，表面卻不敢吭聲；你在他文章中找出一個錯字，他便想方設法找藉口掩蓋錯誤，不知是何心態？」

陳羅漢解釋說：「太太有所不知，這是人與人之間的比價效應作怪：在九哥心目中，墨硯兄是他文學啟蒙老師，所以他不敢在墨硯兄面前說三道四。在文學上，他又自以為是他啟蒙了我的愛好，向我發放了幾句格言精華，所以他寧願招待我們吃火鍋，也不願意在我跟前丟面子。」

英英問陳羅漢此話怎講，陳羅漢坐在沙發上伸了下腰，喝了口茶，抬頭望了望窗外的藍天白雲，接下來回憶了一段鮮為人知的往事。

陳羅漢說孫九路是丘墨硯的學生，這話得從上個世紀六十年代，孫九路同丘墨硯的一段師生情說起。一九六五年秋，成都市委決定，將成都五〇二廠到青羊宮的老城牆舊址改建成地下防空洞，通知成都市各街道辦事處的待業青年都要去參加義務勞動，孫九路同陳羅漢也不例外，被街道辦事處徵調去挖了一個星期防空洞。他們去挖防空洞那幾天，陳羅漢見孫九路同一個身著黑衣黑褲的青年打得火熱，當時並沒在意，豈料，挖完防空洞口後半個月，一天晚上，孫九路突然來到陳羅漢家，進門沒等陳羅漢讓座便神祕地招手說：

「羅漢，走，到河邊去散步，我有重要事跟你講。」

陳羅漢的家離錦江河邊很近。二人來到河畔，面對當空皓月，陳羅漢正欲問孫九路要談何事，只見孫九路得意地說：「羅漢兄，實話跟你講，我今天找你的目的，是要告訴你，再不能成天練舉重打拳，學那些武夫動作了。要讀書，只有知識才能改變人，提高人的認識水準！外國作家高爾基說：『書是人類進步的階梯，力量智慧的寶庫。』」

孫九路說這些話時，手背在後面，情緒激昂，說話滔滔不絕，顯得神氣活現的。

最初陳羅漢聽說孫九路要他來河邊散步，是有要事相告，以為發生了什麼重大事情。懷著神秘猜測、忐忑不安的心情，跟他來到河邊，結果見他說要讀書，認為孫九路故作神祕。正欲說話，孫九路又道：「羅漢兄，有幾句格言說得好，寶石不經琢磨也不會放出光來；常用著的鑰匙總是亮閃閃的；勞動著的傻子總比躺在床上的聰明人強；站在河的彼岸仰望不動的人，永遠也不會渡過河去。」

這次，陳羅漢不再認為孫九路小題大作了。他知道，孫九路從沒讀過這些格言警句，彼此才十多天沒見面，孫九路突然大談讀書，說明他遇上讀書人點撥，不禁笑言：「古人說：『士隔三日當刮目相看。』想不到幾天沒見面，你老兄出口就是一整套讀書理論，你在什麼地方窛到這些精華的？再去多窛點來倒給我，我去找個大口袋裝。」

陳羅漢這個「窛」字是成都土語，用在這裏既幽默又傳神，大有把知識當成鏝子裏的米在窛似的，煞是有趣。

孫九路感到陳羅漢話中內含幽默，側目把陳羅漢瞟了一眼，表情嚴肅，說：「羅漢，我沒同你開玩笑，我這是正兒八經的話。我之所以要你讀書，是那天在五〇二廠挖防空洞，認識了一個家住安順橋河邊，姓丘名墨硯的朋友，就是你看見那個身著黑衣褲的人。

最近這段時間，墨硯兄每天晚上都要約我到河邊來散步，給我講讀書、講人生的道理。他是才子、詩人，詩寫得相當好。」

孫九路說到這裏，背著手，仰望對岸，輕聲唱道：「我在這寧靜的夜晚，徘徊在江畔，找尋我心上的姑娘，難道是無望的夢魂，星星月亮……」

孫九路唱到這裏，停下歌聲，對陳羅漢道：「這首歌的詞曲都是墨硯兄作的，所以我說你要讀書，要寫詩。」說完，從身上掏出一張紙遞給陳羅漢又道：「古人說：『三人行必有我師。』墨硯兄既是我的朋友又是我的老師，我為此寫了一首詩，名叫〈贈A君〉。A是英語第一個字母，是老大，這首詩就是贈他的。」

陳羅漢接過詩稿，藉著月光，但見上面寫道：「我恰似一張潔白的紙，被你憐惜地拾起；願你那自由的筆，給我寫下人生的途徑。」

這首詩在前書第十七回提到過，只是當時沒有交代老九寫這詩的背景。

陳羅漢讀完詩，把詩稿還給孫九路，伸出大拇指說：「呵呀，九哥，你從來沒寫過詩，第一首拜門詩就寫得如此好，看得出來，你很有才氣。」

孫九路見陳羅漢稱讚他有才氣，高興地說：「羅漢兄，最近這段時間，墨硯兄給我講了很多人生道理，使我如夢初醒，明白我們為什麼生活得這樣困苦的原因。我尊他為老師，把自己比作一張白紙，就是希望他能指點我往後的人生道路。」

當晚，孫九路說話慷慨激昂，就像革命者在傳播革命真理似的嚴肅認真。分手時他特地握著陳羅漢的手說：「每次墨硯兄同我分別，我們都要握手。你別以為這是一般簡單的拉手，這是在握友誼，今後我們每次分別也要握手。」

孫九路說握手時，語氣天真純潔，幼稚可愛，大有紅色電影裏，革命志士們為革命理想奮鬥的那種悲壯行色。

幾天後，孫九路揹了一個書包再次來陳羅漢家，進門把書包放在陳羅漢床上，又到門外兩頭張望片刻，見沒有人注意陳家，才放心地回到屋內，從包裏取出三個筆記本，對陳羅漢道：「這幾個筆記裏，全是墨硯兄和另一位才子寫的詩，墨硯兄不敢放在他家，怕被發現，要我找地方替他保存，我家也不敢放，就把這些詩揹到你這裏來了，你一定要保管好，千萬有不得閃失。這些詩寫得相當好，有空你讀一讀，對你有幫助。」接著又取出一本手抄的格言集說：「這些格言全是墨硯兄蒐集的，那天我背誦的那幾句就是上面的。」說完要陳羅漢把書包放好，同他到河邊去散步。

孫九路同陳羅漢在錦江河畔背著手走了一段路，突然問陳羅漢知不知道丘墨硯為什麼全身著黑的原因，問完見陳羅漢沒有回答，主動解釋說：「墨硯兄之所以渾身著黑，是在無聲抗議，抗議社會沒有光明。墨硯兄說，舊社會，成都有個叫劉詩亮的才子，大白天提著燈籠在街上走，別人問他這是幹啥，劉才子說：『沒光明，看不見。』墨硯兄就是在學那人。」

接下來，孫九路情不自禁輕聲唱道：「星星月亮那樣黯淡，江濤彷彿為我吟歎，我凝望呀凝望天邊，幾時才有晨曦的光燦……」

孫九路唱完解釋說：「這歌詞也是丘墨硯寫的，內容表達了對光明、自由的嚮往。」

陳羅漢聽了孫九路的大道理，感到眼前的孫九路已經不是過去的孫九路了，而是一個革命黨人，這人正在向自己宣傳革命真理，不由神祕地說：「九哥，我想問一個問題，又不知該問不該問？」

孫九路不耐煩地把手一揮，道：「羅漢，你我是無話不談的好朋友，有什麼話你就說，啥子該不該問哦！說，想問啥子？」

陳羅漢道：「我們雖然是無話不說的好朋友，但自從你認識了墨硯兄，掬了很多精華，好像變了個人，所以有些話就不好問了。」

孫九路聽了這話，感到自己同陳羅漢在知識上有了差距，自己比陳羅漢高出許多，臉上浮現出一絲得意的笑容，道：「這沒什麼，我們是好朋友，我進步，也希望你進步，我掬了精華當然要倒給你，大家共同進步。我對墨硯兄說過，你是我最最好的朋友，我想讓你也認識他，你們也成為好朋友，大家都成好朋友。」

陳羅漢見孫九路居高臨下，感到他正處在小雞公初學啼叫，剛獲得知識想找人傾述的興奮狀態，擺手說：「我想問的不是這個，我……」

他後面的話還沒有說出，孫九路突然繼續地唱道：「我在這寧靜的夜晚，徘徊在江畔，找尋我心上的姑娘，難道是……，愛和恨在心中瀰漫……」

孫九路唱到這裏，把身子往後一仰，雙手向上一伸，仰天歎道：「唉，沒有愛情的世界是多麼淒涼呵！」隨後側頭對陳羅漢道：「羅漢兄，要敢愛敢恨！墨硯兄就是找了一個純情姑娘當偶像單戀，為她寫詩，通過寫愛情詩來表達他的愛和恨，表達他對處處講階級鬥爭的不滿。我剛才拿給你那幾本詩集裏，有一個集子，是墨硯兄同住在安順橋河邊另一個姓毛的七中才子合寫的詩。翻開第一頁，有一首他二人唱和的〈浪淘沙〉，他們各自詩的最後結句，一是：『半坡青山藏雪意，杜鵑更豔。』另一句是：『薛護花根悄悄戀，白雪更豔。』詩裏的杜鵑和白雪就是他二人單戀的對象。」

孫九路說完又唱道：「愛和恨在我心中瀰漫，我凝望呀凝望天邊……，」接下來解釋說：「那天，墨硯兄指著『半坡青山藏雪意，杜鵑更豔』這句詩對我說，他是因為一個只有他知道的祕密，利用挖防空洞的機會，有意同我接觸，目的是要培養我的文學愛好。」

孫九路這話使陳羅漢聯想到剛才想問的問題，於是繼續剛才問話，道：「九哥，剛才我想問你的問題，還沒提出來就被你打斷，現在聽你講，墨硯兄為了一個祕密，有意來培養你，他會不會是反革命組織成員，有意來發展你的？」

孫九路聞言，連忙擺手說：「不是，不是，他不是反革命組織成員，他是詩人，熱血青年。反對人整人的鬥爭哲學，不一定非要參加反動組織嘛。」

陳羅漢聽了孫九路解釋，笑言：「我見你這麼短時間就如此長進，以為你參加了什麼革命組織，才會學到那麼多革命道理。」

面對陳羅漢這話，孫九路想說什麼欲言又止。只見他沉默片刻，突然對陳羅漢道：「羅漢，我發現你腦筋不轉彎，是個方腦殼，你怎麼把墨硯兄看成是反革命組織的成員喃？實話跟你講，我一直想撮合你同墨硯兄成為好朋友，讓你也到他那裏去剜些精華。這樣總比我在他那裏剜了精華再來倒給你直接，墨硯兄就是不肯。他還多次提出，要我同你絕交，我對他說，你是我最好的朋友，我不能拋棄我們的友誼。」

陳羅漢聽說丘墨硯要孫九路同他絕交，以為丘墨硯誤解自己人品，不禁大驚，質問說：「九哥，我沒做任何傷害友誼的事，墨硯兄憑什麼要你同我絕交？」

聽了陳羅漢質問，孫九路理直氣壯回答：「憑什麼，憑你不讀書、不寫詩！別個墨硯兄早就跟我講，說你娃頭兒愚昧，受壓迫、受剝削，至今不醒悟，同你這類愚昧之人有何交往的必要？所以我要你讀書寫詩，就是這個原因！」

聽了孫九路這話，陳羅漢心下釋然，哈哈大笑，說出一段非凡見解。

正是：

有容乃大，執著是金；
恬淡長壽，癡迷非福。

看官欲知後事，且聽下回分解。

第五回　陳羅漢冷遇傲國公，勾家和笑批假老練

聽說丘墨硯要孫九路同陳羅漢絕交，英英不等陳羅漢講後面的故事，立馬沉下臉道：「丘才子未免太自以為是，你同他從未有過交談，他怎麼知道你的內心世界？」

陳羅漢點頭笑言：「是的，最初我以為有人在他面前說我壞話，他誤解了我的人格，結果聽了他要九哥同我絕交的理由如此簡單，笑得前仰後合，差點摔倒。我發現此君有點自戀。」

英英道：「豈止有點，相當自戀！我從沒聽說不瞭解對方亂下結論的。當時你怎樣回答九哥？」

陳羅漢道：「我笑眯眯地對九哥說，詩人郭沫若詠《爐中煤》詩句有：『你可別嫌我黑奴的魯莽，唯我這黑奴的胸中才有火一樣的心腸。』九哥聽我背誦郭沫若的詩，猛地一怔，神情驚詫，指著我說：『羅漢，你娃頭兒不落教，我剜到精華立刻跑步前來倒給你，你肚裏藏著郭沫若的詩，公然滴水不漏！你在什地方剜的精華？』我見他『跑步』二字傳神，忍往笑，響亮地回答：『在書上剜的。你不是說，高爾基說的，書是人類進步的階梯，力量智慧的寶庫嗎？』」

太太總是維護先生的。英英聽了陳羅漢的回答，滿意地點頭微笑，追問孫九路當時的神態怎樣？

陳羅漢說：「九哥批評我不落教，在書上剜到精華滴水不漏，顯得很不高興。我明白，他這是青春期求知欲躁動，流露的不滿情緒。為照顧他面子，我只好說高爾基的格言盡人皆知，他背的那四句格言我不知道，算他發放的精華。九哥的臉色這才陰轉晴，露出一絲淡淡的微笑。多年來，他一直不服我給他提意見，就是這四句精華在他心中梗阻。」

陳羅漢回憶到此，見英英去廚房做飯，坐在沙發上，翻開孫九路的《坦白與交代》，開始閱讀。

陳羅漢讀完兩章，英英便把飯菜端上桌。英英邊吃邊問陳羅漢，後來他又怎樣同丘墨硯成為朋友的。

陳羅漢停住手中的筷子，道：「說來話長，自那以後，九哥多次撮合我同墨硯兄認識。我總是開玩笑說：『都說新南門到九眼橋，短短四分錢公車路徑，是個文星匯聚、人才濟濟的風水寶地，其中有：天才、地才、人才、鬼才、怪才、樹疙瘩才。墨硯兄才高學厚，詩寫得好，是天才，我這樹疙瘩才同他懸殊過大，不好去高攀他的友誼。他的詩集我會替他很好保管。』其實我有我的想法：人說：『為人不可有傲氣，但不可無傲骨。』別人無端瞧不起你，你何必去巴結別人，讓人輕看。」

英英聽了這話，不斷地頻頻點頭稱是。

陳羅漢又道：「墨硯兄走路總是手背在後面，挺胸收腹，氣宇軒昂，大有明末清初，反清復明的東林黨人味道。有好幾次，我在路上遇見墨硯兄同九哥背著手，做東林黨人狀，迎面走來，我假裝沒看見他，只招呼九哥；還有幾次，我和九哥在路上遇見墨硯兄，他們打招呼時我總是走到一邊，讓他二人說話。最有趣的是，有時九哥同墨硯兄和我，三人走到一塊，九哥走中間，我和墨硯兄分別走在兩邊，雖談論同一話題，可我和墨硯兄卻各自對著老九講話，不直接對話，老九被夾在中間很難受。其實，墨硯兄早已知道他的詩集是放在我那裏的，我們彼此已經有了間接友誼，只是雙方誰都不願屈就，第一個向對方點頭。」

英英聽了這話，追問他們後來是怎樣結束友誼冷戰僵局的？

陳羅漢道：「我和墨硯兄建交不是一步到位，是兩步完成的。第一次有點像現在的兩岸關係，不是直航。我和墨硯兄第一次是通過九哥間接對話：那是『文革』初，一天，我同九哥到川音（四川音樂學院）去，剛走到安順橋，墨硯兄就迎面過來。前幾次，他見我同九哥一道，同九哥打個招呼便走了；這次，他見九哥和我要去川音，說他也去，於是我們三人同行。最初，墨硯兄走在九哥右邊，我走在九哥左邊，後來不知怎麼的，途中他指著一處牆壁上的標語，發表了一通演說後，便把我換到九哥的右邊，他走到九哥的左邊去了。儘管這一細節並不起眼，卻被我看在眼裏，知道他是故意走在九哥左邊去的。」

英英聽到這裏，忍不住打斷陳羅漢的話說：「丘才子行為詭異，我想不通，他為何偏要走在九哥左邊？」

陳羅漢解釋說：「太太有所不知，那段時間，中國以左為光榮，以右為恥辱。墨硯兄雖說口口聲聲反對極左路線，其實他也不自覺地在受極左思潮影響。他自我標榜是時代的先知先覺，是左派，這樣的傲國公，當然不能讓我走在九哥左邊，他成右派。」

英英聽了解釋，哈哈大笑，連說「有趣」。

陳羅漢道：「這不算有趣，墨硯兄站在那裏講解牆上兩幅標語才有趣：當時，他見四下無人，指著牆上一幅『把走資本主義道路當權派掛起來靠邊站』的標語，對九哥說：『狗屁不通！既然掛起來了，腳不沾地，如何靠邊站？』我發現墨硯兄說這話時，面孔雖然對著老九，暗中卻在用眼睛瞟我。他這戲劇性動作微妙，也被我盡收眼底，我佯裝沒有看見，只對九哥點了點頭。墨硯兄見我點頭，知道我認同他的觀點，又指著牆上另一幅『將革命進行到底』的標語說：『這話可惡，革命，革命！你們知不知道什麼叫革命？』我注意到，墨硯兄問話用的複數，你們這個『們』字含我在內，我佯裝沒有聽懂他在問我，只把老九望著。墨硯兄見我和九哥沒有回答，解釋說：『革命是發人之惡的壞詞，革者殺也，革者除去也！革除舊習俗，革除生活陋習、不良嗜好，凡不好的東西都可以革除，為何偏偏要革人的命？無端革掉無辜生命就是殺人。我們是革命人民，等於我們是殺人的人民；革命群眾，就是殺人群眾；革命軍隊，就是殺人軍隊。』墨硯兄說話慷慨激昂，口沫四濺，說到動情處，不禁手握拳頭，捶胸跺腳，大叫：『唉！簡直在戲弄中國文字，作踐中國文字，破壞中國文字！幾千年文明喲，竟然被這殺人的「革命」二字毀滅！中國造字之神倉頡倘若九泉有靈，知道現在有人把他造的「革」字用去革人的生命，一定會痛哭。』墨硯兄在說倉頡要哭時，自己禁不住聲淚俱下，給我的印象，好一個愛國志士情懷，多麼可敬可愛的熱血青年呵！墨硯兄流了淚，用手擦了擦眼睛，又道：『以革命的名義，就是以殺人的名義！

黃巢的詩說：「我花開後百花殺，滿城盡帶黃金甲。」這只是一個地域的血雨腥風；當今世界，從民國到現在，從中國到世界各地，那些革命黨人，都公開以革除他人生命為光榮，你們說可不可怕？』我仍然注意到，墨硯兄再次用了複數。這個『們』字，是傲國公第二次主動同我打招呼的信號。直覺使我感到，他這間接示好，大有發展我為他的『文士反對革殺他人生命黨』成員之意。我明白，像墨硯兄這類伸縮不當的傲國公，友誼金貴。如果你想主動和他交朋友，他會把你踏謔得一錢不值；他主動向你示好，成為朋友，他會把你當成天王老子。有鑑於此，當時我雖然對墨硯兄的高論頻頻點頭，但也只是向著九哥點，附和也只是對著九哥附和，這次算是同墨硯兄第一次間接對話。」

英英聽了陳羅漢的幽默，哈哈大笑，好奇地問他們最後是誰先打破僵局，招呼對方。

陳羅漢得意地說：「當然是墨硯兄主動招呼我，那是後話。」

正在這時，電話鈴響了。

英英聽見鈴聲，開玩笑說：「該不是老農的鬼魂打來的？」

陳羅漢拿起電話一聽，原來是畫家勾家和的，他是前書一位活躍文星。只聽見勾家和在電話裏說，他現在正在《四川日報》交稿件，問陳羅漢夫妻出不出去，說他過一會兒要到陳羅漢家來。陳羅漢見勾家和要來，回說：「不出去，在家恭候。」前面還沒交代，陳羅漢也搬了新居，就住在市中心《川報》後面一條小街四樓。

半小時後，勾家和來到陳羅漢家，他現在是一所大學的美術教授。

勾家和穿了一身筆挺的淺黃色西服，頭髮光亮，面帶微笑，進門便對英英道：「陳太，我來給你們送請帖的，請你們倆口子禮拜天到省美術館去參觀我的畫展。」

陳羅漢聽說勾家和辦畫展，連說兩個「恭喜」，道：「一看勾兄這身打扮，就知道有喜事。兄臺辦畫展，我們理當去捧場，打電話通知一聲，何必親自走一遭。」

勾家和道：「不是客氣，是禮貌。」

這時，英英遞過茶來，勾家和接在手中呷了一口，見桌上孫九路的《坦白與交代》書稿，問陳羅漢這是誰的著作。

陳羅漢把書稿遞到勾家和手中說：「這是九哥的大作，我剛讀了兩章，有意思，你讀一讀。」

勾家和放下茶杯，接過書稿，從身上掏出老花眼鏡，自言自語說了句「歲月不饒人」，戴上眼鏡，就像上次陳羅漢發現孫九路打港式麻「蔣」一樣，還沒讀內容，便指著開篇的〈作者聲明〉說：「假老練！假老練！」

四川方言「假老練」，是自以為是。陳羅漢見他連說兩個「假老練」，問他所指何事。

勾家和道：「羅漢兄你看，這書前面分明寫了長篇紀實文學，又在〈作者聲明〉裏強調，本書故事絕對真實，豈不假老練麼？」

陳羅漢點頭附和說：「是的，九哥愛自以為是。」

也是無巧不成書，陳羅漢話剛落地，電話鈴響。陳羅漢拿起話筒「喂」了一聲，結果是孫九路的。

只聽見孫九路在電話裏道：「羅漢兄，我的書寫得如何？」

陳羅漢見問，在電話裏說：「你老兄急什麼嘛！你才拿給我沒多久，就打電話來了。」

孫九路的聲音顯得失望，不耐煩說：「羅漢，你娃頭兒少清高，我不是讓你看我的寫作水準，是讓你看內容，看你需不需要增加閃光點，你呀！」

陳羅漢對孫九路相當瞭解，從他一舉手、一投腳、一個聲音高低，便可以洞察出內心活動。他聽孫九路這口氣，知道孫正處於原始成績興奮期，沒有高帽子戴腦殼冷，有點感冒，急需讚賞來發汗解表，只得說：「你的書我剛讀了兩章，發現你老兄很有才華，文筆也好，寫得也有趣味，是寫長篇的好手。只是，只是……」陳羅漢說到這裏，故意把話停住。

孫九路聽了陳羅漢的半截話，在電話那端迫切地說：「羅漢，你有啥子話就直說，別老是吞吞吐吐的，我最煩你這種講話方式，半天打不出個屁來。」

陳羅漢見時機成熟，在電話裏道：「九哥，恕我直言，既然是長篇紀實文學，何必畫蛇添腳，聲明絕對真實。」

只聽見孫九路在電話裏辯道：「羅漢，你不懂！你不懂！文學可以虛構，可以藝術加工，我強調絕對真實還不夠，還應再補充說明，絕非虛構。」

陳羅漢見孫九路非但不接受意見，反而強調給蛇添的腳不夠，要再添一隻，明白這又是當年那四句格言精華在梗阻，使孫九路聽不進自己的意見，只得解釋說：「其實這不是我的意見，是……」他剛想說是勾家和的意見，只見勾家和在一邊向他擺手，示意別提自己。

就在勾家和擺手之際，聽見陳羅漢對著電話道：「不是，不是，真的不是她說的。」

陳羅漢這話使得勾家和一頭霧水，不知道陳羅漢這話所指何人。

片刻，陳羅漢放下電話，勾家和問他剛才說不是，指的誰。

陳羅漢笑說：「剛才我把勾兄的意見轉達給九哥，見他反對，心想，他曾向我發放過四句格言精華，不服我提意見。正想告訴他，這個意見是你老兄的。我話還沒說出來，他高矮說我太太在背後囀他小腦發達，『畫蛇添腳』這話肯定是我太太說的，他不服。你們說他是不是假老練？」

勾家和聞言，不等英英開口，問陳羅漢，孫九路發放四句格言精華是怎麼回事。陳羅漢把孫九路拜師的故事講了一遍。

勾家和用手往桌上一拍，說：「難怪不得，他不服你是有根源的。最近九哥的兒子在我那裏學畫，那天九哥同他太太帶兒子到我家來，九哥在一邊看我教他兒子學畫，我太太陪同孫太在另一間房裏聊天。當時，孫太告訴我太太，說有一天，她剛稱讚你老兄的文章比九哥的文章思想性強，九哥就臉色驟變，拍案罵她亂說！」

勾家和說到這裏，後面的話還沒說出，陳羅漢不禁拍案大叫：「勾兄，叫你太太轉告孫太，要她千萬別亂說，九哥文章享受的是『文采風流，才華出眾』待遇，我的文章只配『樸實無華』幾個字，這就跟我的長相一樣，憨憨的是悶墩兒，九哥是帥哥。」

勾家和聽了陳羅漢的幽默，說：「羅漢兄，毛大哥說你同九哥是城隍廟鼓錘一對，硬是一對。」

陳羅漢道：「是一對鼓錘，但九哥那隻錘比我這隻錘大，敲鼓響亮。正因如此，他不服我提意見。」

英英在一邊聽了陳羅漢解釋，笑言：「照你這樣講，九哥欠我們那餐粗糧王火鍋賬就收不到了？」

勾家和聞言，問英英此話怎講。陳羅漢正欲阻止英英，要她別講，英英口快，竹筒倒豆，一口氣把孫九路打港式麻「蔣」的笑話講出來。

勾家和大笑，說：「提起火鍋債，我想起兩個笑話：九哥的兒子在我這裏學畫，我一直當作好朋友的兒子認真教，從沒索要任何報酬。豈料有一天，九哥突然在我和我太太跟前說：『大家雖然是老朋友，孩子學畫也要交學費。』我一再推說不收費，九哥卻一再強調要給，說如果我不收學費，他兒子就不學畫了。為了顧全他的面子。我只好給了一個平衡他心態的友誼價，算象徵性收費。誰知話說了很久，九哥卻沒有任何表示。我沒什麼，我太太不高興了，在我面前嘮叨，說：『九哥不像話，主動提出要付學費，怎麼光打雷不下雨？不給就不要說嘛。』我見太太不高興，安慰要她別提這事，說我們原本就沒打算收學費。我雖然為九哥說話，可九哥不爭氣——一天，九哥打電話給我太太，說他兒子拜師還沒送禮，今天特意買了些我太太愛吃的牛肉乾和米花糖，作為兒子孝敬師娘的禮物，等會就同兒子來我家。笑人的是，九哥父子到後，呈上的禮物只有米花糖，不見牛肉乾。其實有沒有牛肉乾也沒關係，我們也沒問；九哥卻自我解釋，說他路上遇見一個關係戶，站在那裏聊了一會兒，兒子竟然把牛肉乾吃完了。我太太聽了差點暈倒。事後太太在我面前抱怨，說：『九哥假老練，一頂帽子送多人，他肯定是在路上遇到報社的關係戶，把牛肉乾送人，留下米花糖打發叫化子，還轉嫁給他兒子。一大包牛肉乾，同人站在那裏聊了兩句，兒子能吃得完麼？』為此很不高興。這天，我太太忍不住，在九哥面前提了下學費，你們猜九哥如何回答？」

陳羅漢和英英聽了勾家和的問話，想了半天，全都搖頭，說猜不著。

勾家和道：「九哥理由還挺充分，問我太太：『見過水電氣還沒用就先付錢的？』我太太聞言，差點再次暈倒。」

英英聽了到這裏，不等勾家和繼續，在一邊替孫九路打圓場說：「勾哥，據我們所知，九哥有手面，他既然主動說交學費，肯定是想畢業結算。他這人好面子，牛肉乾肯定是路上遇到關係戶，臨時不能抽身去買，便將就把送師娘的貢果拿去送人，後來轉嫁給兒子，這是典型的假老練案例。」

英英說到這裏，勾家和點頭附和說：「麻繩都從細處斷，生活中一些小事，雖不起眼，卻往往容易導致心情不快。」

英英又道：「九哥愛詭辯，以顯示他大腦發達。其實他那些亂吃反應的詭辯，只能算小腦發達。只是他這次又反應錯了，就跟他打港式麻『蔣』似的，鬧了個笑話。他沒搞懂，學生在老師那裏是獲取知識，豈能同使用水電氣相提並論？水電氣是消耗，獲取知識終身受用。不過你太太也成了方腦殼，她應該針鋒相對，跟九哥講，進電影院也得先買票後看電影，否則電影一完，拍屁股走人，哪去收錢？」

這時，陳羅漢在一邊開玩笑說：「勾兄，想辦法叫那個老農的鬼魂去嚇他。」

勾家和見陳羅漢提起老農鬼魂，神祕一笑，說：「你們知不知道，九哥剛搬新居，屋裏鬧鬼，每到午夜電話鈴響是如何來的？」

陳羅漢見勾家和相問，知道內中定有隱情，立馬指著他道：「勾兄，你既然如此問話，說明九哥家那個鬧鬼電話是你打的。」

勾家和不斷擺手，笑道：「羅漢兄，別假老練，絕不是我幹的。」

陳羅漢知道勾家和是佛居士，不打妄語，要他把故事講出來聽。

勾家和道：「事情緣由是這樣的：當年白吃老農黃鱔那事，是九哥同飛哥一起幹的。事後九哥津津樂道於他把老農嚇得屁滾尿流、落荒而逃的機敏，自從墨硯兄罵他是刁民，他再也不提是以他為主，把事情推在飛哥頭上，說是以飛哥為主幹的。飛哥不服，私下對我講，說九哥假老練，顯示機敏時，八方說那事是他幹的，挨了罵就把責任推掉；說九哥愛把自己打扮成高大全，相比之下，他是矮小醜，他遲早要同九哥開個玩笑。」

勾家和講到這裏，有意把話停下，喝了口茶，自言自語說：「假老練就是假老練。這盤假老練當了方腦殼。」

陳羅漢聽得興起，見勾家和把話停下，追問說：「勾兄，別說那麼多假老練了。都知道他是假老練，現在關鍵是要聽假老練後面的精彩故事，快講，胃口吊得惱火！」

勾家和見陳羅漢倆口子急於想知道下文，故意慢慢吞地說：「後來嘛，後來，後來九哥搬了新家，請眾朋友到他家去玩，飛哥舊地重遊，憶起往事，同他開玩笑，故意把他拉到窗前，指著安順橋舊址，編了個故事，說他夜夢老農陰魂不散，向他索要巴簍，提醒九哥注意。九哥迷信，聽飛哥講得活靈活現，信以為真，頭上冷汗直冒，一再說要到文殊院去為老農超度亡魂。有人對夢做過研究，稱有種夢叫提示型幻夢。所謂提示，是指白天印象深刻的事，晚上容易在夢中再現。九哥聽了飛哥編的故事，內心懼怕，當晚便做了個怪夢。巧合的是，他剛夢見老農拉他，電話鈴響，嚇了他磊尖尖一大跳。第二天九哥打電給飛哥，把夜夢老農索要巴簍的事講了。飛哥暗自竊喜，趁機同他開玩笑。那段時間，每到午夜，九哥家電話鈴響，內中那個陰陽怪氣，亂叫『黃鱔，巴簍』的聲音就是飛哥。」

陳羅漢和英英聽了故事，全都大笑，問勾家和怎麼知道這事的。

勾家和道：「除九哥的兒子外，飛哥的兒子也在我這裏學畫，我也沒收學費。那天九哥用水電氣比喻兒子學費的事，被飛哥知道，他便把恐嚇九哥的笑話講給我聽了。說有必要，他還要再去嚇假老練一跳。」

陳羅漢聽說飛哥要再去恐嚇孫九路，連忙擺手說：「勾兄，剛才我說要老農鬼魂去嚇他，純屬玩笑，你要飛哥千萬別再去嚇老九。但凡假老練，神經脆弱，把他嚇出病來，毛大哥會批評的。」

英英聽說假老練神經脆弱，在一邊說：「都說九哥的老師也是假老練，不知道丘才子的神經脆不脆弱？」

陳羅漢點頭說：「脆弱，就是脆弱。」

這時英英追問陳羅漢，他最後是怎樣同丘墨硯打破友誼僵局的。

陳羅漢見勾家和不知道前面的故事，只得把丘墨硯要孫九路同他絕交的笑話複述一遍，隨後道：「剛才我說了，墨硯兄這類傲國公，你主動和他交朋友，他反而把你踏謔得一錢不值，因此我打定主意，儘管他多次向你示好，但他不主動招呼我，我不會主動招呼他。九哥好意，多次撮合我們走在一起，我們仍如上次，間接對話。有幾次，墨硯兄同九哥到我家取他的詩集，全是九哥進來取，他從不進我家門。取了詩集，我同九哥一道出去，他又總是有意走在九哥左面，高談闊論，這局面維持了很長時間。一天，九哥要我陪他到現在的南二環路體育館後面，川醫宿舍去，說去找歌唱家周倫。當年那裏還是一片農田。我和九哥來到川醫宿舍門外，剛要進去，九哥告訴我說，墨硯兄最近住在周倫那裏。一聽這話，我立即停步，要九哥進去，說我在外面等他。九哥反覆拉我，見我固執己見，只得單獨進去。」

陳羅漢說到這裏，也學勾家和，故意把話停下。

勾家和正在興頭上，見陳羅漢打住，連忙追問後面怎樣。

只見陳羅漢慢慢端起茶杯，呷了口茶，隨後放下杯子，繼續說：「九哥進去後，我正在小溪邊看流水，不意片刻工夫，九哥同墨硯兄便一道走了出來。我以為這次也同往常一樣，墨硯兄要同我們一道出去。令我始料未及的是，這次墨硯兄像對待老朋友似地招呼我說：『羅漢兄，怎麼不進來坐呢？』說著熱情地握著我的手，直往裏拉。既然傲國公親自出面發展友誼，我還能說什麼？也就順勢而為，笑瞇瞇地同他客套了兩句，隨他進去，結束間接對話僵局。」

勾家和聽了陳羅漢與傲國公的故事，感慨地說：「傲國公自命不凡，能在你老兄面前下矮樁，很不容易啊！」

陳羅漢收起笑容，表情認真，說：「勾兄，千萬別這樣講，這話萬一傳到墨硯兄耳裏，他又要同我斷交。正確說法，傲國公禮賢下士。」

陳羅漢說到「士」，怕勾家和誤解自己不謙虛，把自己看成賢士，解釋說：「我之所以說墨硯兄禮賢下士，是有依據的——我前面講了，墨硯兄友誼金貴，他主動發展你做他的朋友，會把你捧上天。果然，我同墨硯見建立友誼不久，他送了我好幾頂大帽子，其中一頂，當時只有偉大領袖紅太陽才配戴，他用來贈我，倘若被人知道，定會惹禍。」

正是：

大千玄機朦朧朧，恬淡虛無守中庸；
伸縮得當乃自如，不卑不亢樂無窮。

看官欲知後事，且聽下回分解。

第六回　丘墨硯怒斥白卷王，孫九路傾情述相思

勾家和聽說丘墨硯送了陳羅漢一頂特大帽子了，好奇地問他什麼帽子。陳羅漢故弄玄虛說：「這頂帽子我不敢戴，也不夠資格戴，只好珍藏，勾兄想看，得選個黃道吉日出示。」說完端起茶杯喝茶，不再言語。

英英和勾家和聽得餘興未盡，一再催他快講下文。

陳羅漢放下茶杯，坐在沙發上沉思片刻，說：「你們要想知道是頂什麼帽子，得從下面故事聽起，接下來開始回憶。

丘墨硯拉著陳羅漢的手，同孫九路徑直來到川醫宿舍，鍋爐房旁邊一間十多平方米的木屋內，指著一個瘦高個子的青年介紹說：「羅漢兄，這位是歌唱家周倫。」接下來又把陳介紹給周倫。

周熱情地將二人讓到床邊坐下，倒了杯白開水，遞到陳羅漢手中，對孫九路道：「九哥是常客，自己倒水。」

陳羅漢接過茶杯，環顧四周，見這間十二平方米的木屋，擺著兩張單人床，其中一張床上放了一把小提琴；靠牆的小條桌上放了一本樂譜，兩把椅子分放兩邊，門後面掛了一套周倫上夜班，燒鍋爐時穿的工作服。室內雖然簡陋，倒也整潔。

眾人坐定，寒暄一陣，孫九路便指著周倫對陳羅漢道：「羅漢兄，成都流傳的〈娜娜之歌〉，詞曲都是周兄作的。」說著要周倫唱上一曲。

周倫客套了兩句，說：「羅漢兄初次見面，我獻醜了。」說完清了清歌喉，唱道：「月亮高掛天上，水仙花兒正開放；抬起妳溫柔的臉兒，為月亮吐露芳香。」

周倫唱到這裏，輕快地把身子旋轉了一圈，手打節拍又唱：「我的娜娜呀，妳是我的愛；我的心兒呀，永遠為妳歌唱。娜……娜……娜……，我只……為妳……歡樂憂傷！」

周倫唱完，在床上拿起小提琴，對丘墨硯招手說：「墨硯兄，把你的小夜曲唱起來，我為你伴奏。」

丘墨硯沒有推辭，隨琴聲唱道：「我在這寧靜的夜晚，徘徊江畔，找尋我心上的姑娘，難道是無望的夢幻？」

丘墨硯唱到這裏，孫九路激動地追隨他老師唱：「天空那樣黯淡，江濤也為我吟歎，我……」

此時，琴聲嘎然而止，陳羅漢這才發現，丘墨硯左手撐著牆壁，低頭在那裏啜泣，不由奇怪地問孫九路，這是怎麼回事。

孫九路擺手道：「墨硯兄經常這樣，唱到動情處就要流淚。沒什麼，過一會兒就好了。」

果然，過了片刻，丘墨硯擦乾淚水，激動地說：「我聽了周兄的〈娜娜〉歌，想起報上把交白卷的人視為英雄就很憤慨——交白卷成英雄，簡直作踐知識！」

這裏得交代兩句：丘墨硯說的白卷英雄，是「文革」時，受「讀書無用」論影響，一位姓張名鐵生的青年考試交白卷，被中國各大報刊吹捧為英雄；從那個年代過來的人，至今對中國文化史上那個天大的笑話記憶猶新。只是時過境遷，現在的青年們不清楚那段歷史了，有必要說明。

言歸正傳。只見丘墨硯怒斥道：「他是英雄，周兄是什麼呢？我又是什麼呢？我敢說，如果上帝現在突然宣布，要在我和白卷大王之間選一個人去死，我會毫不猶豫地說，讓他去死。理由很簡單，他是白癡，我是才子中的才子，是時代的天才，我們都是時代的天才，一群時代的天才。但是，我們這些天才能有何用？苦悶！徬徨！我聽見周兄呼喚他的娜娜，就想起我的夢中情人。唉，愛人啊！妳在哪兒？光明啊！你在何方？人說前途似錦，我們的前途的卻是井，每走一步都是陷阱！」丘墨硯說到動情處，再次用手擦了擦眼睛。

陳羅漢聽了丘墨硯慷慨陳詞，內心湧現出正義與青春躁動，情緒激昂。

孫九路機敏，洞察到陳羅漢神情異常，在一邊扯了扯他的衣襟，悄悄說：「羅漢兄，聽見沒有？墨硯兄把你也視為天才，你不努力向大家看齊怎行！」

陳羅漢見丘墨硯多次用複數，稱大家都是天才，正欲聲明自己不是，見孫九路又說他差距大，立即對丘墨硯道：「墨硯兄，我贊同你的觀點。倘若在你和白卷大王之間選一個人去死，當然選他；你是天才，他是小丑。但我得聲明，我不是天才。」

丘墨硯見陳羅漢否認自己是天才，頻頻點頭，改口說：「羅漢兄是當今義士，有高漸離、荊軻、王佐風度。」

勾家和聽了這話，在一邊說：「墨硯兄把你比作刺秦勇士，當局如果知道，會有麻煩。羅漢兄，你說的是不是這頂帽子？」

陳羅漢搖頭說：「這只是墨硯兄送給我的見面禮，真正的大帽子在後面。我講了，那頂帽子只有政治領袖才能戴，他拿來送我，定要惹禍。」說完繼續回憶。

現在的青年人有所不知，「文革」期間，全國除了八個樣板戲，一些毛主席語錄歌曲外，但凡抒情歌統統被打成小資產階級情調歌曲，是禁止在大庭廣眾傳唱的。

孫九路見丘墨硯再次流淚，安慰他說：「墨硯兄別傷心，來唱歌。最近我學到一首剛從雲南邊境流傳過來的歌，叫〈南屏晚鐘〉。」說著情不自禁地唱道：「……不見我的舊情人，只見那夕陽紅。南屏晚鐘，隨風飄送，它敲呀敲醒我相思夢，相思有什麼用？相思有什麼用？」

丘墨硯見孫九路反覆唱「相思有什麼用」，打斷他的歌聲說：「不，相思有用，相思有用！你們想一想，當今世道，沒有光明，沒有前途，正如一位名詩人的小詩所說：『我拉著命運的破車走她窗下過，卻不敢唱起想唱的歌。』你們說，哪兒去找愛情？唉，只有在心目中塑造一個偶像，去單戀，去崇敬、崇拜，讓她的聖潔洗去我們心靈的塵埃；讓她聖潔的光引導我們的靈魂走向光明，完美我們的人格。所以我說相思有用。」

丘墨硯講完相思的作用，回頭問孫九路物色到偶像沒有。孫九路見老師相問，畢恭畢敬地回說：「物色到了，物色到了。是我們那條街紙箱生產組的一個女娃子，梳了一對長辮子，長得相當漂亮，我給她取名秋月。我經常在她下班時，悄悄跟在她後面，目送她回家，為她祝福。」

丘墨硯對學生的回答頗為滿意，進而又說：「不光是單戀，要寫詩，要通過相思，寫出感人肺腑的詩句，名垂千古的絕句，你這相思病就害得思有所值了。」

孫九路聽了丘墨硯的高論，用眼睛瞟了下陳羅漢，從身上掏出一張紙遞到丘跟前，說：「墨硯兄，我寫了詩，你看，這首〈秋月〉就是我的近作。」

丘墨硯展開詩稿，但見上面寫道：「是幻美的愛，為何那樣強烈？是真情的夢，為何這樣蒼白？我努力地想向妳表白——」

丘墨硯讀到這裏，擺手大叫：「不能表白，不能表白，只能單戀！別去破壞她的聖潔。」說完怕孫九路不理解，特地以傳教士布道的口吻解釋說：「我同你講了好幾次，你都沒把我的單戀精神吃透——你要明白，我主張柏拉圖式的精神戀愛，不是那種『但願人長久，千里共嬋娟』的雙相思。哲學家柏拉圖追求愛的心靈溝通，認為當愛情排除肉欲，偏向精神，追求真理時，思想境界最高，情操最高尚，人格最偉大。我在柏拉圖式的精神戀愛理論基礎上有所發展，主張純粹單戀，純精神偶像崇拜，只有這種超凡脫俗的愛才永恆。」

孫九路聽了丘墨硯高論，再次把陳羅漢看了看，說：「羅漢兄，聽見沒有，要大膽地愛！你也去塑造一個偶像，用以淨化你的靈魂。」

直聽得陳羅漢熱血沸騰，頻頻點頭。

陳羅漢回憶到此，勾家和忍不住打斷他的話說：「羅漢兄，我想提個問題。墨硯兄既然說單相思不能表白，那當年你同九哥替他去給川大那位教授的女娃子遞情書，碰一鼻子灰，這事又做何解釋喃？」

勾家和的問題提得好，這是前書第十七回中的故事。

陳羅漢見勾家和相問，要他別急，說這個問題後面自有交代。

勾家和又道：「還有，我們是幾十年的朋友，沒想到你和九哥還有這段有趣的往事，埋得太深了，深不可測。你後來物色到偶像沒有？她是誰？」

陳羅漢見問，瞟了太太一眼，言語吞吐。

勾家和看透他的心思，明白他因太太在身邊，不好講這段經歷，安慰說：「羅漢兄，沒關係，講過去，陳太能理解。」說著問英英能否理解，英英含笑點頭。

陳羅漢見太太沒反對，這才開始回憶。

時間匆匆，丘墨硯把陳羅漢和孫九路從周倫那裏送出來後，不覺三個月過去。一天晚上，孫九路邀陳羅漢到錦江河畔散步，向陳羅漢傾述相思之苦，說：「羅漢兄，上次墨硯兄說，要我只能單戀，不能表白，現在我才體會到，純粹單戀好痛苦啊！」說完情不自禁地唱道：「山上的那個杜鵑花是紅的，冬天的那個雪花兒是白的；美麗的秋月我愛妳，我有句話兒對妳提，我有句話兒不敢提。」唱完解釋：「羅漢兄，你可能不明白，這是我自編的〈偶像歌〉。歌詞中的杜鵑、白雪、秋月，就是墨硯兄、月夢兄和我的偶像。我把他們偶像的名字全都融入到歌詞裏了。你現在還沒有偶像，等你有了偶像，也把她的名字加進去。」

陳羅漢聽了這話，做憨厚狀說：「九哥，最近我受你們影響，也物色了個偶像——就在東門大橋旁邊那條小巷裏住。」

孫九路聽說陳羅漢有了偶像，一邊抱怨，一邊追問說：「唉呀，羅漢兄，你娃頭兒有了偶像咋能對我保密喃？那個女娃子長得怎樣，漂不漂亮？取的啥子名字？快快報上來，我好加在歌詞裏唱。」

陳羅漢道：「長得可以，小乖小乖的，走路一跳一跳的，輕盈活潑，有如春天的燕子。」

孫九路聞言，迫不及待地說：「唉呀，那就取名燕子嘛。」

陳羅漢點頭說：「是的，我就是叫她燕子。」

孫九路很滿意，伸出大拇指，連說：「英雄所見略同，英雄所見略同。」

這時，只見陳羅漢從身上掏出一張紙，小聲地對孫九路說：「九哥，那天我讀了墨硯兄的那首〈我愛〉，深受啟發，也寫了幾句我愛，第二句就是說的那個偶像。」說著將詩稿遞到孫九路手中。

但見上面寫道：「我愛遊子遠行慈母依門的哼哼祝福／我愛相思夢裏那隻小燕子的身影／我愛那一盞伴我長年苦讀的孤燈／我愛伯牙曲中的高山流水／我愛易水蕭蕭的悲壯歌聲。」

孫九路在月光下讀完詩句，撫掌大笑：「羅漢兄，有進步，有進步！我早說了，寶石不經琢磨也不會放出光來。不管你說你是啥子才，樹疙瘩才也是才。墨硯兄說了，大家都是天才。」

陳羅漢見他說天才，連忙搖頭，表示自己不是。

孫九路道：「你不能自暴自棄，要向天才靠攏。天上的樹疙瘩才總比地上的樹疙瘩才高嘛。從你這首詩就可以看出，自從你有了崇拜的偶像，進步很大。說明有愛就有了追求目標，就有希望。」

陳羅漢見孫九路居高臨下，表揚自己，做憨厚狀說：「全靠九哥當初發放的四句格言精華鼓勵，我才有今天的進步。」

孫九路滿意陳羅漢的回答，面帶笑容，微微點頭，以導師的口吻說：「寫詩得注意技巧，要講形象思維，不能用典冷僻：什麼高山流水，什麼易水蕭蕭？這不是寫古體詩。你這第一句很好，即將遠行的遊子，回頭看依在門邊的慈母，聽母親在說：『兒啊，天冷注意加衣服，不要生病囉，早點回來！』這是遊子們永遠難忘的祝福啊！第二句就差了，沒有形象思維——相思夢裏那隻小燕子，什麼樣的燕子沒交代，給人印象在說口水話。還有，你老兄也不謙虛，什麼長年苦讀？從我發放精華給你算起，苦讀了多久？有墨硯兄讀的書多？硬是就長年了，好意思說。」

陳羅漢見孫九路逐句點評自己的詩句，故作憨厚恭聽狀，待孫九路講畢，拱手道：「呵喲，九哥不簡單，文學理論也有一整套。承教！承教！」

中國語言文字很了不起，同一個詞，聲音高低抑揚的差異，會表達出不同意思。大概陳羅漢說「呵喲」二字，語調顯得特殊，給孫九路有幽默感覺。只見他把手一揮，道：「羅漢，少陰陽怪氣！」

孫九路評完陳羅漢的詩，繼續唱道：「山上的那個杜鵑花是紅的，冬天的那個雪花兒是白的，報春的那個小燕子是黑的；美麗的秋月我愛妳，我有句話兒對妳提，我有句話兒不敢提；我在黑暗中祝福妳，希望幸福降臨妳。」唱完仰望星空，長長地吐了口氣，回頭對陳羅漢道：「你自己說，我對你如何？你剛報上你偶像的名字，我就把她加進歌詞裏了，而且還加在我的偶像前面，說明我這人一點不自私。本來嘛，墨硯兄的杜鵑花是春天開的，應當排在月夢兄的偶像後面。他老兄小氣，我怕他多心，乾脆把他偶像的名字排在第一，免得他二天找話說。」

英英和勾家和聽陳羅漢回憶到此，不禁大笑，連說「孫九路可愛」，追問後面的故事。陳羅漢道：「你們別著急，好戲在後頭。」說著喝了口茶，清了清嗓子，繼續回憶。

丘墨硯的「單相思淨化靈魂」論很快被陳羅漢接受，成了他的忠實追隨者。陳羅漢的忠實，同彼時提倡忠於政治領袖那種愚忠異曲同工。丘墨硯說單相思不能向偶像表白，陳羅漢舉雙手贊同，八方宣傳單戀的高尚情操。當時，新南門到九眼橋的這一群青年，全是沒有對象的寡公子，正處在小雞公剛開叫的春潮期，經常聚在一起聽孫九路吉他彈唱抒情歌曲，聊解青春的饑渴。

這天下午，孫九路、陳羅漢、尤天基、田二哥、干朗明等人會聚在安順橋附近，三元街徐半仙家，聽孫九路吉他彈唱。孫九路情緒高昂，先彈了兩曲毛主席語錄歌，以掩隔壁鄰舍耳目，隨後彈唱了一曲〈水長流〉。

只聽見吉他響起，孫九路深情地唱道：「水長流，一去不回頭，就像我倆的愛情，一發不能休，呵，呵，呵，一發不能休。」

孫九路唱完，把吉他放下，對眾人道：「各位朋友，要大膽地愛。」

徐半仙聞言，不等他說後面的話，打岔說：「九哥，你這曲〈水長流〉唱得我心頭惱火。你叫我們大膽愛，我們到哪兒去愛？沒有愛情，何來水長流？我想聽你唱〈南屏晚鐘〉。」

孫九路聽徐半仙說得淒涼，指著陳羅漢道：「怎麼沒有？羅漢兄最近就有了愛。」接著唱起他的〈偶像歌〉。唱畢，向眾人解釋這歌是他編的，歌詞裏的小燕子是陳羅漢的偶像，要陳羅漢當眾講述如何物色到偶像的故事。

陳羅漢見孫九路在朋友們面前宣布他的單戀，臉色紅到耳根，做羞澀憨厚狀，推辭說：「九哥，這有什麼好講的嘛。」

正在這時，丘墨硯到來。

孫九路見老師進屋，起身讓座，說：「墨硯兄來得好，我正在批評羅漢，說他有愛不敢示人。來，你來開導他。」

丘墨硯聽說陳羅漢有了偶像，關切地問他：「偶像是知青、工廠女工，還是待業青年？外貌怎樣？純不純潔？取的什麼名字？」

陳羅漢見問，簡單介紹小燕子的情況說：「她是東郊一個信箱廠的女工，長得很漂亮，相當純潔，我給她取名燕子。」

丘墨硯聽得不斷點頭，說：「燕子這個名字取得好，燕子代表春天，我們就是嚮往時代的春天。剛才我之所以問你，她是幹什麼的，是看離你近不近。離你近你才能經常去關注她，為她祝福，從而淨化你的靈魂，昇華你的人格。」

陳羅漢聽了丘墨硯的單相思理論，補充說：「我就是在學你和九哥，把燕子姑娘當作心目中的偶像崇敬，暗中虔誠地為她祝福，從沒想要真的同她講戀愛。我暗中為她祝福時，深刻感受到，一個人有了相思偶像，不論對方知不知道，心靈都有了寄託。」

丘墨硯對陳羅漢這番表白十分滿意，點頭讚說：「我沒想到羅漢兄悟性如此之高，一下就把我的『單戀淨化靈魂、昇華人格』理論的精髓吃透。」

丘墨硯這話給人的印象，彷彿是一位西方傳教士，在向人們傳播主的福音——只是這福音是他的「單相思人格教」福音。

孫九路見丘墨硯表揚陳羅漢，暗中向陳眨了眨眼睛，在一邊撥弄了幾下琴弦，又指著干朗明對丘墨硯道：「墨硯兄，最近干兄受我影響，也有了偶像，還為他的偶像寫有詩。」說著把手一招，向干朗明道：「干兄，來，把你的偶像也向朋友們介紹一下。」

這裏得交代兩句：孫九路自從在丘墨硯那裏學到單戀人格理論後，經常以傳教士自居，八方「傳教」。除陳羅漢外，最近他成功地把干朗明發展為丘墨硯的「單相思人格教」成員。

干朗明見孫九路要他介紹單戀經過，同陳羅漢一樣羞澀，不斷擺手，表示不好意思。

孫九路見狀，鼓勵說：「干兄，沒什麼，別個羅漢都敢大膽講他的愛情經過，你有什麼不敢嘛！把你那首詩唸給大家聽，大家好向你學習。」

干朗明禁不起孫九路一再要求，起身站在中間，躬身向眾人行了個禮，大有講學習毛主席著作心得體會似的，對眾人道：「我的偶像是我老師的女兒，我們經常接觸，我一直在暗戀她，不敢向她表白。那天聽九哥講了羅漢兄拜偶像寫詩的經過，我深受啟發，也胡亂寫了兩句詩。只有兩句，把我和她的名字鑲嵌在裏面，內容是：『瓊樓玉宇雲高起，朗月風清伴君還。』」

干朗明講到這裏，孫九路搶過話，替他解釋說：「各位有所不知，『瓊』是干兄偶像名字中間字，『朗』是干兄名字中間字，合起來就是瓊朗。我原本準備把干兄的偶像名字也嵌進我寫的歌詞裏唱，但不好嵌。干兄這兩句詩比羅漢兄那幾句寫得好，伴君還的『伴』字傳神。我建議干兄再寫兩句，成為一首完整的詩。」

干朗明點頭道：「是的，我正準備有靈感續兩句，把詩拿給偶像看，讓她明白我在愛戀她。」

孫九路同干朗明對話時，丘墨硯一直在旁邊專心傾聽，不時頻頻點頭。當他聽到干朗明要向偶像表白，打斷干的談話，擺手制止說：「干兄，老九沒跟你講麼？我的單戀精髓是不向對方表白，表白就失去用單相思淨化靈魂、昇華人格的作用。」

這時，徐半仙在一邊要求孫九路彈一曲〈南屏晚鐘〉，眾人齊聲附和。

孫九路在眾人要求下，調整琴弦，開始彈唱〈南屏晚鐘〉。唱完第一段，他向眾人揮手道：「來，大家一起來唱下一段。」接著撥動琴弦，眾人齊唱：「不見我的舊情人，只見那夕陽紅。南屏晚鐘，隨風飄送，它敲呀敲醒我相思夢，相思有什麼用？相思有什麼用？」

丘墨硯待眾人唱畢，起身演說：「各位朋友，我上次跟老九講了，『相思無用』是錯誤觀點，他沒把我的單戀精神吃透。在這方面，羅漢兄比他悟性高，理解深刻透徹。現在我把南歌的歌詞略作改動，把其中敲醒我相思夢的『醒』改成『頌』，再把後面的『相思有什麼用』，改成『相思有大用』，這樣成了：『南屏晚鐘，隨風飄送，它敲呀敲頌我相思夢，相思有大用。』」

丘墨硯講畢，把他上次在周倫那裏同孫九路和陳羅漢講的那套柏拉圖式精神戀愛理論複述了一遍，又道：「你們知不知道，杜鵑花為什麼是紅的，那是因為子規相思啼血，把它染紅的。子規又稱杜鵑鳥，所以古詩有『淚血染成紅杜鵑』的名句。現在你們總該明白，為什麼我要給我的偶像取名杜鵑花，原因就在於此。」

眾人聽得不斷點頭。孫九路受了批評，為討好老師，再次撥動琴弦，道：「各位，再唱一遍，這次按墨硯兄修改的歌詞唱，今後這幾句就是我們的單相思戀歌了。我們也要學杜鵑鳥，為偶像相思啼血，鮮豔花朵。」

只聽見琴聲響起，眾人齊唱：「南屏晚鐘，隨風飄送，它敲呀敲頌我相思夢，相思有大用，相思有大用。」

丘墨硯見眾人唱得投入，悄悄扯了下陳羅漢衣衫，使眼色要他隨自己出去一下。

陳羅漢隨丘墨硯出得徐家，來到安順橋頭，只見丘墨硯手扶欄杆，眼望流水，沉思片刻，轉身對陳羅漢道：「羅漢兄，說實話，過去我壓根兒沒想到你老兄有這麼高的悟性，你居然對我的單戀思想精神吃得如此深透。這兩天我反覆思考，發現你之所以吃得這麼深透的原因，應歸結於你偉大光輝的人格魅力所致。最近，我時常用你光輝的人格在引導我的靈魂，讓我的靈魂走向光明與聖潔。我希望你也能用你光輝的人格去影響大家，感召大家，引導大家用我的單戀思想去淨化、昇華、完美人格。」

陳羅漢回憶到此，勾家和撫掌大笑，說：「羅漢兄，你說的大帽子肯定是這頂了？」

陳羅漢笑答：「是的，墨硯兄送我的『偉大』帽和『光輝』帽，我都不能受，不敢受，不配受。我前面講了，墨硯兄這類傲國公，他主動發展你成他朋友，會把你捧上天。果然，沒多久，他就把這兩頂當時只有領袖紅太陽才配戴的帽子用來贈我，你們說會不會惹禍？」

勾家和聽了陳羅漢的幽默，也幽默說：「想不到你那麼快就被墨硯兄提拔到他的『單相思人格教』核心層去，享受偉大領袖同等待遇。」

陳羅漢搖頭道：「墨硯兄的偉大帽，我當時就還給他了。我告訴他，我是草民，平凡得不能再平凡，這頂帽子對我有如一隻大口袋子，會把我整個身子裝進去，成為裹屍布，實在不敢笑納。至於光輝帽，也不敢收，人無完人，金無足金，豈敢妄言光輝！但我退給他，他不收，反而批評我，說他這頂帽子代表人品，如果我拒絕，等於承認我是刁民。我當然不承認我是刁民！同時我知道，墨硯兄自稱才子中才子，自封『單相思人格教』教主，我光輝，他更光輝，所以我只好把這頂光輝帽當作人格貞節牌放在那裏，作為完美人格修為的牌位供奉，約束言行。後來墨硯兄還是把那頂偉大帽硬塞到我手中，說是我身邊有人配戴此帽。然而，他老兄的『單相思昇華人格論』，雖然被眾寡公子吸收，可沒過多久，就出問題，而且出在他的學生老九及干兄身上。」

正是：

有愛不吐學子規，啼血聲聲苦祝福；
暗中一片相思淚，盡付詩箋寫真情。

看官欲知後事，且聽下回分解。

第七回　吻偶像孫九路叛離師門，講人格丘墨硯入萬恨幫

陳羅漢回憶到此，勾家和對陳羅漢夫妻道：「羅漢兄，我很想繼續聽你講下去，但我要去送請柬，只得改天再來聽你講後面精彩故事。」說完起身離去。

勾家和走後，英英餘興未了，追問陳羅漢，丘墨硯說他身邊有人配戴偉大帽，此人是誰。

陳羅漢道：「還有誰？當然只有母親呵！母親在兒子心中永遠是偉大的。古詩云：『誰言寸

草心，報得三春輝。』世上母親最偉大，母愛最光輝，只有母親才配戴這兩頂帽子，享受如此殊榮！」

陳羅漢提到母愛，勾起往事，神情黯然，對英英道：「母親過世多年，我再也不能沐浴她的光輝，這使我想起她老人家給我做的那件卡其布長棉大衣。」說完繼續回憶。

前書三十一回說，陳父積善在貧病交加中離開人世，留下陳羅漢母子相依為命，苦度歲月。街道辦事處張幹事見他母子生活無著，把陳羅漢調到成都東郊一個玻璃廠當工人，陳母則每天一大早起床熬漿糊，粘火柴盒，起早貪黑，一個月最多掙五六元錢。

這年冬天，陳母用口攢肚落積累的工錢，給陳羅漢做了一件卡其布長棉大衣。現在的青年人，衣著光鮮，式樣繁多；可他們卻不清楚，在那以貧窮為光榮的年代，能穿上一件有海府絨領子的卡其布長棉大衣很不簡單。

陳羅漢第一天穿上棉衣到工廠，同事們便用羨慕的眼光看他，紛紛稱讚：「人是樁樁，全靠衣裳。」他這外貌憨厚的莽娃穿上新衣服，公然成了風流小夥，這下好找女朋友了。與陳羅漢共事的何眼鏡見眾人讚穿新棉衣好找對象，悄悄把陳羅漢拉到一邊，想說什麼，卻沒開口。

陳羅漢見他欲言又止，估計有事相求，要他不必顧慮，直言道來。

何眼鏡鼓足勇氣說：「羅漢兄，有人給我介紹了個女朋友，要我禮拜天去相親，想借你的新棉衣一用，不知可否？」

自古君子有成人之美，即使陳羅漢捨不得這件剛穿上身的棉衣，礙於面子，鼻子大把嘴壓著，不好說話，只得硬著頭皮答應。

這件棉衣煞是有趣，何眼鏡相完親到陳羅漢家還衣服時，剛好孫九路在場。孫九路風流倜儻，能彈會唱，彼時在一個群眾組織的毛澤東思想宣傳隊吹黑管。他試穿了下這件新棉衣，見何眼鏡稱讚他穿上身比陳羅漢氣派，一時捨不得脫下，非要用身上那件和尚領緊身軍棉襖同陳羅漢交換兩天，說要穿著這件衣服到宣傳隊的女孩子面前去顯洋盤（炫耀）。何眼鏡能穿去相親，孫九路要穿，陳羅漢當然不能說不。

豈料，孫九路穿上這件棉衣，一去半月，陳母見孫九路多日沒有蹤影，內心著急，成天在陳羅漢跟前抱怨。

這天下午，陳羅漢下班回來，陳母又在他面前說：「那個何眼鏡太虛偽了，耍女朋友借別人的衣服穿，終會露餡；老九就更不像話，公然拿件爛棉襖把你的新衣服換去，這麼多天不還回來。總有一天他要來我家，到時我不洗涮他才怪。」

也是無巧不成書，陳母話剛完，孫九路便從外面進來。

陳母一見孫九路，沒好氣地說：「老九，你自覺點嘛，我們羅漢這輩子就穿了這一件能拜客的衣服，你穿兩天玩個新鮮就夠了，咋個穿去就不理了哦！」

孫九路見陳母生氣，笑嘻嘻地一邊同陳羅漢交換棉衣，一邊說：「伯母，妳老人家鬧啥子？我同羅漢親如兄弟，等於也是妳的兒子。何眼鏡能穿去相親，我為啥穿不得？」

陳母見他嘴甜，笑言：「別個何眼鏡穿麼沒穿那麼久嘛，你穿去就是兩個星期，不自覺。」

孫九路見陳母臉色轉晴，對著陳羅漢眨巴眼睛，辯說：「伯母有所不知，我之所以耽誤了那麼多天，是在為羅漢物色對象。」

一般而言，兒子大了，母親最操心兒子的婚事。陳母聽說孫九路在替陳羅漢物色對象，似信非信，說：「給羅漢找對象？殼子！」

孫九路見陳母說他吹牛，一本正經說：「伯母，不信妳問羅漢，那個小燕子就是他的對象。」

陳羅漢沒想到孫九路會當母親面說他同小燕子講戀愛，不假思索，脫口否認，小聲道：「九哥，那哪叫對象，那是一廂情願，打精神牙祭。」說完回頭見陳母在看自己，怕母親誤會，把孫九路拉了出去。

二人來到孫九路家剛坐定，孫母便過來指著陳羅漢道：「羅漢，我給你打個招呼，你今後再叫我們老九去打架，我可要對你不客氣了。」

陳羅漢回憶到此，英英忍不住問孫母為何如此說話。

陳羅漢道：「這事得從上次我與九哥替墨硯兄遞情書說起。那天我同九哥替墨硯兄遞了情書出來，剛走到九眼橋公共車站便遇見個小偷。老九為抓那人，被小偷用刀子戳傷。伯母不知內情，一直以為是我同人打架惹禍連累九哥，每次見我，總要嘮叨幾句。九哥見我受了委屈，安慰我，說：『每個母親都是維護自己兒子利益的。』說著同我離開他家。

英英聽了解釋，追問陳羅漢說，剛才勾家和問，丘墨硯既然講究單戀偶像，那次為什麼會同意孫九路與陳羅漢去替他給教授女兒送情書。

陳羅漢道：「妳這問題等會兒會講到。」接下來繼續回憶。

二人出得孫家，剛走不遠，干朗明便迎面走來。干朗明一見二人，拉著他們同到河邊散步，說有話講。

三人來到錦江河畔，天色已近黃昏。

干朗明望著西去夕陽，在地上撿了個石頭往河裏一扔，轉身對陳羅漢道：「羅漢兄，做人不能委屈自己的性格，放棄己見，附和他人，左右逢源。我發現你老兄就有這種味道。」

陳羅漢一頭霧水，不明白干朗明所指為何，要他把話說清楚。

干朗明道：「說實話，我對墨硯兄那套單相思精神戀愛理論接受不了。他不准我們向偶像表白，不讓偶像知道自己在愛她，那還有什麼意義？」說完一屁股坐在河邊草地上，要二人坐下談話。

二人隨干朗明坐在地上後，孫九路附和說：「最近，我也思索了很久，我同干兄一樣，對墨硯兄的『單相思昇華人格論』有看法——我總覺得他老兄那套理論空洞。他說不能向偶像表白，不能讓對方知道自己在愛她，否則愛就不純潔。我經常想：就是給菩薩敬香，也得找靈驗的寺廟，才能讓菩薩知道你在敬他。如果菩薩不知道你給他敬香，不知道你虔誠，如何會保佑你喃？」

聽了孫九路這話，干朗明手往大腿一拍，激動地說：「九哥悟性高，終於悟到玄機：墨硯兄要我們學柏拉圖，搞精神戀愛，不讓對方知道自己愛她，那樣豈不成了愛情雷鋒！雷鋒做好事不求名反而名滿天下，我們當愛情雷鋒也要讓對方明白，否則就會成為天安門廣場無名英雄紀念碑下那堆白骨，當了英雄永遠沒人知道。提倡當無名英雄是反人性的，誰都不會願意。」

陳羅漢見他二人你一言我一語，對丘墨硯品頭論腳，開玩笑說：「好哇九哥，你公然給老師上綱上線，打老師的翻天印，這還了得！」

孫九路收起笑容，反駁道：「羅漢，我沒同你說笑，我這是正兒八經的話。跟你明說，我穿著你的新棉衣，之所以那麼多天沒來見你，是同秋月約會去了。我這幾天晚上都要同她到河邊散步。」

陳羅漢沒想到孫九路短短十多天沒見面，便同秋月姑娘搭上關係。正欲問他如何把秋月弄到手的，還沒開口，干朗明便迫切地追問：「九哥，你晚上同秋月散步，啃過她的兔腦殼沒有？」

孫九路明白干朗明問的是接吻沒有，得意地說：「當然啃過，昨晚啃到的。之前我一直不敢吻她，昨晚我終於鼓起勇氣吻了她一下，就這一吻便決定了我和她的關係。現在我才明白，吻是表達感情，是愛情必需。怪不得人們把男女初次接吻稱為一吻定情。」

陳羅漢見孫九路說得津津有味，在一邊幽默說：「九哥，你離經叛道，背叛墨硯兄的戀愛精神，亂吻偶像。墨硯兄知道後，不對你寫絕交書才怪！」

孫九路把手一揮，道：「羅漢，你娃頭兒不懂，男女之間沒有接吻，就不是戀愛關係。剛才我在你媽面前說你同小燕子耍朋友，你都不承認，說那是一廂情願、打精神牙祭。無產階級導師恩格斯都說，只有靈肉一致的愛情，才是真正的愛情。」

孫九路說完，清了清喉嚨，隨口唱道：「世界是來咪多拿唻（23165），也是咪啦唻（365），但是歸根結底是咪啦唻（365）。你們青年人咪咪來多（3321），正在來多拿唻（2165），好像早上咪咪來多來咪（332123），希望咪來多拿唻咪啦唻（32165365）！」

孫九路唱的這首歌，是毛主席的語錄歌。在當時，凡是毛澤東的語錄都被譜曲傳唱。這首語錄歌是根據毛澤東給青年們題詞譜成，內容是：「世界是你們的，也是我們的，但是歸根結底是你們的。你們青年人朝氣蓬勃，正在興旺時期，好像早上八九點鐘的太陽，希望寄託在你們身上。」

有趣的是，孫九路唱歌時，不按照語錄內容唱，而是唱幾個歌詞，唱幾個曲調，使人感到取笑。

孫九路唱到這裏，干朗明制止他說：「九哥，注意點，大庭廣眾下篡改毛主席語錄歌，讓人聽到會被打成反革命分子。」

孫九路不以為然，說：「我哪在篡改語錄歌？毛主席語錄歌本來就由詞曲組成，他說的朝氣蓬勃，調子就是來多拿嗦。」說著望著陳羅漢道：「羅漢兄，你知不知道『來多拿嗦』是什麼意思？」問完伸出兩根大拇指相互對碰，自我解釋：「就是啃兔腦殼。」

他這一說，陳羅漢和干朗明全都笑了。

這時，陳羅漢突然將孫九路一軍，道：「九哥，你敢不敢把你啃秋月兔腦殼的事講給墨硯兄聽？」

孫九路隨口應答：「怎麼不敢！大不了把我打成單相思人格教的反革命分子，給我寫封絕交書。他寫絕交書就像幼稚園小朋友吵架，幼稚！」

人說四川人提不得，一提就到。果然，三人正說得興起，前面傳來歌聲：「我在寧靜的夜晚，獨自徘徊江畔……」

聽到歌聲，孫九路對二人道：「別說話，墨硯兄來了！」

話畢，但見丘墨硯背著手，昂頭唱著歌沿河邊緩步而來。

三人見丘墨硯過來，全都從草地上起身。

這時，只見孫九路迎上去招呼說：「墨硯兄久違了。」

丘墨硯見三人在一塊，點頭同眾人打了個招呼，隨後問孫九路最近在做什麼。九路見老師相問，道：「在毛澤東思想宣傳隊吹黑管，跳忠字舞。」

丘墨硯不聽則已，一聽跳忠字舞，沉下臉把腳一跺，指著孫九路道：「唉呀，你咋個好的不學，去學跳忠字舞哦？那是拍馬屁舞蹈，越跳越輕浮。古人云：『與聖人交，如入芝蘭之室，久而不聞其香；與俗人交，如鮑魚之腥，久而不聞其臭。』你成天跟宣傳隊的人鬼混，會貽誤終身。」

嚴格講，丘墨硯說忠字舞是馬屁舞蹈，並不全面：忠字舞、語錄歌是威權時代特殊產物，雖然是那些拍馬屁的文人為討好政治領袖創作的玩藝，但普通百姓跳忠字舞、唱語錄歌是被動，不能稱為拍馬屁。

孫九路見老師生氣，找藉口說：「墨硯兄誤會，我之所以去宣傳隊，是因為秋月姑娘在那裏。」

孫九路不提秋月還好，一提秋月，丘墨硯沒好氣地說：「秋月去宣傳隊關你啥事，你要跟去？」

孫九路小聲辯解：「保護她呀！你不是說要把她當作偶像崇敬麼？我正是為了保護她，才尾隨她到宣傳隊去。昨晚我還為她寫了一首詩。」

接下來，從懷裏掏出詩稿，恭敬地遞過去，暗中向陳羅漢做了個鬼臉，大有他這詩中有什麼內容似的。

丘墨硯接過詩稿，但見這首題名〈昨夜〉的詩中有這樣幾句內容：「昨夜，當我的紅唇壓在妳的紅唇上；昨夜，當兩顆激越的心重疊在一起；昨夜，我第一次向妳……」

丘墨硯讀到這裏，眉頭一皺，沒看後面內容便把詩稿往孫九路面前一扔，道：「昨夜！昨夜！昨夜你太肉麻了！我沒想到你公然寫出這麼低俗的句子。我早講了，我的『單相思昇華人格』思想是，只能對偶像頂禮膜拜，不能有任何邪念去玷污她的聖潔。你詩中充滿肉欲，就像無產階級戰士，如果腦子裏充滿金錢的銅臭怎行？既然號稱無產的階級，成天談錢，豈能言行一致？同樣，講精神戀愛，就不能有肉體欲望，否則名不副實。你在詩中幻想同偶像擁抱接吻，充滿低級趣味，此乃昇華人格之大忌。」

孫九路見丘墨硯誤以為他幻想同秋月接吻，解釋說：「墨硯兄有所不知，我同秋月姑娘不再停留在精神戀愛上了，我同她已經是正兒八經戀愛關係。昨晚我和她就是在這裏相擁、相吻的。我把我的初吻奉獻給她，她熱情地接受了。」

丘墨硯沒想到孫九路會背叛自己單戀光輝思想，真正同秋月姑娘建立了紅唇之交，不由大怒，喝斥說：「唉呀，想不到你的悟性如此之差，剛才我講你幻想同偶像接吻，是在給你下臺的梯子。你公然赤膊上陣，連梯子都不要就跳下來，說什麼正兒八經。我早講了，對崇敬的偶像只能頂禮膜拜，不能讓她知道你愛她，更不可能產生親吻邪念，肉欲會使你靈魂墮落。」說完轉身指著陳羅漢道：「羅漢兄的思想就比你健康，懂得對偶像只能崇敬，不能妄生邪念。既然你玷污了偶像的聖潔，那首詩已沒意義了，回去燒掉。」

說完用手撐著一棵樹，低頭哭泣。他哭了一會兒，突然雙手向上一伸，仰天大叫：「蒼天呀，蒼天！為什麼交白卷的人能成為英雄，我的光輝思想卻得不到貫徹？為什麼我偉大的人格得不到人們認同？」

英英聽到這裏，啞然失笑，說：「沒人恭維，丘才子腦殼冷，自己把偉大、光輝帽子往頭上籠，難道他不感到臉皮厚麼？」

陳羅漢笑言：「有什麼臉厚不臉厚？他這是在學毛主席，把自己當作救世主，認為他的單相思人格教思想是世界上最光輝的思想，想要人們接受，從而他當教主。」

接下來陳羅漢繼續回憶。

按照常理，丘墨硯哭時，應當有人一旁相勸，給他下臺階梯，然而眾人知道，他這是老毛病發作，勸也沒用，只好聽之任之。

丘墨硯哭了一會兒，見沒人理會，自覺無味，收住涕淚，轉身對陳羅漢道：「羅漢兄，每當我想到，為了普及我的單戀光輝思想，拯救人類墮落的靈魂，實現我的個人意志，完美我的人格修為，鬧得眾叛親離、友誼破裂，難免心灰意冷、仇恨滿胸，格外孤獨。唉！只有你老兄理解我。」說完也不同干、孫二人打招呼，徑直走了。

丘墨硯走後，孫九路望著他的背影，委屈地對二人道：「羅漢兄，你也明白，他老兄的單相思是一廂情願、打精神牙祭，當不得真。我同秋月姑娘兩情相悦，已經超出精神範疇，所以故意把吻秋月的情詩給他看。醜媳婦遲早要見公婆，不如早點亮相。他老兄獨斷專横，要我把詩燒了。這詩好比自己的孩子，再醜也是自家骨肉，倘若拋棄，豈不等於革自己孩子的命！」

千朗明很同情孫九路，不滿地附和：「不瞞二位講，我對墨硯兄有相當看法。他處處表現自己，剛才他說，要貫徹『我的光輝思想，完美我的人格，實現我的個人意志』，這幾個『我的』只能說明他很自私。他的這套理論在現實中根本行不通。精神戀愛是反人性、摧殘人性、一廂情願的空頭虛幻愛情。」

孫九路聽了這話，說：「千兄說得有道理。我發現，自從上次我同羅漢兄去替他給川大的那位教授女兒遞情書，碰了一鼻子灰後，他心理有了變化，從此開始傳播他的『單相思進化人格』理論。其實他這理論同那些空頭政治口號異曲同工，估計他是腦筋受了刺激，心靈扭曲，才會創此空頭教義。」

英英聞言大笑。

千朗明也笑了，說：「提起口是心非，我擺個故事給你們聽：從前新娘出嫁，上花轎時總要啼哭，以示不捨父母養育之恩，稱為哭轎。一般而言，新娘上轎哭一陣子也就好了。一次，兩個轎夫抬了個新娘，走了好幾里路，新娘還在轎中哭個不停，令兩個轎夫聽得心煩。後轎夫忍不住對前轎夫道：『夥計，這個新娘子哭了那麼久，我看她是不想嫁人，不如把她抬回去。』新娘聞言，在轎內大罵：『你這轎夫好不懂事。我哭我的，你抬你的，要你多嘴！』」

干朗明講完故事，望著孫九路補充說：「所以我說，墨硯兄講他的空頭精神戀愛，你啃你秋月的兔腦殼，別管那麼多。」

隨後干朗明又道：「墨硯兄自恃才高學厚，沒把身邊朋友放在眼裏，凡不順他意者，他便要橫加責罵。他剛才說眾叛親離，的確如此，最近朋友們全都認為他的『單想思昇華人格』理論空洞。他見朋友們紛紛在找對象，便說大家背叛了他。就算朋友們離他而去，責任也是在他，他不悟緣由反生仇恨心，說明他已經從單相思人格教教主脫化成萬恨幫幫主。」

孫九路見干朗明幽默丘墨硯是萬恨幫幫主，道：「干兄，我有點不解，墨硯兄雖然在朋友們面前冒充天王老子，但一見到外人，就像龜孫似的，點頭哈腰，這是什麼原因？」

干朗明道：「這叫遠來的和尚會唸經。其實朋友們中間，月夢兄的經就唸得好，可是他不承認。」

聽了二人對丘墨硯的評論，陳羅漢不無感歎，說：「墨硯兄不反思為什麼眾人要叛，親人會離去的原因，反而恨滿胸懷，可見不論他老兄讀了多少書，都沒讀懂古人的『傲物則骨肉為行路』的道理。如果說人的可悲在津津樂道他人的當面恭維，蒙蔽於背地裏的真實評價，那麼，墨硯兄之所以能博取格外孤獨的萬恨幫幫主高位，正是恨結難消的偏見所致，但願他早點醒悟！」

干朗明聽了這話，搖頭說：「他老兄早養成氣，醒了也沒法改。」

陳羅漢回憶到此，電話響了。陳羅漢一邊拿電話，一邊笑著對英英道：「肯定是九哥打來問他書寫得怎樣。跟他老師一樣，沒人恭維腦殼冷，想在我這兒討幾頂高帽子鼓勵自己，心情可以理解。」說完對著話筒剛「喂」了一聲，便聽見那端傳來孫九路的聲音。

陳羅漢不等孫九路說話，道：「九哥，你的書稿今天才給我，我還沒細看，你就來了好幾個電話，怎麼沉不住氣？」

只聽見孫九路在電話裏沒好氣地說：「羅漢，叫你不要假老練你不聽，你怎麼知道我問書的事？我是問你那裏有沒有鋼筆字帖，我想練字。」

陳羅漢不失時機地幽默：「哈哈，還說沒有問書。你練字的目的，分明是在準備書出來後好給讀者簽名。說，想練哪家鋼筆字，龐中華還是其他人的？我替你找。」說完不等孫九路回答，又道：「九哥放心，你青年時就想在文學領域怎麼樣，如今文星當現，肯定不久就會怎麼樣。」

孫九路聽見陳羅漢幽默自己，在電話那端大叫：「羅漢，沒有就算了，少再陰陽怪氣。」說完掛上電話。

放下電話。陳羅漢剛把孫九路的話講給英英聽了，鈴聲再次響起。陳羅漢看了下英英，笑說：「又是九哥的。」說著拿起話筒。

這次猜錯了。陳羅漢剛「喂」了一聲，電話裏便傳來一個聲音：「是羅漢兄嗎？我是賈文禮。」

陳羅漢一聽賈丸藥的聲音，望英英做了個怪臉，對著話筒道：「原來是文禮兄，最近在幹什麼？」

只聽見賈丸藥在電話裏說：「羅漢兄，好久沒聯繫，打電話問候你。剛才勾兄來送請柬，我想問你……」

正在這時，陳羅漢聽見話筒那端另一臺電話響了，只聽見賈丸藥在電話裏說：「羅漢兄對不起，我接個英國長話，稍後給你打過去。」

聞言，陳羅漢暗自好笑，心想：「他怎麼知道是英國長話？」

正是：

兩情相悅似火烈，擁吻偶像非中邪；

幫主不解相思苦，冤屈學生無品德。

看官欲知後事，且聽下回分解。

第八回　賈丸藥沽名自封點子王，楊神仙趕水領銜當導演

賈丸藥本名賈文禮，是前書一位大手筆人物。「賈丸藥」是周圍人送他的綽號，指他到處兜售假藥。陳羅漢自從那年同賈丸藥在裕豐公司分手，再也沒有聯繫過，放下電話不由納悶，賈丸藥怎麼知道自己家的電話號碼？片刻，鈴聲再響，仍然是賈丸藥的。

陳羅漢拿起話筒，還來不及提問，便聽見賈道：「羅漢兄不夠朋友，遷新居也不通知，要不是剛才勾兄來送辦畫展的請柬，我從他那裏打聽到你老兄的近況，還以為你出國了。自從公司分手，你老兄就跟潛水艇似的，消失得無影無蹤。」

常言道：「生意上沒有永遠的朋友，也沒有永遠的敵人。」儘管陳羅漢對賈丸藥沒有好感，然事隔多年，又是賈主動來的電話，礙於面子，只好應付，幽默說：「我出什麼國！剛才賈兄接英國長話，肯定是國外大公司邀你去考察？」

賈丸藥不理會陳羅漢的幽默，在電話裏笑說：「不是考察，是談文化交流的事。」

陳羅漢見賈丸藥「處理」當作「賀禮」收，知道拿他這類厚臉皮沒奈何，寒暄幾句，問賈丸藥來電話所為何事。

賈丸藥道：「我今天打電話有兩件事：首先，祝賀老兄喬遷新居。第二，勾兄辦畫展，老兄也收到請柬，因此約你禮拜天同去參加勾兄畫展開幕式，參觀完畢想請老兄到附近茶樓喝茶，談有關文化產業的事。」

陳羅漢知道賈丸藥是大手筆，聽說邀約喝茶、談文化事，知道他又有大動作，在好奇心驅使下，同賈丸藥談妥，禮拜天上午十點在勾家和的畫展相見。

勾家和的畫展是在成都人民南路毛澤東塑像西面的藝術館內舉辦。星期天上午十點，陳羅漢同英英準時來到勾家和的畫展現場，各大媒體及電視臺的記者早已到來。電視臺的攝影師正在門前攝影，以便在晚間新聞播出。賈丸藥也早到了，彼時，他正在同一個戴眼鏡的文人高談闊論。今天的賈丸藥身著銀灰色西裝，繫了一條紫紅色領帶，腋下挾著一個資料夾，好一副學者派頭。

賈丸藥見陳羅漢夫妻到來，不等羅漢招呼，丟下眼鏡文人，搶步上前，拉著陳的手道：「羅漢兄久違了。」接下來指著英英問：「這位是……？」

陳羅漢知道賈丸藥不認識英英，介紹說：「這位是內人。」

老於世故的賈丸藥明白，但凡社交場所，夫妻雙雙在場，只要能博得太太們的好感，社交就算成功一半。他見英英是陳羅漢的太太，笑臉送上一頂高帽子，道：「難怪不得，老兄這幾年生意走運，原來找了位旺夫命的賢內助。」

賈丸藥這頂帽子不大不小，戴在英英頭上剛好合適。

只見英英含笑說：「多謝賈老師誇獎。」

賈丸藥見英英稱他老師，說：「陳太別這樣叫，什麼老師，我也是學生，我們相互學習，同學人間。」說完從身上掏出名片，分別遞予二人。

陳羅漢同英英接過名片還來不及細看上面的頭銜，勾家和便從裏面出來招呼眾人。

陳羅漢見勾家和出來，隨手將賈丸藥的名片放入懷中，問勾家和，各位朋友到了沒有。勾家和道：「毛大哥在裏面恭候各位，只有九哥還沒來。」

豈料勾家和話音剛落，孫九路在一邊大聲道：「誰說我沒到？我比羅漢兄先到，在向記者介紹勾兄的藝術成就。」言畢對賈丸藥望著。

當年賈丸藥同陳羅漢等人辦公司，孫九路在香港，不認識賈。

陳羅漢見二人互不相識，先指著孫九路介紹說：「賈兄，這位就是孫九哥、作家，剛完成一部長篇小說《坦白與交代》。」

陳羅漢剛說到此，孫九路把手一揮道：「羅漢，你娃頭兒少亂說，啥子作家哦。」

陳羅漢不理會孫九路的反駁，指著賈丸藥又說：「九哥，這位是從前我們公司的賈副董事長，現在，……」

陳羅漢不知道賈丸藥現在具體在幹什麼，介紹到這裏，顯得語塞，正欲掏出賈的名片看上面的頭銜，賈丸藥已掏出名片，笑對孫九路說：「羅漢兄說的董事長不存在，我在搞文化產業。早就聽說九哥是才子，我院願意為你的作品做全面策畫。」

孫九路聽說賈丸藥搞文化產業，還願意為他的書搞策畫，高興地問他具體搞些什麼文化項目。

賈丸藥雙手遞上名片道：「我們研究院最近在挑選科研項目，請老兄把你的個人資料按名片上的地址寄到院裏，我會將院裏的相關資料寄給你。」

孫九路接過名片，見第一個頭銜是「中國四川省多功能科學文化研究院院長」，第二個頭銜是「海峽兩岸……」，孫九路看到此，笑道：「呵喲，賈老師是海峽兩岸通使……」至於兩岸什麼通使，孫九路還沒說出來，勾家和便催促眾人進去。

孫九路將名片放入懷中，隨眾人進入展廳參觀畫展。陳羅漢見孫九路稱賈丸藥是海峽兩岸通使，感到好奇，在參觀畫展過程中，幾次想把賈丸藥的名片拿出來看，到底通的什麼使，都因賈丸藥在身邊講這說那，分不出身看他名片上的頭銜。過了片刻，毛月夢過來招呼眾人，陳羅漢趁賈丸藥同毛月夢握手之際，暗中掏出賈的名片。不看則已，一看不禁啞然失笑。

英英見狀，問他獨自在笑什麼。

陳羅漢把賈丸藥看了一眼，悄悄指著名片上的頭銜道：「太太妳看，好不好笑？」

英英順著陳羅漢手指往名片上一看，也不覺笑了起來。但見賈丸藥名片上面的頭銜是：中國四川省多功能科技文化研究院院長；著名策畫大師、點子大王；海峽兩岸友好人士；名字錄入《國際名人大典》二冊，第二百五十頁。

英英看了賈丸藥名片上的頭銜，對陳羅漢道：「『海峽兩岸友好人士』也是職務，名字進入世界名人錄二百五十頁也印在名片上，的確是個二百五。」

陳羅漢聞言，用手指在嘴上比了下，回頭看了一眼賈丸藥，悄聲說：「小聲點，別讓他聽見。」

英英並不覺得怎樣，說：「有什麼嘛，等會兒我還要當面質問他呢。」

果然，參觀完畫展，賈丸藥邀請陳羅漢夫妻到附近杏花茶樓喝茶。

三人來到茶樓坐定，賈丸藥剛要了三杯花毛峰，英英不等服務員將茶端上來便單刀直入對賈道：「賈老師，剛才我看了你的名片，不明白你名片上『海峽兩岸友好人士』是什麼職務？什麼級別？可不可以講給我們聽？讓我們開開眼界。還有……」

賈丸藥不等英英把後面的話說完，立馬回說：「陳太，『海峽兩岸友好人士』雖然不是職務，卻可以證明我的活動能力，所以印在名片上。」

陳羅漢聞言，接過話說：「賈兄，凡事不能離題太遠，你老兄憑什麼說你是海峽兩岸友好人士？」

賈丸藥一本正經回答：「怎麼離題太遠？我認識眾多臺灣朋友、臺灣商人，我經常在電話裏同他們講大陸對臺商投資的優惠政策，希望他們多弄些錢過來；我也要他們向臺灣政府要求開放三通，我們好到臺灣去旅遊觀光。怎麼不是兩岸友好人士？」

陳羅漢道：「據你這樣講，我也可以在名片上印個著名詩人毛月夢崇拜者。」

賈丸藥的確老練，他根本不理會陳羅漢的幽默，笑瞇瞇地點頭說：「要得！要得！你老兄追隨毛大哥多年，風雨同舟，就是崇拜毛大哥的詩寫得好。你在名片上打這個招牌完全可以，只是，只是……」說到這裏，把話停住。

這時服務員過來泡茶，陳羅漢等服務員泡完茶，問賈丸藥「只是」什麼，要他把話說完。

賈丸藥接著道：「你打『毛月夢崇拜者』這個頭銜雖然可以，但這個頭銜同我那個『海峽兩岸友好人士』相比，顯得小氣。海峽兩岸友好人士是在促進兩岸平等統一，你那是搞個人崇拜。」

陳羅漢道：「就算你解釋合理，我還想問個問題：你什麼時候又成立了個研究院？是做什麼的？」

賈丸藥笑說：「羅漢兄，你這『又』字用得有味道，好像我成立了幾個研究院似的。其實你不問我也要講，我們研究院是在從前那個研究所的基礎上升級而成。文化大革命把知識分子打成臭老九，宣揚知識分子最無知識，被降職、降薪，從事體力勞動，嚴重貶低了知識的社會價值。現在時代不同了，政府也承認文化大革命是十年浩劫，開始重視知識。你沒看見麼，現在凡事講文化，一切講文化：吃有吃文化，睡有睡文化，連上廁所也有廁所文化。因此有錢要搞文化，沒錢更要搞文化。有文化的打文化牌，沒文化的也在打文化牌，說明打文化牌吃香。我院就是在這樣的大背景下應運而生的新型科研機構。」說到這裏，端起茶杯呷了口茶，繼續道：「文化大革命那種淘汰精英的人事制度，使科學文化遭到沉重打擊。外行指揮內行、蠻幹代替科學決策，使得中國的現代化進程至少推遲幾十年。本院宗旨是廣納精英人才，響應中央科學興國的號召。到目前為止，我院在全國各地授予了幾百位精英人才研究員、幾十位精英人才『院士』頭銜。老兄是人才，我今天約你來喝茶，就是想告訴你，我院準備授予你研究員。」

英英不等陳羅漢搖頭，在一邊說：「賈院長，研究員是教授級別，我們羅漢算什麼，不夠格。」

陳羅漢也附和說：「賈兄，太太說得好，研究員我不夠資格。」

賈丸藥一本正經地說：「羅漢兄，以你老兄的才能，研究員算什麼，下一步我院還要授予你院士頭銜。」

陳羅漢見賈丸藥說得口沫四濺，不好短他的興趣，把話扯到一邊，說：「賈兄，研究員等我努力再說，我還想問個問題：你名片上有著名策畫大師、點子大王，你什麼時候稱的王？」

賈丸藥見陳羅漢問起策畫，眉飛色舞，得意地說：「羅漢兄，我先問你，你們的兒子叫什麼名字？等你回答了我的問題，我再答覆你的問話。」

陳羅漢隨口答道：「陳鋼。」

賈丸藥又問：「墨硯先生的女兒叫什麼名字？」

陳羅漢搖頭說：「沒聽他講，不知道。」

賈丸藥就像講評書似的，手往桌上一拍，道：「這就對了。你說了你兒子的名字我才知道，墨硯先生不說他女兒的名字，我們就不知道。同樣，我不在名片上印著名策畫大師，一般人怎麼知道我腦殼裏點子多？」

陳羅漢道：「古人說：『文章不厚不可使名，羽翼未豐不可離飛。要廣積糧，緩稱王。』你稱王是否早了點？」

賈丸藥道：「不早，不早，完全不早。中國經歷十年浩劫後，最新動向是要學會展現自己，要懂得自我包裝，所以我才在名片上印『海峽兩岸友好人士、點子大王』頭銜。現在連修自行車的人都懂自稱修車王，我腦袋裏有這麼多好的點子，怎麼不可以稱王！」

陳羅漢見他大言不慚，問他有何成功的策畫案例。

賈丸藥不慌不忙地說：「這事我肯定要講，這裏我先問二位知不知道鷹卡？」

陳羅漢略微沉思，問他是不是買東西的促銷優惠卡？

賈丸藥把拿起的茶杯放下，擺手道：「現在的人，聽到卡之類東西，就以為是優惠促銷。如果說這事也算促銷，那可不是一般促銷，是中國人把美國的土地合理合法地賣了，你們說是不是大手筆策畫？」

英英聞言大笑，說：「賈院長，你這是在開國際玩笑，中國人賣美國的土地？」

賈丸藥一臉嚴肅，說：「陳太有所不知，真正高水準策畫在於意料之外、情理之中。賣美國土地看似不可能，卻又在現實中發生了，這便是高水準策畫。」

陳羅漢夫妻見賈丸藥說得玄，要他講具體點。

賈丸藥再次拿起茶杯，呷了口茶，道：「促銷的美國土地每份只有電視機螢幕大，中國的收藏愛好者買這一小塊土地，目的不是為了投資，而是出於紀念。」

陳羅漢問他：「不投資買來何用？」

賈丸藥道：「現在而今，時代不同了，事物都在變。你沒聽歌裏唱的，「不求天長地久，只要曾經擁有」？美國是當今世界經濟實力最強的國家，在世界政治經濟中具有舉足輕重的地位，永久擁有美國一小片土地，作為紀念品或禮品收藏，對遠隔重洋的中國人來說，寓意深遠、趣味無窮，是時代新潮流。」

英英道：「賈院長，你盡是把話說到一半，又扯到一邊去了。鷹卡到底是什麼東西，為什麼同美國土地扯上邊？你把來龍去脈講清楚。」

賈丸藥道：「有個金鷹卡策畫方案，成立了個金鷹卡管理委員會，由美國西雅圖ＰＰＡ農場股份持有人，將其在農場占有的土地分成若干份，每份二十吋電視機大小，由中國方面的人出面，出售給中國的收藏愛好者，以滿足國人的好奇心。委員會規定，鷹卡購買者須先購鷹卡認購券，憑認購券，本人身分證和一千五百元人民幣購買鷹卡。金鷹卡管理委員會將持卡人的姓名、年齡、性別、身分證號碼等個人資料輸入電腦存檔。同時發給地產證及土地契約。土地契約上有美國土地的地理位置、尺寸大小、持卡人的相關資料。地產證是用硬木雕刻，精美絕倫。二者共同證明持卡人擁有一小塊美國土地。」說到這裏，他主動解釋：「美國是資本主義國家，重視私有財產，ＰＰＡ農場的股份占有人將其名下所屬土地分成若干小塊，轉讓給中國收藏者，其行為是合法的，其產權證及土地契約由金鷹卡管理委員會頒發，它同美國國土地局頒發的土地證同樣據有法律效力，只是不能買賣。話說回來，即使能夠買賣，巴掌大塊土地也不便交易。」

陳羅漢道：「那買來何用？」

賈丸藥道：「ＰＰＡ農場是供擁有者度假的農場。從西雅圖去農場有四小時車程，往返費用由度假者自理。在農場內，擁有者可以享受免費住房、游泳、划船、釣魚、打網球、騎馬、參加週末舞會；臥具、餐具、廚具免費提供，度假者自備食品，住處有熱水、衛生間，冷熱水煤氣灶、電冰箱，免費使用。每個股份持有人可以在農場登記一人為使用者，只有使用者才有權去農場度假。農場規定，除了少數幾個節日外，夏季每個使用者一次可帶六個客人前往度假，其他季節可帶八人，每次度假連續居住不超過十四天，兩次度假間隔不少於八天。度假者須提前一個月登記預約。金鷹卡管理委員每年抽獎一次，中獎者可以由股份持有人帶領，到農場免費度假半月。中獎者去美國的簽證及來回機票由金鷹卡管理委員會承擔。平均一萬個持卡人中產生一名中獎者，每年可以產生六至八名幸運者，今年不中，不一定明年不中，明年不中再下一年還可以抽。凡中獎者，下年不再抽獎，越到後面機率越高，總之機會均等，人人有份。」

賈丸藥喝了口茶，繼續道：「本策畫的另一層意義是，鷹卡可以進入流通領域，進行交易，價格如同股市行情，隨時上下浮動。中過獎的鷹卡價值低一些，有抽獎資格的價值又不一樣。發行之初，二十元一張的認購券一夜間炒到五百多元，鷹卡本身炒到五千至一萬元價位，沿海地區炒到三萬到五萬元人民幣。這是什麼概念！」

賈丸藥說話很藝術，剛才不說他策畫了這一方案，而是說「有個金鷹卡策畫方案」，明眼人一聽就明白，這個方案不是他的成功案例。

果然，賈丸藥歎了口氣，道：「可惜這事最後以退款結束，沒留下任何後遺症。」

英英聽到這裏，道：「賈院長，這樣說，你這個策畫是失敗了？」

賈丸藥當然不會承認自己失敗，擺手說：「陳太別誤會，這個策畫方案的始作俑者是我，執行不是我。是我院一個研究員把信息透露出去，被人捷腳先登先搞起來，可惜對方沒把我的點子的精髓吃透，操作不當，最後流產。如果我來執行，肯定成功。我的銷售對象主要是地主階級的後人。中國不允許有地主，美國允許地主存在。買一小塊美國土地，成為美國地主，對那些地主階級的子孫後代最具紀念意義。建國初，中國鬥倒眾多地主，他們的子女難道不願意花一千五百元人民幣成為美國地主，平衡心態麼！」

陳羅漢見賈丸藥說得煞有介事，譏笑說：「賈兄，照你這樣講，中國人把美國的土地賣了也算高水準策畫，那我也可以搞個月亮卡，出售月亮上的土地。」

賈丸藥並不在乎陳羅漢的幽默，再次將手往桌上一拍，道：「說實話，我早就想到跟航天研究所掛鉤，聯合搞個銀鉤嫦娥卡，出售月亮上的土地。遲早我國的航太飛船要登月，到時只要中國的國旗插上月球，月球的某一塊地盤就是咱們中國的了，持有嫦娥卡的人們便順理成章，自然擁有其中一小塊所有權做紀念。每當八月十五賞月，他便可以面對親朋，指著天上的月亮說，桂花樹旁邊那一小塊土地是自己的，那是多麼自豪啊！」

陳羅漢見賈丸藥講得認真，好像他就是國家航天局負責人似的，不由笑說：「賈兄，你這銀鉤卡計畫好是好，可惜遙遠了點，你策畫得有沒有現實的案例？」

賈丸藥連說：「有，有，有，怎麼沒有，我正在搞一個驚天大策畫。」講到這裏，把話停住，往兩邊環視了一下，見沒人注意他們，這才壓低聲音問：「不知你讀過毛主席的自傳沒有？」

陳羅漢不知他問話的用意，老實回答說，「文革」初讀過一本油印的毛主席自傳，字不多。問賈這話是啥意思。

賈丸藥道：「讀過就好。你可記得毛主席在自傳裏說，他年輕時上湖南求學，在火車上被小偷把鞋子偷了的事？」

陳羅漢說：「有這事，主席說他的鞋被一個賊偷去。這與你的策畫有何關聯？」

賈丸藥道：「沒關聯，我酒喝多了，會扯到一起？有，有，有！」

這時賈丸藥身上的PB機響了，他拿出PB機看了上面的號碼，對陳羅漢夫妻道：「對不起，二位等我一下，我回個傳呼就來。」說完徑直到吧檯找電話去了。

賈丸藥離開後，英英指著他的背影道：「他還說沒喝醉，我看他不是喝多了酒，就是腦袋有問題，說話神經兮兮，東拉西扯，公然扯到毛主席丟失的鞋子上去了。我們哪有時間同他擺閒龍門陣，不如走了的好。」

陳羅漢道：「太太不想聽他賣假丸藥，等他回來我們就走。」

片刻，賈丸藥回了傳呼過來，見英英提出要走，雙手把陳羅漢按住道：「羅漢兄，多坐一會兒，我有話要講。剛才我約了個著名導演，很快就到。此人姓楊名勝先，外號神仙，是我院研究員，不知羅漢兄認不認識他？總之他認識你。剛才傳呼就是他的。」

陳羅漢見賈丸藥提起楊神仙，說：「他娃頭兒化成灰我也認得出來。你怎麼把騙子弄到貴院當研究員？小心打爛招牌。」

正是：

當代策畫格式全，花樣百出亂想錢；
諸葛復出也失業，只好隆中去賦閒。

看官欲知後事，且聽下回分解。

第九回 論詐術正邪委員楊神仙，談炒作空穴來風賈丸藥

賈丸藥對陳羅漢的提示不以為然，笑說：「羅漢兄，想不到幾年不見，變得如此保守。現在哪樣不騙！騙實際是智慧，是計策；看用在什麼地方，用得正當叫策略，用得不當才叫騙。正如金鷹卡策畫，如果發行人在群眾醒悟後不退錢就是騙，但別人妥善處理此事，把錢退給大家，也就不存在騙誰。楊導很有頭腦，點子也多。那天我到人民公園去，剛走到離公園大門不遠的地方，見前面圍了大堆人，近前一看，原來是一個耍江湖術的人蹲在那裏，地上放了兩個碗，其中一個碗中放了一塊麻將。只見這人將兩個碗不時在麻將上相互倒弄，一會用右碗，一會讓麻將在左碗蓋住，隨後他動作加快，倒弄一陣後，突然停住手。」

賈丸藥說到這裏，也把話停住。陳羅漢夫妻見賈丸藥談到江湖賣藝人，有點不解，雙雙把賈望著，想聽他的下文。

只見賈丸藥掏出菸，遞了支給陳羅漢，陳羅漢擺手說：「賈兄，我戒菸幾年了。」

賈丸藥見陳羅漢擺手，自個把菸點上，吐了口菸圈，接著道：「江湖人把手停住，是要旁邊的人押錢猜測，看麻將在哪隻碗中。這時圍觀者中一人拿出十元錢押在右碗，當他將錢剛放下，江湖人一邊問還有沒有人要押錢，一邊趁丟錢之人不注意，迅速將兩手一倒，隨即揭開碗，證明右手沒有麻將，將錢收去。押錢人不服，心想：『分明看得清楚，麻將在右碗才下的注，怎麼會沒有呢？』不由又從身上掏出一張百元大鈔，雙目炯炯有神，直盯著遊戲人的左右二手，直到他看準麻將仍在右手，便迅速將寶押在右手，大叫：『就這隻碗，就這隻碗，不能動，不能動。』這時遊戲人很自然地抬頭對著眾人大叫：『還有沒有人押錢？』說時遲，那時快，他一邊叫，一邊趁那人不注意，迅速將手中的左右碗一倒弄，麻將易位，等到揭開一看，那人再次輸了。押寶人更加不服，這一次他沒有像上次那樣衝動，沒有先掏錢，而是仔細觀看遊戲人倒弄左右手，待他確定麻將在遊戲人的左手，迅速伸出一隻手將其按住，然後大叫：『就在這裏邊，就在這裏邊。』他一邊大叫，一邊用另一隻手往包裏掏錢。只見他掏了半天都沒有把錢掏出來，而按住碗的手又不敢放，只得對身邊一個看熱鬧的中年人道：『麻煩你出一隻手幫我壓住，我好拿錢，贏了有你一份。』中年人聞言不自覺地伸出一隻手幫這人將碗壓著，讓押寶人取錢。」

賈丸藥講到這裏，再次把話停下，喝了口茶，繼續道：「就在這時，身後一人悄悄對我耳語：『好戲來了！』這聲音好熟悉，回頭一看，原來是楊導，他也在那裏看熱鬧。我正欲問楊導何以會在這裏，只見他用手在嘴邊比劃了下，示意我「不要聲張，等著看後面好戲。」我心領神會，不再言語。果然，只見押寶人從身上取出一百元押在碗上，這次遊戲人沒辦法做手腳，開局一看，果然中了，只好認賠。這時押寶人突然指著身邊這位幫他壓碗的人說：『還有他的！』遊戲人不服，說：『這人不能算是押寶者，沒有參與遊戲。』押寶人道：『我當時說了，贏了他算一份，不信你問他。』這人見好事到手，起了非份之念，含糊地點了一下頭。遊戲人見他首肯，不再多說，自認晦氣，取出一百元賠他。這人得了錢正欲起身離去，押寶人一把拉住他道：『不要走，我們兩個配合起來好好贏個夠。』這人被他拉著脫身不得，只得蹲下同押寶人一道玩遊戲。誰知這一回合，二人又被遊戲人用同一方法將剛才的錢贏了回去。押寶人不服，從身上取出全部的錢押在他看準的碗上，並且一隻手死死壓著碗，叫這人趕快下注，這人也看清楚麻將的確在右手碗中，且又被押寶人死死壓著，不覺心動，也從身上取出僅有的五百元押上。誰知就在他剛把錢押上的瞬間，押寶人手一鬆，遊戲人速將碗換掉，開注將二人的錢全部收去，這人好不懊悔。我同楊導看完好戲出來，楊導告訴我說，那個江湖人與押寶人是一夥的，旁邊賠上五百元的那人，因一時貪念上了瓜當。當時我問楊導，他怎麼知道二人是一夥的。楊導說，他正在導演一部反映江湖騙術的電視連續劇。我才知道，他現在是著名導演。經我院院務委員會研究，決定授予楊導研究員。」

陳羅漢見賈丸藥左一個楊導，右一個楊導，笑說：「老兄剛才講的那兩個江湖騙子，其實明眼人都看得出來，這是利用人的非份之想引人上鉤的低級江湖術，沒什麼稀奇。你口口聲聲稱他楊導，令人好笑。前不久我見他在西二環路立交橋下邊擺了個修自行車的攤攤，打的招牌是修車王，怎麼突然成了導演？」

陳羅漢說楊神仙打修車王的招牌，是對賈丸藥的幽默。

賈丸藥不以為然，道：「楊導過去雖然犯過一些錯誤，那是生活所迫，知過能改善莫大焉！羅漢兄說他在立交橋下邊自稱修車王，說明他已經改過自新，我們總不能用老眼光看他。況且他修車敢稱王，說明有水準。」

賈丸藥說到這裏，叫服務小姐拿了一包瓜子上來，隨後對陳羅漢夫妻解釋道：「羅漢兄，我將楊導視為正邪委員，對於像他這類『正、邪』委員，要發揮其長，這叫『化腐朽為神奇，不拘一格用人才。』」

賈丸藥說完主動解釋「正、邪」委員涵義，說：「所謂正、邪委員，是既能走正道，又懂江湖左道旁門，這類人思維靈活。我院之所以授予楊導研究員，就是因為他具備雙重人格特徵。剛才我說毛主席丟失的那雙鞋子就與此人有關。他現在是著名導演，下一步我院要同他合作，由他執導，把孫九哥那本《坦白與交代》搬上螢幕。」

英英見賈丸藥拋了個懸念，感到好奇，不等賈丸藥把後面的話講完，道：「賈院長，我想聽一聽，楊導為什麼同毛主席丟失的那雙鞋有關聯？」

賈丸藥正要回答英英提問，陳羅漢在一邊說：「賈兄，你那『正邪委員』很形象，有代表性。」

賈丸藥見陳羅漢認同他的觀點，顯得高興，來不及回答英英的問題，繼續道：「現在從中央到地方，基本上全是正邪委員，嚴格講，楊導只能算小正邪委員，真正大正邪委員我們根本看不出來。警匪勾結、官商相謀、以權謀私，這難道不是那些大正邪委員們幹的麼？」

陳羅漢道：「賈兄，你不能一竿子撐一船人，也有只正不邪的『正、法委員』，就以我身邊的人為例，雷清官就是正法委員。」

賈丸藥聞言歎道：「你說雷清官是正法委員，使我想起一副對聯：從前成都新華街，是條妓女街，通街全是妓院。這年春節，有一家人在門前貼了副對聯，上聯：『看通街都是那話』，下聯：『唯獨我清白傳家』，橫聯：『獨不傲眾』。現在官場，就如這副對聯，大家都是正邪委員，你雖然是正法委員，但又能怎樣，最後還是獨不傲眾，否則沒法生存。」

陳羅漢聽了賈丸藥的「獨不傲眾」，道：「賈兄，我不同意你這觀點。雖然獨不傲眾，但也有為公的，就以雷清官為例，他的確也獨不傲眾過一次，但那是為公。」

接下來，陳羅漢講了個雷清官擋賬的故事。

那年，雷清官在公司當清理小組組長時，一天，一個外地公司的收賬員來公司收賬，此人名叫任天厚。這人進雷清官辦公室，剛報上公司名字，雷清官不等對方說明來意，便指著來人說：「你不說我都知道，你叫任天厚是不是？」

任天厚有點吃驚，問雷清官何以知道自己的名字。

雷清官沒有回答他的問題，而是說：「老任，你想不想收這筆款？」

任天厚聽雷清官口氣，感到收款有望，喜笑顏開，忙道：「當然想，當然想收。」

雷清官見他點頭，又道：「既然想收款，先給我道歉。」

任天厚丈二和尚摸不到頭腦，不解地問他：「道什麼歉？」

雷清官道：「你想收款為什麼不找我，你沒有找過我，怎知道我不負責任？」說著拿出任天厚寄給中央的一大疊上訪信，說：「你看，這些信全都轉到我手上來了。你還在信中說我不負責任，該不該向我道歉？」

任天厚見收款有望，連忙說：「該道歉，該道歉。」

雷清官見他認錯，起身給他倒了杯開水，遞到他手中說：「你是真的想收回這筆款還是假想收回？」

任天厚見雷清官一副認真相，內心又是一喜，迫不及待地補充說：「雷青天，你知道的，為了這筆欠款，我們單位不僅扣發了我的工資，升級、分房都沒有我的份。領導說，如果我能把這筆欠款收回去，不但扣發的工資要補，住房立即調整，我太太的工作也立馬解決，這些對我是多麼重要的呵。」

雷清官聽任天厚這麼說，笑了笑，慢條斯理地拿起茶杯呷了口茶，道：「如果你真有此心，我有個辦法，保證讓你把錢收回去。只是你要配合我一件事。」

任天厚見雷清官明確表態，能讓他收回欠款，連忙點頭哈腰，說：「只要能收回欠款，別說一件事，就是十件事我也配合。」

雷青清官見他答應，進逼一步，說：「不准反悔。」

任天厚不假思索，道：「不反悔，不反悔。」

雷清官聞言，微笑點頭，慢條斯理地說：「你曉得的，你要我們上級拿錢替公司還欠款不可能，而公司也沒錢還債，但你又想收回這筆欠款，所以我想了個兩全其美的辦法。」

雷清官說到這裏，故意把話停下。

任天厚聽得心癢難耐，見雷清官打住，內心著急，忙道：「雷青天你快說，如何才能兩全其美？只要能收回這筆錢，你要我怎樣配合都行。」

雷清官這才最後攤牌，說：「其實簡單。據我所知，你們廠在成都有一家代理商，每年要為你們廠銷很多臺車輛。你不如將其中一筆業務交予我們公司代理，由我們公司與成都這家代理公司簽個協定。其中部分車子當成是我公司介紹的，我公司每臺車從中收取一定的仲介費，算一算我公司欠你們多少錢，需要多少輛車的仲介費能抵夠，就簽多少臺的協議。事後由我公司向成都代理公司出具一張收到幾十萬元仲介費的收據，對方便以我們公司的名義，將這筆錢劃到你公司賬上，替我們公司了結此賬，使你從中解脫。我公司雖然停業，我可以打個報告給工商、稅務部門，要求工商部門允許我們公司做這筆業務，稅務部門給我們免稅，這樣豈不兩全其美、皆大歡喜。」

任天厚一聽，沉默半晌，輕聲說：「這樣豈不等於沒有還！」

雷清官正色道：「你也成了方腦殼。如此一來，賬面擺平了，我只是內心得到解脫，你卻得的實惠：升級、分房、提工資，以及你愛人的問題都能解決。大家叫我雷青天，可是我這個青天是無米青天，巧媳婦難做無米炊，只得打個歪主意。只要我們沒裝腰包，對得起自己的良心也就行了。」

任天厚聽了雷清官的解決方案，臉上露出苦笑，無可奈何地說：「好嘛，只能這樣了。雷青天，你這中國特色的擋賬方法實在高！」

雷清官的故事彷彿為賈丸藥的「獨不傲眾」之說提供佐證，聽完故事，他激動地說：「羅漢兄，像雷清官這樣的正法委員也打歪主意，所以我說的普天之下，全是正邪委員的觀點是正確的。」

陳羅漢聽了賈丸藥的立論，搖頭說：「賈院長，你不能將雷清官劃入正邪委員範疇。他是正法委員，他用歪點子，目的為公，不是為私。」

賈丸藥正欲反駁，英英在一邊插言說：「賈院長，你還沒回答我，為什麼楊導與毛主席青年時丟失的那雙鞋子有關。」

賈丸藥見問，掏出菸點燃，道：「剛才我問羅漢兄，知不知道毛主席青年時丟失一雙鞋的事，他說知道。知道就好，最怕他不知道，還以為我空穴來風。」

賈丸藥說到這裏，兩邊看了看，見鄰座沒人，這才壓低聲音道：「這是我們研究院今年策畫的大項目，正在進行中。你們夫妻不是外人，我可以透露。」正在這時，他見鄰座來有客人來，忙把話岔到一邊，說：「那天我到隆蓮法師那裏去，法師在午休，聽人說我去拜訪她，翻身從床上坐起來，說：『賈教授，大學者來了，快請！快請！』」

陳羅漢見賈丸藥藉法師之口稱教授，側頭看了下英英，笑道：「賈兄真會自我包裝，你什麼時候認識隆蓮法師的？」

賈丸藥沒否認陳羅漢說他自我包裝，道：「羅漢兄，時代不同了，如果不懂自我包裝，不懂炒作，酒好也怕巷子深。其實不論是炒作也好，自我包裝也好，都是宣傳。不宣傳，別人怎麼知道你是千里馬？」

陳羅漢剛要說話，英英在一邊搶著說：「賈院長，就算炒作，也要講分寸。我聽人說：『一分才能九分吹，瞎扯蛋；二分才能八分吹，吹牛；三分才能七分吹，盛名之下其實難副；四分才能六分吹，誇張；五分才能五分吹，一等炒作；六分才能四分吹，二等炒作；七分才能三分吹，正常炒作；八分才能二分吹，合理炒作；九分才能一分吹，理應炒作；十分才能沒有吹，不用炒作。』」

賈丸藥接過陳太最後一句道：「陳太，妳錯了，不炒作就沒法提高知名度。」

賈丸藥說到這裏，從手提包裏取出一份簡介遞給陳羅漢，說：「你們看一看我院這位研究員的個人簡介，就連他這類教授也需要我院對他進行包裝，否則仍然沒沒無聞。」

陳羅漢接過簡介，但見內容如下：

胡浩立：

姓胡名浩立，四川省多功能科技文化研究院研究員；正教授。男，漢，一九三九年出生於四川成都，文學院校文科畢業。在全國各地兼職各類協會榮譽理事，中國文化藝術界名人。浩立之父，一生勤勞儉樸，廉潔奉公，無私，菸酒不沾。一九六〇年，國家自然災害，他莊嚴地對浩立說：「再苦也不能棄學業。」母親係清代秀才胡吳氏之女，為人正直，常教浩立，為人勤勞好學，絕不玩牌賭博。一九九七年香港回歸，正值母百年壽，浩立傳略入載《世界文學藝術名人錄》、《中華人物大典》等巨著，是對母的回報。一九九七年，浩立為紀念慈母，編有《奔馳文集》付梓，筆耕不輟，成果斐然。一生虛心好學，勤勞工作，其業績載入《中華英傑》、《名人大典》等，傳之後世，成為當代文學藝術界傑出代表。

陳羅漢讀了簡介，幽默說：「賈兄，我建議你把研究院改為名人包裝公司，專門包裝那些半截子名人，他們有如那些只差半把火就上大氣的饅頭，需要你的包裝。」

賈丸藥聞言，拍桌激動地說：「羅漢兄說得是，我院就是專門包裝打造各種名人的科研機構。」

陳羅漢見賈丸藥處理當作賀禮收，借丘墨硯的話諷刺說：「賈兄，最近墨硯兄經常感慨說，時下那些半瓜金，只要膽子大，什麼帽子都敢戴，什麼旗號都敢打，可能是指你們院吧？」

「半瓜金」是地道的成都土語，意指半罐水。

賈丸藥對陳羅漢借話諷刺一點不生氣，反而笑說：「墨硯先生早年寫詩，在他眼中他是專業，我們是業餘，現在我們這些業餘文化人公然搶了他專業帽子，心態當然不平，要跳起八丈高。其實他老兄就不懂得，帽子大了不用怕，腦殼慢慢會長大。」

賈丸藥說完，特意對陳羅漢道：「羅漢兄，墨硯先生這幾年一直躲在書齋裏，沒有同外界接觸，思想已經落伍，比你老兄還保守。我這裏贈老兄兩句話：『願為浮雲不為水，雲浮天空水在瓶。』同樣是液態物質，雲可以在天上自由自在，水只有裝在瓶裏供人插花，或當礦泉水喝。因此寧做天上雲，不做瓶中水。墨硯先生現在就是瓶中水。」

英英聽了賈丸藥的贈言，不耐煩地說：「賈院長，說了半天，你還是沒把毛主席那雙鞋子的事說清楚，我懷疑你在空穴來風。」

賈丸藥見英英說他無中生有，正色道：「絕非空穴來風！這事說來話長，聽我慢慢講給二位聽。」

正是：

空穴來風講炒作，通市都賣假丸藥；
正法委員雷清官，獨不傲眾難免俗。

看官欲知後事，且聽下回分解。

第十回　拍馬屁賈丸藥金龍抱柱，買鑽石假作真來真也假

接下來，賈丸藥喝了口茶，道：「毛主席青年時赴長沙求學途中，在火車上丟的那雙鞋，現在找到了，偷他鞋的那個賊也現身了，承認鞋是他偷的。」

賈丸藥剛說到這裏，英英忍不住大笑，打斷他的話說：「賈院長，你是在講天方夜譚？毛主席青年時在火車上丟的鞋，幾十年過去，根本不可能再現。況且偷鞋賊也不可能知道鞋的主人姓氏名誰，憑什麼說他偷的鞋是毛主席的？」

賈丸藥見英英質疑，道：「陳太，這個問題妳不問我也要講。最初我也不信，後來聽楊導講明白，也就深信無疑。」

大概賈丸藥在寫小說，說話總要製造懸念。他見英英被吸引，故意把話扯到一邊說：「中國有句俗話叫：『寧給聰明人提鞋子，不給瓜娃子（指傻子）充老子。』不知道你們清不清楚，成都文殊院藏經樓有一雙陳圓圓親手給吳三桂繡的鞋子。」

陳羅漢見問，回說小時候聽人講過，有這事。

賈丸藥道：「羅漢兄知道這事，說明我不是空穴來風。二位想一想，陳圓圓送吳三桂的鞋，吳三桂從沒穿過，都會放在文殊古剎做紀念，這雙鞋是毛主席穿過的，上面儲存有主席的身體信

息，意義非凡。還有，就地位而論，吳三桂豈能與毛主席相比：吳三桂僅一面諸侯，毛主席是真命天子，共和國締造者，位居九五，鞋的價值非同一般。」

英英道：「賈院長，不論這雙鞋子價值多高，你還沒把它的來龍去脈講清楚，沒有證據證明這雙鞋是毛主席當年丟失的。」

賈丸藥笑說：「陳太放心，會講給妳聽，妳聽了也會同我一樣激動。」

說到這裏，賈丸藥故作神祕，道：「二位有所不知，這雙鞋經權威專家鑑定，出自毛主席母親之手，價值比陳圓圓做的鞋高之百倍。」

陳羅漢見賈丸藥說得如此肯定，忍不住質問：「賈兄，你憑什麼說這鞋是毛母做的？」

賈丸藥一本正經地回答：「你放心，當然有依據。過去鞋底是手工縫製，稱作打鞋底。毛母賢慧，手工活好，會打鞋底。她老人家打的鞋底，密度大，針法獨特，結實耐用，非一般農婦可比。專家對布的成色、年代、鞋底針法等綜合判斷得出結論，此鞋出自毛母之手，你們不用質疑。」

陳羅漢見賈丸藥越講越興奮，說：「賈兄，你還沒回答我們，這事同楊導有何關聯？毛主席去世多年，偷他鞋的人多半也不在人世。即或在，也近百歲，楊導何以會認識他？」

賈丸藥道：「羅漢兄問得好。當時我也這樣想，後經楊導解釋，才清楚偷鞋賊早已死去。臨死前，他把一個精美的木匣子交給兒子，說匣內裝有毛主席當年在火車上丟失的那雙鞋。他還告訴兒子，他就是那個偷鞋賊。去年，楊導在一個偶然的場合認識偷鞋賊的兒子，才知道鞋子的事。」

英英說：「賈院長，偷鞋賊怎麼知道鞋的主人是毛主席？還有，即便這鞋是毛主席丟失的，找到又怎樣？」

賈丸藥喝了口茶，繼續道：「別說你們不信，最初就連偷鞋賊的兒子也不相信鞋是毛主席的，後來聽偷鞋賊講明原委，他兒子才相信這鞋千真萬確是毛主席的。」

賈丸藥回答了英英半個問題，故意留懸念把話扯到一邊，說：「陳太的第二個問題太簡單不過：從古至今、從中到西，物以人貴。這鞋一經證實是毛主席穿過的就是國家級文物，何況出自毛母之手，價值連城，稱得上國寶。我院為這雙鞋做了個策畫。」

陳羅漢不等賈丸藥說完，搶過話道：「賈兄的策畫是不是將這雙鞋當作文物拍賣？」

賈丸藥搖頭否認：「羅漢兄思維跟不上形勢。誰都知道當文物拍賣，算不得策畫。經楊導介紹，我認識偷鞋賊的兒子後，我院特意授予他研究員，替他搞了個策畫方案：將這雙鞋取名『偉人鞋』和『毛母鞋』，兩個名字都要去註冊商標，形成品牌，一內銷，一外交。」

英英聽得不耐煩，插話問賈丸藥一雙鞋子兩個名字，註冊商標有何用處。

賈丸藥道：「陳太保守，以母鞋做樣板，可以複製萬千，怎麼不可以形成品牌。到時我們要找一家有實力的鞋廠，生產偉人鞋內銷，再找個會打鞋底的老太婆，讓她按毛母針法，精心仿製幾雙毛母鞋用於外交。」

賈丸藥口若懸河，說到外交，興奮得停下來喝了口茶，道：「你們別以為一般外交，毛母鞋是根據所送外國領導人腳的大小，量身定做的。經我院研究，首批做四雙，分送美國總統、法國總統、英國首相、日本首相。」

陳羅漢笑問：「賈兄，那天你接英國長話，是否有關送鞋之事？」

賈丸藥把拿起的茶杯放下，點頭道：「正是這事。」接著神祕地說：「二位有所不知，我這策畫意義深遠，二位猜，同樣是仿主席鞋，為什麼送外國元首的鞋要取名『毛母鞋』而不用『偉人鞋』名？」

片刻，賈丸藥見二人沒有回答，又道：「二位知不知道金龍抱柱？」問完自我解釋：「我多年總結的經驗是：凡歌頌共產黨必然偉大，貶低共產黨必然渺小。同理，凡反對共產黨必沒好下場，擁護共產黨必然吃糖，這是規律。所謂金龍抱柱，我們是龍黨是柱，金龍無柱沒處生根，所以皇宮大殿的柱子上都刻有金龍，就是這個道理。」

陳羅漢大笑，道：「賈兄，你這拍馬屁理論同這鞋子有何關係？」

賈丸藥不隱瞞自己拍馬屁觀點，伸出大拇指讚揚道：「羅漢兄悟性高，說穿了金龍抱柱就是拍馬屁，只不過這個馬屁拍的是黨馬屁。縱觀當今天下，不怕你才高學厚、文采風流，如果不拍黨的馬屁就沒前途。拍黨馬屁要講技巧，既要把黨拍舒服，又要不顯山露水，方是藝術。民間有句俗話：『千穿萬穿，馬屁不穿。』自古『馬屁文化』源遠流長，盤根錯節，繁衍生息，同中華文明一樣，歷史悠久。據我考證，拍馬屁的由來是：陰曹地府，有一馬姓閻王，愛放響屁。某日，一秀才因病而亡，來馬閻王殿前報到，剛好馬閻王放了個響屁。秀才聞聲即席稱頌：『大王寶屁，如雅蘭之氣，馨香撲鼻，沁潤心脾。』馬閻王聞言大喜，盛宴款待，法外開恩，多許二十年陽壽。秀才重返人間，將還魂經過告訴眾人，眾皆謂拍馬屁也！當今官場流傳有『不拍不送，原地不動；會拍會送，提拔重用』，就是因此而來。今後我院要開展馬屁文化研究課題。」

英英聽了賈丸藥的馬屁論，忍不住打斷他的話說：「賈院長，你這馬屁文化與鞋子風馬牛不相及，你，……」

英英話還沒說完，賈丸藥立即反駁：「陳太，妳只知其一，不知其二。毛母鞋與拍黨馬屁肯定有聯繫。黨愛打政治牌，送毛母鞋給外國元首，打的就是政治牌。同是仿製的主席鞋，一個取名毛母鞋，一個取名偉人鞋，內中當然有玄機。外國人崇尚中國民間藝術、民俗文化，喜歡中國的民間工藝品。送毛母鞋時，不能說這鞋是仿毛主席的鞋樣，否則同是偉人，別人穿上我國領導人的鞋了，豈不象徵性地被毛主席矮化；如果說這鞋是一位毛姓中國人的老母手工製作的工藝鞋，外國元首就會歡天喜地收下。只要有一個國家的元首收下了毛母鞋，再經國內媒體報導，說毛母鞋本名偉人鞋，到時候我院多找幾家鞋廠競標生產，將偉人鞋批量投入國內市場，銷量肯定看好。這叫藉名人之勢，名利雙收。」

陳羅漢見賈丸藥說話激動不已，道：「賈兄，就算你的策畫很成功，也不能同政治扯上邊，更談不上拍黨馬屁。」

賈丸藥道：「羅漢兄有所不知，我們在製作毛母鞋之前，要根據中醫陰陽五行，相生相剋理論，預先在鞋底埋下在毛主席那雙鞋裏吸過偉氣的布條，布條上畫有五行相剋圖案，外國元首穿上這鞋，就會被毛主席的偉氣鎮住，雖不說一定要他跟我們走社會主義道路，至少不會同我國踩左踩右。中國帝王們講究治人之術，我在此基礎上發明治人先治腳的方法，專治外國元首，使他們今後不敢同我們走肈對，這算不算拍黨馬屁？」

「走肈對」是地道的成都土語，意指唱反調。

陳羅漢見問，略帶譏諷語調笑言：「當然算！當然算！」

賈丸藥不理會陳羅漢的諷刺，自我感覺良好地說：「羅漢兄，我拍黨馬屁的技巧如何？連你老兄也沒看出來，該是不顯山露水哈？我還可以告訴二位，我這治人先治腳的理論，是根據古人『千里之行始於腳下』之說，得到的靈感，想出的點子，你們說我該不該稱點子大王？」

陳羅漢夫妻聽完賈丸藥的策畫方案，相視一笑。

英英首先開口，半譏半諷道：「賈院長，儘管你的策畫水準一流，你還是沒回答我，偷鞋賊如何知道他偷的鞋是毛主席的？」

賈丸藥仍然沒回答英英提問，說：「二位要相信我絕不會空穴來風。有關這個問題，最好等會兒楊導來了由他解釋，他講比我講更有說服力。」

正在這時，賈丸藥身上的PB機再次響起。賈丸藥回了傳呼過來，自言自語說：「四川人提不得，一提就到。剛才我還同二位講，等楊導來了向你們解釋毛主席那雙鞋子的來龍去脈，他的傳呼就來了。我告訴他，你們夫妻同我在這裏恭候他多時，他回說馬上打的過來。」

陳羅漢對楊神仙沒有好感，聽說他要來，拱手對賈丸藥道：「賈兄，我們準備告辭了。」說著起身。

賈丸藥見陳羅漢夫妻要走，拉著陳羅漢的手道：「羅漢兄不能走，等會兒楊導就到了。他聽說你在這裏，要我千萬把你留住，說有話對你講。」

二十分鐘後，服務員領著個五十歲的高個子中年人進來。陳羅漢一眼就認出，來人正是楊神仙，故意把頭轉向一邊，彷彿沒有看見他。

賈丸藥見楊神仙到來，起身拉著他的手道：「楊導，我和羅漢兄等你多時。」

楊神仙認識陳羅漢的太太，見陳羅漢把頭轉向一邊，只得向英英點頭招呼，寒暄了兩句，見陳羅漢仍然沒有回頭，主動招呼說：「陳大經理，多年沒見，怎麼看見我就把腦殼車（轉）到一邊去了？」

陳羅漢見楊神仙主動招呼自己，這才把頭轉過來，故作吃驚，說：「呵呀，想不到楊導駕到，有失遠迎，有失遠迎。」

賈丸藥見楊神仙為難，在一邊打圓場說：「楊導快請坐。」隨即招呼服務員上茶。

陳羅漢待服務員泡茶離去，用言語譏諷楊神仙說：「上次你在御帶橋修車，我還欠你一毛錢自行車的加氣費，想不到才幾個月，我錢都來不及還你，你就變成大導演了。不簡單！」

楊神仙臉皮厚，他明知道陳羅漢話帶諷刺，卻裝沒聽懂，笑說：「陳大經理別幽默我了。什麼大導演，我之所以能當導演，是站在巨人的肩上，得助賈院長的提拔。松生於山谷，雖然沒人看見，還是大樹；荊站在高山，萬人都得看見，實際還是矮小之輩。我和賈院長比，他是大松，我是荊。」

賈丸藥見楊神仙把他比作巨人，內心有如六月天吃冰水，涼幽幽的，在一邊謙虛地說：「楊導不能這樣講。正因為你是千里馬，我院才會授予你研究員。」

楊神仙進一步拍賈丸藥馬屁說：「陳大經理有所不知，賈院長是我老師，再生父母。」接著轉身向賈丸藥道：「恩師，父母只給了我軀殼，恩師給了我衣食飯碗。我們這些人，再有才能，沒有院長提攜，如何走得出來？」

說到這裏，楊神仙禁不住語重心長地歎息一聲，說：「唉，這世道，眼光勢力，眼睛向上看。我沒當導演之前，受了無數白眼，就連陳大經理剛才還幽默我修車。」說著公然流下淚來。

賈丸藥見楊神仙落淚，安慰他說：「楊導，不論怎樣你算走出來了。當年我沒有出名之際，不僅受社會白眼，就連在家裏上廁所，太太都不准我站著小便。」

賈丸藥說完這話，看了下英英，解釋說：「陳太，妳別多心。不是我說妳們女人勢利，我的確是這樣走過來的。說來你們不信，我剛進入文學界，太太見我成天在家爬格子，沒有經濟效益，說我上廁所站著小便浪費水。我回答她：『男人不站著小便，難道學女人蹲下小解？』太太說：『學女人蹲下小解，可以直接解入洞中，不用水沖。』據科學統計，男人一輩子有三十六天用來小便，女人一生有四十天用來小便。說我三十六天不停地小便，站著小解要浪費很多水。說我這窮文人，不曉得要爬多少個格子才掙得到一噸水錢。自從我當了研究院院長，太太對我刮目相看，再也不敢叫我蹲下小解，我總算揚眉吐氣，可以大聲疾呼，我終於站起來了！」

聽說賈丸藥終於站起來了，楊神仙撫掌說：「熱烈祝賀院長站起來了！剛才院長說我是千里馬，我很感慨。我之所以感激院長，是因為你有伯樂慧眼，能識別人才。我如果沒有院長包裝，在人們心目中仍然是個燒料子。」

賈丸藥見楊神仙提到包裝，頻頻點頭，道：「如今世態炎涼，人情冷暖，只重衣冠不重賢，只認包裝不認貨。去年，某珠寶店就發生了一起真假難分的真人真事。」接著擺了個真假不分的故事。

去年，成都某珠寶店早上開門不久，來了一位衣著時髦的女士買鑽戒。這位女士見貨櫃裏擺了一粒人造鑽戒，標價三百元，問售貨員鑽石可是真的，售貨員希望多出業績，一口咬定鑽石是真的。女士見售貨員鐵口斷真，欣然將這粒鑽戒買下。誰知女士前腳剛走，售貨員便發現，她把一粒真正的鑽戒錯擺在人造鑽戒貨櫃裏，被剛才那位女士買去。一小時後，她正在懊惱，那位女士又持戒返回，要求退貨。理由是她老公看了戒子說，真的鑽戒哪裏才值三百元，分明是假貨，要她來退。售貨員正在交不了差，見她回來喜出望外，一再表揚她有道德。這位女士聽說鑽戒是真的，價值上萬，內心後悔，回家把老公臭罵一通說：「我說你是假老練你偏不服，好好一枚真格鑽戒被你一句話斷送。」說著打了老公一記耳光，夫妻感情由此破裂。不久，她老公提出離婚，女士不肯。在法庭上，她老公以她不講誠信為由，提出離婚，女方不服。男方據理力爭說：「那枚戒子即便是真的，也是售貨員錯拿給她的，理當還給別人，才是為人之道。她聽說這枚鑽戒是真的便萌生貪念，公然打我耳光。這一耳光不僅是對我人格的侵犯，同時說明她不懂誠信。同一個不講誠信的人生活在一起，能幸福嗎？」其實她老公離婚的真實原因是有外遇，一直苦於找不到藉口，如今終於用誠信做擋箭牌，提出離婚，公然如願。說明時下誠信的用途只能是為了達到某種目的找藉口的擋箭牌而已。

賈丸藥講完故事，總結說：「這個故事說明，現在是皂白難分、魚目混珠的時代。真的成假，假的成真，真真假假，說不清楚。就拿毛主席那雙鞋來說，我一再向羅漢兄保證，這事是真的，他們夫妻就是不信。楊導，你來回答他們的問題：偷鞋賊怎麼知道那雙鞋是毛主席的，證據何在？」

正是：

真作假來假亦真，魚目混珠難區分；

誠信用做擋箭牌，清濁合流水渾渾。

看官欲知證據，且聽下回分解。

第十一回　楊神仙信口雌黃偉人鞋，賈丸藥打著紅旗吃紅旗

楊神仙見賈丸藥提起毛主席丟失的那雙鞋，正色道：「這事說來不可思議，但又是千真萬確，百分之百可信。」

楊神仙也受賈丸藥影響，說話處處留懸念，話剛到此又扯到一邊說：「現在社會上掀起一股紅色收藏熱，主席這雙鞋屬於紅色藏品，價值相當高。」

賈丸藥見楊神仙提到紅色收藏，補充說：「紅色收藏熱的來源應追溯到那年，有人將主席用過的一個瓷碗盜走，在香港拍賣；有關方面獲得信息，連夜派人攜帶相關資料抵港阻止拍賣。瓷碗回來後，放在國內一家著名博物館，不久神祕消失，後來又在英國的一個拍賣會上出現；當有關方面派人趕到拍賣場，拍賣已經結束，未能成交，下落不明。再後來，它又在國內一個收藏家手上露過面，但很快消失。由此引起收藏界對紅色藏品的重視，因而行情看漲。」

賈丸藥說到這裏，楊神仙掏出菸遞了一支過去，同時遞了一支給陳羅漢，見陳擺手說戒菸了，一邊說陳羅漢「存淨錢」，一邊把火給賈點上。

賈丸藥吐了兩口菸圈，繼續說道：「據我觀察，產生紅色收藏熱的原因是，紅色藏品作為特定歷史時期的收藏門類，與名人或歷史事件有關，具有很高的史料、文物價值。研究主席這雙

鞋，能分析出他早年所走的艱難道路，見證歷史。」

楊神仙附和說：「院長說得是，早在六七十年代，民間的紅色收藏就開始了，不僅國人關注，國外藏家也十分追捧。可以預言，今後紅色藏品還會升溫，這雙鞋的價值將直線看漲。」

接下來，楊神仙話峰一轉，故作神祕道：「陳大經理有所不知，昨晚我同省領導一塊吃飯，省長第一次向我敬酒。」

楊神仙語出驚人，大有他同省領導吃飯是因為毛主席這雙鞋子的緣故。

楊神仙說完這話，用目光環視了下眾人，繼續道：「省長對我講，作協主席年事已高，下屆選舉要推薦我當候選人。省委書記在一邊說，作協主席的位置他有安排，對我另有考慮。」

陳羅漢見他吹牛不打草稿，故作不滿道：「楊導，這你就不對了。想當年，你惹了禍，我為你擦了無數次屁股，處理了嘿麼多後遺症，如今你見省長也該把我帶去，就說我是你的保鏢，讓我同省長握個手，今後我好憑這隻被省長握過的手，走州吃州，走縣吃縣，也算沾你的光。」

陳羅漢說的「嘿麼多」就是很多的意思，是重慶方言，用在這裏極具幽默味。

楊神仙同賈丸藥一樣，善於處理當成賀禮收，他根本不理會陳羅漢的幽默，一本正經地回答：「陳大經理，你發財不見面，我連你的傳呼機號都不曉得，哪去通知你？」

這時英英不耐煩地說：「賈院長，既然你同楊導沒法證實那雙鞋是毛主席的，我們就告辭了。」說完要陳羅漢起身離去。

楊神仙見英英要走，揮手要英英坐下，道：「陳太別急，要講，要講。二位別以為我在吹牛，凡事有該得：據說主席進京之前曾找高人問卦，那人什麼也沒說，只寫了『八三四一』四字，主席一直不解其謎，便把他的警衛部隊命名為八三四一。主席去世後人們才醒悟，『八三』是指他活到八十三歲壽終，『四一』是指從遵義會議後到他去世，在位四十一年。」

這時，陳羅漢提醒楊神仙，遵義會議還沒建國，不能稱「在位」，應該從建國開始，才能稱在位。

賈丸藥在一邊替楊神仙補充說：「毛主席說，指導我們思想的理論基礎是馬克思列寧主義，領導我們的核心力量是中國共產黨。中國的紅色江山是黨打下的，歸黨所有，黨主席比國家主席大，所以要從遵義會議算起。」

英英見楊神仙又殺偏風，質問說：「楊導，八三四一與鞋子風馬牛不相及，你咋個亂扯？」

楊神仙道：「怎麼亂扯？當然有關聯。這事說來你們不信，最初那個偷鞋賊也不知道他偷的鞋是主席的。當時在火車上，偷鞋賊坐在主席對面。他先把自己的草鞋扔地上，同主席的鞋混在一起，下車時趁主席熟睡，把主席的偉人鞋穿下車。此人狡猾，他之所以事前把自己的草鞋同主席的偉人鞋混在一起，目的是留退路，萬一偷鞋時被主席發現，他可以說穿錯了。不過他再狡猾也是毛賊，豈能消受偉人用品：當他把主席的偉人鞋穿回家，就出了問題。」

楊神仙說到這裏，問英英：「去韶山參觀過毛主席的故居沒有？」

英英搖頭說沒去過，問他這話什麼意思。

楊神仙道：「主席故居有一張他青年時睡過的床，這床很奇。一次，有個外地人參觀故居，趁解說員不在，躺到主席睡過的床上想過偉人癮。豈料這人剛躺下，不僅項背有如針刺般疼痛，耳邊還響起一個『起來，起來』的聲音。這人大驚，把這事講給同遊的人聽了，那人不信邪，躺到那床上也出現相同現象。」

英英問他：「這與那雙鞋有何關聯？」

楊神仙道：「當然有關聯。主席是共和國元首，相當於古代的真命天子，他睡過的床，一般凡夫俗子怎能消受？儘管那時主席還在落難，但別人命裏就是大人物，真命元首，偷鞋者只不過一介毛賊，公然敢用他的爛草鞋掉換主席的偉人鞋，穿在腳上當然要出問題。回家第二天，偷鞋賊雙腳腫痛，不能下地。等到腫消，他再次穿上那雙鞋，走路有如帶了幾十公斤鐵鎖似的，相當沉重，疼痛難忍，再也不敢穿了。他想這鞋很奇，穿又不敢穿，扔又捨不得扔，於是丟在那裏一放就是幾十年。『文革』初，他偶然讀到主席的自傳，發現那雙鞋原來是主席的，欣喜若狂，找人做了個精美的木匣，將鞋子裝在裏邊，當傳家寶。」

楊神仙剛講完故事，賈丸藥迫不及待地說：「羅漢兄，這下你們夫妻總該相信，鞋子是主席丟失的了。」

陳羅漢搖頭道：「我分析偷鞋賊的腳比主席的腳大，穿上主席的鞋夾腳，走路感覺沉重、腫痛，不足以說明問題。」

楊神仙見陳羅漢夫妻不信邪，道：「陳大經理，哪裏是鞋子大小問題，主席領導工農紅軍爬雪山、過草地，走二萬五千里長征的腳能不沉重嗎？那個賊吃天雷膽，敢穿偉人鞋，腳能不腫痛嗎？」

聽到陳羅漢的腳大腳小論，賈丸藥像發現新大陸似的，撫掌大笑，道：「羅漢兄，你還說不相信鞋子是主席的，就憑你剛才說偷鞋賊的腳比主席的腳大，說明你已經默認鞋子是主席的了。」

賈丸藥這話彷彿為楊神仙找到一根救命稻草，他立即接過話說：「主席的威力就在於不知不覺洗你腦殼，讓你不服也得服。說到這裏，我擺個笑話給你們聽：『文革』期間，一次主席南下視察工作，行前林彪拉著汪東興的手重重一握，說：『老汪，路上可要照顧好主席的生活。』汪東興心領神會。這天，主席在某醫院視察，見一個年輕護士長得如花似玉，手在護士肩上一拍說：『小同志不錯。』汪看在眼裏。當晚，汪把護士帶到主席房內說：『主席，你日理萬機，需要鬆弛，這位小同志是來給主席按摩的。』主席正在看書，抬頭看了護士一眼，說：『很好。』過了片刻，主席見汪仍然在站在那裏，說：『共產黨人是最講自覺的。』汪東興會意，躬身道：『主席我出去了。』主席點頭：『很好。』接下來開始按摩。護士從上到下，從胸到腰，剛按摩到主席皮帶部位，不敢再往下再按，請示主席怎麼辦，主席說：『階級鬥爭要深入地抓下去。』……第二天一大早，汪東興便上主席房中彙報工作，見護士從裏邊出來，悄悄問她，昨夜怎樣，護士伸出大拇指說：『主席真偉大，樣樣都行！』」

楊神仙講到這裏，見賈丸藥向他使眼色，以為賈見有女士在座，制止要他別講這類笑話，不以為然道：「院長，這有啥子嘛，陳太是過來人，沒事。好戲在後頭。剛才陳大經理說，憑省長握過的手能走州吃州，走縣吃縣，更別說主席。那位護士得到主席寵幸，身價百倍，婚姻也就不能草草了事。經組織介紹，同一位空軍政委結了婚。新婚洞房那晚，新娘剛上床便放了個響屁，新郎哥本欲上床，聞聽屁響，一直在床下徘徊，整死也不上床了。新娘見狀急了，在床上輕聲說：『將軍提刀上馬為何不戰？』新郎哥在床下回說：『娘子後門炮響必有埋伏。』新娘見他怕中埋伏，說：『這裏沒有埋伏。』招手要他過去，附在他耳邊……」

賈丸藥聽到這裏，不等楊神仙把笑話講完，立即擺手，制止楊神仙道：「楊導，我知道你要說什麼，你後面的幾十個字別再講了，講出來不好。剛才你沒來，我同羅漢兄講，要學會金龍抱柱。你這笑話有損主席形象，他畢竟是偉人。我們要打他老人家的鞋子牌賺錢，損傷他的形象，等於短我們自己的財路。」

楊神仙聽了批評，點頭說：「院長目光遠大，批評得好。」

賈丸藥道：「不是目光遠不遠大的問題，是我研究了中國民眾的生態環境，懂得『多吃豆腐身體好，少提意見印象好』的真理。明白當官的喜歡聽奉承話，所以想出個最高策略——打著紅旗吃紅旗。打著紅旗反紅旗是反革命，打著紅旗吃紅旗，既有錢又威風，何樂而不為。」

楊神仙也可謂拍馬屁的高手，他聽了賈丸藥這話，手往桌上一拍，大拇指一伸，說：「院長，你的確是策畫大師，這個點子實在高！」

賈丸藥見楊神仙稱他策畫大師，身體略微往椅背後一仰，面露微笑，說：「我這也是從某些肥官那裏學來的：那些肥官把人民抽得高高的，處處講為人民服務，他們就在這類打著為人民吃人民的口號下過著舒心日子。」

賈丸藥說完，可能意識到這話同他的金龍抱柱論有衝突，又把話風一轉，說：「不過話又說回來，紅旗舉累了是要吃紅旗下的東西，為人民服了務，人民是要對他們有所回報。那些老一輩無產階級革命家當初打著紅旗鬧革命，如今革命成功了，他們當然要在紅旗下安享晚年，這是應該的。我院打著紅旗吃紅旗的精髓是精神變物質。」

賈丸藥說到這裏，很自然地把話停下來喝了口茶，又道：「現在當官的也搞懂了，知道空喊政治口號沒用，所以他們把提高政治思想覺悟、大講奉獻精神，落實到搞政績工程上。政績工程說穿了就是當官的面子工程，政績越好，從中撈取的好處越多。作為我們，要充分利用當官的想搞政績工程的心態，給他們戴高帽子，替他們宣傳，從中撈取實惠。你們別以為『吃』字不好聽，主席說：『世界上什麼事最大，吃飯的問題最大。』因此，現在社會上流傳了一首關於吃的順口溜：『公款吃喝如過年，洗腳桑拿不掏錢；高級賓館任報銷，三陪簽單名目全。』這種灰色現象，法律管不著，紀律談不上，說明都在『吃』字上狠下功夫。」

楊神仙聽了賈丸藥這話，再次激動地說：「院長，你可以說是當今第一策畫高手。」

賈丸藥聽了恭維，端起茶杯道：「常言說：『美酒千杯難尋知己，清茶一盞也能醉人。』來，楊導，我以茶代酒敬你一杯，祝我們合作愉快。」

楊神仙受寵若驚，忙舉杯說：「院長敬我不敢當，我敬院長，我敬院長！今後希望在院長的英明領導下爭取更大的成績。」

賈丸藥很滿意楊神仙的表態，又道：「楊導，剛才我在在勾畫家的畫展上見到了九哥，他告訴我，他寫了一本《坦白與交代》，這個題材很好，下一步我院準備由你執導，將其搬上螢幕。過幾天他把書稿送到我們院裏，你拿去看一看，先搞個劇本改編方案出來。可行的話，我院去活動資金，把這部電視劇搞成我院的面子工程。」

楊神仙聽了這話，再次起身，畢恭畢敬地說：「謝謝院長賞識。」說完看了下時間，又道：「院長，該吃午飯了。走，我開關招待你和陳大經理夫妻。」

賈丸藥也看了看時間，擺手道：「楊導，我知道你昨晚同省上領導吃飯，包裏有錢，但今天不讓你開關。今天我們先來個打著文化吃老闆，下一步再吃紅旗。」

賈丸藥這話給人感覺，好像昨晚楊神仙同省領導吃飯是楊買的單。楊神仙聞言，臉上露出一絲得意的微笑，剛要謙虛，只見賈丸藥招手叫服務小姐過來，用紙寫了個傳呼機號，要小姐替他在吧檯電話上呼一下，說有人回傳就叫他去接。

果然，小姐按號傳呼不到一分鐘，對方就回傳了。

吧檯離他們座位很近，賈丸藥拿起話筒，故意高聲道，喂：「是沙老闆嘛，我是賈文禮。是這樣的，我正在同著名導演、著名詩人及著名文化才女介紹你的為人，你的成就。他們聽說你是企業界精英、成功人士，又是我院研究員，都很敬佩你。你現在是不是過來同他們認識一下，這對你有好處。」

賈丸藥說完，拿著電話聽對方說話，嘴裏不斷：「是，是，是，好的，好的，那我們在杏花茶樓恭候大駕了哦。」

賈丸藥掛上電話，過來對眾人道：「巧得很，沙總就在附近，他有車，馬上到。到了我們就吃飯。」說完又向服務員招手說：「小姐，麻煩妳通知餐廳給我們留個雅間。」

十多分鐘後，服務小姐領了個中年人進來，但見來人四十六七歲，瘦瘦的面孔，個頭矮小，最多一米五二。英英一見此人便皺了下眉頭，雖只瞬間，卻被陳羅漢看在眼裏，知道太太對這人沒有好感。

賈丸藥一見來人，起身相迎說：「想不到沙總這麼快就到了，來，我來介紹。」說著指著陳羅漢說：「這位是陳大詩人，也是商界名流，我院文學藝術研究所所長。」接著指著英英介紹說：「這位是陳夫人，當今才女。」

陳羅漢沒想到賈丸藥會說自己是他們院的什麼研究所所長，但又不好當面否認，表情顯得含蓄，被賈丸藥看在眼裏。接下來賈丸藥又向來人介紹楊神仙，說是大導演。

介紹完畢，賈丸藥又指著來人對眾人道：「這位就是剛才我跟各位講到的著名企業家、成功人士，我院研究員沙仲良，沙老闆，沙老總。」

沙仲良見賈丸藥一連介紹了他幾個稱謂，有點受寵若驚，連忙拱手對眾人道：「院長過獎，院長過獎。成功人士談不上，老闆也不敢當，打工的，只不過我這個工打得自由。」

這時，賈丸藥見楊神仙招呼服務小姐，要她來一杯茶，擺手制止，叫別忙上茶，說：「沙總來了先吃飯，吃完飯再喝茶。」

眾人入席坐定，服務小姐遞上菜單，賈丸藥手拿菜單，把身子轉向沙仲良說：「沙總，你來點菜，喜歡吃什麼隨便點，今天我開關。」

沙仲良接過菜單，眼睛一邊上下掃描，一邊說：「哪能讓院長開關，今天我買單。」

賈丸藥聽了這話，面露微笑，眼睛把陳羅漢、楊神仙瞄了一下，露出得意之色，大有炫耀他打著文化吃老闆示範成功的味道。

席間，賈丸藥舉起酒杯，對沙仲良道：「沙總，你是企業界能人，也是我院的研究員，我院的精英人才。希望你能為我院創造效益，達到雙贏。來我敬你一杯！」

沙仲良見賈丸藥敬酒，忙起身舉杯說：「謝謝院長，我雖然個子矮小，但精力充沛，做事果斷，說幹就幹，今後院長有什麼事儘管吩咐。」

賈丸藥見沙仲良說自己個頭矮小，正色道：「沙總這話就不對了，什麼個子矮小？俗話說：『扇大無才。』有的人長得牛高馬大，結果屁文化不懂，人生如包，是個草包。羅漢兄寫詩就知道，詩歌同長篇小說相比，字數微不足道，但字字是精華，一字頂小說一萬字。沙老闆個頭雖小，但喜好文化事業，不僅人生如詩如畫，身體也如詩如畫，濃縮才是精華。」

賈丸藥說到這裏，話峰一轉，對眾人道：「明天上午我院要接待一位英國客人，是知名企業家，我院好幾位研究員都要到場，省上那位聶書記也要到。明天上午九點，各位也請到我院會議室開會。」

陳羅漢聞言，剛想說明天有事，賈丸藥便擺手制止說：「羅漢兄，你是我院老研究所所長，老紅軍幹部，明天上午請務必到場。聶書記就是原來公司的上級，他時常問起你。」

賈丸藥說完話，見陳羅仍然不斷擺手，又指著陳羅漢對沙仲良道：「沙總，你同陳所長住得不遠，等會兒分手，麻煩你送他們夫妻回家，明早再麻煩你開車去接一下他們。」

沙仲良滿口應承。

正是：

紅旗飄飄發高燒，眾官皆把面子撈；
打著紅旗吃紅旗，油水盡往家裏捎。

看官欲知後事，且聽下回分解。

第十二回　聶老謀文化搭臺唱經戲，沙仲良假冒斯文瞎買單

沙仲良將陳羅漢夫妻送回家後，說第二天一早去接他們，果然第二天九點過，他便開車到陳羅漢家樓下，打電話要陳羅漢夫妻下樓，同去賈丸藥的研究院。英英對沙仲良沒有好感，也不喜歡賈丸藥，要陳羅漢獨自去看熱鬧，自己留在家裏。

陳羅漢本來也不想去，他知道賈丸藥善用空城計，但他昨天從賈丸藥的談話中發現，賈丸藥

已經不是過去搞研究所時的賈丸藥了，思維比從前大得多了。聽他口口聲聲說研究院，今天很想去看一看他的研究院到底有多大規模，有什麼好戲上演，因此也就坐上沙仲良的車。

途中，陳羅漢問沙仲良：「研究院在什麼地方？規模多大？」

沙仲良說：「上次去過一次，在南二環路不遠一個大門內，門外掛了好幾個牌子。」

不久車到南二環路不遠一處大院，陳羅漢見到賈丸藥的研究院牌子掛在三個牌子的旁邊，估計他是在這裏租用的辦公室。沙仲良的車還沒到，便遠遠看見賈丸藥站在門口招呼迎人。他見沙仲良的車到，忙招手，把車門打開，讓陳羅漢下車，要沙仲良把車停到裏面去，隨後對身邊一個禮儀小姐說：「妳把陳總和沙總帶到會議室去。」

陳羅漢和沙仲良在禮儀小姐的引領下來到會議室。會議室在進大門右邊那棟大樓的底樓。只見會議室的門前擺了張條桌，上面擺有簽到本，禮儀小姐將二人帶到門前便反身離去。這時另有禮儀小姐迎上來，要二人簽到。二人簽到後，在小姐的引領下，進入會議室。但見這間會議室是個長條形會議室，中門一個長長的條形會議桌，圍繞桌子有一圈椅子，周邊也有一圈椅子。會議桌的每張椅子前面擺有參加會議人的名字，這跟官方會議沒有兩樣。陳羅漢一眼就看見自己的名字在進門對方，同喬半城在一起。這時陳羅漢才注意喬半城和聶老謀早已到了。而且聶就坐在喬半城旁邊。

喬半城同聶老謀都是前書活躍人物，喬是儒商，聶老謀本名聶友蒙，是省委離休老幹部，「老謀」是人們送他的綽號。禮儀小姐將陳羅漢帶到座位上時，喬半城正在同聶老謀談話，沒有注意到陳羅漢。陳羅漢沒想到喬半城到場，剛坐下，喬半城便把頭轉了過來。

喬半城一見羅漢，熱情地拉著他的手說：「羅漢兄，久違了。」接下來轉身對身邊的聶老謀道：「老領導，你看是誰來了？」

聶老謀聞言，抬頭見是陳羅漢，「啊」了一聲，忙隔著喬半城，向陳羅漢伸手說：「唉呀，我道是誰，原來是陳總到了，多年沒見，聽說你搞得很不錯喲。」

陳羅漢見聶老謀熱情招呼自己，只得把手伸過去同他握手，說：「老領導說到哪裏，就是搞得不好，不如喬總，不如喬總。」

喬半城坐在二人中間，聽陳羅漢如此一說，身子往後一揚，兩手分別按著二人的手，哈哈一笑，連說「哪裏哪裏」。

這時對面有人招呼聶老謀，陳羅漢趁聶老謀掉頭之際，悄聲對喬半城道：「半城兄，沒想到在這裏見到老兄，你何以會到這裏來？」

喬半城沒有正面回答羅漢提問，反問說：「羅漢兄你又何以會來？」

陳羅漢笑道：「來看熱鬧。」

喬半城將就他的話回答道：「你老兄能看熱鬧，難道我不能？」

二人相視一笑。

這時，賈丸藥領著一個胖乎乎的中年人進來，對眾人道：「各位，這位是英國永豐公司董事長曾尚偉先生。」

只見曾尚偉先生躬了躬身子，以示向眾人問好。接下來，賈丸藥邀曾尚偉入座。曾的位子在賈丸藥旁邊。這時陳羅漢才看清楚，在賈丸藥頭的上方有一橫幅，上寫：「熱烈歡迎英國著名僑領、著名企業家、文化儒商曾尚偉先生蒞臨我院。」再環視周圍，條形圓桌已經坐滿了人，只有一個牌子後面沒人。仔細一看，是孫九路的名字，知道今天賈丸藥也請了老九。後面一排沒有名字的座位也已坐滿人。

賈丸藥待曾尚偉坐定，起身以司儀的身分說：「現在我來向著名企業家曾尚偉先生介紹我院的精英人才。」接著指著眾人對曾尚偉道：「曾先生，在座的都是我院的精英人才，研究員及院士，著名書畫家、藝術家。」接下來逐一介紹。他先從左邊楊神仙開始說：「這位是著名導演、社會活動家楊勝先先生。」接著又指著沙仲良介紹：「著名企業家、商界名流。」接著介紹著名畫家某某、著名藝術家某某、著名歌唱家某某、著名詩人某某，然後指著孫九路的名字說：「著名作家孫九路先生臨時有事，剛才打電話給我，說他一時來不了，要我代表他向英國著名僑領曾尚偉先問好。」

當賈丸藥介紹到陳羅漢、喬半城時，指著二人說：「這兩位都是著名詩人、儒商。這位是陳羅漢先生，這位是喬半城先生。陳羅漢先生是我院文學藝術研究所所長，喬總是著名儒商，我院即將授予他院士。他們都是當代精英人才，在座的都是國家棟樑之才。」

賈丸藥介紹完畢眾人，最後才濃墨重彩，著重介紹聶老謀說：「現在我要向曾尚偉先生介紹省領導聶老先生。老領導是我院顧問、榮譽院長，今天在百忙中抽出時間來會見著名企業家曾尚偉先生。現在請老領導代表我院向曾先生致歡迎詞。」

賈丸藥說完，全場響起一片掌聲。

這時只見聶老謀不快不慢地從座位上起身，左右躬身說：「各位來賓、研究院各所負責同志、各位院士、各位研究員，今天很高興能來參加研究院這個群英會，也很幸運認識我們的英國曾董事長。首先，我代表研究院歡迎英國著名僑領、著名企業家曾尚偉先生光臨我院指導工作。現在有句時髦語言，叫文化搭臺唱經戲。大家不要誤會，這個經戲，不是我們平時觀看的京戲，而是經濟戲，全稱是『文化搭臺，經濟唱戲』。所謂文化搭臺，就是通過文化作為平臺，搞活經濟，這便是經濟唱戲。研究院就是一個文化平臺，為所有精英搭文化臺，讓曾總來唱經戲。我知道曾總的經戲唱得好，有板有眼。板眼特多，希望曾總今後多給我們一些板眼。」

聶老謀講到這裏，全場在賈丸藥的率領下，響起熱烈掌聲。

聶老謀畢竟是從官場中走過來的。他見掌聲響起，把話停住，直到掌聲落幕，又繼續道：「研究院的平臺也為所有精英開放，歡迎精英們在這個平臺展示自己。鄧小平說讓一部分人先富起來，就是指的你們這部分人，因此大家要改變觀念，要大膽談錢，談經濟。」

聶老謀講到這裏，全場再次響起熱烈的掌聲。

這時賈丸藥趁掌聲剛結束，搶過話說：「現在我插一句，老領導說得好，研究院這個平臺為所有精英開放。過去是文人經商輸得精光，現在是文人經商腦殼靈光。」

賈丸藥說完，聶老謀接下來道：「賈院長說得正確，現在的文人不比從前，從前四人幫提倡交白卷，把白卷大王視為反潮流的英雄，現在沒文化的文盲星也在打文化牌，何況我院的精英們更應當打文化牌。現在還有句名言，叫『借船出海』，我院的研究員，個個都是精英人才，你們的文藝作品、藝術品，都要借船出海。我們今天在這裏歡迎曾董事長，就是要借曾董事長這隻船出海，把你們的藝術品送到海外去參展，去開發市場。我的話完了，謝謝大家。」

全場再次響起熱列掌聲。

聶老謀講完話，賈丸藥起身道：「現在請英國著名僑領、企業家曾尚偉先生講話。」說完帶頭鼓掌。

眾人鼓掌畢，曾尚偉向眾人欠身行禮道：「尊敬的省委領導，尊敬的研究院各級領導，尊敬的研究院各位院士、各位研究員，女士們、先生們、同志們，你們好！首先我要感謝賈院長為我提供了這樣一個機會，在這裏結識了眾多精英人才。能同貴院各位精英一道聚會，是我的榮幸。這是一次難得的聚會，我終身難忘。剛才老領導講了，貴院的院士們、研究員們、藝術家們的藝術品，希望到海外參展，去尋覓市場，我願為大家出力。我這次回到英國，將通過大英博物館聯繫收藏各位的藝術作品，我還會通過英國媒體宣傳貴院的研究員。我的話完了。」

曾尚偉說完話，在賈丸藥的帶領下，全場響起熱烈的掌聲。

掌聲結束，賈丸藥把陳羅漢和喬半城看了看，從他眼神中看出，他很想二人發言，但他又怕二人不按他要求講話，特別是喬半城，他知道喬城的口才好，但他怕控制不住對方，所以看了一眼，又把目光放在楊神仙和沙仲良身上，隨即道：「現在請著名導演、我院研究員楊勝先同志講話。」

楊神仙見賈丸藥要他講話，有點受寵若驚的味道，猛地站起來，向眾人行了個禮，說：「各位首長、各位來賓、各位研究員同志，首先我要藉院長這一塊風水寶地，向院長說一聲謝謝。感謝院長對我的栽培，院長是我的老師。如果沒有院長的栽培，我一個窮文人單純靠爬格子，不論怎樣奮鬥，都不可能有所成就。嚴格地說，我無非一介街娃，沒有老師提攜，老師不給我研究院這個平臺展示自己，我也就沒有今天。我之所以能有今天，是站在巨人的肩上。可以說，老師是我的再生父母，父母只給了我軀殼，老師卻給了我前途。」

陳羅漢見聽楊神仙滿口阿諛之詞，輕蔑地望著喬半城一笑。

這時楊神仙又道：「我們這些窮文人，不論你多有才華，在經濟上不能立起來，會被人當作龜孫看待，所以正如剛才老領導說得好，文人要學會唱經戲，只有經戲唱好了，才能改變現狀。今後我們還得借助曾董事長的大船，把我們渡到光輝的彼岸。」

雖然楊神仙在這樣的場合講這類話有點殺偏風，但賈丸藥聽得心裏甜甜的。

見楊把話說完，賈丸藥起身道：「各位，剛才楊導說我是他老師，這話當然客氣。我平生沒有多大成就，不敢好為人師，但我對人真誠。在我的朋友中，沒有下崗、下課、離休的人。多年來，打造了無數名人，從沒有考慮過自己。現在我主要是在考慮，如何讓這些文窮星脫貧，真正富裕起來，如何把我院這一批精英的藝術品推向國際市場，這點還得望曾董事長多多協助。」

曾尚偉聽了這話，立即起身拱手道：「各位，我現在向大家保證，我這次回去就向英國有關媒體、有關單位介紹貴院研究員們的成就。」

曾尚偉的話剛完，一位女士突然在座位上舉手，激動地說：「院長，我發個言。」

賈丸藥見狀，向對方招手道：「曾董事長，現在我來給你介紹，這位是我院院士研究員，著名畫家彩雲女士。彩雲女士專長工筆花鳥、人物，多次在日本參加畫展，她的畫，日本前首相田中角榮曾經收藏。她現在想要向曾董事長致詞。」

賈丸藥說完，只見彩雲女士站起來，道：「尊敬的省領導、尊敬的曾董事長、剛才我聽了曾董事長的話很激動，我就是院長首批打造的人物之一。我很感謝院長給我提供了研究院這樣一個文化平臺，否則我沒法認識曾董事長。現在我把我的一幅百鳥圖送給曾董事長。這幅百鳥圖是在日本參過展的，當時有畫商想高價收藏，被我拒絕。拒絕的理由是這人商業氣息太重，根本不懂畫，所以我沒賣。今天我看到了希望，我相信曾董事長這樣的儒商、企業家，所以相贈。」

彩雲說完從身後取出一幅卷軸，賈丸藥忙過去同她一道將畫展開示眾。這是一幅長軸，畫中有上百隻鳥，畫的題款是《百鳥賀壽圖》，眾人看了讚不絕口，曾尚偉更是喜上眉梢，立即起身接畫。

曾尚偉接過畫道：「感謝著名畫家彩雲女士贈畫，這幅畫我不敢私自收藏，我準備將這幅畫送到大英博物館收藏，他們會出具收藏證書。」

彩雲女士聽了，激動無比，說：「曾董事長，如果你將這幅畫送到大英博物館，我會另外再贈送一幅畫給你。曾董事長是大海，我只是一葉扁舟，希望在曾董事長的幫助下，讓我們走出去。」

這時全場響起熱列的掌聲。

接下來，賈丸藥道：「現在我代表我院授予曾尚偉先生我院名譽院長，並向著名僑領頒發院長證書。」

曾尚偉畢恭畢敬地接過證書，即席講話說：「尊敬的各位領導，各位院士、研究員精英同志們，現在我決定，將我的英國企業與貴院結為兄弟院，今後我們將共謀發展，這裏我向貴院捐贈兩千英鎊。」說完從身上掏出支票本，當場開了一張兩千英鎊的支票予賈丸藥。

賈丸藥接過支票全場報以熱烈的掌聲。

掌聲過後，賈丸藥道：「現在請曾董事長與省委老領導合影。」

只見聶老謀走過去，同曾尚偉合影。閃光燈後，賈丸藥接著宣布：

「請著名企業家喬半城與曾董事長合影。」

「請著名詩人陳羅漢先生同曾董事長合影。」

「請著名導演楊勝先與曾董事長合影。」

「請著名……合影。」

在一連串著名與曾合影後，賈丸藥最後宣布：「現在請企業家沙總經理同曾董事長合影。」

當沙仲良同曾尚偉合影完畢，「現在請……」後面又是一連串的著名某某與曾董事長合影。

合影完畢，賈丸藥指著沙仲良道：「各位，現在我要向大家介紹，我院新授予的研究員沙仲良先生。」

沙仲良見賈丸藥叫他，從座位上站起來，向眾人行禮。

賈丸藥指著他道：「沙仲良先生是著名企業家、商界名流，喜愛文化，願為文化事業做奉獻，經我院院務委員會研究審核，決定授予他研究員。」

沙仲良聞訊，激動地說：「同志們、先生們、女士們，感謝賈院長對我的提拔重用，授予我這個沒文化的人研究員。我就是吃了沒文化的虧，所以前些時候，我專門買了一本計畫生育的書來讀。大家別笑我，我研究計畫生育有我的道理，計畫生育講優生，提高人的素質。」

沙仲良說到這裏，話鋒一轉，又道：「同志們，不過話又說回來，我雖然沒什麼文化，但我熱愛文化，喜歡文化，可以說是文化票友。我這個票友，就像唱京戲的票友一樣，還是唱得有板有眼的。剛才老領導說了，要唱經戲，我文化不高但會唱經戲，不然我怎麼會賺那麼多錢。常言說：『山珍海味離不得鹽，走遍天下離不得錢。』當今社會，沒錢什麼事都不好辦。不論你文化再高，如果每天早上起來只吃頭天晚上剩下的燙飯，丈母娘如何看你？所以我們要學會弄錢，也就是唱經戲。」

賈丸藥似乎感到沙仲良的話說得太直白了，有損他的形象，立即在一邊接過話說：「沙總說得好，要唱經戲。今後希望沙總為我院多唱經戲。」說到這裏，看了下時間，又道：「現在時候不早了，我宣布會議結束，請大家到對面玉香樓餐廳共進午餐。曾董事長明天便要回英國，他來的時候，我院沒來得及為他接風洗塵，這餐便飯僅代表我院為曾董事長送行。」

賈丸藥話剛落地，沙仲良在一邊道：「院長，請允許我說一句話：今天這餐飯雖然是研究院為曾董事長餞行，但必須由我開關。樣板戲《林海雪原》裏，楊子榮上山都要打隻老虎作為進見之禮，我今天有幸成為研究院的研究員，是我一生中的大喜事，理當招待各位大吃一頓。剛才我已打電話到玉香樓，叫他們預定了三桌酒席，現在就請院長帶領大家過去入席。」

賈丸藥見沙仲良主動提出買單，正合心意，略微客氣，道：「各位，既然這樣，尊敬不如從命，今天我們就文商結合吃沙老闆。」

正是：

天下大事食為先，文人商人共聯歡；
打著文化吃老闆，文商結合路子寬。

看官欲知後事，且聽下回分解。

第十三回　賈丸藥胖燈草蘸油，喬半城慧眼識另類

眾人來到玉香樓坐定，賈丸藥等菜上得差不多便端起酒杯逐一敬酒，他首先對曾尚偉道：「曾董事長，我敬你一杯，你是我們中華民族的精英，人民的驕傲。」

曾尚偉見賈敬酒，忙起身道：「院長敬酒不敢當，院長才是我們民族的驕傲。」

賈丸藥可謂無時無刻不在表現自己，他聽了曾尚偉這話，立即抓住話中的「傲」字發揮說：「哪裏，哪裏。我這人信奉的人生哲學是：『為人不可有傲氣，但不可無傲骨。』我有個學生，人稱傲國公，你別看他傲，他對我卻左一個『老師』，右一個『老師』，一點傲氣也沒有。最初我以為他是馬屁公，後來聽人講，才知道他是傲國公。一天，他拿了副他寫的對聯給我看，內容是：『胸湧碧血心已碎，敢問蒼天生我何？』我批評他消極，替他改了兩個字，將已碎的『已』改成『不』，生我的『生』改成奈何的『奈』，成了：『胸湧碧血心不碎，敢問蒼天奈我何！』傲國公拍案叫絕，事後寫了副對聯贈我，內容是：『是凡人，是高人，胸中自有仁、仁、仁；公屈才，公怪才，點子可招財、財、財。』可見只要會為人，再傲的國公也要在你面前低頭。」

儘管賈丸藥在此場合說這話有點文不對題，但只能將其理解為他在借題發揮，炫耀人緣好；只是給人感覺，發揮得生硬而已。

曾尚偉聞言，應聲道：「那是，那是。」

這時，楊神仙在一邊附和說：「傲國公贈院長這副對聯寫得好，特別是『點子可招財、財、財』，三財為大，說明跟隨院長會發大財。」

賈丸藥點頭道：「楊導這話說到點子上了。現在是知識經濟時代，點子就是眼光，眼光就是錢。我理解眼光與金錢的有機聯繫有三：第一是認識機遇，第二是捕捉機遇，第三是轉化機遇。而轉化機遇就是以經濟為目的，搞活經濟，所以我們要不擇手段搞錢。這是我悟出的真理。」

賈丸藥第二杯酒敬的是聶老謀。只見他端著酒杯來到聶老謀面前，道：「老領導，本來第一杯酒應當先敬你，但曾先生是客，先外後內，所以對老領導有所怠慢，不當之處敬請原諒。」

聶老謀端起酒杯連說「哪裏」。

隨後賈丸藥道：「我院今後還得請老領導多多關照。」

聶老謀連連點頭，說：「都是一家人，就不說兩家話了。」

敬完聶老謀，賈丸藥把酒杯轉向旁邊的喬半城與陳羅漢道：「二位老總，過去三個農民在一起就說豬，三個女人在一起就說夫，只有三個文人在一起才說書。現在時代不同了，人們已不再局限於通過穿金戴銀的方式來誇富，而是追求文化檔次，就連那些說豬的農民、說夫的女士也開始講文化氛圍了，所以二位老總的儒商身價就更高了。」

賈丸藥說到這裏，主動呷了口酒，又道：「二位老總都是精英、儒商。我院的院士研究員，希望二位把你們的聰明才智發揮出來，共創美好明天。」

喬、陳二人聽了這話，還來不及表態自己不夠當研究員的資格，賈丸藥便端著酒杯走到沙仲良那邊去了。賈丸藥這一著很明顯，他明知道喬半城與陳羅漢不是他研究院的成員，卻故意說給旁邊人聽。目的是讓大家知道，連喬半城這樣的精英也上了他的船，成了他的院士或研究員。

賈丸藥來到沙仲良身邊，剛說了句「沙老闆，你是本院的精英」，身上的BP機就響了。

賈丸藥沒有手機，沙仲良見他傳呼機響，從身上掏出手機遞給賈道：「院長，我這裏有手機，你回傳呼。」

賈丸藥接過手機把電話打過去，剛「喂」了一下，便高聲道：「是文大師嘛，我是賈文禮，我正在同省上的老領導，還有英國的曾董事長，以及我們院的院士、研究員們介紹你的成就，你就來電話了，硬是有心靈感應。」

這裏的「硬是」，是地道的成都方言，用在此處有「果然」的意思。

賈丸藥說到這裏，故意走到曾尚偉身邊，說：「文大師，來，你同英國的曾董事長說兩句話。」說完躬身附在曾的耳邊說：「文大師，著名易學大師。」接著把手機遞到曾尚偉面前。

曾尚偉迷迷糊糊，接過電話，「喂」了一聲說：「大師，久仰、久仰。聽院長說你的《易經》相當不錯，今後有機會一定要拜訪你，當面請教一些問題。」

曾同對方在電話裏客氣了兩句後，便把電話還給賈丸藥。

賈丸藥接過手機又走到聶老謀面前，對著電話道：「文大師，你同省上的老領導說幾句，老領導十分喜歡《易經》，文化功底深厚。」說完如法炮製，對聶老謀介紹如曾。

聶老謀接過手機，也雲裏霧裏地同對方寒暄了幾句。

接下來，賈丸藥又把手機遞給楊神仙、沙仲良，要他們分別同文大師客氣了幾句。

陳羅漢心知肚明，賈丸藥這一套，用江湖上的話說，叫「見子打子」，是抬高自己的一種方式。

賈丸藥通完電話，將手機還給沙仲良說：「本來我也想配個手機方便，可是我院是雙軌制，一切開支要經院委會批，反不如沙老闆用錢自由。」

賈丸藥話剛完，沙仲良忙道：「院長，以你的身分、你的活動量，早應該配備手機才是。既然院長用手機要院委會討論，不如我送院長一部手機。院長乾脆就把這部手機拿去用，這是我前天新開通的線，號也沒發出去幾個，就算我當研究員的替院長解決個小問題。」說完把手機遞給賈丸藥。

賈丸藥一時沒有伸手去接，而是說：「我怎好奪人之愛，沙老闆你沒手機怎麼聯繫業務？」

沙仲良道：「沒關係，下午我又去開通一部便是。這部手機的說明書在我車上，等會兒我去拿來交給院長。今後的話費全由我替院長交付，院長只管使用。」

賈丸藥客氣了兩句，收下手機，感慨地說：「我們中國人的消費觀念與外國人的不同，中國人存了一生的錢，買到房子剛搬進去，第二天就進火葬場。外國人不同，臨死前輕鬆地說：『我昨天才把購房貸款還清，但別人提前享受了。』這是兩種不同的消費觀念，兩種不同的認識。」

喬半城聽了賈丸藥同沙仲良的對話，見賈丸藥收下沙的手機，微笑著對陳羅漢耳語道：「燈草蘸油！燈草蘸油！」

陳羅漢明白喬半城這話的用意，側頭將喬半城看了一眼，二人相視一笑，繼續看賈丸藥表演。

賈丸藥敬完酒，端起酒杯站在中間，對眾人道：「各位精英、各位院士研究員，上次我同楊導等人在開院務會時，講過一個搞活經濟的最高策略，『打著紅旗吃紅旗』，而我們搞文化工作的打著紅旗吃紅旗的方式就是既要維護社會的安定，又要替老百姓說話。就以反腐為例，反到什麼級別、什麼程度就不能反了，這中間都要有個度的把握。自從那年鄧小平提出讓一部分人先富起來，中國的貧富懸殊拉大距離，老百姓對此有怨氣，我們在字裏行間要為民請命，但又不能太過，太過上邊不安逸。」

賈丸藥說到這裏，楊神仙在一邊鼓掌道：「院長的打著紅旗吃紅旗實在高！」

賈丸藥見楊神仙在一邊為他鼓勁，呷了口酒，繼續道：「有人說，現在許多問題都是制度的問題，我認為這是觀念上的錯誤。誰說現在的制度不好？中央沒有為人民著想嗎？想了！但為什麼制度寫在紙上時蠻好，執行起來就變得好蠻？說穿了是執行制度的人的問題。」

賈丸藥說到這裏，用眼睛環視了下眾人，又道：「不過話說回來，水至清則無魚，聰明人就是要善於利用制度與執行的偏差，從中撈取好處。」

賈丸藥的話剛完，楊神仙又在一邊鼓掌說：「院長直爽，敢說真話，難能可貴。」

賈丸藥很滿意楊神仙的配合，眼睛再次環視了下四周，對眾人道：「知我者楊導也！說實話，最近我聽到一些風言風語，有人背地裏說我賣假丸藥，簡直是瞎扯蛋！不過話說回來，就算我賣了兩顆假丸藥，也無傷大雅。綜觀當今社會，從上到下，誰個不賣假丸藥？有人說：『酒不解真愁，藥不醫真病。』這話說到點子上了。」

賈丸藥越說激動，突然掉頭對身邊兩位女服務員道：「小姐，請妳兩位暫時迴避一分鐘。」待兩位服務員前腳出去，他立即大動肝火，罵道：「媽的！說我賣假丸藥，狗日的吃飽飯撐著了！騷屄發情找不到樁樁，想用我這根且兒棒止癢！」

賈丸藥語驚四座，立時全場鴉雀無聲。陳羅漢同喬半城沒想到賈丸藥會當眾爆出這等粗話，不禁相對一望。

過了片刻，只見喬半城對陳羅漢使了個眼色，起身對賈丸藥道：「賈院長，對不起，我們有點急事，要提前離開。」

坐在一邊的聶老謀見二人要走，忙起身道：「二位老總，別忙，別忙，留個電話號碼給我，有事好聯繫。」

賈丸藥見二人急著離開，雖然知道是自己剛才失言招致的後果，但礙於面子，只得不露聲色，對二人道：「既然兩位老總有事，我就不強留了。」說著將二人送到門外。

三天過後，陳羅漢收到賈丸藥以研究院名義的一封信，內容如下：

陳羅漢同志：

首先，熱烈祝賀您被授予四川省多功能科技文化研究院院士研究員！我們將攜手合作，共同為科教文化與國做出貢獻。

您是我院最新授予的院士研究員，是全國科技文化方面的精英。我們熱忱歡迎您指導工作和我們共同承擔適合您研究的課題，成果共用。所獲經濟效益，按各自貢獻大小分配。如果您單位在您的宣傳介紹下，有需要委託我們承擔的指定科研文化項目，我們一定全力配合完成任務。其成果和效益分配如前。我們將在適當的時候召開請您參加的院士研究員會議，向您彙報工作。

接此信後，請按信中所附表格，將您的科研成果逐項填寫以便我們編整成冊，向外發布宣傳您。請將院士研究員證工本費二百八十元，二張兩吋近照，寄研究院辦公室張小姐收。

四川省多功能文化科技研究院，院長：賈文禮

〇〇年七月六日

陳羅漢看了賈丸藥的信，正準備打電話給喬半城，便接到喬半城來的電話。

只聽見喬半城在電話裏道：「羅漢兄，我今天找你，有一事相託：我家養了兩隻名犬，大的叫振振，小的叫文文。這兩隻狗都通靈，為了爭寵，時常打架。我太太很煩，要我將大狗送出去，我思去想來，只有你是振振的最佳新主人，你現在是否到我家來看一看這隻靈狗？」

陳羅漢對狗素有興趣，聽說靈犬，回答說：「我喜歡狗，我馬上過來看。但我太太不喜歡餵狗，剛好我過去工廠的一位朋友想要養狗，不如給我朋友送去。」

陳羅漢來到喬半城家，進門剛落座，振振就迎上來同他親熱。

喬半城見狀，在一邊撫掌大笑，道：「我說此狗通靈，硬是通靈。牠知道羅漢兄是牠新主人，所以對你特別熱情。」

陳羅漢也笑道：「喬兄名滿天下，名人養名犬名犬通靈。」

喬半城聽陳羅漢稱他名人，樂呵呵地說：「哪裏，哪裏。你羅漢兄也是名人，我們都是名人，這叫名人送名人名犬名犬通靈。」

一席話說得陳羅漢也笑了。

這時，陳羅漢突然發現，桌上擺了一瓶深海魚丸，拿起一看，見上面寫的洋文，不由笑說：「喲，還是進口的。」

喬半城見陳羅漢提到深海魚丸，笑說：「這是兒子從美國寄回來給太太服的，我也順便服一點。羅漢兄，你我這個年齡，要補點維生素之類才行。」

陳羅漢不置可否，同他開玩笑說：「半城兄，現在的人分兩大族，汗族與滿族。所謂汗族，就是打工辛苦族，滿族就是經濟上發達起來一族。你知道滿族最怕什麼，最喜歡什麼？」

喬半城被這一問摸不著頭腦，但又不願說自己回答不上，故作神祕說：「我當然清楚，關鍵你是否弄得清楚？都說羅漢兄有他心通，我今天要考你，看你能說得出我想的答案是什麼？」

陳羅漢知道這是喬半城的託詞，笑說：「半城兄，我曉得你答不上，還是我說給你聽好了。」說完不等喬半城回答，望了下喬半城桌上的補藥說：「老兄目前的經濟狀況屬於滿族範疇，最怕買到假丸藥。對你老兄這類滿人，買到假丸藥浪費錢事小，影響身體事大。」

喬半城笑道：「羅漢兄太幽默了，我還是汗族。」

陳羅漢見喬半城自稱汗族，又道：「半城兄的這個『還』字用得好，說明你老兄今天找我來，除了振振，還有其他事情。」喬半城點頭笑道：「羅漢兄果然機敏過人，我今天找你來，還有一件事。」說著拿出一封信，遞了過去。

陳羅漢一看信，原來也是賈丸藥研究院授予院士研究員的信，不由笑言：「半城兄，你還說你不怕買到假丸藥，別個賈院長剛準備賣一顆假丸藥給你，你就忙天慌地打電話叫我過來。你們這些滿族呀，最喜歡科學家造氣候原子彈，即使戰爭爆發，地球也不會因此毀滅，破壞你們的美好生活。」

喬半城聽了陳羅漢的幽默，呵呵一笑，道：「羅漢兄，我的確是汗族，汗族！」

陳羅漢見喬半城再次自稱汗族，又道：「以喬兄的素質、修養、風度，遠非賈丸藥可比，所以老兄見他授予你研究員，心頭緊張，是不是？」

喬半城笑道：「羅漢兄說我緊張，此誤解我也！我不是緊張，以你我兄弟的能力，豈能在一個城市邊緣文化流浪人下邊矮起。」

陳羅漢見喬半城說到城市邊緣文化流浪人，道：「其實賈丸藥不算城市邊緣文化流浪人。以我觀察，當今城市邊緣人分三種類型：一種叫城市邊緣人，主要指外地來城市務工者，他們雖然無城市戶口，但有固定工作，在居住地申請了暫住證；第二種是城市邊緣流浪人，這類外來人員不肯以力謀生，成天東竄西浪，無固定工作，居無定所；還有一類是城市邊緣文化流浪人，這類人雖然無固定工作，居無定所，但多少讀了兩本書，以文人自居，有名片，有頭銜，如某某策畫大師，某某家，可以矇人一時。賈丸藥同城市邊緣文化流浪人所不同的是：城市邊緣文化流浪人，是指無城市戶口、住房，無正當職業、家庭，有如太空人，飄忽不定。他有住房，有家室，只是無正當職業，所以只能稱城市邊緣文化人。」

陳羅漢說到這裏，品了口茶，把振振抱在懷裏逗了兩下，繼續道：「其實賈丸藥也有長處，他的外交能力強，可惜就是自以為是，這是他性格所致。據我觀察，性格可以決定人的命運。什麼樣的性格，決定採取什麼樣的行動，以至於決定什麼樣人生道路。道路不同，結果迥異。如果賈丸藥不假老練，還是可能修成正果的。」

喬半城見陳羅漢說到正果，接過話道：「那些另類在還沒有修成正果之際，頭上冒的是黑氣，修成正果成了仙家，頭上才有白光。那些正在修煉過程中的另類，有的雖然有了白光，但仔細看，白光中還夾雜有黑氣，只是越近正果，黑氣越少，直到真正成為正果。散眼子修成正果最難的是去掉江湖氣，江湖氣有如頭上的黑氣。賈丸藥雖然頭上有一點點白光，仔細看還有黑氣。就以他那天大放厥詞，語驚四座而論，當時他明知自己頭上冒黑氣要現原形了，但他又沒法控制自己，只好把服務小姐叫出去，說了粗話才過癮。」

喬半城剛說到這裏，振振突然在一邊狂叫起來，喬半城不禁一驚。

正是：

燈草蘸油賣丸藥，欲成正果煉軀殼；
另類成仙修白光，口爆粗話難脫俗。

欲知後事如何，且聽下回分解。

第十四回 退罰款善心偶得玄空石，觀石猴半城儒商升佛位

喬半城見振振狂叫，以為門外有人，結果開門沒發現什麼。振振見門打開，咬著陳羅漢的衣角直往外拉。

喬半城見狀，搖頭歎說：「看來這隻狗在我家的緣分已盡。羅漢兄，你現在就給朋友打電話，我們這就把牠送走。」

陳羅漢撥通朋友電話，講好現在就送振振過去，隨即同喬半城驅車而去。

喬半城這隻狗的確通靈，牠到了新主人家，見陳羅漢與喬半城要離去，又趕緊同喬半城親熱了好一會兒，大有捨不得舊主人的味道。隨後牠又同陳羅漢親熱了一陣，大有感謝陳羅漢給牠找到新家似的。

二人送走振振出來，喬半城開著寶馬車同陳羅漢來到一處十字路口。此地正是當年陳羅漢用自行車搭憨保長，被警察發現，在那裏學習交通法規的那個路口。如今城市擴建，這裏已是繁華的交通要道。十字路口車水馬龍，紅綠燈不斷交替變化，好一派繁忙景象。

舊地重遊，不免勾起陳羅漢內心往事。他不覺下意識地對喬半城道：「喬兄，開車注意，別闖紅燈。當年我用自行車搭人，就是在這裏被警察抓住，罰我學了兩個小時交通法規，弄得老母為做飯吃，摔倒在地。」

喬半城不以為然，笑言：「羅漢兄放心，我這車的牌號是〇〇一號，警察一看這車牌號，加上見你老兄坐在裏邊那個派頭，定會認為車內坐的是省上的大腦殼，即便闖了紅燈，他也不敢把我們怎樣。」

陳羅漢見喬半城又賣自己的貴重，不由開玩笑說：「喬兄，我就不信，你這一號車牌闖紅燈警察不敢罰你款，除非你這就闖過去，才能令我心服口服。」

事有巧合，陳羅漢說此話時，車子剛好來到十字路口，又剛好出現紅燈。只見喬半城望著交通紅燈，正欲停車，陳羅漢手往前指，道：「半城兄，你衝，衝過去！」

陳羅漢這話無異讓喬半城下不了臺。只見他掉頭把陳羅漢看了一眼，又左右看，見無來車，說：「你實在不信，我這就闖給你看。」說完加大油門，直奔對面而去。

陳羅漢見喬半城動真格，擺手大叫：「半城兄注意。」

誰知喬半城福大，車剛過紅燈，警察卻掉頭招呼身邊一個騎自行車違章的人去了。車過十字路口，只見喬半城得意地望了陳羅漢一眼，邊開車邊說：「如何？」

陳羅漢擺手道：「這次不算，警察沒看見。」

喬半城笑道：「這你就不懂了，哪是警察沒看見，分明是他見我的車牌是〇〇一號，故意掉頭，佯裝沒有看見。」

由此二人各執一說，難以得出結論。

喬半城見說不服陳羅漢，把話停下，開了一段路程，突然問陳羅漢說：「你不服我說的一號車有來頭，我考你個問題：為什麼中國人崇尚一號？」

陳羅漢聞言，還沒有反應過來他問話目的。

喬半城又道：「老兄還沒搞懂，中國文字很講究，一字橫著寫唸『么』，代表最末，豎著寫唸『一』，一是大哥大，英語叫『朗吧吻（NO.1）』，第一名的意思。所以大家都要爭第一，就是這個原因。」

陳羅漢不服他說自己沒搞懂，反問喬半城說：「我也考你個問題：你說大家都喜歡一，為什麼敬菩薩用三根香，不用一根香？」

喬半城笑言：「這個問題太簡單不過，三根香表佛家的戒、定、慧嘛。」

陳羅漢又道：「何為戒、定、慧？」

喬半城道：「戒者控妄念，抓住前念剛去後念未生的瞬間，即為之定，得定則心靜、胸存浩然正氣，則生智慧。」

二人只顧爭輸贏，卻忽視了開車目的，不覺將車開到成灌公路，喬半城才回過神來。急忙停車對陳羅漢道：「乾脆我們在附近找個飯店吃點東西再走。」

經他提起，陳羅漢也感到腹中饑餓，欣然同意。喬半城見陳羅漢同意，將車開到路邊一家飯店門前停好車，同陳羅漢徑直來到內面雅座，還沒來得及坐下，便聽見門外一聲響動。喬半城反應快，聞聲大叫：「不好，我的車遭撞了。」說完匆忙離坐。出去一看，果然是一輛火三輪車撞在他的寶馬車尾，將後蓋撞脫一大塊漆。

火三輪司機是個四十來歲的中年人，是附近農民。從他滿嘴酒氣看得出，他剛在附近的一個蒼蠅飯館喝了酒出來，醉醺醺的才會出此事故。喬半城見車尾撞掉一塊皮，不由火冒三丈，上前質問車夫說：「你咋個搞的嘛，把我的車子撞壞了，怎麼辦？」

三輪車夫經此一撞，酒醒一半。只見他無所謂說：「這有什麼嘛，不過就是掉了一塊皮，賠你就是。」說完又自言自語道：「其實你也有責任，不該亂停車。」

喬半城生性吃軟不吃硬，如果三輪車夫話說得好，他完全可以放對方一馬。豈料對方非但不認錯，反而怪他亂停車，不由更加火冒，上前將火三輪的鑰匙取下說：「不行，你撞壞我的車，還倒打一釘鈀，今天必須給我賠起！」

這時陳羅漢從裏邊出來，在一旁對車夫道：「你這人不知好歹，你看清楚，這是寶馬，高檔轎車，隨便噴點漆都得上千元。」接下來又神祕地指著車牌號說：「你知不知道，這種牌號的車是什麼人坐的？不把你娃頭拘留才怪。」

三輪車夫聽陳羅漢這麼一說，斜起眼睛瞟了下車號，見是〇〇一號。他雖然不清楚一號車牌的來頭有多大，但他聽陳羅漢說這車是高檔轎車，加上見喬半城的派頭大，知道今天闖了禍，不覺酒醒一半，向喬半城點頭哈腰說：「老總，對不起，剛才是我喝多了點，不小心把你的車掛脫皮，我賠幾十元，你看怎樣？」

喬半城餘怒未息，見對方答應賠錢，道：「幾十元，你說得輕巧，這車上百萬元一輛，隨便在修理店揭下蓋子都得幾百元，讓你撞脫這麼大塊皮，送修車廠至少兩千元。現在多的不說，你賠一千塊，多的錢我貼，算我倒楣，遇上你這個冒失鬼。」

車夫聽說這車價值百萬，大吃一驚，慌忙下話說：「老總，我家相當困難，愛人下崗，娃娃讀書，一千塊錢確實拿不出來。」說到這裏，指著幾個圍觀群眾又道：「不信你問他們，我說的全是實話。」

圍觀群眾見車夫要他們證明，全都在一邊幫腔，替他說好話，證明他家的確困難，要喬半城放他一馬。

喬半城善於觀察，見眾人不斷替車夫說情，估計車夫為人可以，而且家庭困難，基於這點，語氣有所緩和說：「既然他們替你說情，那就看他們面子，打你個讓手，賠五百元，讓你買個教訓。」

儘管五百元對喬半城彌補不了修車損失，對車夫卻是一筆大數目。只見他哭喪著臉說：「老總，不瞞你說，五百元我都拿不出，能不能再打個讓手？我這輩子都會記你這個情。」

喬半城吃軟不吃硬，見他說得可憐，沉默良久說：「那你總要象徵性賠兩三百元，才能吸取教訓，總不可能一分錢不賠嘛。」

車夫見喬半城把話說到盡頭，知道抵賴不過，只得找周圍熟人東拼西湊，借了兩百元，交予喬半城了此公案。

三輪車夫走後，二人回到飯店，要了幾個菜，兩瓶啤酒，準備邊飲邊聊。

豈料陳羅漢剛把酒瓶打開，向喬半城斟酒，喬半城忽然把陳羅漢的手一推，說：「羅漢兄，我這才想起，開車不能喝酒，我用飲料代酒。」

陳羅漢見他要開車，不便勉強，只得倒上酒喝了一口。這時喬半城突然想起馬廣榮，不禁對陳羅漢道：「羅漢兄，那天我同毛大哥去拜訪了廣榮兄，他問你的近況，說你對他有恩，老九同他有怨。我一直不明白，你何以對他有恩，老九同他又有何過節？」

陳羅漢笑言：「廣榮兄這話是指當年我給他送過田二哥的寶尿，讓他裝腎炎開病假休息，贏得了時間讀書，其實這算不上什麼恩。至於老九，同他也談不上怨，只不過老九當年放了一隻黑管在廣榮兄那裏，但他又欠了廣榮兄二十元，回鄉沒還廣榮兄，用計在廣榮兄那裏取走黑管。青年時的這些往事，如今回憶起來還真有點意思。」

陳羅漢說完喝了口酒又道：「我這人講究恬淡，凡事以佛悲眾生的態度看待，也就無所謂恩怨得失，包括剛才撞到你車子的那個車夫。」

陳羅漢這話並無所指，誰知喬半城善於聯想，他見陳羅漢提到剛才那事，聯想到多人為車夫求情，內心不覺生起同情感，忙道：「羅漢兄，你不提剛才那個車夫還好，一提起他，我就想起這個冒失鬼公然還有那麼多人為他說好話，說明他的人緣很好。其實他今天如果不倒打我一釘鈀，說我亂停車，我完全可以放他一馬，不要他這兩百元。說實話，兩百元對你我算不了什麼，對他還能起點作用。正如老九當年打來卡起，欠了廣榮兄二十元，別人至今記得。」

喬半城說完喝了口飲料，感歎一聲又道：「唉，隨著年齡增長，寬容和自尊都在同時增加。」

陳羅漢聽了這話笑言：「半城兄，你這話說了等於白說。」

喬半城道：「不是沒有說，我是想吃完飯去找一下那個冒失鬼，把這兩百元退給他算了。你老兄說得好，人要寬容。」

陳羅漢也覺得三輪車夫可憐，見喬半城主動提出退錢，當即附和。

二人打定主意，結了飯錢，出得飯店，找到剛才替車夫說好話的那些人，向他們打聽車夫住處。可是二人連問好幾個人，全都回說不知道。二人明白，這些人不是不知道車夫的家，是怕喬半城再去找他麻煩，不願意說，由此再次看出車夫的人緣的確很好。二人看透眾人心思，費了許多口舌，一再解釋，說他們找車夫是去退錢。最後終於說服一個知情人，在此人的引導下，開車走了一大段路，才將三輪車夫的家找到。

三輪車夫住在郫縣附近一個農家院內。他見喬半城主動來退兩百元，十分感激，要留二人在他家吃了晚飯再走。

喬半城見他一再相留，說：「飯就不吃了，我們剛從飯店出來，在你家院裏喝杯茶就是。這幾年難得有機會到農家走動，呼吸農村新鮮空氣。」

車夫見二人答應留下，忙招呼家人安排桌椅，端茶倒水。

凡事有該得，就在車夫招呼家人安排桌椅之際，喬半城見腳邊有一個石頭，順勢用腳往外一踢，不意卻將石頭踢到車夫身邊。只見車夫躬身拾起石頭，意欲扔到牆邊。

就在這時奇蹟出現，只見車夫拿看石頭，忙不及待，將其丟下，抖了抖手說：「呵喲，這石頭好燙。」

車夫說者無心，喬半城聽者有意，立即聯想到當年陳羅漢得玄空石的情景。那次他雖然沒有在場，但事後聽陳羅漢講，一直對玄石燙手似信非信。如今他見車夫說石頭燙手，懷疑又一枚玄空石現世，心下暗自高興。只見他不慌不忙，過去撿起石頭，見這枚石頭同普通石頭似有區別又沒區別，正欲扔掉，又覺不妥，暗自思忖：「玄空石最大的特點是有的人拿著發熱，有的人拿著不發熱。剛才車夫拿這塊石頭時，分明在說發熱，自己拿著又不發熱，符合玄空石的驗證標準。」一想到這裏，為了證實這枚石頭就是玄空石，他將石頭遞給車夫說：

「哪裏燙手，我拿著怎麼沒有感覺？」

車夫見喬半城如是說，伸手接過石頭，又迫不及待，丟在地下，說：「好燙，好燙手！」

這次喬半城心裏有數了，知道此石就玄空石。只見他撿起石頭，對車夫道：「你知不知道，為何你摸著這個石頭燙手，我拿著一點沒事的原因？」

車夫見喬半城拿著石頭果然不覺得燙手，自己摸著卻燙得難以忍受，一時語塞，回答不上，只得憨癡癡地望著半城傻笑。

喬半城見車夫回答不上，將石頭拿車夫面前晃了兩下，得意地說：「我來告訴你，這石頭是專門檢驗真精靈和假老練的試金石。我敢保證，你肯定是個假老練、自以為是的人，所以才會摸著這個石頭燙手。你想，為什麼相同的東西，我摸著一點不燙，你摸著偏說燙手，這不是假老練心態造成的麼！」

喬半城說到這裏，見車夫迷惑不解，指著陳羅漢道：「你看這位老師，他就是為人厚道，外表看似憨眉憨眼，實際是個真精靈。我們有位朋友，同他剛好相反，長得一副精明相，結果是個假老練。凡他摸過的東西，他都說燙手，但這位老師摸著卻順順當當，一點也不燙。」

喬半城說到這裏，見車夫沒有開腔，估計他不服說他是假老練，不由把話停下，環視了下旁邊，又繼續說：「你不服我說你是假老練也行。那我問你，今天本來就是你不對，你不但不認錯，反而說我亂停車。假設今天你不倒打我一釘鈀，而是認個錯，多說幾句好話，說不定我們這些菩薩心腸的人還要倒幫助你幾個錢。」

喬半城一席話說得車夫不住地點頭稱是。喬半城話到興頭上，又道：「我們這些人，哪是你招待吃一次回鍋肉就能把嘴封住的，是要看你待人的誠意。今天要不是那麼多人替你說好話，讓我看出你的人緣，肯定不會放你一馬。」

回家途中，陳羅漢對喬半城道：「半城兄，想不到你的一個善念竟然得了一枚玄空石。剛才你對玄空石的解釋，富有很深的人生哲理，不過我要提醒你的是，玄空石能降妖鎮魔，千萬不能亂用。」接下來把他當年在青城山用玄空石誤打冤鬼的故事簡單講了一下。

喬半城聽後呵呵一笑，道：「羅漢兄過獎了，哲理談不上。我說他假老練是有依據的：分明是他不對，還要強詞奪理。他不明白，我們這些人吃軟不吃硬，哪是他這種人能鎮住的。此事正好應了『小人怒而不威，君子威而不怒』的道理。你說他是不是假老練嘛？」

陳羅漢聞言笑道：「看得出來，半城兄已經不是一般的儒商，而是升位到佛商境界，隨口道來都是禪。最好儘早讓你的《半城禪語》早日問世。前些日子，我讀了你的大作，發現內中有很多句子都很精闢，比如你說的『嫉妒別人是無能的表現，人總是追求他缺少的東西』，這些句子都是至理名言，富有哲思。」

喬半城笑道：「哪裏，哪裏！羅漢兄過獎了。」

二人有說有笑，一路擺談，車到西門車站，陳羅漢在此有事要辦，下車同喬半城分手，徑直走了。

陳羅漢走後，喬半城獨自驅車回家，已是燃燈時分。他因一個善念得了枚玄空石，又聽陳羅漢講，玄空石能降妖鎮魔，心中甚是高興。回家略作休息，便從身上取出奇石在燈下把玩。這時他才開始仔細觀察這枚石頭。但見這枚石頭有鴿蛋大小，形狀酷似猴子側面，特別是猴子的那隻眼睛，晶瑩透明，光彩無比，喬半城看得來愛不釋手。

喬半城正在高興，電燈突然熄滅，令他掃興。這段時間，他們這裏經常停電。他估計今天又是停電，忙叫保母點枝蠟燭過來。

蠟燭點上後，喬半城對著燭光繼續欣賞這枚奇石。凡事與心理作用有關，燭光比起燈光，給人一種特殊感覺。喬半城在燭光下觀賞奇石，感到別有一番情趣。不知是喬半城的心理作用，還是燭影搖晃的原因，當他聚精會神，專注石猴的眼睛時，突然發現石猴的眼睛眨了一下，不禁大驚，慌忙搖了搖頭，用手揉了揉眼睛，再次定睛仔細觀察。說來奇怪，當他凝神注目之際，發現石猴的眼睛又眨了一下。這次喬半城看得真切，自我感覺不是眼花，說不信不可能，然而要他信這石猴眨眼是真，又似說不過。石猴怎能眨眼，分明看花了眼。他不由自言自語說：「沒那麼怪，石頭猴子會眨眼！」說完再次用手揉了下眼睛，準備看個仔細，弄個明白，這時電燈亮了。

喬半城吹滅蠟燭，望著石猴的眼睛，越想越想不通，為了看個究竟，他隨手在書櫃裏找了個放大鏡出來，在燈下仔細觀看石猴的眼睛。豈料這一看，竟然悟出了許多人生哲理。

正是：

文以商道，商以儒道；

儒以佛道，佛證果道。

不知喬半城從石猴眼中看出了什麼，且聽下回分解。

第十五回　聶老謀騙財盡使黔驢技，陳羅漢婉言巧拒偉人糞

話說喬半城在燈下觀看石猴，發現石猴眼中有一尊佛像，這像正是孫悟空當年被佛祖壓在五行山腳下，仰視佛祖時，眼中出現的那個鏡頭。喬半城由此悟出，孫悟空之所以能保唐僧西天取經成功，是他心中有佛。

有人問什麼是佛？佛是徹底覺悟宇宙實相的人。任何人依佛法修持，達到佛的境界，都能覺悟成佛。喬半城在石猴眼中看出孫悟空成佛過程，悟出的人生道理是：世間萬事，不論口頭說得怎麼樣好，都無濟於事，關鍵要看心中有沒有佛，才能正其果位。也就是說，凡事只要心有所想，才能成功。所謂心想事成，便是如此。喬半城此悟，境界昇華，儒商升位佛商，後面故事精彩，這裏按下，暫且不表。

回書再說陳羅漢，他與喬半城分手，在西門辦完事，剛回家還沒有落座，電話鈴就響了。他拿起電話一聽，原來是聶老謀的。只聽見聶老謀在電話那端道：「羅漢，陳總，上次在賈院長那裏見到你很高興，本想同你談件稀奇事，但那裏人多不便講。」

陳羅漢沒想到聶老謀會主動給他打電話，而且還要談稀奇事，問他什麼稀奇。

聶老謀在電話裏乾咳了兩聲，道：「我今天找你，是因我這裏發生了件怪事，想請你過我家

來一下。」

陳羅漢聽他這話，感到蹊蹺，預感到聶老謀有事找他。

在好奇心驅使下，陳羅漢立即乘公車來到聶家。當他剛一進門，聶老謀便熱情讓座、泡茶。陳羅漢第一次到聶家，仔細環視四周，但見聶家是個七十多平方米的套三老住宅。如果在過去，能有這麼一套房子很了不起，而今家家戶戶都搬新居，他這住宅就不怎麼了。

聶老謀見陳羅漢打量他的住房，自言自語說：「這裏是省委宿舍舊樓，我在這裏住不了多久，過些時候要買個大房子，這裏就不想裝修了。這裏房子雖舊，環境清靜，我就喜歡清靜。」

聶老謀泡好茶，雙手遞給陳羅漢道：「我找你來，是有件好事。」說完轉身從桌上拿了一疊文件過來，放在陳羅漢面前，說：「你先看一看這個。」

陳羅漢拿起文件，心想，用稀奇事把自己勾過來看所謂的文件，多半不是好事。果然，他粗看內容，見上面全是些幾十億資金的大手筆，明白這些都是水月鏡花的生意買賣。

聶老謀很有耐心，一聲不響，靜坐一邊，等陳羅漢將材料看到一半，才主動介紹說：「事情是這樣的，我這裏接管了北京某中央要員暗中掛帥的一個公司，現在成都分公司的手續、公章全都辦下來了，再過幾天，幾十個億的資金也要過來。這個公司與當年你們同老王搞的那個皮包公司不一樣，這個公司有實力，等大款一到就要購車建房。新公司成立要用人才，我首先想到你。下一步想請你出任我公司總經理，掌管全面。」

聶老謀說到這裏，故意把話停住，觀望了下陳羅漢的表情，又說：「這是個偉大的事業。我之所以在眾多人中間看上你，決定重用你，是因為你為人厚道，沒有奸心。我們好好合作，到時我要給你分房配車。」

陳羅漢聞言，聯想到喬半城家的名犬振振，不由自言自語說：「振！振！的確，振……。」陳羅漢的意思是，你老領導想用這類空頭支票來讓我興奮，有如振振這個名字一樣。聶老謀不明就裏，以為陳羅漢興奮，不等陳羅漢把後面的話說出來，得意地說：「有點振奮人心吧？」

說到這裏，聶老謀再次有意停了片刻，見陳羅漢的神情沒有變化，這才緩慢地又說：「不過現在有點小困難，想請你協助我共同完成這個偉大的事業。」

陳羅漢道：「只要能辦到，我會盡力。」

聶老謀道：「也沒有多大的事，就是短缺點小資金。」說完喝了口茶，解釋：「不過你別著急，短得不多，兩三萬塊錢，想要你幫忙抓扯一下，最多用一個禮拜，而且要付高利息。只要我把這點錢一交，一星期後，幾十億資金到賬，我們就發大財了。」

陳羅漢是明眼人，他知道聶老謀的所謂幾十個億，純屬是子虛烏有。白花花的銀子，一旦入進去，有如趙煜送燈檯，一去永不回。然而礙於聶老謀的面子，不便明說，只好提示性地說：「老領導，社會複雜，什麼花樣都有。我有個朋友姓周，是高級工程師。前幾天，周工見到一個人，外貌酷似劉少奇。可笑的是，那人公然對周工說，他就是真正的劉少奇。周工聽了差點笑掉大牙。可那人卻一本正經，神祕地對周工說，他的確是劉主席，當時並沒有死，是被一個紅衛兵救了，那具所謂的劉少奇遺體，是叫化子的身軀。周工質問他：既然他是真正的劉少奇主席，為何中央不知道他還活著？那人歎了口氣，說文化大革命，連他這些共和國功臣都被打成叛徒、內奸、工賊，現在雖然中央給他平了反，但他解釋『政治』二字說，所謂的政治，就是一些貌似正直的文人，站在檯子上耍水，所以從此看破政治，願意在民間過自由日子。他聽說周工想引資，拍胸口要周工先給他二十萬元，過幾天他叫中央給周工撥幾個億，這當然是騙局。老領導千萬注意，別聽說幾十個億就暈了頭，上當受騙。別人就是騙你這幾萬塊錢。」

聶老謀笑說：「那是不可能的，劉主席早就過世。」

接下來，聶老謀對陳羅漢道：「剛才你提起劉主席，我想起一件大事：我們公司的第一筆大業務已經談成，也是我今天找你來的又一個重要談話內容。」

說到這裏，聶老謀把話停住，看了陳羅漢一眼，見陳沒有開腔，繼續說：「這筆業務重大，是我公司收購到一粒偉人糞。至於這粒偉人糞出自哪位偉人的身體，暫且保密。你要相信，總之它是偉人拉的糞便。偉大，真偉大，太偉大了，了不起的偉人糞！有權威部門的化驗單，有文物部門的收藏鑑定書，可以說是國寶，價值連城。我公司已經物色到買家，願意出價三億收購這粒偉人糞，而賣家只要一千三百萬元，你說中間差價有多大？」

有人說，為什麼牛的個頭比人大得多還怕人，原因是牛的瞳孔是放大鏡，在牠們眼中，人的個頭比牠高大，所以人要牠幹啥牠就會幹啥，不敢反抗。同理，凡是奴性十足、貪婪的人，見到能給他帶來利益的上司，瞳孔也會放大。

陳羅漢發現，聶老謀說到「了不起的偉人糞」時，瞳孔突然放大，眼中閃爍著貪婪之光，明白聶老謀不是在崇拜偉人，而是在他眼中，這粒偉人糞是黃金，可以讓他發家致富。加之再聯想到賈丸藥談偉人鞋時，眼睛也閃爍著同樣的貪光，不由笑言：「老領導，看來偉人通身是寶。」

陳羅漢的話還沒說完，聶老謀就把話搶過去道：「那是，那是。正因為偉人通身是寶，才會有那麼多人往他臉上貼金，以至於他滿臉是金，全身是金，後來想給他貼金的人找不到位置貼，只好貼在偉人屁股上。所以但凡偉人都是臉和屁股同時放毫光！」

一席話說得陳羅漢哈哈大笑，說：「所以賈院長賣偉人鞋，你賣偉人糞，你們異曲同工，都在打偉人的主意。」

聶老謀同賈丸藥有相同之處：臉皮厚，善於處理當作賀禮收。只見聶老謀笑瞇瞇地點頭說：「說得好，說得好，偉人通身是寶，連屁都是香的。如果有誰能收藏到偉人屁，比大糞更有值價。糞便成形易於收集，偉人屁剛放出來，就在空氣裏消失得無影無蹤。」

陳羅漢見聶老謀說偉人屁難收集，笑言：「嚴格講，偉人屁不如偉人糞值價高。」

聶老謀道：「你說到點子上了。現在某些偉人的某種香屁，是經馬屁文人加過工，有如豬肉注了水，價值大減。我說的這粒偉人糞，是從偉人肚子裏拉出來的，全國僅此一粒，物以稀為貴，所以稱得上國寶。」

陳羅漢見聶老謀說偉人糞是從偉人肚子裏拉出來的，感到他畫蛇添腳，心想，糞便不是從肚裏拉出來的，難道是從嘴裏吐出來的？想到此不覺笑了起來。

聶老謀見陳羅漢神態異樣，解釋說：「你別小看這粒偉人糞，它不僅是文物，還有研究價值：通過這粒糞便，可以研究出偉人肛門寬度、直腸粗細，進而研究出偉人胃的大小，判斷他每頓能吃多少飯、身體狀況怎樣、為何精力那麼充沛、能領導革命走向成功。你在寫小說，不是不知道，在中國，寫小人物可以戲說，對待大人物，你敢不敢戲說？別說不敢戲說，就連他們每天打屁的次數、姿態都要刻畫得微妙微俏，否則會犯政治錯誤。此物是研究偉人成長過程的寶貴實物。我敢保證，如果故宮知道，一定會作為國寶收藏。前些日子，天安門城樓上的一對舊燈籠，拍賣了幾千萬元。這粒偉人糞同那對燈籠相比，價值大相逕庭。只要我公司把這粒偉人糞拿過手，立即打翻身仗。」

陳羅漢見聶老謀說得口沫四濺，問他如何能證實這粒糞便出自偉人身體？

聶老謀見問，道：「我之所以相信這粒糞便是偉人糞，是因為物主曾給這位偉人當過警衛員。這位偉人解便有個怪習慣，喜歡在大自然環境中邊解便邊思索革命真理，所以他每次解便總要叫警衛員帶上鋤頭，跟隨他到附近山坡上，守在一邊，待他解完便，用鋤頭將糞便掩埋。一次，偉人在山坡上蹲了一個多小時，才解完大便。警衛員見偉人蹲的時間太久，懷疑他肚子有問題，待偉人穿上褲子前腳剛走，便近前察看。果然見這次的糞便乾得像狗屎，悄悄撿了一坨，帶回去研究，後來也就當作重要文物保存下來。現在有關部門想收回去，他不肯上交，想換點錢度個肥晚年。」

聶老謀說到肥晚年的「肥」字時，就像一隻饞嘴貓，口水差點掉出來。他怕陳羅漢問他偉人的名字，主動來了個倒關門說：「我剛才說了，至於這位偉人的名字，暫且保密，今後會讓你知道的。其實他這解便習慣，書上有記載，你只要留心，就能知道他是誰了。」

聶老謀說到這裏，話鋒一轉，道：「現在你總該相信了吧？我還是老話一句，等你把這筆款子給我解決了，我這邊大款一到，你就出任公司總經理。到時我同你親自去迎接那粒國寶偉人糞，這筆業務也算你當總經理做成的首筆業務。你有業績，我臉上也有光。最好你這就回去替我籌款。不多，只要三萬元，用一個星期還六萬元。」

聶老謀口若懸河，滔滔不絕，陳羅漢早就聽得不耐煩了，見他要自己回去籌款，順勢點頭道：「那我回去試一試，能否辦到，不敢保證。」

聶老謀道：「我相信陳總的能力，只要首肯，沒有辦不到的事。」

陳羅漢同聶老謀分手第二天，聶就連打三次電話找他，詢問籌款的事辦得如何。陳羅漢昨天在聶家答應替他籌款，無非是脫身之計，令他始料未及的是，聶老謀公然當真，只得來個太極推手，說：「朋友們不相信偉人糞是真的，籌不到款，希望老領導原諒。」豈料聶老謀臉皮厚，窮追不捨，以至於往後幾天，陳羅漢一見來電顯示是聶老謀的號碼，便不接電話。

就這樣又過了幾天，這天晚上陳羅漢家的電話鈴又響了。陳羅漢從來電顯示看出，仍然是聶老謀的，只得把心一橫，拿起電話，剛「喂」了一聲，還沒有來得及說話，便聽見聶老謀在電話那端輕言細語地問：「羅漢，你啥時候才能把款給我籌到？此事十萬火急！」

陳羅漢歎了口氣，說：「老領導，這幾天我費了九牛二虎之力，好話說了一大籮筐，也沒有籌到款。現在而今，文人身價低，不如沙老闆。」

照理說，陳羅漢這樣回答，聶老謀早該知趣了，誰知聶老謀好像沒有聽懂似的，說：「正因為現在的人重商輕文，我才叫你加緊辦這事。只要你把這事辦妥，一個禮拜後，幾十個億的資金到位，我們開慶功會，買車子，買房子，那些人就不敢小視你了。」

陳羅漢的太極推手已推到極限，而聶老謀為了子虛烏有的幾十億款子，對他仍然窮追不捨，令他沒法解脫。

當然，陳羅漢並不是拿不出幾萬塊錢，也不是籌不到款，而是他明知道這些銀子一旦交給聶老謀，等於稀飯化成水，只得在電話裏含糊其詞，說「再去努力。」

聶老謀在電話裏聽出陳羅漢聲音勉強，又道：「你身為本公司總座，我相信你有這個能力把這件小事辦好。現在我再給你減點壓，三萬不行兩萬也可以，兩萬有困難，最低限度你要給我籌措八千到一萬，才能把我們的大事辦妥。」說完放下電話。

陳羅漢放下電話，剛吐了口氣，喬半城的電話就來了。陳羅漢一聽喬半城的聲音，無可奈何地將聶老謀賣偉人糞及要他籌款的事向喬講了一遍。

只聽見喬半城在電話裏哈哈大笑，說：「這是老幹部離休後產生的經商幻覺症，這症又名商海方腦殼敗血症。這不單是聶老領導一個人的問題，他代表了一部分離退休老幹部失去權力後，成天在做發財夢的怪現象。你老兄單純對他採取太極推手，可能不行，我建議你如此這般應對他。」

陳羅漢聞言，在電話裏連說：「喬兄高！」

第二天晚上，陳羅漢家的電話鈴又響了，他一看來電顯示，仍是聶老謀的。

只見陳羅漢拿起話筒，對聶老謀道：「老領導別急，我現在想到一個辦法，能解決這筆款子。」

聶老謀一聽能解決款子，聲音顯得激動，迫切地在電話裏問：「什麼辦法？」

陳羅漢道：「喬總家有兩隻名犬，一大一小，大狗名叫振振。此狗通人性，十分靈醒，只是有點欺小，喬半城家的小狗經常被這狗欺負。喬半城的太太特別喜歡小狗，經常在喬半城面前嘮叨，要喬總把大狗賣掉，喬總沒法，只好託我替他找買主，賣掉此狗。前幾天我找到個買主，願意出價一萬元人民幣，喬總要一萬五千元才肯賣，因此沒有成交。老領導那裏如有人肯出一萬元，就將這狗賣出去，我叫喬總先收兩千元，餘下八千元替老領導解燃眉之急，不知可否？」

聶老謀在電話裏道：「啥子狗要賣那麼貴喲？」

陳羅漢道：「老領導有所不知，此狗通靈，非一般土狗可比。貨打愛家，只有識狗的人才肯出價。這有如老領導這筆業務只差八千元，一個禮拜後即有上億資金回來，一般人不可能理解一樣。」聶老謀沒有聽出陳羅漢話中有話，在電話那邊端說：「既然此狗如此值價，又有人願意出一萬元，何必我去找買主？」

陳羅漢道：「那個買主外出了，老領導如果急著用錢，只有自己去賣狗。不過話說回來，老領導剛才的話提醒了我：既然你這筆偉人糞業務如此實在，一個禮拜就能有上億資金回來，我相信，你只要把風放出去，憑著你的威望，籌措八千塊錢輕而易舉。」

聶老謀的確臉厚，他公然在電話裏對陳羅漢道：「不是我籌不到幾千塊錢，而是我要把這功勞讓給你，今後你才有資格享受勝利成果。總不可能大款到了，你這個總經理一丁不掉，光愛熱鬧，走馬上任來了嘛！」

陳羅漢不服聶老謀的名譽補助，道：「老領導，我這人恬淡，不想在你這筆偉人的大糞業務中撈好處。只要能幫忙的，沒有回報也會幫，不能幫忙的，再高回報也幫不了忙。」

二人在電話裏僵持了一會兒，陳羅漢見聶老謀不肯放電話，知道如果不給他一個明確的回答，過不了關，又道：「不如我把那個朋友介紹給你，你們自己去談借錢的事。只要明確幾點，別說八千塊錢，就是十萬元，對方也會借給你。」

聶老謀聞言，問陳羅漢：「哪幾點？」

陳羅漢道：「一是明確還款日期，二是表明具體願付多少息，三是不以公司名義，而是以私人名義出具欠條。如果老領導同意以上三條，我立即通知朋友與你見面。」

聶老謀聞言，在電話裏停了幾秒，說：「唉呀，我當然可以以打借條，但要以你為主嘛，否則你這個總經理到時如何上任？」

陳羅漢一聽這話，明白聶老謀把自己當成了冤大頭，只得對聶道：「老領導，我曾經以我個人的名義找那個朋友借過錢。朋友問明情況說：『如果偉人糞是真的，即使沒有這八千元錢，十幾個億的資金也能到位；如果是假的，就是八百萬也無濟於事。』說你堂堂一個省委老領導，不可能連八千塊錢都湊不齊，要我不必在一邊替你乾著急。」

聶老謀聞言，歎息了一聲，說：「他不瞭解我們之間的關係，更不明白我要讓你坐總經理寶座的良苦用心。看來你還是另外給我想法算了，總之今天務必突破，二十四萬火急的火急！」

陳羅漢見聶老謀公然清醒白醒地把自己當成方腦殼，內心不服，放下電話，立即打電話給喬半城道：「喬兄，我一直不明白，為什麼那些自以為是的假老練不敢燙你，偏偏把我當成方腦殼燙的道理何在？是不是我外貌顯得憨厚？」

四川話「燙」，就是「矇」或「騙」的意思。

只聽見喬半城在電話那端爽朗一笑說：「這只能說明那些假老練目光短淺，不識真佛，不知道在他們面前的是一尊金身羅漢。見真佛不拜，有如深入寶山，空手而歸，將再現貧窮；見真佛不拜，將墮入六道輪迴。」

喬半城說完，大概是在喝茶，聲音中斷片刻，接著又聽見他道：「羅漢兄，我真羨慕你的憨貌，我求之不得那些假精靈變換花樣，拿把燒紅的烙鐵來燙我，每燙一個烙印，就是一個精彩的故事。你是大贏家，這些真實的素材哪是一般文人坐在書齋裏空想社會主義想得出來的喲。這些假老練是在成全你完成一部傳世佳作。」

陳羅漢聞言笑道：「喬兄過獎了。」

晚上，聶老謀又來電話問進展如何。

這次，陳羅漢來個收尾打結，說：「不瞞老領導，今天我又找了幾個朋友，他們全都笑我『幾十歲了，還去相信子虛烏有的事』，弄得我差點下不了臺。我沒給老領導幫上忙，說明我能耐有限，辜負了老領導的希望，總經理我也不當，你把那坨偉人大便賣出去後，我也不享受任何好處。」

聶老謀聞言，內心一陣冰涼，陳羅漢從電話這端也明顯地感到透過來一絲涼氣。

正是：

名人養名種犬名犬知人通靈，
方人用方事燙方頭方得可以。

看官欲知後事，且聽下回分解。

第十六回　年年好破雨傘應劫，王府井沙仲良遭誤

從那以後，清靜了三個月，陳羅漢以為聶老謀不會再來電話，誰知，這天聶老謀的電話又來了。陳羅漢一聽是他的聲音，不由皺了下眉頭。

只聽見聶老謀在電話那端語調平和地說：「陳總，好久沒有同你聯繫，最近在忙什麼？」

陳羅漢見問，客套地說：「還是有關文化方面的事。」

聶老謀又道：「我聽說你現在名聲在外，社會影響很大。你能取得這樣的成績，的確可喜可賀。只是你這類文化人，在經濟方面還沒有放大光明。只要我這裏項目一上，經濟很快就會改觀的。」

陳羅漢聽了聶老謀這話，明白他又在故伎重演，肯定後面又是談錢的事。

果然，這次聶老謀沒有繞彎子，而是直言地說：「我今天找你還是為了錢的事，不過不多，一兩萬元，就短這點錢，事情就成了。所以還是得麻煩你發動周圍的人事關係，哪怕你去給我借，或用你的什麼做抵押，要儘快給我湊齊，最多一個禮拜，我們就發財了。這可是千真萬確，十萬火急。」

陳羅漢見聶老謀又一次提到借錢，只得開門見山，說：「老領導，上次你賣偉人糞就說借三萬元，一個禮拜後還六萬。如今時隔不到三個月，你又用這方法叫我去借錢。我同你相處時間長，瞭解你的為人，知道你不會說假話。可別人不一定會相信這是真的，叫我如何說去嘛。」

聶老謀道：「上次那粒偉人糞是真的，後來被別人買去，因為不是我找的買主，不好分別人的勝利成果。如今這個項目可是實實在在的，你最好現在就到西一環路年年好茶樓來一下。我把有關資料給你看，你就會明白。」

陳羅漢不想到年年好茶樓去看他的所謂資料，在電話裏道：「老領導，你是榮獲中共最後一批鐵飯碗的既得利益者。如今正是安度晚年的時候。閒來無事，你可以養點花鳥，餵點金魚，陶冶性情，再有時間打打太極，找那麼多錢幹什麼。」

只聽見聶老謀在電話那端感歎了一聲，道：「唉，現在物價飛漲，我的那個鐵飯碗太小，裝的飯不夠吃，只有找點外水補貼。」

陳羅漢道：「老領導，你屬於溫飽型，比上不足，比下有餘。你那個鐵飯碗令多少下崗工人羨慕，還不知足。」

聶老謀見陳羅漢幽默他，有點不耐煩，道：「電話裏說不清楚，最好你現在到西一環路，年年好茶樓來看相關文件，看了你就會明白。這就來，我等你。」說完掛上電話。

陳羅漢放下電話，在沙發上坐了一會兒，在好奇心驅使下，決定去看稀奇。從他家到年年好茶樓既方便也不方便：方便之處是，從羅漢家出來，在王府井百貨大樓前乘八十一路公交車，到中醫藥大學門前下車，便到了西一環路口；不方便的是，那裏離年年好茶樓還有一段路程，只有步行。

成都夏天，時有陣雨。陳羅漢乘八十一路公交車在成都中醫藥大學門前下車後。剛走過街，在西一環路，朝西門車站方向走了十多步遠，忽然風雲突變，下起暴雨來了。陳羅漢見狀，只好站在街邊一家超市門前躲雨。

陳羅漢沒去過年年好茶樓，只聽聶老謀說在這一地段，但不知道具體位置。他在路邊躲了一會兒雨，見雨略小，又繼續往前走。在他心目中，聶老謀約的地方，一定是大茶樓，所以他一邊冒雨前行，一邊不住地朝街邊大招牌望去。就這樣時走時停，大約走了二十分鐘，還沒有看到年年好茶樓的招牌。當他向路人打聽，才知道早已走過半條街，只得冒雨又往回走。最後好不容易在西門骨科醫院對面，一個不起眼的地方發現年年好茶樓的招牌。

年年好茶樓在二樓。陳羅漢登上茶樓，全身衣服已經濕透，頭髮也在滴水。服務員見陳羅漢上樓，熱情招呼，問他喝茶還是找人。陳羅漢一眼就看見聶老謀坐在茶樓一角打瞌睡，於是指了指聶，表示找人。服務員很禮貌，徑直將他帶到聶老謀面前。

聶老謀被服務員叫醒，用手揉了揉眼睛，見陳羅漢淋得像個落湯雞，忙叫服務員去拿一條毛巾過來。

接著聶老謀扭頭招呼鄰桌一位老年人過來，指著陳羅漢道：「吳校長，這位陳先生就是我經常跟你提起的文化名人。你可別看他現在一身濕透了，這可是一位了不起的人物。」

吳校長聞言，肅然起敬，拉著陳羅漢的手連說了幾個「久仰，幸會」。接著聶老謀又指著吳校長對陳羅漢道：「這位是新聞大學吳校長。」

這時服務員遞上毛巾，陳羅漢一邊擦乾頭上的雨水，一邊同吳校長客套。

聶老謀見陳羅漢擦乾頭上的雨水坐定，招手要服務員來一杯花毛峰，陳羅漢見他叫茶，知道這一坐就是兩個小時，而他只想取了資料便離去，連忙擺手，叫服務員不必上茶，說坐幾分鐘便要走的。

聶老謀見陳羅漢堅持不要茶，也不勉強，從公事包中取出相關資料，道：「你要的材料全在這裏，麻煩你儘快交給對方看，儘快把款子拿過來，只要這點小資金落實，後面大款一到，我們就發了。你雖然是文化名人，經濟上還得更上一層樓。」說著把資料遞到陳羅漢手中。

陳羅漢接過資料，沒有打開看，而是起身說：「老領導，我這就去找人，等對方看了資料，我再將意見告訴你。」

聶老謀雖然希望陳羅漢立即就去為他辦事，可是見外面雨仍然很大，不得不說：「坐一下嘛，等雨過了再走不遲。」

陳羅漢一刻也不願在此逗留，堅持說：「沒關係，熱天陣雨，下不了多久就會停的。」

聶老謀見陳羅漢堅持說走，有點過意不去，忙招呼吳校長，要他向服務員借一把傘給陳羅漢，說：「沒關係，這把傘算在我頭上。」

他這話很明顯，是讓服務員放心，如果陳羅漢沒有時間來還傘，他會賠她一把。

服務員見吳校長借傘，不好推託，勉強從櫃臺下抽出一把傘，撐開一看，自言自語說：「哦，新的。」於是收起傘，放進櫃臺，又取出一把，撐開一看，說：「還是有點新。」說著收起放回原處。接著又取出一把傘，撐了半天，撐開半邊，見是破傘，順手遞給陳羅漢說：「就拿這把去，用後就扔了。」

站在一邊的吳校長見狀，有點過意不去，喝斥服務員說：「拿那把好的嘛。」

服務員聞言，站在那裏絲毫不動。面對服務小姐的取傘細節，以及聶老謀介紹文化名人與這把破傘的反差，陳羅漢心裏雖然升起一股文人的悲哀，感到不是滋味，但他卻能理解服務員的心思：一把傘十多元，剛好是別人一天工資。如果借去不還，她豈不要白做一天活。

其實從陳羅漢內心講，也不願為了還傘再走一次冤枉路。這把服務員不用的破傘剛好兩全，下樓走到中醫藥大學車站就可以扔掉。於是他接過破傘說：「沒關係，就拿這把傘。」

陳羅漢離開茶樓，雨仍然很大，他只得撐著破傘朝中醫學藥大學方向走去。陳羅漢沿街走了不遠，突然來了一輛公爵王轎車停在他前面，只見車窗裏伸出個頭在叫：「陳老師，到哪兒去？快上車，我送你一程。」

陳羅漢側頭一看，來者正是賈丸藥剛授予的研究員沙仲良。

陳羅漢見是沙仲良，停步同他點了個頭，朝前面指了指說：「回家。」

沙仲良見陳羅漢沒有上車之意，招手說：「大文人，快上車，我送你回去。」

陳羅漢對沙仲良沒有好感，明白沙仲良即便招待別人吃了一次便飯，也會逢人就說他招待那人大吃了一頓，當然不願白坐他的車，被他假以人情口實。沙仲良見陳羅漢原地沒動，再次招手，要陳羅漢快上車。陳羅漢推託不過，只得收起雨傘準備上車。

沙仲良打開車門，對陳羅漢道：「大文人，咋個拿把破傘，丟了嘛。」經此一說，陳羅漢顯得有點不好意思，順手將破傘往路邊的垃圾桶一扔，上車關上車門。

途中，沙仲良說：「大文人，別太節約，出門帶把破傘有失身分。」

陳羅漢見沙仲良再次提起破傘，只得將剛才小姐借傘的細節講了一遍。

沙仲良聞言，神態得意，一邊開車，一邊從身上抽出一疊萬元鈔票，拿在手上晃了晃說：「不怕你是文化名人，我敢保證，那位小姐見到我這種成天腰桿上別起一坨錢的人，絕不敢拿這把破傘給我。如果她敢給我，老子不給她扔了才怪。」

陳羅漢裝出一臉苦笑，幽默地說：「是的，現在文人不如沙老闆啊！」

沙仲良的家離陳羅漢家不遠。他將陳羅漢送回家後，開車回到家中，換上休閒短褲，坐在客廳，打開電視，隨手拿起刮鬍刀刮鬍子。誰知他剛刮了幾下，刀片就壞了。離沙仲良家不遠是王府井百貨大樓。只見沙仲良收起刮鬍刀，往褲包一塞，在皮夾裏取出二十元錢放在身上，穿了一件短衫便出去了。

王府井百貨大樓坐落在成都市中心，超市在底樓地下層。沙仲良來到王府井百貨大樓，從電梯進入超市，順著琳琅滿目的各類商品貨架，來到一排有刮鬍刀的貨架前，隨手從褲包裏取出刮鬍刀具，在貨架上取下一片刀片比試，見型號不對，又放回原處，然後又從貨架上取下另一隻刀片比試，發現型號仍然不對。就這樣連續比試幾次，也沒找到適合的型號，便將刀具放回褲包，把刀片放回貨架，繼續朝前走去。誰知沙仲良放好刀片剛朝前走了幾步，身子不自覺地碰到一位中年女士的挎包。女士很警惕，回頭把沙仲良望了一眼，本能地用手往包上一拍，給人感覺，似在防範小偷。

沙仲良被女士防範動作弄得不癢不痛，很不是滋味，狠狠地將女士瞪了一眼，做了個輕蔑的表情。女士見狀，嘴往上翹，回敬了個不屑一顧的表情，接著向地下吐了把口水。沙仲良也不示弱，跟即做了個怪相。女士見狀，自言自語說了聲「流氓」，頭也不回，徑直往外走去。

女士這話無異踩了沙仲良的痛腳。這幾年，沙仲良雖然在經濟上打了翻身仗，但令他苦惱的是他的個頭和長相。他身高一米五六、平頭，樣子像成都人說的街娃。因此，不論他穿得多體面，在很多場合，人們總是不會正眼打量他。而且在有的場合，還把他當成下力人或小偷之類看待。沙仲良平白無故被女士當成小偷，內心不服，見女士出去，快步跟了上去。

不意，沙仲良剛走出超市，忽聽背後有人在叫：「站著！」

沙仲良不知聲音是叫自己，頭也不回，繼續去追那位女士。豈料有人在背後將他抓住大叫：「給老子站著。」

沙仲良被抓，不禁大驚，回頭見是商場保安，忙問：「啥事？」

保安指著他的褲袋說：「拿出來！」

沙仲良莫名其妙，說：「啥了拿出來？」

保安鼻中「哼」了一聲，說：「你還裝瘋迷竅，問啥子拿出來。把你偷的東西拿出來！」

原來沙仲良在比試刀片後，將自己的刮鬍刀放進褲包時，被商場保安看見，誤以為他偷了商場的東西，又見他的手碰著女士的包，女士拍包，以為沙仲良想偷她的包，於是尾隨其後，想抓現行，見他快要走出商場，連忙上前將他抓住。

沙仲良見保安把他當成小偷，火冒三丈，盛怒之下，趁保安不備，一拳打在保安臉上，大叫：「老子研究員會偷你的東西！」

他這一拳打得保安兩眼直冒金花。

疼痛中，保安沒聽清楚沙仲良說的什麼，以為沙仲良罵自己命沒生全，不由勃然大怒，猛地抓住沙仲良的膀子，右腳順勢往沙腳腿彎處一靠，將沙丟翻在地，一陣暴打，邊打邊罵：「老子堂堂正正七尺之軀，你敢罵老子命沒生全，我看你這個三寸丁毛賊，命才沒生全。」

沙仲良當然不是保安對手，被暴打後，從地上爬起來，指著保安質問：「你憑啥說我偷東西，我偷了啥子東西？說清楚！」

保安以為他裝不知道，怒氣沖天地說：「你還裝瘋迷竅，把你褲包裏的東西拿出來。」

沙仲良一聽這話，知道保安誤解他偷刮鬍刀片，連忙從褲包裏取出刮鬍刀，在保安面前晃說：「看清楚，這是你們商場的嗎？老子從家裏帶來的。沒名堂！」

保安頭腦還算反應快，見沙仲良的刮鬍刀是舊的，知道冤枉了他，只得自搭樓梯下臺說：「你沒偷東西，剛才那位女士拍包幹嘛？」說著連推帶拉，將沙仲良拉進商場值班室。

沙仲良無端被人視為小偷，在值班室大吵大鬧。

保安見他左一個自己是研究員，右一個自己是研究員，不禁惱怒，說：「看你生就一副街娃相，還自稱研究員。研究員是教授級別，你說你是什麼叫獸？把你的證件拿給老子看。」

沙仲良身上什麼也沒有，拿不出證明身分的證據，只得說：「你等著，老子回家去把證件拿來，再同你算總賬。」

保安知道打錯人，正欲下臺，見他說回去拿證件，求之不得，順勢下臺說：「好，老子等你！」

也是事有巧合，沙仲良剛出值班室，便遇見陳羅漢進商場買東西。他忙拉著陳羅漢道：「大文人，你來給我證實，看我是不是研究員。」說著拉著陳羅漢往保安值班室走去。

這個保安愛好文學，認識陳羅漢。他見沙仲良將陳羅漢拉進來，不等沙仲良開口，主動招呼陳羅漢。

沙仲良見二人在打招呼，知道他們是熟人，於是理直氣壯地說：「你問這位大文人，看我是不是研究員。」

陳羅漢問清來龍去脈，點頭對保安道：「他的確是研究員。」

保安一聽，不服氣說：「我雖然沒有什麼文化，至少知道研究員相當於教授級別，他是研究什麼的？哪個地方的研究員，總得要報個家門來嘛。」

陳羅漢正要替沙仲良解釋，說他是賈丸藥那個研究院的研究員，沙仲良便搶先把賈丸藥抬出。豈料保安不聽則已，聽後冷笑說：「哦，原來是民辦研究員，失敬，失敬！」

保安奚落了沙仲良幾句，發洩了剛才一拳之恨，態度有所好轉，對陳羅漢道：「其實我也沒說這位先生偷東西，只是不服他口口聲聲拿研究員的招牌來壓我，叫他拿證件，又拿不出，所以認為他是冒牌的。既然話說清楚，那就算了。」

沙仲良雖然吃了虧，仔細思索，認為再同保安鬧下去，非但沒有結果，反而對自己名聲有影響，在陳羅漢的勸說下，離開了保安室。

二人出得商場，陳羅漢幽默地對沙仲良道：「剛才在茶樓，文人不如沙老闆，現在是沙老闆不如文人，風水輪流轉，看來文人的含金量在逐漸提高。」說完笑著向沙仲良揮手而去。

離王府井百貨店不遠是四川賓館。沙仲良見陳羅漢離開，自己朝川賓方向走去。當他剛走到川賓門前，迎面過來一位衣著不整的老者，但見老者腋下挾著一根竹棍，手提一個紙袋，快步朝他走來，不由一驚。

正是：

獐頭鼠目長賊眼，天生就比常人短；
超市閒逛遭誤會，只怪自己修為淺。

欲知後事如何，且聽下回分解。

第十七回 辯大鈔假瞎子睜眼，為出書且厚才拜師

話說沙仲良見老者快步走到天橋下邊，來在一個地上放著拐杖的殘廢人身旁，兩頭一望，見沒人注意到他，迅速坐在地上，擺上化緣碗，伸出右腿，挽起褲管，再次兩頭一望，見仍然沒人注意他，立即從口袋裏取出一個惡瘡面膜往腿上一貼，伸出雙手，開始乞討。

沙仲良見狀心想：「原來那些叫化子腳上長的惡瘡竟是貼上去的。」

沙仲良正在尋思丐幫上班竅門，忽見殘廢人身邊一個小乞丐趁人不備，伸手將殘廢人化緣裝錢的盒子拿起便跑。瞬間，奇蹟出現了：只見殘廢人發現錢盒被偷，猛地從地上站起來，健步追

上小乞丐，反手一耳光，罵說：「你小子可惡，老子殘廢人的錢你都要偷，太不樂教！」

小乞丐被打得兩眼火星直冒，掩面大叫：「你腳有問題為啥跑得那麼快喃？分明是裝的。」

面對質問，殘廢人臉不變色心不跳，從小乞丐手中奪過錢盒，道：「我把這條好腳桿彎到後面藏起，比真殘廢還痛苦，就算做假，錢也來之不易，豈能讓你小子白吃。」

眾人聞言，紛紛議論世風日下，丐幫利用苦拖，欺騙善良人們。

這時，一位看客對眾人道：「這不稀奇，大慈寺開光那天，我在門前見到一個瞎子才有意思：當時，一位華僑見瞎眼老人可憐，給了他一張五十元的人民幣，瞎子拿著錢一邊道謝，一邊將錢拿到眼前，對著太陽照光。華僑站在瞎子正面，看不見瞎子眼睛，以為他在用手摸錢的大小。瞎子旁邊一個小孩，卻突然看見瞎子睜開眼睛看錢，不由指著他大叫：『瞎子睜眼了，他是假瞎子！』瞎子見好戲揭穿，把錢往懷裏一揣，拋開偽裝，睜眼訓斥小孩說：『少見多怪，瞎子見錢是要眼開嘛！』」

沙仲良聞言，不禁大笑，自言自語說：「想不到世上果真有瞎子見錢眼開的事，錢的毒氣大，我一定要不擇手段，拚命搞錢。」說完往前走去。

沙仲良剛走幾步，迎面過來一人，遞了一張傳單給他。沙仲良接過傳單邊走邊看，但見上面寫道：

誠信證件有限公司長期承辦以下業務：

一、各地防偽身分證、結婚證、離婚證、戶口本、廚師證。

二、各學府畢業證、函授、自考大學、中專、學士、碩士、研究聲、大專、本科證、電工證、焊工證、未婚證、出生證、准生證、結紮證、退伍證，一切檔案材料。可根據使用者要求辦理。

三、國家級資格證、技術等級證、會計師資格證、工程師證等。

四、駕駛證、行駛證、附加費、養路費、車牌等汽車檔案。

五、香港身分證、回鄉證，並代辦理護照、營業執照和公章等。

六、房地產證、公證書、未婚證、計生證、健康證等。

歡迎諮詢，聯繫電話：10000000058，QQ：00000088。

注：本人承接假證，需要真證者請另覓高明（不誠誤擾）。

人們常說感悟生活，那就是從生活的點滴去領悟其中的真諦。所悟內容則要看各自對生活的理解。站在正確的角度理解，能感悟出很多人生哲理；站在生活的反面去感悟，則會誤入歧途。沙仲良看了傳單恍然大悟：原來「誠信」二字的內涵竟是如此！不由聯想到剛才幾個叫化子裝假。這時他身上的PB機響了。

沙仲良沒帶手機，在街邊一家小店找了個公用電話，回傳過去，原來是楊神仙打來的。

只聽見楊神仙在電話裏學著賈丸藥的腔調說：「是沙老闆嘛，我是楊導，我在順城茶樓，想請你過來品茶談點事情。」

沙仲良回家換好衣服，開車來到順城茶樓見到楊神仙，把剛才瞎子見錢眼開的故事講了一遍，接著又把辦證公司的事講了，同時拿出傳單給楊看。

楊神仙看了傳單，不以為然，說：「這張傳單錯字連篇，才幾句話就錯了三個字：研究生寫成研究『聲』，檔案寫成『黨』案，非誠勿擾，寫成不誠『誤』擾。唉，啥子人都想開證件公司，那賈院長吃什麼錢呢？」

楊神仙說者無心，沙仲良聽者有意。他聽了這話，聯想到賈丸藥的研究院，臉上不覺流露出一絲驚詫的神情，被神仙看在眼裏。

楊神仙覺察到沙仲良的神情驚詫，知道剛才失言，但他沒露聲色，只淡淡地說：「其實這沒什麼稀奇，文化大革命期間，以沒文化為光榮，貧下中農吃香，遍街都是穿補巴衣服的人，當時那些老實巴交的農民同人吵架，動輒說你們這些知識分子是臭老九。現時代不同了，凡事講學歷講文憑，沒文憑找工作、評職稱、升官都是問題。」

楊神仙說到這裏，略停半拍，又道：「我國人口那麼多，不可能一下子每個人都上大學，成為研究員，因此需求大於供給，供需失衡，這些歪的辦證公司也就應運而生。據我觀察，現在文憑種類繁多，有真的假文憑、假的真文憑、鍍金文憑、注水文憑、提速文憑，不一而論。」

沙仲良聽了楊神仙的高論，問他什麼是真的假文憑，什麼是提速文憑。

楊神仙道：「自從教育產業化，某些院校為了創收，開辦了各種進修班、速成班、研修班、高級研修班等，收取昂貴的學費，在短時間內集中培訓十天半月，發個結業證，讓那些有文化需求的企業家戴上儒商帽子，當官的有資格升遷。人們將這類文憑稱為真的假文憑或假的真文憑、鍍金文憑。」

沙仲良聽到這裏，再次聯想到賈丸藥的研究院，低聲問道：「楊導，那賈院長的研究院發的研究員證屬於什麼性質？」

楊神仙見問，微微一笑，道：「說到賈院長，有必要向你介紹一下他的情況：賈院長自從改革開放後，發現那些有成就沒文憑的文藝家很苦惱，於是通過省上老領導的特殊關係，打通了相關部門的關節，成立了這個官扶民辦的研究院。有了平臺，便能給那些失意的藝術家們加冕，授予他們研究員或院士，給他們一個評職稱進身的階梯。大家知道，在中國，研究員相當於教授級別，賈院長頒發的研究員證不僅是真文憑，還是活佛灌頂證。對象是那些有一定知名度，但有如蒸饅頭只差一把火就上大氣的那類藝術家，向他們頒發研究員證，讓他們實至名歸。特別是區縣一級的藝術家中，很多人有真才實學而無學歷文憑，經常為文憑苦惱。他們得知賈院長的研究院能讓他們人盡其才，紛紛寫信來索取研究員資料，希望院長這尊文化活佛能給他們灌頂。有一段時間，賈院長的辦公室門庭若市，嚴重影響院長辦公。」

沙仲良聽了這話又道：「楊導，我還有一個問題：在歡迎英國曾董事長時，賈院長不是宣布我是他們院的研究員，怎麼剛才我在王府井商場被人誤會，提起我是賈院長那裏的研究員，他們不相信，是不是院長的研究院沒有正規院校吃香？」

楊神仙道：「不是賈院長的研究院不吃香，是你沒有出示研究員證，所以他們認為你是冒牌的。」

沙仲良聞言道：「楊導，能不能麻煩你在院長面前替我美言幾句，他既然任命我為研究員，可不可以給我辦個研究員證？」

楊神仙道：「這我得打電話問賈院長。」說完要沙仲良把手機給他，撥通賈丸藥辦公室的電話，對賈說沙仲良有事找他，說完把電話還給沙仲良道：「來，辦證的事你自己給院長講。」

沙仲良接過手機剛「喂」了一聲，便聽見賈丸藥在電話裏道：「沙老闆，你不給我來電話，我也要打電話找你，不知沙老闆找我有何貴幹？」

只見沙仲良在電話裏說想辦一個研究員證。

賈丸藥聞言，立即在電話裏說：「歡迎，歡迎，歡迎沙老闆這樣優秀的企業家加盟本院。請沙老闆寫一份簡歷，將你的成果資料複印給我，我好向上面報批。」

沙仲良最初聽賈丸藥說「歡迎」，心裏樂滋滋的，當聽說要他報學歷成果，內心一涼，低聲說：「院長，你是知道的，我這種社會大學畢業的學生有什麼學歷嘛！至於成果，我除了一張農轉非的身分證，其他就談不上了。」

賈丸藥道：「沒關係，你總有興趣愛好嘛？」

沙仲良道：「愛好當然有，還沒農轉非之前，我在農村喜歡餵豬，進城後沒豬餵就愛好抽菸、喝酒、打麻將，還有……」

他後面的話還沒有說出來，賈丸藥便在電話裏打斷他的話說：「我不是問你這些，是問你有沒有文學、藝術、攝影之類的愛好，明白你的興趣愛好，我才好歸類，看你屬於哪一類研究員。」

沙仲良道：「我文學談不上，唱歌是左的，對藝術更是扁擔吹火，一竅二不通，倒是喜歡照點相。我照相角度取得好，不信哪天我給院長照兩張。」

賈丸藥道：「你愛好攝影就是對藝術有追求嘛。這樣吧，你給三千塊錢潤筆費，我找媒體給你寫一篇報導，把你寫成當代一流攝影藝術家，在報上發表，有了這個資本，我便可以向上面報批你的研究員資格。」

接著賈丸藥又道：「這篇文章我初步取名為〈當代大攝狼沙仲良〉。」

賈丸藥說到此，特意解釋道：「沙老闆可別誤解，我說的攝狼的『攝』是……」

他後面的話還沒有說出來，沙仲良便搶著在電話裏說：「我明白，院長說的是顏色的『色』，院長想把我包裝成有色狼癮的大師嘛。」

賈丸藥聽了這話暗自好笑，心想：「這種連攝影的『攝』和顏色的『色』都分不清楚的人，也想當本院研究員。」不過他沒露聲色，而是在電話裏稱讚說：「沙老闆有悟性，我就是要把你包裝成一流的攝影大師，所以要你拿三千塊錢給那個刊物就是這個原因，至於我們研究院，只收辦證的工本費。我們授予你研究員後，要在有關部門備案的。」

賈丸藥話剛說到這裏，沙仲良見服務員從外面領進一人，徑直來到楊神仙面前。但見來人五十開外，戴深度眼鏡。

楊神仙見眼鏡到來，起身拉著來人，伸手向沙仲良道：「沙老闆，麻煩你把手機給我，我同院長講兩句話。」

沙仲良聞言，把來人看了一眼，順勢將手機遞給楊神仙。

楊神仙接過手機，「喂」了一聲說：「院長嘛，我是楊導，旦先生到了，你看……？」

大概賈丸藥不等楊神仙把話說完，便在電話裏做指示，只見楊手拿電話不斷點頭，最後說：「那好，等會兒我就和沙老闆、口先生到院長辦公室去。」

楊神仙同賈丸藥通完話，指著沙仲良對來人道：「旦先生，這位是院長新任命的研究員沙仲良，沙老闆。」說著又把來人介紹給沙仲良說：「沙老闆，這位是著名學者旦厚才先生，也是我院研究員。」

接下來楊神仙對沙仲良介紹說：「沙老闆有所不知，旦先生是易學大師，會看風水，最近寫了一本有關風水方面的書，想找人給他寫點什麼，我對他說，不怕他有才華，風水看得準，但他沒有知名度，這書即使出來也沒用，不如我把他介紹給院長，院長愛才，肯定會幫他修改潤色，給他一個研究員身分，那樣價值就不同了。果然，我把他引薦給院長後，他當時便對院長的談吐佩服得五體投地，立即拜院長為師。」

楊神仙說完指著旦厚才道：「旦先生，你說是不是真的？」

旦厚才聞言點頭說：「楊導說得是，我見過許多大學者，都沒有像院長這樣，對人如此之好，認識院長是我前世修來的福分。」

楊神仙見旦厚才表態，又道：「剛才院長來電話，說旦先生的書他已看完，要我們到他辦公室去，一來談旦先生的書，二來談沙老闆的研究員證。」

二人聽說賈丸藥召見，點頭應承。隨後沙仲良買單，開車直奔賈丸藥的研究院。

到了賈的辦公室，他把三人讓到沙發上坐定，轉身要祕書小姐泡茶，隨即坐在旦厚才對面道：「旦先生，你的大作我已經拜讀完畢，實言相告，還得打磨。」

旦厚才道：「老師說得是，要打磨。」

賈丸藥現在已不是當年搞多功能研究所的他了，多年磨練，功力大增。他見旦厚才稱他老師，也不謙虛，儼然以老師的口吻道：「我這人不好為人師，從不輕易收誰當學生，不過看在楊導面上，見你心誠，當然承認你這個學生。你放心，既然我們是師生關係，我會盡老師的心為你做點什麼。這兩天我一直在考慮，看如何通過這本書，把你打造成中國一流的易學大師。」

旦厚才聽了這話，顯得激動，正欲說點什麼，賈丸藥突然指著眾人道：「我想向你們提一個問題，你們知不知道中國成語裏最約束人思維的是哪句？」

眾人對賈丸藥不著邊際的問話有點丈二和尚摸不到頭腦。

賈丸藥見眾人沒有回答，主動解釋說：「王婆賣瓜嘛！我們不是經常說某人王婆賣瓜自誇。中國人的思維就是因為這句成語約束，所以內心再怎麼想表現自己的能力，表面都得做出一副假謙虛模樣。別個外國人就不同，他們就敢大張旗鼓展現自己的才能。其實仔細想，王婆賣瓜不自誇瓜甜，難道她說她賣的瓜苦？如果她自己都承認賣的是苦瓜，就賣不到甜瓜的價錢。最近我思索出一個中國特色的賣瓜方式：易瓜而賣，即你的瓜我賣，我的瓜你賣。現在的廣告公司就是在幫人賣瓜。」

賈丸藥說到這裏，喝了口茶，這才切入正題，對旦厚才道：「旦先生，不論你這瓜多香多甜，你自己賣是賣不出去的。老師只有拚著這點小名氣，出去替你賣吼貨，至少人們看老師薄面，也會給我紮起，到時你就水漲船高。不過話說回來，你這本書我仔細拜讀了，剛才我說要打磨是客氣話。請恕我直言，你這本書涉及專業內容無可厚非，文字根本不行，得花大力氣修改，這個工作當然只有老師替你做了。」

旦厚才聽了賈丸藥胡蘿蔔加人棒的表揚與批評，感動地說：「太感謝老師了。」

賈丸藥又道：「老師的為人，一向是不幫忙就算了，一旦給人幫忙就死心塌地。我還在想，如何能用老師的知名度為你這本書做點有意義的事。」

賈丸藥這話明顯的是另有所圖。只見他說完這話，故意停下來假意喝茶，暗中觀察旦厚才的神色。

旦厚才沒弄明白賈丸藥的意圖，說：「如果老師能給這本書寫點什麼那就太好不過了。」

賈丸藥見旦厚才不明白自己的意思，又進一步說：「不只是簡單給你寫點什麼，那樣顯不出我這個老師對你的幫助。老師的知名度你是知道的，我是想用老師的名義同你合著，如果那樣，你這本書的價值就大不一樣了。」

賈丸藥說到這裏，覺得有點不妥，又把話挽回說：「不過你千萬別誤會，以為老師想掠你的美，占你的便宜，老師可不是這種人。」

楊神仙可謂賈丸藥的最佳拍檔，他聽了賈丸藥這話，在一邊幫腔說：「旦先生，你一點名氣沒有，社會怎麼認同你？既然院長大公無私，用他的名義與你合著，對你來講，是天大的喜事，只要你搭了老師的順風車，你的知名度自然而然就上去了。」

賈丸藥見楊神仙幫腔，又補充說：「旦先生，如果不是楊導介紹，你是我院的研究員，你要把我的名字寫在你的書上，我是不會同意的。」

旦厚才聽了二人唱和，激動地說：「用老師的名義同我合著我沒意見。」

賈丸藥不滿意旦厚才的表態，表情嚴肅道：「旦先生，做人重要的是擺正自己的位置，清楚自己的分量。你要明白，你我之間的關係是二八開，也就是說，我需要你的幫助最多二成，你需要我幫助是八成。」

旦厚才連忙點頭哈腰說：「是，院長，老師，二八開！」

賈丸藥又回頭對楊神仙道：「楊導，說實話，旦先生那本書只能算個框架，文字根本要不得，我必須給他重寫一遍，費神啊！」說完，喝了口茶，繼續對眾人道：「楊導知道，我打造名人有癮，平生打造了一大批類似旦先生這樣的文化精英，我自己卻淡泊名利。」說完指著楊神仙道：「這位楊導就是我一手打造出來的，不信你們問他，當初我認識他時，他還在御帶橋的立交橋下邊修自行車，是我見他打了個修車王的招牌，知道他有兩下子才敢稱王，於是根據他的特長，把他包裝成一流導演。楊導，你說是不是這樣？」

楊神仙見問，點頭說：「院長對我恩重如山！」

旦厚才聽到這裏，情緒激動，不假思索，說：「如果老師能用你的名義同我合著，我求之不得。」

聽了旦厚才這話，賈丸藥終於顯出滿意的神態，說：「這書雖然是你寫的，但我的名氣比你大得多，用我的名義同你合著，只得委屈你，把你的名字放在我後面。」

旦厚才連忙點頭道：「那當然，那當然！總不可能院長這樣的大學問家，名字排在我後面嘛。」

賈丸藥聞言，頻頻點頭道：「儘管如此，我們也來個內部不成文的口頭協議：書的著作權是你的，稿酬是你的，我替你修改潤色，掛名不得任何好處，只要你明白老師在幫你就行了。」

旦厚才急切地說：「老師能用你的名義同我合著，我感謝不盡。現在我當著楊導和沙老闆表態，這本書的出版費歸我，書出版後，效益我同老師五五分成，絕不讓老師白出力。」

賈丸藥聽了旦厚才的表態，嚴肅地說：「用我的名義同你出書，我的名字排在你前面可以，五五分成就算了，老師打造了無數精英，從來不計報酬。儘管他們經常幾萬、十萬元的錢提來送我，但我根本沒想到要他們回報。」

旦厚才忙道：「院長給我幫了大忙，我不能忘恩負義，這書的利潤我肯定要同院長對半分，院長就不用管了，到時我自會安排。」

正是：

饅頭上氣待大火，賈君主動來認可；
拜師只為求進身，假佛灌頂難正果。

看官欲知後事，且聽下回分解。

第十八回　賈丸藥佛光普照賣假藥，姜大爺重操舊業斂真金

賈丸藥見旦厚才表態，出書後利潤與他五五分成，搖頭說：「旦先生，老師我平生昔才愛才、重情重義，一個『情』字把背給我壓彎了。我打造了無數文化精英，從不計較個人得失，所以那些等待我打造的藝術家一見到我，熱情得經常把手給我握腫。」說完掉頭對沙仲良道：「沙老闆，本院授予你研究員，是經過院務委員會討論定板的，上次我在歡迎英國曾董事長的會上宣布這一消息，是在打提前量。你現在相當於預備黨員，辦完入黨手續宣了誓，才能成為正式黨員。這裏給你一張表格，你拿回去填好，附兩張兩吋近照，一千塊辦證費，三千塊媒體發稿費，交到院長辦公室張小姐那裏，我好立即上報，最多三天，上面批下來就可以給你辦證。」接著又

對旦厚才道：「旦先生，你也拿一張表去填好連同兩張照片及三千元媒體包裝費，一千元辦證費，一併交到張小姐那裏，下星期三上午十點，本院要召開研究員大會，你們準時參加，我要向你們頒發研究員證。」

二人接過表格，賈丸藥又對沙仲良道：「沙老闆，麻煩你用車送旦先生回去填表，準備照片和資金，爭取儘早交上來。楊導留步，等我把這兩件公事處理完，找你商量點事。」

沙、旦二人聞言起身告退。

二人前腳剛走，賈丸藥便對楊神仙道：「說實話，老旦那本書當時我沒仔細看，後來讀了才知道，文字一點也要不得，不過我既然答應幫助他，也不改初衷。現在經我改寫，面目全非，但我還是願意用我的名字同他合著，可見我對人多麼真誠。」說完從辦公桌內拿出一本詩集，對楊神仙道：「別說老旦，就連王局長這個喜歡舞文弄墨的文化票友，寫了些狗屁不通的打油詩，想要出書，請我給他寫序，我也寫了。詩集最近由他下屬贊助出版，就是這本。」

隨後，賈丸藥翻開書，指著內中一首詩，搖頭晃腦地唸道：「床前月光光，照得滿屋香；舉頭看窗外，低頭聞詩香。」吟完把書合上，拍案大叫：「狗屁不通！狗屁不通！」說完問楊神仙道：「楊導，說起『狗屁』二字，你知不知道擔待屁事的內涵？」

楊神仙見問，一時語塞，開不了腔。

賈丸藥見楊回答不上，道：「我講個故事給你聽，你就明白了：廠長與科長一前一後，同去開會，廠長在前面放了一屁，回頭問科長是不是他放的屁，科長搖頭否認。會後廠長招手叫科長到辦公室說：『從現在起，你到下邊去跟班勞動。』科長問：『為什麼？』廠長說：『屁大的事你都擔待不起，當什麼科長。』豈料科長前腳離去，副科長進來彙報工作，廠長又放一響屁。廠長放屁，故伎重演，問副科長誰放的屁，副科長機敏，爽快地說是自己放的，並說響屁是香屁，不響的屁是臭屁，問廠長可曾聞到屁香。廠長心知肚明，知道副科長在為他擔待屁事，暗示他放的是香屁，不禁廠顏大悅，立馬將副科轉正，升為科長。」

賈丸藥講完故事，總結說：「當今官場，某些瘟官經常放屁惹禍，隨時需要手下有人替他擔待，只要你會擔待屁事，領導放屁就是為你提供升官的機會。那位科長不懂得同領導打交道，要學會擔待屁事的道理，所以不升反貶。」

賈丸藥說到這裏，遞了支菸給楊神仙，點燃火猛抽兩口，繼續說：「王局長這本狗屁不通的詩集，雖然不要我們擔待屁事，但給我們提供了一次聯絡感情的機會：我們不妨投其所好，送他一頂高帽子，拉近距離，讓關係更上一層樓，為我們下一步求他辦事打個伏筆。但是這頂高帽子不能用我的名義，要以你的名義縫製，我轉送給他。具體操作方法是：你以一個崇拜者的口氣給我寫一張便條，內容是你到我辦公室來找我，我不在，等候期間無意中在辦公桌上讀到他的詩，認為有李、杜之風，想要我在他面前替你求一本他親筆簽名的詩集，保證他會興奮得幾個晚上睡不著覺。」

楊神仙聞言，依計而行，當場寫了一張便條，內容如下：

賈院長：剛才來我到您辦公室彙報工作你沒在，無意中看到桌上王局長的詩集。翻開詩集，首先拜讀院長寫的序言，感覺這篇序言非大家手筆不能承受。隨後拜讀了廠長大作，院長評價中肯，王局長的詩確有李、杜之風，稱得上大家手筆，強烈希望收藏局長大作，院長能否替我向局座求一本他的簽名詩集？倘能如願，不勝榮幸！楊勝先。

賈丸藥看了楊神仙寫的便條，語重心長地說：「目前我們在經濟上還處於第三世界，所以要多種花少種刺。運用高帽子當手段，笑臉外交，和氣生財，等在經濟上打了翻身仗，才能說得起硬話。」

接下來，賈丸藥拿著楊神仙寫的便條，在空中舞了舞，說：「那些有才華但沒名氣的藝術家，平時少有人恭維，腦殼發冷，送他們一頂高帽子，讓他們光頭生輝，睡著了都要笑醒。即便那些缺少自知之明的文人，戴上你送的高帽子興奮過度，心肌梗塞，他也不可能找你付醫藥費。」

楊神仙聞言哈哈大笑，說：「院長幽默。」

賈丸藥也笑了，擺手說：「不是幽默，是事實。我敢保證，王局長把你這張便條拿回家，肯定要對他老婆、孩子說：『你們看別個楊大導演都稱讚我的詩寫得好，向我求書，你們還說我的詩寫得不好？』今後你這張便條就是他家的傳家寶了。將來他的孫娃子也會說，當年著名的楊大導演都是我爺爺的粉絲。」

賈丸藥正講到興頭上，桌上的電話響了。

賈拿起電話「喂」了一聲，只聽見電話那端一個聲音說：「是院長嘛，我是槐才，最近我寫了一本書，想請院長寫序，我想這就過院長那裏，把書稿給院長送去。」

只見賈丸藥道：「恭喜李先生又有傳世佳作問世，要我寫序沒問題，只是最近太忙，沒時間細讀你的大作。你先寫個材料，需要什麼樣的帽子，多大尺寸，什麼顏色，全寫在上邊，然後連同書稿一併交到我這裏，我好給你量身定做，包君滿意。」

放下電話，賈丸藥繼續剛才的話題又道：「雖然高帽子人人喜歡，但要講藝術。要高得恰到好處，高得過頭受者要生疑，太低起不到興奮劑作用。高帽子外交的核心內涵，可以用八個字來概括：『普降甘霖，廣結眾緣。』換言之，就是佛光普照，奉承一大片，人人沾光。人們常說文人相輕，文人為什麼相互看不起，是因為文人普遍都存在老子天下第一的心態。說明文人普遍喜歡高帽子又要假謙虛。因此不論其水準高低，統統送他一頂高帽子，讓他們拿回家去當傳家寶。」

楊神仙聽了這話，伸出大拇指說：「院長高明！」

賈丸藥見楊神仙說他高明，面露微笑，說：「對於那些假清高的文人，要用佛光普照法，慷慨激昂地去恭維他們是一流的藝術家、作家、詩人。要激昂地說：『你們一流的詩人、作家、藝術家，不能有三流的心態！』我相信，哪怕最不入流的文化票友聽了這話，也會樂滋滋的。反之，對那些有水準、真正清高的文人則要區別對待。就以我們身邊這群文人而論，丘墨硯雖然有才，但高傲翻山，高帽子不適用他。丘墨硯這人你不送他高帽子，他自己也要把高帽子抓來籠在腦殼上，我就親耳聽見他自稱才子中的才子。對他最好冷處理。」

賈丸藥講到這裏，把話停下，道：「楊導，你等我幾分鐘，我把這封短信回了再聊。」

片刻，賈丸藥寫完信又道：「對毛月夢這類文人，送高帽子要講技巧。毛月夢詩寫得好，有自知之明，也想出名，對高帽十分警覺，想要又怕遭燙。有人講了他一個笑話：裕豐公司垮臺後，毛月夢不好意思回原單位，只得到一個私營企業去當辦公室主任。一天，陳羅漢去看他，他掏出名片對陳羅漢說，這張名片他沒給任何人，是第一次給陳。陳羅漢見名片上的職務是辦公室主任，明白毛月夢原來是大公司老總，兵敗來小攤攤矮起，怕人低看，故出此言。同他開玩笑說：『從總經理到辦公室主任，說明大哥能上能下，伸縮得當。』其實陳羅漢這個『伸縮得當』就是高帽子，毛月夢不知不覺就收下了。」

賈丸藥講完毛月夢的故事，又把話扯到喬半城和陳羅漢身上說：「對喬半城、陳羅漢這類文人，如果用佛光普照法去恭維他們，說他們是一流詩人，他們會認為你在挖苦他們，因此要根據他們的特點來選擇布料，製作高帽子。喬半城人機敏，好讀書，有才華，喜歡打文商結合牌，送他一頂儒商帽子，他肯定不會搖腦殼。陳羅漢為人厚道，說他是文俠，有忠肝義膽，他肯定高興。著名詩人阿寧送了一幅『忠信者交之慶也』的書法給他，他至今掛在客廳裏，捨不得掉換。連他幾歲的兒子都說，這幅字是表揚他爸爸對人好。由此可見，忠誠、信義、誠信等字眼都可以用來當製作高帽子的布料。」

賈丸藥講到裏，楊神仙想起沙仲良給他那張刻章廣告，於是拿出來遞給賈丸藥說：「院長談到誠信，我想起沙老闆給我的那張誠信證件公司的廣告。」

賈丸藥接過廣告，看後說：「現在『誠信』二字已成了做任何事不得不掛在嘴邊的一個詞，真正有多少人在講誠信？中國古代講三十六計，講三略六韜，誠信只不過是個招牌。小時候讀課文，有篇文章叫〈半夜雞叫〉，講一個名叫周扒皮的地主，為了讓工人多幹活，半夜起來學雞叫。還有篇文章，說的是成都附近大邑縣地主劉文采，把欠他租子的農民關進水牢。現在證實，這些故事全是那些拍馬屁的文人瞎亂編的。從正面角度講，這是有關人員為了鞏固政權做的宣傳，難道你敢說當政者搞假？這個刊刻公司私刻公章，還敢說防偽，所以何謂、真何謂假，說不清楚。」

說到「真假」二字，賈丸藥有點激動，又道：「你知道那些貪官家裏供的是誰的牌位？」

楊神仙不假思索，隨口回答：「當然是財神菩薩。」

賈丸藥搖頭笑道：「財神菩薩的牌位，每家每戶都供，但不一定供了財神菩薩的人就會發財。貪官為了生財有道，供的牌位很特殊。再猜？」

楊神仙略微沉思又道：「升官圖。」

賈丸藥搖頭道：「他們供的是秦趙高的牌位嘛！趙高指鹿為馬，睜起眼睛說瞎話，是中國說假話的始祖。你沒注意到麼，現今那些貪官都有兩套語言，一套對外，一套對內。對外不說假話行嗎？中央電視臺有個欄目叫《實話實說》，如果人人說真話，何必開辦這個欄目？」

賈丸藥見楊神仙聽得不斷點頭，又道：「說到這裏，我想提一個問題：中國開國領導人同外國開國領導人思維差異在什麼地方？」

楊神仙見問，做沉思狀，沒有開腔。

賈丸藥見他語塞，說：「回答不上就讓院長講給你聽：很多人羨慕美國的自由民主，但他們不知道，美國獨立宣言時還沒建國，但在當時的美國開國領導人心目中，他們早已經是自由獨立的國家了，說明美國開國領導人的民主思想是產生在立國之前。這同中國當權者的帝王思想是產生在掌握政權之前一樣，因此中國有『竊國者侯』的說法。」

楊神仙聽了賈丸藥這話，稱讚說：「院長智慧過人，高！」

二人聊了一會，楊神仙見賈丸藥在看時間，自覺地說：「院長，人說：『與君一席話，勝讀十年書。院長一席話，令我茅塞頓開，大長見識。我這就告辭了。」

賈丸藥道：「也好，我等會兒還要出去辦事。下星期三上午開研究員大會，你早點來布置會場，這之前你找下沙老闆，暗示叫當天中午吃飯由他開關。」

楊神仙心領神會而去。

「開關」是四川的現代通俗俚語，意指吃飯讓某人買單，打的讓某人付賬。

開研究員大會的前一天，沙仲良接到楊神仙的電話，明白要他第二天中午吃飯，當冤大頭買單，在電話裏說：「楊導放心，明天中午吃飯，如果我沒開關也會有人開關。」

果然，開研究員大會那天，沙仲良一早便帶了個年近六旬的老者來到賈丸藥辦公室，指著賈對老者說：「姜老闆，這位就是我經常跟你談起的大學者賈院長。」接下來指著來人向賈丸藥介紹說：「院長，這位是我生意上的老朋友姜老闆。姜老闆是專門做拆舊房子生意的專家。除了搞拆遷，還介紹開發商買地修房子，買我的沙石。姜老闆生意做得大，經常半夜打電話。今天是我把他拉來列席參加研究員大會，讓他長點見識。今後也請院長向上級彙報，給他一個『研究員』稱號。姜老闆剛才一再跟我講，要我告訴院長，今天中午全院聚餐，由他買單。」

賈丸藥聽了沙仲良的介紹，握著姜老闆的手道：「歡迎！歡迎！歡迎優秀企業家姜老闆加盟本院。」

今天的研究員大會是在上次歡迎英國曾董事長那個大會議室召開的，不同的是布置上有所改變：上次是官方開圓桌會議的會場形式，這次是上有主席臺、下有座位的會場形式。快十點鐘，研究員們相繼到來，大約有三十多人。

十點過，楊神仙見人到得差不多便對眾人道：「各位院士、各位研究員，請大家安靜，會議馬上開始了，現在大家鼓掌，歡迎賈院長。」

楊神仙話音剛落，賈丸藥便從外面向眾人頻頻招手，緩緩而入。全場立即爆以熱烈的掌聲。只見賈丸藥來到前面臺上，清了清嗓音，說：「各位院士、各位研究員，女士們、先生們，今天是本院召開的首屆研究員大會，我要向大家介紹新成員，讓大家相互認識，以便今後好聯絡。同時我要向幾位著名書畫家頒發大英博物館的收藏證書。上次，在歡迎曾董事長的會上，幾位藝術家送了曾董事長一些字畫，曾董事長帶回去後，不敢私藏，全數贈給大英博物館，博物館出具了收藏證，曾董事長把證寄回來，要我轉交給這幾位藝術家。」

賈丸藥說到這裏，環視會場，見眾人聚精會神在聽他講話，又慷慨激昂地說：「當然，大英博物館能收藏本院藝術家們的作品，除了曾董事長的關係外，同時說明本院的院士研究員全是精英。因此，你們一流的藝術家、詩人，千萬別有三流的心態。不能臘肉埋在碗底下，讓人看不見。要毫不客氣地告訴人們，你們的瓜就是甜，就是香。本院是各位精英的甜瓜批發站，我這個院長就是精英甜瓜批發站總經理，賣高檔叭貨的專家。」

賈丸藥話音剛落，全場立即爆發出雷鳴般的掌聲。

這時，上次在歡迎曾尚偉的會上，送畫給曾的那位女畫家、彩雲女士激動地站起來對眾人道：「各位，我這裏還有一幅工筆百鳥圖，是我多年心血之作，現在我把這幅畫交給院長，請院長代我贈送給曾董事長。感謝他把我們幾位的作品送到大英博物館去永久珍藏。」

賈丸藥接過畫卷說：「你放心，我會連同其他研究員們的作品，一併交給曾董事長，他會將你的這幅大作也送到大英博物館去。」

全場再次掌聲雷動。

接下來賈丸藥走到沙仲良身邊，拍了拍沙的肩頭，回頭對眾人道：「各位，我要向你們隆重推薦一位企業家，我院新增補的研究員沙仲良先生。沙先生不僅是企業家，而且是著名攝影藝術家。他的攝影作品《一路走來》、《風流人生》、《萬紫千紅》等，多次獲得全國大獎。」

賈丸藥憑著他的想像力，急性發揮，把沙仲良著實吹捧了一翻。隨後又道：「最近有人不服氣，亂冒酸水。說我把沙老闆與日先生兩個街娃打造成一流的藝術家，這不僅是心態問題，而是心術不正。沙老闆雖然個子矮小，但濃縮才是精華！」說完將研究員證交到沙仲良手中。

隨後賈丸藥又向臺下招手說：「姜老闆，請你過來。」

這時只見一個衣著光鮮、個頭矮小的老者慢步走到賈丸藥身邊。

只見賈丸藥指著老者介紹說：「各位，我還要向你們隆重推薦大企業家姜老闆。姜老闆專門從事舊房拆遷，各位今後的房屋拆遷補償，就全靠姜老闆了，他現在是本院的預備研究員。」

楊神仙見賈丸藥介紹姜老闆拆舊房子，不覺一驚，原來眼前這位姜老闆就是前書五十七回，做拆舊房子生意的姜大爺。當年楊神仙因為騙了他一萬塊錢，被姜追趕得雞飛狗跳。剛才沙仲良把姜大爺帶到賈丸藥辦公室去，楊神仙在外面布置會場，沒有看見。現在見賈丸藥介紹姜大爺是舊房拆遷專家，院的預備研究員，心想：「這個糟老頭公然還在操舊業，而且今非昔比，鳥槍換砲，聚斂真金，賺了不少錢。等會兒我要好好理麻一下他的生財竅門。」

正是：

佛光普照降甘露，縫製高帽不用布；
管他入流不入流，恭維當作生意做。

看官欲知後事，且聽下回分解。

第十九回　潛規則權錢結合講特色，論得失老幹懷念毛主席

中國是個多民族國家，語言豐富。「理麻」是四川方言，意指打聽、瞭解、詢問。楊神仙心想的要「理麻」姜大爺的生財之道，就是這個意思。待研究員大會完後，他正欲招呼姜大爺，要他等會兒去喝茶，卻見賈丸藥向他招手說：「楊導，吃完午飯你同姜老闆、沙老闆到研究院對面茶樓等我，我有事找你們談。」

賈丸藥的吩咐正合楊神仙之意。吃完飯他同姜大爺、沙仲良來到研究院對面的杏花茶樓坐定，泡上茶閒聊了一會兒後，對姜大爺道：「姜老闆，你有所不知，這幾年我一直在找你。」上次，楊神仙騙姜大爺錢的陰影雖然在姜心中還沒散盡，但今天他見賈丸藥左一個楊導，右一個楊導，知道楊神仙今非昔比，也就客氣地說：「我知道你腦袋靈活，這幾年我也曾想找你合作做點大生意，只是沒見到你。」

楊神仙聽姜大爺說要找他做大生意，喜出望外，說：「姜老闆，你現在到底在做什麼生意，能不能過點真鋼，看我們有沒有合作機會？」

姜大爺道：「剛才我跟院長講了，還是在操舊業，做拆舊房子生意。我現在同一個基層幹部合作，生意做得大點。」

楊神仙聽姜大爺在操舊業，說：「現在第二波舊城改造開始了，拆舊房很有搞頭。特別是在中國，土地是國家的，房屋業主只有土地使用權。農民的住宅和承包的土地屬於集體所有，因此中國沒有徵地市場，補償多少全由當官的說了算，所以現在當官的個個肥得流油。大的不講，就說我愛人那個村的村長，他至少也有上千萬資產。村上人背地裏議論，不知道他在做什麼生意，能賺那麼多錢，買那麼多房子？其實說穿了，他就是發的拆遷財。據我瞭解，政府給的土地補償很高，發到拆遷戶手中很少，中間差額大部分被他們分了，所以他能有那麼多錢。你同村幹部合作搞拆遷，肯定賺大錢。」

姜大爺聽了楊神仙這話，說：「不能說他們把差額瓜分了，他們是鑽了土地管理法的空子：按照規定，土地補償費是土地被徵收前三年平均年產值的六至十倍，由於所種作物不同，價值相差很大：種兩季稻，每畝年產大約二千四百元，種三季稻，每畝年產大約八千元，種葡萄則每畝年產值可達二萬元。雖然按土地管理法執行，但同樣土地徵收價格卻差好幾倍。這幾年，中央收緊全國稅收，各級政府只有靠出賣土地獲取資金。加上地方政府要搞政績工程，也只有靠徵收土地和出賣土地的差額來實現，所以要千方百計壓低徵收價，抬高出售價。一般而論，政府賣給地產商的價格，是給補償戶價格的幾倍到十幾倍，因此經常出現釘子戶。同我合作的那位村幹部官小了，有時拿釘子戶沒辦法，所以我想通過院長，找個大臂膀當靠山。」

楊神仙見姜大爺欲尋臂膀，道：「院長同省上聶書記關係不一般，等會兒你可以把這想法提出來，院長肯定會引薦。」

有句俗話叫：「說曹操，曹操到。」楊神仙剛說到裏，賈丸藥就到了。眾人見賈到來，立即起身迎接。

賈丸藥見狀，招手說：「各位請坐，都是一家人，不用客氣。」待眾人坐下，楊神仙回頭招呼服務小姐，要她來一杯香片茶。

賈丸藥坐下對眾人道：「我之所以要把你們幾位單獨留下來喝茶，是因為你們幾位是本院核心成員，想找你們來商量一件事情。」

賈丸藥說完，大概感到今天剛認識姜大爺，稱他是「核心成員」欠妥，又把話挽回說：「儘管姜老闆剛加盟本院，但你是著名企業家，本院今後要同你長期合作，所以把你也列為核心成員。」

姜大爺見賈丸藥剛認識就把他列為心腹，受寵若驚，躬身說：「謝謝院長提拔重用！我一定在院長領導下，讓大家多搞點錢。」

賈丸藥聽到「錢」字，精神為之一振，手往桌上一拍，道：「姜老闆這話在那些迂腐文人看來，雖然直白，但是真話。文化革命時期，人的等級排名是：工、農、商、學、兵。現在吃香的五種人是：官、富、星、媒、洋。」接著解釋：「官，指什麼，大家知道，就不說了；富，指有錢人。」他邊說還邊指著沙仲良、姜大爺道：「以二位而言，不論你們用什麼方法搞到錢，現在都是排行老二、令人羨慕的國民。」接下來又道：「星，指歌星、明星；媒，指新聞媒體；洋，指從國外回來的人。哪怕在國外餐館洗碗、打雜、掃地的人，只要喝了洋水，揹了銀子回來，都是海歸，備受青睞。」

賈丸藥思維跳躍，他的話剛說到這裏，又跳到一邊說：「你們知不知道，現在有一種規則叫潛規則？」問完見沒人開腔，又道：「潛規則就是不成文的規矩，不能形成文字，上不得檯面，但又實際存在的一股經濟暗流。現在官場、職場，各種場合都有潛規則。潛規則產生隱形收入。」說完兩頭一望，繼續道：「現在國人的收入有三種：白色收入、黑色收入、灰色收入。白色是工資、獎金、補貼等正常收入；黑色是貪污受賄，見不得人的收入；灰色介於二者之間，是各類創收方法獲得的收入，是同權力、職業掛鉤的產物。教師收新生搾補課費、醫生開藥吃回扣，都屬於灰色收入範疇。」

楊神仙很想知道賈丸藥今天找他們來的具體事情，見賈丸藥一直不談正題，又不好多問，只得迎合說：「院長說的是，哪怕是假冒有權人也吃香。最近報上登了一則消息：有個詐騙團夥，冒充國務院發改委、中央政策研究室、國土局、水利局、安監辦等單位的主任、科長，分別打電話給周邊二十多個區縣的學校、幼稚園，要這些單位購買他們出售的《神州頌》DVD和《獻給中國》一書。一套《神州頌》進價一百元，他們賣給單位九百至一千八百元，光碟每套進價三百五十元，賣給這些單位兩千元；《獻給中國》，進價一百七十五元，售價一千一百七十五元。單位如果不買，他們就會恐嚇當官的，說要讓市裏追究單位領導的責任！嚇得那些接聽電話的單位領導屁滾尿流，手忙腳亂，個個點頭購買。短短的幾個月就騙了一百五十多家單位，賺了五十多萬元。」

賈丸藥聽了楊神仙的故事，說：「楊導講的這個故事很有代表性。這些農民之所以能假冒權力，詐騙成功，是他們深懂中國特色的權錢關係，從而充分把握了當官的心理：當官的明知道這些東西賣不了那麼貴，但上面來了電話，不買要受處分，況且錢又不是他們個人掏腰包，何樂而不為。」

說到「中國特色」四字，賈丸藥眼睛彷彿閃出一道電光，解釋說：「對於這四個字，我做了專題研究，這四個字用在政治上，是講中國特色的政治路線，其實各行各業都有中國特色。文化有中國的文化特色，當官的有當官的中國特色。在國外，有權不一定有錢；在中國，有權就有錢。特別是中國的特權階層，他們有個維護自身利益的權力利益圈。最近報上登了一則消息：某局長接到上級電話，說上邊有人要到他們縣去玩，要他陪同。結果這位局長座駕公車陪領導到景區遊玩途中發生車禍，撞死了人，市裏向局裏支付幾十萬元，名義上是撥的辦公費，實際是替他付的賠償款。局長雖然被刑拘，不久便以有高血壓、心臟病為由取保候審。你們想一想，局長撞死人，單位出錢替他買單，這就是中國特色的權力利益保護主義在起作用。雖然事後有群眾質疑，是誰批准為這位局長辦理的公款買單？這筆款經過了怎樣的審批程序？涉事局長又怎麼能輕易取保候審，他持有哪一級醫院的病情證明？但大家也不過議論一下，又能把局長奈何！因此，我們要想致富，必須弄懂『中國特色』四個字，找出於我們有利的方式，鑽政策空子。」

這時，楊神仙接過話說：「錢是王八蛋，處處它說算；如果沒有它，凡事玩不轉。這不：有天晚上，一個公安幹警追壞人，跳牆把腳摔斷。另一個幹警將他送到醫院，院方要他先交一萬元才能治療。警察拿出警官證押在那裏，說等天亮就去取錢，要醫院先救人，醫院不肯，他只得打電話給他們局領導。局領導一聽火了，立即打電話給省領導，省領導也火了，打電話到醫院，問院長還想不想當院領導？就這一問，院長雙腳發抖，立馬安排治療。」

姜大爺聽到這裏，也接過話說：「楊導說得是。現在某些醫院認錢不認人，有個老幹部生病到醫院打點滴，當時身上沒帶多少錢。醫生提著輸液瓶在他面前晃了晃，要他叫家人趕緊回家取錢，說交了錢就把這瓶藥給他掛上。他要醫生先輸液，同時讓家人立即回家取錢，醫生不同意。他質問醫生：『毛主席的為人民服務體現在什麼地方？』醫生說：『為人民服務還是要講錢，沒錢醫院怎麼能把藥買回來？沒藥如何給病人治病？』聽了醫生的回答，他大吼一聲：『你們這是為人民幣服務！』」

姜大爺說到這裏，喝了口茶又說：「老幹部提起毛主席，不滿地說：過去毛澤東時代，看露天電影人多，他站到臺上去大吼一聲：『是共產黨員、共青團員的站起來，把位子讓給人民群眾，人民群眾要看電影。』立刻就有好幾十個黨團員起身把位子讓出來，自己站著看電影。現在只有漲工資、評獎金，共產黨員、共青團員才會站起來。他說發牢騷不是對黨不滿，是對現在的貪官不滿。他希望回復到毛澤東時代，認為只有毛主席才能收拾貪官。」

賈丸藥聽了姜大爺這話，總結說：「文化大革命早就被定為十年浩劫，不得人心。現在那些表面說懷念毛主席的人，實際上是打的懷念他老人家的招牌在為自己謀利益，是另一種打著紅旗吃紅旗。平心而論，只不過毛澤東時代的人要相對老實些，在道德與利益面前尚且顧及一點面子，而今革命的道義早已敗給灰色的拜金主義。在搞錢方面，官有官道，民有民道，狗有狗道，貓有貓道，都在各顯神通，想趁目前國家還沒實行官員財產申報制之前大撈一把，等今後實行財產申報制時，那些當官的早已吃得肥頭大耳，跑到國外去了。」

說到官員財產申報問題，賈丸藥把話停下來，環視了下周圍又道：「據我所知，從九四年起，全國人大就把官員財產申報列入立法規劃，如今這麼些年過去，有人質問法規起草進度，紀委有關領導說，法規正在形成階段。所以我們要趁這部法典還沒問世之前大撈一筆，然後把資產轉移到國外去。現在有一種現象，叫裸官現象。所謂裸官，是指將老婆、孩子移送到國外，自己一個人在國內當官的那些官員。據資料顯示，僅過去幾年出現了幾十上百萬上演金雞獨立的官員。你們想一想，這麼多裸官意味著什麼？」

姜大爺聽到百萬，不由一驚說：「院長了不起，連這麼機密的資料都能搞到手，不簡單。」

賈丸藥見姜大爺表揚他了不起，笑說：「其實要搞這個資料不難，難的是要從這些資料中悟出當前的社會動向，從而決定我們的投機策略。說實話，我通過很多現象發現，人的思想總是參差多元，難以統一，就以很多事情來講，造假者已經出來承認是他在搞假，但人們反而不相信。正因如此，我們要充分利用人們的這一反向思維從中投機取巧，大量撈錢。我今天約各位來，就是要商量一件事情。」

正是：

農民冒官嚇基層，電話促銷弄鬼神；
中國特色詐騙術，世界奇觀欲斷魂。

看官欲知後事，且聽下回分解。

第二十回 談官威聶老謀講學，捐小吏沙仲良受訓

楊神仙見賈丸藥要說正題，立即集中精力，準備認真聽講。他知道賈丸藥的點子多，今天一定是講賺錢的事。

誰知賈丸藥話鋒一轉說：「楊導，你愛聽葷段子，在談正題之前，我先考你一個腦筋急轉彎：女人最喜歡男人的什麼大、什麼硬？」

楊神仙不假思索，隨口答道：「當然指男人的那東西哦。」

賈丸藥擺手說：「楊導，你的思維還沒跳出男女性關係的框架，女人盯的不是男人下半身，是男人的腰和背。」

楊神仙聽了解釋，迷惑地說：「院長，這腰和背怎講？」

賈丸藥笑言：「楊導，你還在操社會，難道這都看不出來？女強人畢竟是少數，大多數女人

還是要依附男人，所以女人喜歡男人財大後臺硬嘛。男人有硬後臺，腰桿就挺得直。這硬後臺指的就是當官的權力。」

賈丸藥講完笑話，收起笑容說：「正因為權力所致，現在當官的包二奶現象普遍。我認識個幹部，身價上億，有好幾十個情人。」

楊神仙聽到幾十個，不覺「啊」了一聲。

賈丸藥聽見聲音，把楊神仙看了一眼，解釋說：「楊導不必大驚小怪，幾十個情人算什麼。飽暖思淫欲，那些有權有錢的人，你要他們不包二奶，不養小密，等於要老虎吃素，根本不可能。孔子說，食色者人之性也。」

賈丸藥說到這裏，把話題扯回來道：「人們愛說：『交官窮，交商富。』這話已經過時。以當前形勢而論，交商富只是眼前小富，交官有隱形效益，有權等於有錢。你沒看見麼，很多當官的暗地裏都身價上億。我從女人喜歡硬後臺悟出一個搞錢的真理，走文、官、商三結合的道路。文人、官員、商人三結合，優勢在於：文商結合，囊中不羞澀。商人習文，儒雅風流。文商結合，背靠官員，後臺堅實，不會吃虧。同理，官員票文，等於女人塗了胭脂口紅，更加楚楚動人，檯面更高。官員交商，財源滾滾，官威倍增。」

說到官威，賈丸藥眉飛色舞，又把話題扯到這上面，侃侃而談說：「在我國當官，最大享受就是官威，所到之處，個個畢恭畢敬，人人笑臉如霞，高帽子一頂頂壓在頭上，令你喘不過氣來。如果你的官大，同你握過手的人，回家至少半個月不洗手，目的是好讓聞訊趕來，轉握他手的親朋好友、左右鄰居們沾點你的官氣。據說當年毛主席視察某地，同一個農民握了下手，後來這個農民不僅衣食無憂，而且憑著他同主席握過的這隻手，可以說走州吃州，走縣吃縣，所到之處，連當地的縣大老爺都要親自迎接到府握他的手、以沾主席偉氣。」

賈丸藥說完話，把目光投向沙仲良和姜大爺，環視片刻，回頭語重心長地對楊神仙說：「楊導，實不相瞞，我平生最得意的就是把鄧小平理論加以發揮。大家只知道鄧小平理論的核心是，『不管白貓黑貓，逮到老鼠就是好貓，』但這只是知其然不知其所以然。我根據這一理論延伸，充分認識到：不管碩鼠細鼠，不被捉住就是好鼠；不論清官貪官，只要沒被雙規就是好官；不論套話屁話，能拿上臺去說就是重要講話。」

「雙規」是指黨的紀檢機關對有違紀、違法黨員採取的特殊措施：在規定的時間、規定的地點交代問題。

楊神仙聽到這裏，打斷賈丸藥後面的話，拍手說：「院長總結得太好了，中國自古有成者王侯、敗者寇的說法。」

賈丸藥見楊神仙稱讚他，得意地說：「說實話，真正能把中國社會搞懂的人不多。實不相瞞，我最近在研究中國的官場學。中國官場講政治講動向，要想在官場混，首先得學會看風向，要學會猜測上面意圖，而上面的意圖往往不會明說，因此要善於從領導幹部的舉手投腳間看出動向，有人把這稱之為觀風向。總之不論風向動向，要會看其方向。我們雖然不搞政治，但我們要搞經濟，因此也要學會看風向。要善於察言觀色，眼觀六路，耳聽八方，這有點像中醫的望、聞二診。中醫望氣色，聞聲音，用在官場是看臉色，猜暗示，投其所好，才能戰無不勝。我舉個例子給你們聽：有一次，有位領導叫我寫篇文章，我在內中提到他的一個心腹，領導讀後淡淡地說：『其實某人都應該感謝你對他的宣傳。』就憑這話，我就猜測到這位心腹已經失寵，於是在修改文章時將此人的名字刪除，領導很滿意。這個例子說明，要善於察言觀色。特別是領導在批示上的簽字，那是很講究的：如果字是橫簽的，意思是可以不辦，豎簽的則要一辦到底；如果在『同意』後面打實心句號，說明此事必須辦成；如果是空心句號，可以辦不成。」

賈丸藥說到這裏，停下來喝了口茶，又道：「楊導，你別看現在當官的每天只工作八小時，實際上他們晚上的應酬也是工作。現在中國的官場與商場關係相當微妙，我院下一步要成立一個官場文化研究所，專門研究中國的官場文化。」

說到這裏，賈丸藥把話停下，遞了支菸給楊神仙又說：「楊導，到時我準備任命一位頭腦靈活的正邪委員出任官場文化研究所的所長，你要做好這方面的思想準備。」

賈丸藥講話很藝術，他不說要楊神仙出任所長，而是要楊做好準備，這話既有退路又能打動楊神仙，給楊畫了個大燒餅，吊神仙的胃口。

接下來，賈丸藥指著沙仲良與姜大爺說：「二位老闆，我今天之所以把各位留下來單獨談心，就是要同各位研究文、官、商三結合的撈錢方式。等會兒省上聶老領導開完會要特意過來找二位談心。」

二人聽說聶老謀要來見他們，顯得激動。

只見沙仲良說：「院長，老領導要單獨接見我們，我們真是受寵若驚。」說來也巧，沙仲良的話還沒說完，服務小姐便領著聶老謀進來了。眾人見聶到來，全都起立做恭敬狀。

只見賈丸藥道：「老領導來得巧，我們正在談你，你就到了。」

聶老謀見眾人恭敬有加，擺手說：「都坐下，都坐下，我來晚了，讓各位久等。」

賈丸藥見聶老謀擺手的神態與眾不同，笑著對眾人說：「各位看見沒有，這就是我剛才說的官威。老領導這是在給你們實地表演。」

待眾人坐下後，賈丸藥對聶老謀道：「老領導，剛才我正在跟他們上官威課，講得不好，這課還得你講才生動。」

聶老謀沒有推辭，待服務員把茶泡上後，端起茶碗做了個意欲喝茶的姿式，隨即又把茶碗放下，清了清嗓子說：「各位，既然院長要我給大家講官威學，我只好遵命，把我多年在官場的感受講出來，讓大家多少有點借鑑。所謂官威學，就是擺譜學。這是一個引自音樂的術語。人們愛說凡事不能離譜，同樣，當官要講究威風，沒有官威就鎮不住人。但威風要適可而止，要同自己的身分匹配得當。我舉個例子，有人騎自行車闖紅燈，警察把他攔住，他二話沒有，從身上掏出名片遞給警察說：『我沒時間跟你講那麼多，你有什麼事找我的律師。』說完便想開溜。這裏我們不討論他溜不溜得脫，單就他這話而論，就是擺得太離譜了。試想，他僅僅是騎自行車的普通人，還玩名片說擁有私人律師，豈不讓人笑話。」

賈丸藥聽到這裏，鼓掌說：「老領導講得好，擺譜要不離譜，騎自行車闖紅燈，要警察找他律師，當然是笑話，很多人沒有經過訓練就去當官也要鬧笑話。本院下次要開辦官員素質培訓班，專門講擺譜學，到時老領導會把他多年的官場經驗講出來，這對於沙老闆之類有意從政的企業家，是最重要不過的了。沙老闆，你要好好向老領導學習官場經驗，保你官運亨通。」

沙仲良聽得耳目一新，不斷點頭說：「那是，那是。」

接下來，聶老謀又道：「嚴格講，官威學包括很多方面：說話的腔調、神態、手勢都很考究。就以『同志們，你們好』這句話為例，當領導或當首長的說這話時，要把這句話分成兩個部分來說，先說『同志們』再說『你們好』，這『好』字的後面要用驚歎號。同志們的『同』字，起音要高，『們』字後面要略微停頓，以示嚴肅。總的來講，官腔用詞考究，『嗯、哼、哈、哦、有道理』，這些字都屬於官腔用語，也是官威學要講的內容。現在有句時髦用語叫『找感覺』，在中國當官，主要是找前呼後擁、指手劃腳、所到之處全是笑臉的官威感覺。就以毛主席為例，他老人家明知道人不可能長命百歲，但他仍然樂意站在天安門城樓上，看下面的人喊他『萬歲』，其實他是在找那種萬人之上的感覺。當他看見下面的奴才憑著同他握過的手去走州吃縣，把他解的大便當國寶，他心裏面那種自豪感可以說不擺了。漢武帝劉邦寫的『大風起兮雲飛揚，威加海內兮歸故鄉』，說的就是種感覺。還有，有的官員喜歡欣賞下屬說錯話額頭冒冷汗那種誠惶誠恐的神態，每當他們欣賞到下屬這種狀態，便會感到自己過去的苦沒有白吃，過去拍的馬屁沒有白拍。」

聶老謀講到這裏，突然回過神來，意識到自己曾賣過偉人糞，說把偉人大便當國寶的人是奴才，豈不自己也在其中，立即又把話挽回來說：「話說回來，偉人的確通身是寶，連大便都是文物。」說完把話停下來喝茶。

賈丸藥見狀，趁機對沙仲良說：「沙老闆，你聽見沒有，單純有錢只能當土佬肥，當官多威風。我建議你也去捐個官兒來當當。當了官就能以官找錢，這是一本萬利的買賣。古人有『三年清知府，十萬雪花銀』之說。現在更不同了，三年居委會主任都會成百萬富翁。當官不僅可以賺錢，還可以享受官威。那時也不枉你來人世間走了一遭。」

沙仲良聞言有點心動，悄聲說：「院長所言極是，只是捐官沒有門路。」

老於世故的賈丸藥一聽這話，知道沙仲良已經動心，立即來了個趁熱打鐵，手往聶老謀一指，說：「唉呀，沙老闆怎麼聰明一世糊塗一時，老領導不是門路麼。只要你點頭，老領導去替你活動關係，打通關節，有的是路子。」說完側頭對聶老謀道：「老領導，你說是不是？」

聶老謀點頭道：「院長說得是，沙老闆如果想捐官，我有個從前的下屬，現在是組織部的負責人，我去替你打通關節，絕對沒問題。」

楊神仙畢竟跟隨賈丸藥很長時間，對賈丸藥的一舉一動都瞭若指掌。他見賈丸藥要沙仲良捐官，再結合聶老謀講的官威，明白賈丸藥今天把他留下來，目的是要替聶老謀賣官帽當托兒，明白他們是在做官帽生意，不由也在一邊敲邊鼓說：「沙老闆，現在是不認組織認個人。老領導的能量你不知道，當年他在任上做了很多好事，提拔了很多人，現在有的人已經當了大官，可以說官至中央，權傾當朝。老領導雖然退下來，但虎威尚存，只要他一開口，那些想還他人情的官員求之不得。你要知道，人情也是債。因此不但你想捐個官吏沒問題，就連那些犯事判了死刑的人，只要肯出錢，他都有辦法替犯人減刑，死罪改活。」

聶老謀對賈丸藥與楊神仙的吹捧沒有迴避，點頭對沙仲良說：「沙老闆要想捐官沒問題，我能幫得上忙。大官帽不敢說，替你弄一頂小官帽是可能的。不過沙老闆要當官，我還得從官步開始對你進行培訓。你別小看當官的走路，這官步相當講究：當官的走路與常人不一樣，走路要昂首挺胸收腹，氣宇軒昂。當然在上級面前，走路的姿態又要不同，要懂得點頭哈腰，哈得恰到好處。吃飯、敬酒都有講究，先敬誰，後敬誰，都得分個上下，用我們四川人的話說，就是蒸籠要分上下格。還有，吃飯夾菜也很考究。領導轉桌的時候，你千萬別亂夾菜；領導敬你的酒，即便你不會喝酒，也要捨命相陪。領導敬酒你不喝，是官場大忌。還有官腔，那是針對下面人打的，絕不能在領導面前打。官腔要抑揚高低，當高則高，當低則低。要懂得識相，古人說識時務者為俊傑。這話就是說要懂事，不要假老練，要會看風向，這都是官場學的內容。」

聶老謀講到這裏，賈丸藥在一邊插言說：「老領導說得正確，在中國要想當官，首先要學會拍官馬屁。先孫子後老子，再老爺子。到了老爺子地位，你就可以享受官威了。」

賈丸藥說到這裏，轉身又對姜大爺道：「姜老闆，中國有幾千年的歷史，從來都是等級嚴格。誰不羨慕手握特權之人。正因如此，從前秀才寒窗苦讀，目的就是為了當官，光宗耀祖，封妻蔭子。那些講究風水，想把祖墳埋個好地方，也是為了當官。從前還有一種行道，叫放官債，專門把錢借給那些想做官的人去買官帽。沒錢借錢也要去當官，說明當官有搞頭。有人說：『當官不發財，請我都不來；當官不收錢，本錢從哪來？』這話正確。其實你也可以捐個官兒來當當。如果你能捐個官兒，本院下次舉辦首屆官員素質培訓班，你也是首批學員，到時學費從優。」

賈丸藥說到裏，不等姜大爺回答，回頭對楊神仙道：「楊導，我院最近同一所名牌大學談妥，準備聯合開辦一個官員素質昇華研修班，培訓期十五天，每位學員收取四十二萬人民幣。」

賈丸藥剛說到這裏，姜大爺吃驚地說：「才半個月就要用那麼多錢！。」

賈丸藥道：「這些錢又不是官員自個兒掏腰包，是政府買單，算什麼高。政府買單，官員們得名牌大學的鍍金招牌，何樂而不為。當然，對於姜老闆這類私營企業家，我們收費又另當別論，絕對象徵性收費。」

姜大爺聞言說：「院長，這當官的事我就免了，我沒文化，斗大的字寫不了幾個，怕惹人笑話。」

賈丸藥立即嚴肅地說：「姜老闆，你這就保守了。沒文化可以學，實踐出真知。學歷是針對年輕人而言，以你現在的水準，早已經是研究員水準。我院正準備授予你研究員。你填學歷不是填小學或初中，而是要填研究員。你是生意人，其實現在捐官也是做生意，別人用那麼多錢買官，肯定要撈回去，絕不可能虧本。」

賈丸藥說完，把頭轉向沙仲良道：「沙老闆，這捐官的事你就定了吧？」

只見沙仲良點頭說：「院長說了算，只是捐官的價格請老領導替我考慮。」

聶老謀聞訊，立即表態說：「沙老闆放心，至於捐官用多少錢、捐什麼級別的官，我們下來商量，價格好說。」

賈丸藥見聶老謀賣脫一頂官帽，開始總結性地發言：「各位，據我觀察，現在已經進入利益集團的利益博弈時代。在這樣時代中，如何認清形勢，趁渾水摸大魚，是我院當前的任務之一。」

賈丸藥說這話時，彷彿在做國務院的形勢報告，說得振振有詞。

這時聶老謀搶過話說：「院長，我打斷你一下，插一句話。」接著對眾人道：「院長剛才說得好，要認清形勢。過去我在任上就是沒有認清形式，只一味講廉潔奉公，結果錯過了很多發財機會。中國人有句俗話叫做：『有權不用，過期作廢。』這話我有深刻體會。說實話，當時我如果利用手中的權力，隨便手一指，早不是今天這個寒酸樣。有人說：『毛主席的幹部兩袖清風，鄧小平的幹部百萬富翁。』這話千真萬確。後悔呀，後悔！院長剛才說的利益集團，我舉雙手認同。常言說：『親為親，鄰為鄰，和尚為的出家人。』從現在起，我院就是一個利益集團，我們要為這個集團的利益謀畫。」

正是：

振振有詞說假話，為民服務嘴上掛；
尚若不為己謀利，買頂官帽來幹啥？

看官欲知後事，且聽下回分解。

第二十一回　無劍俠固窮守清貧，孫九路初會何軍座

沙仲良捐官，賈丸藥的三結合利益集團正式形成。由此演出的精彩故事，後面自有交代，這裏按下暫且不表。回書單說孫九路，他最近一直在忙書的出版一事。本來，賈丸藥找了一家出版社，準備給他出本版書。但又說要成立個編委，賈任總編，後面還要巴個總策畫、策畫之類的名字。孫九路耳聞過且廣化當方腦殼的故事，識破賈丸藥的內心想法，同賈發生意見爭執，決定將書稿撤回。這天下午三點，他帶著書稿剛從出版社出來，在公車站候車，看見迎面過來一人。但見來人五十來歲，瘦瘦的，中等個子，看樣子也是來乘公車的。

孫九路見來人面熟，正在納悶什麼時候見過，來人已先招呼他道：「哎呀，是九哥得嘛，什麼時候從香港回來的？」

孫九路見來人主動招呼自己，一時想不起對方是誰，然而老九生性圓滑，知道別人既然主動打招呼，還知道自己去了香港，肯定是過去的熟人，點頭笑答：「回來多年，兄臺你……是？」說這話時，孫九路故意把節奏放緩，以便留出空間，好讓對方自報家門。

果然，來人見孫九路記不得自己，主動自我介紹說：「九哥貴人多忘事，我是吳建，寫歌曲的。你們經常叫我無劍俠。」

無劍俠話剛出口，孫九路猛然醒悟，拍腦袋說：「原來是無劍俠兄，我是說很面熟。」

接下來二人握手寒暄，孫九路問無劍俠是否還在寫歌詞。

無劍俠道：「早沒寫了，在搞文化策劃。」

孫九路剛步入文化圈子，希望多結識這方面的朋友，以便有人替他出謀劃策。他聽說無劍俠在搞策劃，眼前一亮，問無劍俠意欲何往。

無劍俠道：「我到安順橋去。」

孫九路道：「安順橋離我家不遠，我們同路。等會兒到站，不如到我家去坐一會兒。」

無劍俠見邀，爽快答應。

這裏得交代幾句，這位無劍俠，是過去孫九路在毛澤東思想宣傳隊的朋友，愛好音樂，善寫歌詞，姓吳名劍秋，人稱無劍大俠，前書沒有出現過。

他們在車站聊了片刻，公車就來了。二人在安順橋站下車，徑直來到孫九路家，進門一看，孫太還沒回來。

孫九路把無劍俠讓進客廳，落座泡茶說：「無劍俠兄，聽說你在搞策畫，我最近寫了一部長篇小說，書名《坦白與交代》。」

孫九路話剛出口，後面的話還沒說出來，無劍大俠便用手往桌上一拍說：「好個坦白交代！這個書名有看點，有賣點。」

雖然孫九路剛寫完書，正處於興奮狀態，但有自知之明。他見無劍俠連書的內容還沒有看，僅憑書名便拍手叫好，感覺有恭維之嫌，忙道：「無劍兄，你還沒看書的內容，怎麼知道這書有賣點呢？」

無劍俠見問，臉不變色、心不跳，說：「怎麼不知道，當前說假話的人多，敢說真話的人少。單憑書名就可以看出，老兄這書是講真話的作品，當然有賣點。」

孫九路見他言之在理，沒有多說什麼，把書稿遞給無劍俠說：「老兄別說恭維話，你先掃描一下本書內容再下結論。」

無劍俠接過書稿，孫九路道：「你先靜心讀幾個片段，我去廚房做點家務事，等會兒再談。」過了一會兒，孫九路洗完菜，替太太做完燒飯前的準備工作，來到無劍俠身邊說：「如何？」

無劍俠見問，抬頭說：「九哥，不是我恭維你的話，你這本書相當有價值。」

孫九路聽到無劍的恭維，想起賈丸藥要成立編委，要在書上巴名字的事，把同賈丸藥的對話講給無劍聽了。

無劍幽默地說：「據說當年張獻忠拆九眼橋白塔時，放出的文星，為數最多的是文巴星。這類人雖然也屬於文星範疇，但才情不夠，愛搭順風車，趕順水船。他們要在你出書時成立編委，印在書上，是想搭你的車，趕你的船。我建議你老兄不必費那麼多心思去出本版書，乾脆自費把書出了。我是看好你這本書的，相信出來肯定有轟動效應。如果你自費出書有顧慮，虧損四萬元我給你貼。」

孫九路雖然與無劍俠多年沒有見面，但他曾聽陳羅漢提到過無劍俠，耳聞他經常吃上頓沒下頓，狐疑他何以能拿出四萬元？不由輕聲質問說：「無劍兄，聽說你手頭並不寬裕，你如何能拿出四萬元來？」

無劍俠毫不猶豫地說：「我寫小品賣，一個小品賣一萬，四個小品賣四萬元，豈不就給你貼補上了。」

孫九路聽了這話，內心不服，略帶幽默說：「大俠高手，我這幾十萬字不僅賣不了錢，自費出書還要虧本。你老兄寫個一萬字的小品就能賣一萬塊錢，請教老兄，準備寫什麼題材？」

無劍俠道：「我寫四個不同角度的居委會主任，一個賣一萬。」

孫九路不聽則已，一聽哈哈大笑說：「無劍俠兄，我還以為你有什麼重大題材，原來是這個。居委會主任有什麼看點？寫出來能賣錢？」

無劍俠見孫九路譏笑他，正色說：「九哥之言差也，居委會主任有寫的價值。我可以大言不慚地告訴你，我寫的這些小品可以說是傳世之作，肯定能賣大價錢。」

孫九路聽無劍俠口出狂言，忍不住笑說：「無劍俠兄，你好意思說『傳世』二字，以我看，中國當代還沒產生真正的傳世之作。」

無劍俠聞言，表情嚴肅說：「九哥先別下定論，我說出來你一定會同意我的觀點。寫居委會主任，這個題材我研究了很久。據我觀察，我國正在形成權力經濟，你別小看居委會主任一級的基層幹部，這些人『山高皇帝遠，猴子充老大』，權力在手，肥得流油。我寫他們是給他們臉上打粉，他們拿著這些文章回家會永遠珍藏。這些文章在他家裏永遠傳世。」

孫九路若有所悟，笑言：「大俠會開玩笑。這種帶恭維性質的文章，屬於文化口紅，在被恭維人眼裏的確傳世。不過你想用這類打引號的傳世小品賣錢，替我彌補四萬元虧損，我看危險。」

無劍俠也意識到剛才言過其實，為了挽回面子，轉移話題說：「出書的事現在暫且不談，我建議你把這部作品改編成電視連續劇。我準備給你介紹一位省上主管文化的離休老領導，這位老領導姓何名有軍，人稱軍座。何軍座為人義氣，愛才惜才，扶持了很多文學新秀。明天我把老領導約出來喝茶，你把書稿帶上，讓軍座過目，請他給你出點主意。如果軍座看上你這部作品，肯定會不遺餘力，為你吶喊。」

無劍俠說完又補充道：「軍座是有名的文宣王，打造、扶植了很多作家、藝術家。明天我把軍座約出來，你老兄辦個招待，我在旁邊替你敲邊鼓，把老領導的極積性調動起來。只要他出面，說不準會出現奇蹟。」

孫九路聽了無劍俠這話，點頭同意。相約第二天下午兩點，在御帶橋立交橋下的茶館見面。

御帶橋是成都一條老街的名稱，並非真有其橋。御帶橋街地處成都市中心的順城街與西玉龍街交叉路口。經過舊城拆遷，現在的御帶橋已經不是當年陳羅漢蹬三輪車時候的御帶橋了。舊城的老房子已經全部拆除，新的馬路寬廣順暢。御帶橋立交橋剛好是十字路口的立交橋。橋下被充分利用來開了茶館與舞廳。由於地理位置適中，約會方便，陳羅漢、孫九路等人經常在此喝茶聊天。

第二天下午兩點，孫九路提前來到御帶橋立交橋下的茶館等候。孫九路到後不久，無劍俠同一位年近七旬的老先生便進來了。

孫九路估計來人就是軍座，連忙起身，不等無劍俠介紹，主動招呼說：「久仰軍座大名，今日幸會。」說完把著何軍座的手讓座。

這時，無劍俠指著孫九路介紹說：「軍座，這位就是我給你談到的孫九哥。他在香港發展有成，回來定居，從事文學創作。他剛完成的長篇小說《坦白與交代》，是一部難得的佳作，也是拍電視劇的好素材。」

無劍俠一邊敲邊鼓一邊讓座。這時服務員過來了，孫九路問何軍座喜歡喝什麼茶。

何軍座道：「喝什麼茶不要緊，就來杯花毛峰。」

待服務員離去，何軍座對孫九路道：「我聽大俠介紹，說九哥是才子。能得到大才子召見，老朽不勝榮幸。」

孫九路見何軍座稱他才子，笑說：「軍座過獎，才子不敢當，愛好文學而已。」說著把書稿遞給何軍座說：「老領導，這是拙作，敬請批評。」

何軍座接過書稿說：「這樣吧，等我回家仔細拜讀後，再來商量下一步如何宣傳。」

孫九路見何軍座接下書稿，興奮地說：「那當然，那當然，等軍座看完，我再來聆聽高見。」

何軍座道：「高見談不上，長江後浪推前浪，今代名家要前代名家一舉手一投腳地援引。我拜讀大作後會找人想法包裝你。」

這時無劍俠又在一邊敲邊鼓說：「九哥放心，你這本書的價值，我已經給軍座講了，軍座讀了自然會有想法。」

何軍座點頭說：「九哥放心，你的才華大俠給我講了，他說你這本書是拍電視連續劇的好素材，如果這樣，剛好我身邊有一個投資商想搞電視劇。」

接下來，何軍座掉頭問無劍俠說：「大俠，你是個彈花匠的女，會彈不會紡。你最近可有大作出來？」

無劍俠見問，語言含糊，「哼哈」兩聲，沒說有無。

何軍座看在眼裏，回頭看了看孫九路又道：「九哥不是外人，我要當他的面批評你了：你很有才華，但不勤奮。如果你努力，定能寫出大作品。」說完又問無劍俠最近的生活怎樣，有沒有困難。

無劍俠見問，面帶難色，沒有回答。

何軍座看在眼裏，又道：「大俠，你不能太清高了，要想個生財之道，靠朋友替你革命不是長法。」說完回頭對孫九路道：「九哥有所不知，他這『無劍大俠』的綽號是我贈送他的。他連劍都耍得沒有了還當大俠，所以我給他取了這個綽號。」

何軍座說完話，再次把無劍俠看了看，回頭對孫九路道：「九哥不是外人，我講個無劍大俠的笑話給你聽。在講笑話之前，我先解釋一下剛才我說的『革命』二字的典故。無劍俠這麼多年全靠朋友替他革命，才能維持到今天。我第一次聽他說『革命』二字，是那次他約我到文殊院的茶館去喝茶。當時他在電話裏對我說：『老領導，下午喝茶順便給我革、革個、個、命。』他說話吞吞吐吐，欲言又止。我沒懂起他所說的『革命』二字代表什麼意思，問他革什麼命，要他講明白點。他含糊地說：『給、給我帶、帶點、散、散碎、銀。』我恍然大悟，他要我下午喝茶時，順便給他帶點散碎銀兩去。」

何軍座說到這裏，指著無劍俠問：「大俠，你說有沒有這事？算不算囀你？」

成都人說「囀」，就是背後說人不是。

無劍俠見問，笑說：「老領導說得正確，有這事。當面說不算囀。」

何軍座見無劍俠首肯，又對孫九路道：「既然當面說不算囀，我就把他的笑話講完：你別看無劍俠經常找朋友替他革命，其實臉皮相當薄，他口口聲聲：『君子固窮，小人窮斯濫矣。』正因為朋友們經常替他革命，久而久之，他也不好意思了。有一次……」

何軍座講到這裏，回頭對無劍俠道：「大俠，我把你餓了三天、吃了一包健脾糕的故事講給九哥聽如何？」問完不等無劍俠回答，繼續說：「九哥有所不知，我經常替無劍俠革命也革起癮了，久沒接到無劍俠要求革命的電話，總感到心中歉然。有一次，很久沒有無劍俠的消息，我不得不親自登門，去強烈要求替他革命。那天我去時，見他桌上有一張包健脾糕的包裝紙，以為他胃不舒服，說：『大俠怎麼病了，吃健脾糕？』聽了我的問話，無劍俠不好意思說：『老領導，我哪是胃不舒服，是三天沒有吃飯，找了一包健脾糕充饑。』我大吃一驚，三天沒吃飯，這是什麼情景！問他為什麼不去買東西吃，他回說身上只有一毛錢。」

何軍座講到這裏，對無劍俠道：「大俠，這一毛錢如何用的，你自己講給孫九哥聽。」

無劍俠沒有推辭，端起茶碗，假意喝茶，暗中環視了下周圍，見鄰座無人，說：「都怪我這人臉皮薄，替人測字算命不好意思收錢，每次讓老領導替我革命。那次，我餓了三天，身上只有一毛錢，不好意思再找朋友革命，只好拿著這一毛錢在屋裏來回踱步，想這一毛錢的用途。大家知道，現在物價飛漲，一毛錢上鬧市區的廁所都不行。這時我才深深地感受到什麼叫『錢是人的膽』，也才體會到『一分錢逼死英雄漢』這句話的內涵。當時，我感到人生的路越走越窄。當我在屋裏走了幾圈後，猛然想起街頭有個賣㶶紅苕的。我發現，現在物價雖然上漲，但㶶紅苕卻一直沒有漲價，過去是二毛七分錢一斤，現在還是這價，估計這一毛錢能買個小小的㶶紅苕。想到這裏，眼前一亮，我看到了希望之光。」

無劍俠說的㶶紅苕，就是烤熟的紅薯，成都人稱紅薯為紅苕。這是用一種特製的烤爐，內面生有炭火，周邊放著洗淨的紅苕，上面一個大的蓋子，烤好的紅苕就放在蓋面上，任由顧客挑選。

無劍俠說到這裏，主動解釋：「你別笑我書生氣十足。實踐出真知，我這是在談當時的感受。當我意識到一毛錢能買一個小的㶶紅苕後，立即搞了個策畫方案：首先，我去買㶶紅苕時，一定要看清楚烤爐上面擺得有沒有小個頭的㶶紅苕，要一毛錢肯定能拿得過手的才能去買，否則寧肯多等一會兒，也不去冒風險。」

孫九路聽到這話，感到好笑，說：「大俠，你太書生氣了。一毛錢買㶶紅苕還要搞個策畫方案，有必要嗎？還說冒風險，小題大做！」

無劍俠聞言，一本正經地說：「九哥之言差也。有人撿了一粒豆子，公然搞了個驚天大策畫，我這一毛錢怎麼不可以搞個策畫方案。」

孫九路道：「那你說為什麼要看到小炰紅苕才去買的原因？還有你說的風險，我不明白，給錢買東西，冒什麼風險？」

無劍俠道：「常言說：『鶵鵡飛了架架在，文人沒錢資格在。』文窮星的通病是餓得起飯，傷不起面子。我僅僅只有一毛錢，當然要看清楚大小，否則去挑個比一毛錢大的炰紅苕，別人用秤一稱，要一毛二分錢，我哪來兩分錢補上？如果現了抖擺，豈不要丟面子？所以只有在百分之百可靠的前提下，我才敢下手去買。否則不敢冒這個現抖擺、丟面子的風險。」

成都話「現抖擺」是指現寒酸相。

孫九路聽到這裏，道：「好嘛，就依你所言。後面又怎樣呢？」

無劍俠道：「搞好策畫方案，我急忙來到街頭，還好，賣炰紅苕的人在那裏擺攤。我遠遠一望，見他烤爐上面放了幾個烤熟的紅苕，個頭都大，估計一毛錢買不到，只好灰溜溜地回到屋內。」

孫九路見無劍俠說沒有烤好的小紅苕，說：「大俠，你太迂腐了。沒有小個頭紅苕，你可以問賣紅苕的人，就說買個小的不就成了。」

無劍俠歎了口氣道：「唉呀，常言說：『衣是鱗毛錢是膽，英雄無錢也氣短。』九哥飽漢不知餓漢餓，理解不到那種沒錢氣短無膽的心態。我如何好意思拿著一毛錢去問別個賣炰紅苕的，說只買一毛錢的炰紅苕，多一分錢都買不起。如果那樣現抖擺，別人會怎樣看我？我回家躺在床上休息了一會兒，實在餓得惱火，再次來到街頭，遠遠一看，仍然擺著幾個大的炰紅苕，只得拖著沉重的步履，回到屋裏，這時我才體會到餓得白鶴伸頸的滋味。當時我餓得兩眼直冒火星，嘴裏清口水有如泉水直湧，想止也止不住，不斷地伸著脖子吐清口水，狀如白鶴。後來，我實在餓得忍受不了，只得喝了一碗鹽冷水。」

孫九路聽了這話，不等無劍俠說完，道：「大俠也太可憐了，一九六一年、六二年過糧食關，我們也喝醬油開水，你怎麼連醬油也沒有了？」

無劍俠感慨地說：「是的，前兩天我也喝醬油水，後來連醬油也喝完了，只得喝鹽水充饑。」

無劍俠講到這裏，站起來躬身用雙手捶了捶腰，繼續道：「鹽水能頂屁用，喝下去不到三分鐘，尿就通了。所幸我家附近的廁所不收費，否則這一毛錢上廁所都不夠用。我上完廁所，來到街頭，遠遠一望，見烤爐上面終於擺放了一個小小的炬紅苕，我欣喜若狂。當時，我的感覺有如監獄裏的犯人看見了大白米，它使我看到了生命之光在閃爍，那是救命糧呀！當我滿懷希望與憧憬向賣炬紅苕的攤攤走去，豈料半路突然殺出個程咬金，一個七八歲，戴紅領巾的小朋友在我前面，捷足先登，搶先把那個小炬紅苕買去。眼看我的救命糧被小朋友奪走，我打心眼裏沒有責備那個紅領巾，只得自認倒楣。回到家中，眼淚像斷線的珍珠，大顆、大顆地滴了下來，想止也止不住。滴到最後，淚也乾了，我翻箱倒櫃，想發現奇蹟，結果找出一包健脾糕，急忙用冷水吞服。人說天無絕人之路，我剛吃完健脾糕，老領導就來敲門。」

無劍俠講到這裏，何軍座接過話說：「孫九哥，這下你該明白這個書呆子是如何當的方腦殼。對待餓夫，我有經驗，切忌讓他暴飲暴食。我知道他三天沒吃飯後，拉他到外面餐館，先替他要了一碗清湯稀飯讓他喝下去把心穩住，然後才慢慢叫菜，讓他飽餐了一頓。吃完飯給他革了一百元散碎的命，還替他要了兩份回鍋肉，要他帶回去打撈，他公然說革九十五元的命就行了，超過一百元就不能稱散碎。孫九哥你說，這種書呆子如何適應社會發展？」

無劍俠聽了何軍座這話，感慨地說：「軍座，其實上次最好吃的是那碗清湯稀飯，令我至今回味無窮。想當初，明朝開國皇帝朱元璋落難時，叫化子招待他吃的那碗湯飯，被命名為『珍珠翡翠白玉湯』，令他終身難忘，老領導招待我吃的那碗稀飯同朱元璋的那碗湯飯極其相似，也令我回味無窮，那是在享受到帝王待遇呀。」

孫九路聽了無劍俠這話，不由笑言：「大俠，你太會自我解嘲了。你剛才不是說替人測字算命，為什麼不收費？」

無劍俠說：「九哥不知，我這人講究君子固窮。上次替人測字很準，老領導把那人帶來向我道謝。那人也有點虛偽，既然專程來謝我，要給紅包就封好遞給我，誰知這人問客殺雞，故意說：『吳老師要收費吧？』他這一問我就堅決不收費了。開玩笑，把我們這些文人看低了。我怎麼可能為幾個命金折腰！文人如果為了錢不要面子，最易失節，喪失人格。還有一次，也是老領導給我介紹的人來算命，算得很準，客人要給我錢，我的確不好意思收。老領導見我推辭，暗中用眼睛把我恨著，我只好心一橫，咬緊牙關把錢收下。」

何軍座在一邊搖頭說：「書呆子呀，書呆子，你還沒認清楚形勢，現在而今眼目下，菩薩也要吃回扣。對於那種問客殺雞的人，你反而要多收他的錢才合理。」

三人在茶館聊到下午六點，孫九路要招待何軍座吃飯，軍座起身道：「飯我就不吃了，我先回去拜讀你的大作，讀完後再約你面談。我走後你招待無劍大俠去飽餐一頓，給他叫兩份回鍋肉，他可能又有幾天沒吃肉了。」

何軍座走後，二人又閒聊了一會兒，孫九路邀約無劍俠到附近的陳麻婆豆腐吃飯。陳麻婆豆腐是成都名小吃之一，彼時已經搬遷到御帶橋附近，餐館亮堂，生意興隆。二人坐定，服務員遞上菜單。

孫九路把菜單推給無劍俠說：「大俠隨便點，喜歡吃什麼點什麼，吃完我再給你革個命。」

一星期後，孫九路接到無劍俠打來的電話，說何軍座讀完書稿，評價很高，約孫九路第二天下午兩點在成都圖書館樓下的茶館喝茶，共商出版書及拍電視劇的事。

正是：

無劍固窮甘清貧，淡泊人生不思勤；
測字不敢收禮金，朋友革命何能行？

看官欲知後事如何，且聽下回分解.

第二十二回　圖書館何軍座閃電發難，拍電視無劍俠火線受勳

孫九路聽說何軍座對他的書感興趣，興奮得月上柳梢，更鼓三敲，還沒合上眼，內心一直在盤算，第二天如何跟老領導談話。那時，成都的舊城改造快要結束，半邊橋周圍的平房已經拆得差不多了，成都圖書館還在人民公園靠半邊橋街側門的舊址，沒有搬遷。第二天下午，孫九路準時來到成都圖書館內的茶樓，剛坐下還沒叫茶，無劍俠同何軍座就進來了。

孫九路見二人到來，起身相迎，招呼服務員來三杯花毛峰。

無劍俠落座，掏出菸遞了一支給孫九路說：「軍座戒菸多年，九哥來一支。」

孫九路把菸往無劍俠身邊一推，說：「大俠，我戒菸多年，我勸你也最好把菸戒了，抽菸危害健康，更何況你現在的經濟。」

無劍俠明白，孫九路的意思是自己在靠朋友革命還要抽菸，說不過去，連忙解釋說：「其實我也不抽菸。這包菸是昨天替一個朋友測字，他高矮要用這包菸來替我革命，我推辭不過，只得收下，用來招待朋友，我自己一支也沒有抽。」

這時何軍座從包內取出書稿，遞給孫九路說：「九哥的大作我拜讀完畢，寫得太精彩了。這幾年我眼睛有問題，很難一口氣讀這麼厚的書。為了讀你的大作，我專門去配了一副老花眼鏡。

讀這部書差點把我的眼病弄發。」

無劍俠聞言，在一旁敲邊鼓說：「九哥，老領導為讀你的大作，專門去配眼鏡，如果他的眼睛出現閃失，你要報醫藥費哦。」

何軍座哈哈大笑，幽默地說：「眼睛的命就不要九哥替我革了。九哥這部作品寫得很真實，很有價值，是部野史，也是改編電視劇的好材料。」說完喝了口茶，繼續說：「無劍大俠雖然是彈花匠的女，會彈不會紡。但他有眼力，舉薦的人個個是才子。這次與眾不同的是，九哥是才子中的才子。」

無劍俠見何軍座說他有眼力，謙了兩句虛，對孫九路說：「九哥不知，我算什麼有眼力，老領導才有眼力。常言說：『千里馬常有，伯樂不常有。』老領導是當代伯樂。他說你是才子中的才子，肯定是。」

何軍座見無劍俠恭維他是當代伯樂，笑說：「大俠說到哪去了，我算什麼伯樂，打鐵全憑鐵墩子硬，都是大俠舉薦的才子們有水準，我不幫他們誰幫助他們？所謂今代名家需要前代名家舉手投腳援引，才能走向成功。我雖然不是名家，但我認識名家，可以找名家來幫助他們。」

何軍座說到這裏，起身雙手向上，伸了伸腰，做了個深呼吸，自言自語說：「老了，不中用了，長江後浪推前浪，今後得看孫九哥他們的了。」說完坐下來，從包內取出一本書道：「二位看，這本書的封面有『茅盾文學獎參評作品』幾個字，起初我就是被這幾個字吸引才去讀的，結果讀了幾章，雖然寫得不錯，但不如孫九哥這本書吸引人。我眼睛不好，看書很講究，一般的書很難吸引我讀完。這本書能參評茅盾文學獎，九哥的書就能去參評諾貝爾文學獎，我下一步要策畫九哥這本書到諾獎去參評。」

孫九路沒想到何軍座會提出參評諾獎，不由一驚，慌忙擺手說：「老領導過獎，諾貝爾文學獎是國際大獎。我算老幾，豈敢癡心妄想。」

何軍座道：「九哥之言差也，敢言名利大丈夫。古人說『灌溉名譽』，名譽要不斷澆灌。你們愛說灌耳門，這個『灌』字形象，『灌』就是主動宣傳，讓對方被動接受。」

何軍座說到這裏有點激動，再次起身，對二人道：「我這次不僅要策畫成立電視劇組，把孫九哥這本書搬上螢幕。還要搞個驚天大策畫，成立『孫九路《坦白與交代》諾貝爾文學獎提名策畫班子』。我就是總策畫，向諾獎評委推薦這本書。」

孫九路連忙擺手說：「老領導，這不是開玩笑的，諾貝爾獎是何等神聖的國際大獎，中國多少作家傾其畢生精力想得這個大獎，均未能如願。我算老幾！」

何軍座聞言正色道：「誰同你開玩笑，我說的是真話。」

無劍俠在一邊幫腔說：「九哥放心，老領導是大思維、大手筆的雙大高手。他這樣講，肯定有他的道理。」

何軍座點頭道：「大俠說得正確，我們就是要大思維大手筆策畫運作這本書，至於諾獎，不一定非要得到。敢於向這個獎衝刺的作家不多，你的作品敢於衝向那裏，至少說明有水準。練太極拳有句話：『順為凡，逆為仙，只在空中倒一圈。』很多事情本來並不怎樣，但經過人為炒作，情況就不一樣了。現在是資訊時代，炒作時代，過去那種『酒好不怕巷子深』的年代早已過去。再好的酒不打廣告也賣不出去。」

何軍座這話同賈丸藥上次問陳羅漢的兒子叫什麼名字的涵義如出一轍。

講完推薦諾獎的事，何軍座又道：「如何把孫九哥這本書搬上螢幕，我有深一層考慮。這本書的書名取得好，《坦白與交代》，坦白什麼？交代什麼？坦白在文化大革命中吃了點小魅頭，交代什麼？交代在文化大革命時，對林彪四人幫不滿。中央把『文革』定性為十年動亂，現在來坦白過去，不僅是幽默也是反思，本書看點就在於此。最近，我找了音像出版社的主任和一個著名導演商量，達成共識，決定成立電視劇組，將孫九哥的大作拍成四十集電視連續劇。至於資金，我去想法。」

無劍俠聽說何軍座要去找錢拍電視劇，比作者還興奮，激動地對孫九路說：「九哥，恭喜你的大作即將放大光明。老領導出面為你策畫，他點子多，沒有辦不成的事。」

何軍座見無劍稱讚他點子多，哈哈一笑說：「無劍俠說我點子多，我不敢當，不過我根據孫九哥這本書的特點，另外還想了一個點子：去當人販子賣人。」

孫、無二人聽了何軍座這話，不懂他的用意何在，沒有接話。

何軍座見二人沉默，解釋說：「所謂賣人，是賣電視劇裏的角色對號權。前幾天，導演給我講了個笑話，我深受啟示：導演前年導過一個戰爭片，有位企業老闆想觸電，贊助劇組十萬元，在劇中扮了個騎馬的日本兵。老闆癮大，騎在馬上揮舞指揮刀，耀武揚威，不聽導演指揮。導演一氣之下，命人在他背後開了一槍，然後對他說，他已經被打死，這場戲演完了。如還想上鏡，再贊助十萬元，另外安排角色。」

二人聞言大笑。

何軍座道：「你們別笑。我根據導演講的這個故事，聯想到本劇的特點，想出了這個賣人方案。孫九哥這本書很有看點，人物也活。其中尤以陳羅漢、毛月夢、喬半城三個人物最活。提起這三個人物，誰都願意對號入座。由此啟發了我的靈感：劇中藝術人物和生活原型同臺亮相。正面人物出場時，旁邊要顯示生活原型的鏡頭，這一創舉在現今的電視劇中尚無先例。我們可以向那些想對號入座的企業家適當收費。這筆錢可以用作劇組的啟動資金。」

何軍座剛說到這裏，無劍俠拍手大叫：「老領導的確是這策畫高手。陳羅漢、喬半城，形象光輝，他們肯定願意對號入座。他們雖然經濟狀況好，但要他們出錢時出要講策略，不能說叫他們買生活原型的對號權，是叫他們贊助劇組，回報他們對號入座權。如果他們不肯出錢，就把角色賣掉。喬半城最光輝，價位最高，定能賣個好價錢。」

何軍座聽了無劍俠的恭維，樂哈哈地指著手中這部茅盾文學獎參評作品的封面說：「你們看，這部作品的出版商，策畫水準就很高，他把『茅盾文學獎參評』幾個字印在書封上，是臘肉放在碗面上。這部作品雖然落選，畢竟參加過大獎評選，再差也有八成。這幾個字就是廣告，是在告訴讀者，別小看這部作品，這是參加過大獎評選的優秀文學作品，藉此招徠買主。孫九哥這部作品的價值遠遠超過茅獎參評本，因此我剛才說拿去當諾貝爾獎推薦參評作品，絕對沒問題。

『取法乎上，得乎其中；取法乎中，得乎其下。』這部茅盾文學獎參評作品在國內可以說取法乎上，但在國際上卻只能稱取法乎中。諾貝爾獎是國際大獎，孫九哥這部作品能向世界最高文學殿堂衝刺，當然是取法乎上。不需要真正得到大獎，能得到『取法乎上，得乎其中』的結果就不簡單了。」

何軍座說到這裏，伸手對孫九路道：「九哥，我想起來了，你還得把書稿給我一用，我要拿給導演看，讓他們設法改劇本。導演方面，除了那位名導外，我還在一個文化研究院物色到一位姓楊的導演。楊導雖然出道不久，但為人機敏。前兩天我還在電話裏同他談過這本書，他說看過你的書稿，對你很感興趣。那位名導演導過多部大戲。前兩天我在電話裏同他溝通過。據我所知，電視劇有兩種情況：一種是劇保人，劇本好，收視率高，能使一批新人出名；另一種是人保劇，劇本不怎樣，導演與演員陣容強大把戲襯托出來。九哥這本書屬於前者，因此我們不需要請大腕名演員，我們可以推出一批新秀。說實話，如果從這一角度出發，我還喜歡用楊導。用楊導就是啟用新人，新人想出名，因而幹勁大。那位名導已經功成名就，他要保住榮譽，一般不輕易接本子。這次是看我的面子，加上老朽的三寸不爛之舌，把他說動了。」

何軍座講到這裏，喝了口茶，繼續道：「這樣吧，我們約定一個星期後的下午兩點，在御帶橋立交橋下的茶館見面。到時我把兩位導演請來共商大計，談得好就在那裏成立劇組。」說完望著無劍俠補充說：「大俠，你是劇組當然元老，有了效益首先替你革命，把你欠的那幾萬塊錢債還清，免你成天東躲西藏。」

無劍俠聽了何軍座之言，起身立正，向何軍座行了個注目禮，激動地說：「謝謝老領導賞識！謝謝老領導關心！謝謝老領導幫我革命！老領導堪稱當代伯樂，本劇總策畫。」

何軍座見無劍俠連道三謝、兩恭維，樂哈哈地說：「總策畫的位子目前只有我暫時代理。等劇組壯大，有高人出錢，就讓他來坐這把交椅。無劍大俠，你不是經常抱怨上天沒給你機會嗎？機會就在眼前！現在我以本劇總策畫身分，任命你為總策畫助理。等於給了你一把寶劍，命你即刻走馬上任，空手去套白狼，先把本劇的生活原型對號權賣給肯出錢的企業家。你是君子固窮專業戶，賣人收了錢，給你百分之三十回扣，免你又練餓功，三天不吃飯，去吃健脾糕。」

正是：

大俠無劍功力強，空手上任套白狼；
臨時受動江湖行，賣人回扣解饑腸。

看官欲知後事如何，且聽下回分解。

第二十三回　塔子山無劍俠賣人，茶館內陳羅漢窮根

無劍俠見何軍座要他出任《坦》劇總策畫助理，喜出望外，再次起身立正，說：「謝謝老領導提拔重用。老領導放心，我一定全力以赴，協助老領導把九哥這部作品拍成傳世精品，在國際上造成影響，為進軍諾獎軍奠定基礎。」

何軍座道：「無劍大俠，你是只會彈不會紡的清談家，本總策畫這次任命你為總策助，是要找點事給你做。等把孫九哥這部作品搬上螢幕，你成了企業家，也就徹底扭轉了你只想當守窮專業戶的思想。從明天起，你先去賣陳羅漢與喬半城原型的對號權。至於賣給誰，你自己考慮，也可以賣給這兩個人物的真正原型。至於能否賣得脫，得看你的口才了。我要提醒你的是，喬半城和陳羅漢在劇中形象光輝，價位最高。如果他們肯出血，就讓他們對號入座；如果他們不肯出血，就另找他人。」

何軍座說完又補充道：「我研究過這兩個人物的真身原型，他二人雖然都崇尚精神，但各有個性：喬半城好大喜功，喜當儒商；陳羅漢不善言詞，內心厚重，也屬於儒商範疇。針對二人特點，我想了兩句宣傳詞：『富貴不揚名，如住深山林，與土老肥平行。』你要用這話去打動他們，讓他們主動來買對號權。要向他們解釋，富貴揚名，並非叫人沽名釣譽，而是要人們在擁有眾多

財富支配權後多做公益事業，讓業績長留天地。你要告訴他們，哪怕擁有金山、銀山，個人消費仍然微不足道。大不了吃山珍海味、銀耳人參，穿金戴銀、鼻穿金環，到頭來仍不免火葬場一走了之。有人說錢用出去才是自己的，這是真理。他們一旦在劇中對號，就會光輝永存，名留青史。」

無劍俠聽了何軍座的訓導，不假思索，隨口來了個：「謹遵總策畫之命，保證完成任務。」何軍座見無劍俠首肯，掉頭對孫九路道：「孫九哥，今天的碰頭會就開到這裏，我要去辦點事，一星期後在御帶橋立交橋茶館見面。」說完離去。

無劍俠在何軍座面前立下軍令狀，保證完成賣人任務。回家躺在床上左思右想，這才發現海口誇大了：劇組現在八字還沒有一撇，這人怎麼賣得脫！如果去找真正的生活原型喬半城與陳羅漢，二人肯定不會出錢對號。想到此深感任務艱巨，整夜沒有合眼。

第二天上午，無劍俠在家裏思索了半天，最後決定先把羅漢約出來喝茶，用話探他口風，再說下文。

主意既定，無劍俠來到街上找了個公話，撥通陳羅漢家的電話，說：「羅漢兄久違了，許久沒見，甚是想念。今天是星期天，下午有沒有安排？」

陳羅漢過去同無劍俠沒有交情，是上次在朋友的生日會上相識的。事後替他革過三百元的命，就此有了往來。今天見無劍俠主動打電話問他時間安排，以為無劍俠又要以喝茶的名義找他革命。他本欲不去，但又不忍無劍俠窮途無助，回說沒有安排。

無劍俠見陳羅漢下午有閒置時間，在電話裏說：「羅漢兄如果沒有其他安排，我想約兄臺去塔子山公園的茶館喝茶，同你談點事情。」

陳羅漢問下午幾點，在塔子山哪個茶館，說塔子山公園有兩個茶館。

無劍俠道：「下午兩點，在剛進公園大門那個茶館。」

陳羅漢聞言，回答了個好字，正欲掛電話，又聽見無劍俠在那端說：「還有，還有，順、順便……」

無劍俠後面的話還沒說出來，陳羅漢在電話裏替他補充說：「順便給你革個命，帶點散碎，是不是？」

無劍俠見陳羅漢聽出他這話後面六個點點的話外音，忙道：「嘿、嘿，沒什麼，下午不見不散。」

塔子山公園在成都東面，成渝高速路旁的沙河邊上，是座新修的公園。下午兩點，陳羅漢如約而至，來到公園茶館，見無劍俠早已在外等候他了。

無劍俠見陳羅漢到來，迎上前道：「羅漢兄久違了。」

陳羅漢見到無劍俠在門外等候，知道他沒有茶錢。把早已準備好的散碎拿在手中，趁握手之際，暗中過到他手裏說：「大俠好久不見，還是那麼精神。」

無劍俠不動聲色，接過散碎，往懷裏一揣，拉著陳羅漢的手，直往裏走。

二人進得茶館，選了個靠牆的座位坐下，服務員泡上茶，無劍俠手往剛才放散碎的褲包裏一插，說了聲「我來」。

陳羅漢聞言，知道他想付茶錢，連忙用手往他身上一壓，另一隻手做掏錢狀說：「你是瘦猴子，你來，你來做啥子哦？我來，看我的。」接下來掏出散碎付了茶錢，回頭開門見山說：「大俠今天約我來此有何貴幹？」

無劍俠本意是賣電視劇生活原型的對號權，並且早已想好一套說詞，豈料，面對陳羅漢如此一問，腦海竟然一片空白，不知從何說起了，笑說：「沒什麼重要事，久了沒見兄臺，想趁今天天氣好，約兄臺出來聊天。」

陳羅漢見他無事找事，以為他這個文窮星專為散碎而來，內心獨白：「這位大俠迂腐，為幾個散碎就明說，何必打喝茶的招牌，興師動眾，要我到這裏來為他革命。」

當然，這些內心獨白陳羅漢沒有說出來，只淡淡地說：「大俠，你頭腦靈活，很有才華，詩寫得好，曲也譜得好，是顆文星。可惜是文窮星，而且是文窮星中的典型。上次我建議你算命收費，你收了沒有？」

無劍俠見問，眼前浮現出瞎子拉二胡，立在橋邊替人算命的情景，以及北斗君算命洩漏天機成了瞎子的畫面，搖頭說：「羅漢兄，我怎麼能以算命為生。我替人測字算命是雅玩文字遊戲，收費就把檔次降低了。」

陳羅漢正色說：「兄臺之言差也，算命屬於預測學範疇。指引迷途英雄，喚醒落魄志士，豈能言其低檔！北斗君當年就是指引陸將軍舵轉流向，免去生靈塗炭，為此名振巴蜀。」

儘管陳羅漢在講算命這一職業如何適合無劍俠，他仍然不同意收費。陳羅漢見他固執己見，也就不再多言。

無劍俠趁機把話題一轉，引入正題道：「羅漢兄，你的好意我心領了，算命收費我的確不好意思。不知你讀過九哥的新作《坦白與交代》沒有？」

陳羅漢點頭說：「怎麼沒讀？可以說我是九哥的第一讀者。」

無劍俠聞訊，開玩笑說：「羅漢兄既然最早讀到此書，我要給九哥建議，出書時把你的名字巴在上面。」

陳羅漢不明白無劍俠這話的意思，說：「大俠把話說清楚，九哥出書與我何干，我在上面打名字，打什麼名字？」

無劍俠道：「第一讀者嘛。」

陳羅漢笑說：「自從張獻忠拆成都九眼橋白塔，放出眾文星，其中正面文星為數最多的是文窮星，你是文窮星中的典型。負面文星為數最多的是文賊星、文盜星。文巴星雖然不屬於負面文星，但也不是光輝星宿。老兄的意思，我是文巴星羅？我雖然文筆樸實，但不會在別人的作品上亂巴名字。」

無劍俠聽了陳羅漢的幽默，笑說：「羅漢兄當然不是文巴星，第一讀者雖然是玩笑，但孫九哥這本書裏應該有你的名字。我們總策畫講了，在這部書裏，你同半城兄的形象最光輝，閃光點最多。」

話說到此，無劍俠喝了口茶，放下茶碗，把話引上正題說：「老兄有所不知，最近省上有位管文化的老領導看上了九哥這本書，認為是拍電視劇的絕好素材，決定成立電視劇組。這元老領導你也認識。這次由老領導掛帥出任總策畫，任命我為總策畫助理，總攬劇組大小事務。」

無劍俠話剛到此，陳羅漢拱手說：「恭喜大俠榮任總策畫助理，終於可以做點實事了。」

無劍俠不理會陳羅漢的幽默，繼續道：「由於你同半城兄在孫九哥這本書裏形象最光輝，我們總策畫想了個點子：決定把一位的閃光點加重，讓你和喬兄作為生活原型與藝術形象同臺亮相，為二位打個大廣告，所以我說這本書裏應該有老兄的名字，就是這個原因。」

話到這裏，無劍俠本該進入主題，但是要叫陳羅漢出錢買對號權，他又說不出口，想了半天，只得把話轉向喬半城說：「我們總策畫給了我個任務，他說喬半城是千萬富翁，喜歡熱鬧，這事為他打大廣告，想找他贊助劇組開辦費，我今天約兄臺出來，是想請你替我參謀，如何向半城兄講這件事。」

無劍俠這話一語雙關，表面是找陳羅漢替他出主意，如何賣對號權給喬半城，實際也含有賣對號權給陳羅漢的意思。

陳羅漢厚道，沒有去想無劍俠這話背後的另一層意思。見無劍俠要他參謀，一臉認真說：「以我看，喬兄不會出錢買對號權。半城雖然好大喜功，但他不會當方腦殼，出錢買虛名。」

無劍俠道：「兄臺之言差也，哪是叫半城兄出錢買虛名，我們要他贊助開辦費，劇組回報他對號權。他不贊助可以，另外有企業家看起這個角色願意贊助，劇組就只得把對號權拿去回報別人，這對半城兄是相當大的損失，將來肯定後悔。」

陳羅漢見無劍俠說喬半城今後要後悔，不假思考，脫口而出說：「你們想得美，空手套白狼，肯定賣不脫。」

無劍俠聞言急了，忙道：「那不一定。」

陳羅漢也不示弱說：「那走著瞧。」

無劍俠沒想到陳羅漢會如此回答，知道這對號權要賣給陳羅漢是不可能了，只得把重點放在喬半城身上說：「你老兄這幾年雖然讀了很多書，但有點迂腐，思想保守。你還沒認識到，在電視劇裏對號是最大的宣傳。如今社會已進入資訊時代，再好的產品也要宣傳，才會有人知道，所以很多企業要在廣告上投入大量的資金。在電視劇裏對號，提高知名度也是為了賺更多的錢，這叫宣傳投資。榮譽可以換金錢，相信半城兄深懂此理。」

話到這裏，無劍俠開始賣劇組的貴重說：「如果你同半城兄連這個道理都不懂，就是真格的方腦殼。藝術形象與生活原型同臺亮相，過去只有偉人才能辦到。如今改革開放，環境寬鬆，普通老百姓才能享受這種待遇。當然，我說的普通，是指普通人中間的成功人士。實言相告，這個點子是我想出來的。總策畫很有眼力，他剛聽我講就知道這個點子好，準備安排攻關小姐去找成功企業家洽談。基於友誼，我要求總策畫把二位的對號權留下來，暫時不賣。其實劇組已經物色了好幾個肯出血的大老闆。這些大老闆沒文化，想在劇中打廣告，提高知名度，會不惜重金來買對號權。眼下有的企業家在經濟上取得成功，想戴儒商帽子，開始票文化，八方找文人給他們樹碑立傳。最近有個農民企業家想觸電，捐了十萬塊錢，在一部電視劇裏扮演了個日本鬼子，幾分鐘就被導演槍斃了。」

陳羅漢聞言，哈哈大笑說：「這個故事我早就聽說了。那個大老粗是個土老肥，改革開放後憑膽大成了暴發戶，想票文化，結果十萬塊錢買了一支文化唇膏，當了方腦殼。」

無劍俠見陳羅漢知道暴發戶觸電的故事，得意地說：「羅漢兄，該是我沒亂說嘛。」說完感歎一聲，又道：「如果我當年搞藝術團成功，也不比那個十萬元觸一次電的暴發戶老闆錢少，只不過我時運不濟，虧損四萬元，正是因為這幾萬塊錢把我的背壓彎，至今沒能伸皮。這次天賜良機，老領導讓我當總策助，一旦電視劇拍成功，不但孫九哥名滿天下，我也成了企業家，經濟上打個翻身仗，到時不但要把四萬元債務還清，還要討個老婆，讓她替我生個兒子。聽醫生講，夫妻年齡差距越大，生的孩子越聰明。今後我的那個聰明小子，我可不會讓他去從政當官，要他搞文學。我要發明一臺抽慧機，專門把即將入土的聰明人的智慧抽出來輸給青年人。我發明了抽慧機，首先把我的智慧抽出來輸給兒子，讓他繼承我的志向，替我去圓文學夢。」

無劍俠說到這裏，不無感慨，仰天長歎一聲，也不理會陳羅漢的目光，自個兒道：「唉！都是那四萬元債務壓得我喘不過氣，使我找不到靈感，至今不能圓文學夢。老領導贈我無劍大俠雅號，我不服也得服。我的確沒有寶劍啊！等我有了兒子，一定要為他打造一把削鐵如泥的寶劍，讓他在文學領域縱橫馳騁，替我圓夢。」

無劍俠說到這裏，彷彿進入詩一般的夢幻境界。陳羅漢不忍打斷他的夢想，做洗耳恭聽狀。

只見他繼續說：「羅漢兄，你我是知己，我可以告訴你，如果我把抽慧機研製成功，我不但不申請專利，還要將它公諸於社會，造福人類。只要我能把債務還清，討個老婆生個兒子，把我的智慧抽給他，自己成為白癡也心滿意足。唉！老兄有所不知，由於四萬元的債務壓力，我每次到你家去，都要冒遇見債主的危險，就像當年革命者奔赴延安，要通過敵占區重重封鎖線似的。但是為了看望老兄，我甘冒風險。」

聽了無劍俠這番話，陳羅漢聯想到丁壽文要將豆佛舍利賣個好價錢的思想認識，不由感慨地說：「無劍兄，你意欲發明抽慧機，奉獻社會，造福眾生，而不求己所得，說明你的境界很高。如果我那個姓丁的朋友能有你這種境界，豆佛舍利早已歸位，他也成佛了。」

陳羅漢正欲講豆佛舍利的故事，無劍俠便把話接過去道：「你說的豆佛舍利，我知道。丁壽文同我有交道，我也參拜過豆佛，我也相信豆子有靈。可惜丁兄雖然滿腹佛學理論，但還沒有悟到佛的舍與得的道理：繁體字捨，有個提手，是把自己的東西拿出去貢獻，現在簡化，把提手拿掉，成了為得而舍，所以難成佛。」

陳羅漢附和道：「無劍兄的話有道理，說穿了還是境界問題。」

說到這裏，陳羅漢突然說：「無劍兄，我想提個問題，你的四萬元債務是如何欠下的？能否講給我聽？」

正是：

知識全憑勤積累，並非豬肉能注水；
抽智慧他風格高，死後成佛不變鬼。

看官欲知後事，且聽下回分解。

第二十四回　御帶橋孫九路起事，推巨獎天幕閃金光

無劍俠見陳羅漢追問他形成債務的原因，神態異樣，喝了口茶說：「羅漢兄有所不知，這筆債屬於政策債務，是我幾年前辦藝術公司欠的。從當時的情況看，我策畫的文化項目能賺大錢，集資幾萬元成立公司。後來人算不如天算，那些當官的把握政策屙尿變，我的文化項目也沾光搞不成了，集資的錢也沒法償還。剛才我之所以說今後不讓兒子從政，就是這個原因。」

說到這裏，無劍俠有些傷感，停了片刻，繼續說：「由於政策變化，藝術團虧損，面對那些衝著我信譽來的投資人，我主動把這筆債承擔下來，把我的公房摺子抵押出去，變賣了家當，償還了最困難的債主，餘下的四萬元債務，再也無力償還，只好來個老王不敢見面，成天東躲西藏，成了新四大皆空的文化太空人。每到逢年過節，我還得到菩薩面前去為債主們燒香，求菩薩保佑我的債主們發大財，平安吉祥，用以平衡我的心態。人說放下屠刀，立地成佛，其實不是那

麼簡單：放下是正確的，但你懺悔了嗎？你的業消了嗎？你欠的債還了嗎？想一走了之是不行的，所以我要拜佛，積陰德，回報債主，就是這個原因。」

無劍俠說到動情處，用手擦了擦眼睛說：「你知不知道什麼是新四大皆空？」問完自我解釋：「就是房子是空的沒有傢俱；床上是空的沒有異性同睡；存款摺子是空的沒有散碎銀子；肚皮是空的，餓三天只能吃健脾糕。」

陳羅漢問他文化太空人所指為何。

無劍俠道：「像我這類文窮星，成天漂泊，居無定所，當然就是文化太空人囉。」正在這時，他腰上的ＢＰ機響了。

無劍俠看了電話號碼說：「老兄稍候，我去回個傳呼，估計是老領導來的電話。」

過了片刻，無劍俠回完傳呼，興致勃勃地回來對陳羅漢道：「好消息，好消息！劇組製片人浮出水面，是老領導的乾女。」

陳羅漢聽說製片人到位，笑說：「恭喜大俠，製片人就是投資人，是大姐大。她浮出水面，資金就沒問題了。你要把握住這次機會，打個翻身仗，再不能清談了。」

無劍俠笑臉如霞，點頭說：「那是，那是。翻身在此一舉。剛才我還在電話裏同老領導講，說正在同你老兄商量劇本問題。老領導要我轉告你，星期天下午兩點，劇組要在御帶橋立交橋下的茶館開會，到時請你和半城兄也參加。你出任本劇文學統籌，半城兄出任本劇藝術總監。麻煩你回去給半城兄打個電話，請他屆時出席。」

陳羅漢自從當了值班文星，一直在暗中蒐集方腦殼們的傳奇故事，見他相約，欣然同意。

二人在茶館裏又聊了一會兒，看看天色不早，起身離開茶館。說來也巧，二人來到公園門外，正欲分手，無劍俠見地上有一本線裝古書，拾起一看，是本《麻衣神相》。

陳羅漢見他得到相書，笑說：「定數，凡事有定數！大俠，你果然適合走算命之路。天賜相書，是在指引你的迷途。將來你肯定是預測高手，趕超北斗，名震寰宇。」

無劍俠對陳羅漢的「算命」二字仍然不感興趣，對「定數」二字又很欣賞，說：「老兄說的算命我不敢當，但我承認凡事有定數。」說完將相書放進包內，同陳羅漢揮手道別。

星期天下午兩點，陳羅漢準時來到御帶橋立交橋下的茶館，見無劍俠與孫九路早已在那裏了。

孫九路見陳羅漢到來，起身迎接說：「羅漢兄這邊坐，怎麼半城兄沒來呢？」

陳羅漢落座說：「我給半城兄打了好幾次電話，沒有人接，估計他倆口子旅遊去了。半城兄是滿族。」

這時，服務員剛把茶給陳羅漢泡上，何軍座就同兩男一女進來了。陳羅漢看見楊神仙也在裏邊，眉頭一皺，想說什麼，欲言又止。

無劍俠見軍座到來，起身迎接說：「老領導，這邊坐。」

只見何軍座指著同來的幾位介紹說：「各位，我來給大家介紹，這位是崔紅紅女士。紅紅女士是我乾女，本劇製片人，不，是總製片人，今天正式上任。」

無劍俠見製片人上任，鼓掌說：「熱烈歡迎紅紅女士走馬上任。許久沒見面，紅紅女士，不，製片人還是那麼風光。」

何軍座替無劍俠糾正說：「不是製片人，是總製片人。」接下來指著一位年過五旬，面貌清瘦的男士介紹說：「這位是大導演張雅琴，雅琴先生導過多部名著。」隨後又指著楊神仙說：「楊導是科學院院士，本劇副導演。」

介紹完畢，何軍座又把陳羅漢介紹給三位來人。接下來著重介紹孫九路說：「這位是本劇原著，著名作家孫九路先生。孫大俠是才子中的才子，這部巨著是他歷時五年寫成的扛鼎力作。」

何軍座不知道無劍俠與陳羅漢在塔子山的談話內容，以為陳羅漢是來買對號權的，拉著陳羅漢的手道：「陳大經理，我早就耳聞你的大名，加上孫九哥在書中把你這顆文星寫得出神入化，閃光點特別多。今後你作為生活原型，將要和藝術形象同臺亮相，這在過去只有偉人才能享受的待遇，如今你們這些文星也能享受了。本劇首創的這套方法，是提高文星知名度的最佳宣傳手法。半城先生同我雖然沒見過，但我從孫九哥的書中已經認識了他。他是一位不可多得的儒商奇才，如果他能在本劇裏以生活原型對號入座，今後豈止半城，名滿天下，譽滿全球，成為名副其實的喬全球。」

何軍座說到這裏，等服務員泡上茶，又向無劍俠道：「大俠，喬半城的對號權賣了沒有？」

無劍俠見問，躬身答道：「回老領導話，羅漢兄已被我說動，願意加盟本劇。他說等他的資金周轉開了，會支持劇組。」

無劍俠這話說得藝術，他沒有說陳羅漢不買對號權，而是說陳羅漢資金周轉不靈，等資金周轉靈活時會支持劇組。

他很會咬文嚼字，這「支持」二字也用得藝術。雖然陳羅漢並沒有說要贊助他們，但他這樣說既不失面子，陳羅漢也沒出血，兩全其美。

無劍俠接著又道：「喬半城最近忙，還沒同他聯繫上，我已委託羅漢兄同他聯繫，做他的工作，一有消息立即向總策畫彙報。」

何軍座聽了無劍俠的彙報，說：「喬半城聯繫不上改天再聯繫，歡迎陳大經理加盟本劇。恭請陳總出任本劇文學統籌。」

講到這裏，何軍座轉變話題說：「現在我要告訴各位一個好消息，紅紅女士已經到公安局備案，把劇組的公章刊刻下來。」說完看了紅紅女士一眼。

紅紅女士得到暗示，從包內取出公章遞給何軍座。現在的公章已經不是過去那種要在印泥盒沾印泥的公章了。現在的公章不用印泥就可以直接蓋出圖鑑。

只見何軍座接過公章在紙上蓋了個紅章，向眾人展示說：「從古至今，官憑印信，人憑信物。各位請看，這是劇組公章，全稱是：四十集電視連續劇《坦白與交代》劇務組。」

展示了劇組公章圖鑑後，何軍座環視了下四周，起身嚴肅地說：「現在我宣布，《坦白與交代》電視劇組正式成立，我任本劇總策畫。最初我準備任命無劍大俠為總策畫助理，經再三考慮，決定任命他為本劇執行總策畫。給他一把尚方寶劍，讓他發揮聰明才智，大展雄才，以免他經常報怨沒劍，英雄無用武之地。」接下來又道：「孫九哥是原著，編劇自不必言，兩位導演，一正一副，各就各位。紅紅為總製片人，今後有人肯出錢，就把製片人位子給他。再有人出錢，坐第二製片人，或共同製片人交椅。總之，本劇還有很多空位，虛席以待賢士，虛席以等羊子。」

這「羊子」一語，是成都時代土語，意指經濟上出血的投資人。

接下來何軍座以職代名，對陳羅漢道：「陳統籌，我知道你同喬半城關係好，他那把鎖只有你這把鑰匙才能開得了，希望你遊說他出任本劇藝術總監。請你轉告他，我現在仍然把藝術總監的位子空在那裏，就是為了等他。這人能力強好面子，我投其所好，虛席以待，這總該禮賢下士了吧。」

說到這裏，何軍座神祕地說：「我之所以要把喬半城拉進來，有我深一層意思。古人說擒賊先擒王，喬半城在企業界名氣大，他能加盟本劇，那些大款肥羊就會望風歸順，主動來投奔我們。」說完從提包內取出幾疊名片，對眾人道：「我已經把各位的名片印好了，這就發給大家。希望各位同仁共同努力，把孫九哥這部巨著搬上螢幕。這裏聲明一點，印名片的費用由我自掏腰包，不在劇組報銷，算我對劇組小貢獻，以免將來劇組壯大，有人背後指責，說我一丁不掉。」

當何軍座把名片遞給無劍俠時，特別提醒他說：「大俠，你看清楚，你的名片印的是執行總策畫，而不是總策畫助理，說明我早就看到你的潛力。」

無劍俠雙手接過名片，感激地說：「謝謝老領導厚愛，謝謝老領導提拔重用，我不會讓你失望。」

接下來無劍俠起身發表就職演講，說：「各位劇組同仁，我很高興出任孫九哥的《坦》劇執行總策畫。我願傾我所有的聰明才智，嘔心瀝血，為《坦》劇效犬馬之勞，為劇組革命，絕不坐享其成，讓劇組為我革命。常言說：『有一就有二，有二就有三，三生萬物。』劇組這枚公章是里程碑，是旗幟，是火炮。老領導高瞻遠矚，先刻公章具有深遠的戰略意義。有了公章，製片人可以同賓館簽合同，要求贊助我們劇組的辦公室，今後劇組在電視裏替他們打廣告作為回報。等辦公室落實，我們下次就可以到那裏去開會了。有了公章，製片人可以同投資商洽談投資事宜；有了公章，可以招商引資，商家要打廣告也會主動找上門來。樹起招兵旗，自有吃糧人。蓋起土地廟，就有香客送供果。」

無劍俠越說越興奮，回頭對何軍座道：「老領導，我們要儘快起草一個投資與廣告回報方案，以便去拉贊助。」

何軍座點頭道：「大俠別急，方案正在同總製片人起草。昨天我同二位導演交換了意見，據張導講，四十集電視連續劇，單就廣告收入就可以達到一千八百萬元。明天製片人要與西門一家賓館簽協議，那家賓館答應給我們劇組兩個房間辦公。我們的客人在那裏用餐六折優惠。大俠頭腦夠用，能理會我空手套白狼的策略。」說著從身上掏出兩百元遞給無劍俠說：「大俠，我知道你目前還在餓龍崗的城樓上唱空城計，本總策畫先發兩百元給你趕車和吃午飯，算我給你的革命墊底補貼。先說清楚，這錢是我個人給你的，不在劇組報銷。」

無劍俠接過錢，剛說了一聲「謝謝老領導」，何軍座便起身，嚴肅地說：「各位，我宣布本劇八月正式開機。現在離開機時間還有三個月，大家努力把前期工作做好，別擔心資金問題。最近，總製片人正在洽談一件引資事宜，如果順利，幾十個億的資金很快到位，屆時用小指頭蘸點散碎銀粉，就能把電視劇拍出來。」

何軍座說到這裏，大概怕人說他在茶館裏妄言開機，不切實際，又補充說：「我說八月開機是有依據的：當年成都著名小吃龍抄手，就是兩個夥計在龍花茶社喝茶，達成開店共識。以龍為名，取名龍抄手，如今名滿天下。本劇組今天在茶館宣布開機，明天鬧紅半邊天，將會傳為影視界的佳話。」

孫九路聽見何軍座宣布八月開機，神情雖然激動，但又好像有話要說，欲言又止。這鏡頭雖只瞬間，卻被陳羅漢的天眼錄下。

接下來何軍座又說：「各位安靜，現在請總製片人紅紅女士講話。」說完帶頭鼓掌。

紅紅見軍座要她講話，起身行了個禮說：「各位劇組同仁，很高興能在著名作家孫九路先生的巨著《坦白與交代》劇組擔任總製片人，這是我的榮幸。」

孫九路聽見紅紅稱他著名作家，臉色微紅，擺手說：「總製片人千萬別稱我著名作家，我剛出道。」

孫九路的話還沒有說完，何軍座搶過話說：「孫九哥別謙虛，有名都從無名起。任何一位你不知道的名人，從你第一次看到他的名字冠有『著名』二字那一刻起，他在你心目中就著名了。」

無劍俠聞言，撫掌大笑說：「老領導這話富有哲理。現在是炒作時代，『著名』帽子滿天飛，連老師跟學生講課，談到很多古代名人，儘管這些人名滿天下，也要冠以『著名』二字，否則人們就會將其視為普通人。例如寫《史記》的司馬遷，教師講課時要說我國古代著名史學家司馬遷；在談到唐太宗時要說我國古代著名皇帝，在談到詩人李白、杜甫時，都要冠上我國古代著名詩人的帽子。可以說孫九哥從此時此刻起，已經是著名作家了。」

何軍座很滿意無劍俠的解釋，在一邊安慰孫九路說：「孫九哥戴著名作家的帽子完全夠格，千萬別心累心跳。有句格言說得好：『不想當將軍的士兵不是好的士兵。』以此推論，不想當著名作家的文人，就寫不出傳世佳作。」

無劍俠接過話說：「老領導說得正確，不想著名的文人就不可能寫出傳世精品，我建議下一步將這部巨作推薦去參加茅盾文學獎評選。」

何軍座擺手說：「大俠，茅盾文學獎是中國的最高榮譽獎，國際上就只有諾貝爾文學獎最高。我的意見，一不做二不休，乾脆把孫九哥的巨著推薦到諾貝爾文學獎去參評，我任總策畫。」

本來，孫九路聽了無劍俠這話，對「著名」二字已經開始接受，想不到何軍座又說要推薦給諾獎，連忙擺手說：「老領導，這可使不得，諾貝爾文學獎是國際大獎，豈是我這個初出道的新手能夠問鼎的。也不是我們這些普通人可以策畫的，老領導別鬧笑話，別鬧笑話。」

何軍座見孫九路不理解他的策畫方案，從提包裏取出另一疊名片，逐一分發給眾人道：「各位，我說話從來表裏如一，上次我說要把孫九哥的大作推薦去諾獎參評，是動真格的，你們看了名片上的頭銜就知道。聽說陳總也在寫書，我沒出力，不敢貪功。孫九哥這部巨著我費了心血，所以才敢打這樣的招牌。」

孫九路接過名片，但見上面印著：「著名作家孫九路巨著《坦白與交代》諾貝爾文學獎推薦提名總策畫。」

孫九路還算清醒，只見他對何軍座道：「軍座，老領導，你打這樣的招牌會讓人笑話，諾貝爾文學獎何等神聖，豈是我們幾個人在茶館裏能策畫出來的。」

何軍座聞言正色道：「孫九哥的思維沒跟上形式，名片上的頭銜是我深思熟慮，字斟句酌了的。你沒看見，我用的是推薦提名。有如北京一家大型拍賣會在搞拍賣，有人要去北京，我託他順便捎帶兩件瓷器去推薦給組委會，如果組委會看得起這兩件文物，就一併參拍，看不起就拉倒，不影響什麼。有句成語叫『拉大旗做虎皮——去嚇別人』，我們也在拉大旗做虎皮，但不是去嚇人，是用虎皮包裝真貨，融資拍電視劇，為文化事業做貢獻。」

何軍座的理念還沒講完，無劍俠情緒激動，搶過話說：「老領導批評九哥思維跟不上形式，這話中肯。老領導這一招叫天幕閃光法。所謂天幕閃光，就是用最響亮的名稱包裝你的作品。這有如黑夜突然出現一道閃光，給人印象極深。」

何軍座聽到天幕閃光，樂哈哈地說：「大俠悟性高，知道我的良苦用心。說實話，天幕閃光法是佛祖賜給我的紫金佛缽，專門光照文化精英。凡大俠給我推薦的人才，我都要用紫金佛缽先照一照，是精英我才包裝。」

何軍座說到這裏，把手一揮道：「各位，現在聽總製片人繼續講話。」

紅紅端起茶杯，呷了一口，說：「老領導的思維是正確的。先用他的紫金佛缽光照對方，是精英人才，我們再包裝打造；禁不起光照，原形畢露的，大家就不浪費時間了。孫老師這部作品我讀了兩遍，寫得太好了，否則我不會出任總製片人。剛才老領導講了，我正在談一筆大生意，一筆引資業務，成功的把握很大，否則老領導也不敢在這裏宣布八月開機。」

紅紅講到這裏，無劍俠鼓掌說：「熱烈祝賀總製片人大款即將到位。本劇組恭候總製片人小指頭蘸銀粉，為劇組輸入新鮮血液。」

這時，何軍座起身道：「各位，今天的會就開到這裏，這是一個團結的大會，勝利的大會，成功的大會。明天總製片人要去西門一家賓館簽約，等把辦公地點定下，我再通知各位下次開會的時間、地點。」

孫九路見眾人離去，拉了拉陳羅漢的衣角，悄聲說：「羅漢兄留步，我有事同你商談。」

正是：

天幕閃光罩精英，照得額頭亮晶晶；
珍珠蒙塵不放光，卞和三難誰識真。

看官欲知後事，且聽下回分解。

第二十五回　陳羅漢孫宅論形勢，無劍俠天橋初相親

孫九路待眾人離去，對陳羅漢道：「走，到我家去吃飯，我想同你聊一聊，很多問題我沒想通。」

陳羅漢知道他說的問題，是剛才劇組的一攬子問題。為了瞭解孫九路的想法，欣然同意。二人出得茶廳，橋下剛好有的士空車過來。孫九路把手一招，的士便停在二人面前。

孫九路拉開後車門，伸手向陳羅漢說了個「請」。

陳羅漢推辭說：「九哥坐後面，我坐前面桶位。」

孫九路把陳羅漢往裏一推，說：「你坐啥子桶位哦，今天我抬桶。」說完讓陳羅漢坐進車內，隨手關上車門，拉開司機旁邊的前門，坐進去對司機說：「到安順橋。」

車剛發動，陳羅漢說：「咱個好意思讓九哥抬捅喃。」

「抬桶」就是付車錢，是成都打的術語。抬桶的正確說法是抬統，意即統一支付，語音異化，成了抬桶。「抬桶」一語始自何時，無從考證。從習慣而論，坐在司機旁邊的人買單方便，因而人們把這個座位稱為桶位或統位。

孫九路見陳羅漢客氣，回頭說：「羅漢兄，你我是穿岔岔褲（開襠褲）就在一起長大的朋友，從當年吃找補到現在，歷經多少風雨，還在乎哪個抬桶嗦。」

車到安順橋，孫九路指著前面那幢高樓，要司機開到社區門前，下車付了車費，同陳羅漢乘電梯到家，開門將陳羅漢讓進客廳沙發落座，招呼保母說：「阿蘭，這位是陳總，妳去泡兩杯茶過來。」

阿蘭泡上茶轉身離去。孫九路替陳羅漢把茶杯移動了下，道：「羅漢兄，我總覺得老領導搞電視劇成功的可能性不大。最可笑的是，老領導自封諾貝爾文學獎推薦提名總策畫。電視劇成功與否沒關係，最怕鬧笑話，讓天下人說我想名想瘋了。」

透過這話，陳羅漢感覺孫九路頭腦清醒，正要發表意見，孫九路又道：「我總感到老領導、無劍大俠同賈院長在某些方面有點異曲同工。還有那個楊導，令我不安。此人過去我不認識，上次在賈院長辦公室見過。當時我以為他是賈院長手下的工作人員，後來才知道他是導演。聽你講後才知道他出生騙子。記得你跟我講他皮鞋後跟藏金磚的故事，至今記憶猶新。他怎麼搖身變成導演？」

陳羅漢見問，正欲談看法，孫九路的兒子回來了。

只見小九路進門向門外的同學招手說：「進來嘛，我爸是作家，他不會罵人。」

小九路這話剛好被陳羅漢聽見，暗中好笑，決定同孫九路開個玩笑，故意答非所問說：「九哥，恭喜你一舉成名。我想提個問題，不知可否？」

孫九路丈二和尚摸不著頭腦，說：「成什麼名？你要問啥就說，不要彎橫倒拐的。」

陳羅漢道：「老領導要把你的大作推薦到諾貝爾文學獎去提名，聽說這筆獎金有一百萬美元。假如你得獎，這筆錢你打算如何安排？會不會成立個什麼基金之類，扶持後進文學青年？」

孫九路聽了這話，沉下臉，嚴肅地說：「羅漢，你娃頭兒可惡，我是正兒八經同你談話，你公然挽圈圈來套我。你問我拿到這筆獎金如何使用，分明在捉弄我，把我當成方腦殼。老領導所謂的推薦，我已經服不住了，你還火上澆油。諾貝爾獎豈是隨便亂想的麼？幸虧我頭腦清醒，如果回答得獎怎麼用，豈不讓天下人笑掉大牙。可惡，實在可惡。」

陳羅漢見孫九路不悅，解釋說：「九哥別誤會，我說的是大實話，你這部書的確寫得好。我相信你自己也認為寫得好，否則為什麼你成天在家練字，是想將來好給讀者簽名，是不是？」

孫九路把手一擺道：「得了，得了，你娃頭兒少裝怪！我問你，你到底對電視劇看法怎樣？你娃頭兒要講真話，不要整汪二哦。」

「整汪二」是成都時代土語，完整表達是「整汪二娃」。汪二娃老實巴交，常遭捉弄，由此成典。孫九路以此自謔，是顯示忠厚。

陳羅漢見孫九路清醒，這才坦言說：「九哥恕我直言，只要楊神仙進來，這事就搞不成。以我看，老領導在發餘熱，紅紅在光指頭蘸鹽找項目，無劍俠在求生存，張導在重溫舊夢，楊神仙在趁夥打劫。你老兄這本書是他們棋盤上的棋子，任其擺布。」

孫九路質問說：「你老兄又在幹什麼？」

陳羅漢笑言：「我在值班看鬧熱，記錄真實故事。」

孫九路道：「你既然如此說，下一步怎麼辦？」

陳羅漢道：「很簡單，從現在起就你就來個軟作陸，不管他們了，也不再去劇組了，他們能搞得起來就搞，搞不起來於你無損。」

孫九路點頭稱是。

接下來，陳羅漢談論形勢說：「縱觀當今天下，人心浮躁，全民經商，人人找項目，個個挖題材，炒概念，眼睛向錢看。比起改革開放初期，有過之而無不及也。」

陳羅漢說到這裏，喝了口茶，繼續道：「我講個笑話給你聽，你就會明白當今形勢：有一天無劍俠提出與高腳雞、方正奎結拜兄弟，方正奎說：『結拜兄弟可以，但必須寫一個結拜協議。』當時高、無二人認為此舉可笑，說從沒聽說結拜兄弟寫協議的。大家既然義氣相投，就按照傳統儀式歃血盟誓，喝杯血酒。豈料方正奎堅持己見，二人只好讓他起草協議。誰知結拜協議的開場白就把二人嚇得倒退三步，結拜流產。九哥你猜，協議開場白是如何寫的？」

孫九路大笑說：「這個故事我聽高腳雞講過，第一句話是，鑑於當前是人心險惡的時代……」

陳羅漢拍案大叫：「方正奎雖然迂腐，在結拜協議上寫這句話不恰當，但這是真話。」

孫九路聽到「人心險惡」，感慨地說：「說實話，我寫這本書，最初是因為墨硯兄說我們是刁民不服氣，才動筆的。墨硯兄聽說我寫書，從此不再理我。為了寫書得罪朋友，太不值了。後來我多次聽墨硯兄在背後說風涼話，什麼『豆芽長齊天，不過是小菜』，這話分明是針對我。話說回來，燒湯少了豆芽，湯味就不鮮。他老兄自命才子中的才子，他那套單相思人格教理論，是不可實現的烏托邦。還有，墨硯兄一再聲稱，說他不想名、不想利，結果他看見朋友出書，氣得好幾天晚上睡不著覺，甚至出現呼吸困難狀況。電視劇的事你老兄千萬別跟他講，萬一他聽到消息，出現心肌梗塞，毛大哥豈不要怪罪於我。」

孫九路提到毛月夢，陳羅漢道：「說起毛大哥，許久沒見他。何不打個傳呼，要他過這裏來聚一會兒。」

孫九路道：「毛大哥思想保守，至今不敢用傳呼機，家裏也不裝電話。時下，傳呼機即將走入歷史，他還沒用過。有一天，我帶了一個傳呼機去送他說：『大哥，ＰＢ機就是過去特務用的收報機。現在小老百姓也能享受特工人員待遇，你至今還沒玩過。ＰＢ機很快就要過時，在你的人生中就少一樣經歷，多麼可惜。』月夢兄說，正是因為ＰＢ機是過去特工人員用的，現在雖然進入尋常百姓家，他也不敢用。怕我國政治多變，說不定哪天中央下個文件，清理現代特工，豈不要吃不完兜著走。看來他對『文革』還心有餘悸。」

陳羅漢聽了這話，哈哈大笑說：「他們兩位大哥各有各的味道，月夢兄雖然性格開朗，但思想保守。墨硯兄雖然才華出眾，但自以為是，孤芳自賞。」

二人聊了一會兒，話題回到電視劇組。陳羅漢幽默道：「九哥你的確了不起，爬了幾年格子，解決了眾多就業問題，圓了無數人的電影夢。」

孫九路聞言，問陳羅漢此話怎講。

陳羅漢道：「賈丸藥爬格子，老婆不准他上廁所站著小解，說他成天爬格子，稿費還不夠付解小便沖廁所的水錢。他在壓力下辦起研究院，當上院長，從此站起來了。你是成功人士，沒人不准你站著小便。你沒有壓力寫出的這部巨著，解決了無數就業問題，使得很多人來圓電視夢，連老領導也來發餘熱，把你的書當成大項目，這麼多人圍著你團團轉。就連無劍大俠這類的清談家的積極性也被調動起來，榮任劇組執總。他對我說，等電視劇拍完，有了錢要討個老婆，生個兒子，享受天倫之樂。」

陳羅漢說到這裏，見孫家保母阿蘭過來滲茶，一時興起，對阿蘭道：「小蘭，你們家鄉有沒有合適的女孩子，給我們執總介紹一個？」

玉蘭見問，說：「你們執總是做什麼的？多大年齡？要找什麼樣的對象？」

陳羅漢見玉蘭一連三問，估計她身邊有人，又道：「我們執總就是劇組的執行總策畫，是個文化人，五十多歲，性格很好，為人豁達，他的條件低，農村姑娘也沒關係。」

玉蘭略微沉思，道：「把我妹妹介紹給他如何？」

陳羅漢沒想到玉蘭當真，忙道：「妳妹多大？在什麼地方工作，農村還是城市？結婚沒有？」

玉蘭道：「我妹妹是眉山城裏人，離婚不久，三十八歲，女兒七歲，在成都讀書，她在成都打工。我妹一心想找有文化的男人，今後好教她的女兒。」

陳羅漢道：「我們執總人稱無劍大俠，他什麼都好，就是有一個缺點。」

玉蘭忙問什麼缺點，陳羅漢道：「沒錢。」

有時人們的一句大實話，但說話的時間、地點、場合不同，反而讓人當成假話。

玉蘭見陳羅漢說無劍大俠沒錢，以為陳羅漢在開玩笑，道：「陳老師，我妹妹不是那種愛錢不愛人的女人。我妹妹就是想找個有文化、修養好、人品好、有愛心的文化人。」

陳羅漢見玉蘭動了真格，說：「我說的是大實話，我們執總的確沒錢，也沒有房子。」

玉蘭道：「他沒房子住什麼地方？沒關係，公房也行，只要能安身。至於錢嘛，多少沒關係，何況我妹能自食其力，不會增加他的負擔。這樣吧，麻煩陳老師給你們執總講一聲，看他願不願意。」

陳羅漢又補充說：「有一點我得講清楚，我們執總沒結過婚，今後他想要個孩子，妳妹妹能不能生？」

玉蘭一口回答：「沒問題，我敢保證，只要我妹妹看得上，肯定會給他生個孩子。」

孫九路在一邊道：「既然玉蘭有心把她妹嫁給無劍大俠，這是好事。這樣吧，我現在跟無劍大俠打個傳呼去，要他明天中午十一點半在紅旗商場門口等你，我和玉蘭在西南影都那邊等候，十二點正，我們雙方各自上天橋，在橋中央碰頭，互不招呼，讓玉蘭先對大俠進行面試，面試合格，再給她妹妹講，再安排雙方見面。明天的課就叫相親面試課。還有，事前你不能給大俠說破，事後再給他講，避免他面試緊張。」

陳羅漢撫撐大笑，連說「好主意」。玉蘭也點頭稱是。

孫九路見玉蘭首肯，拿起電話，給無劍俠打了個傳呼，對陳羅漢道：「羅漢兄，等會兒無劍大俠回傳過來，我不開腔，你跟他講。」

果然，過了片刻，電話鈴響了，陳羅漢拿起電話「喂」了一聲，聽見無劍俠在電話那端說：「是九哥嘛？」

陳羅漢道：「不是孫校長，是方腦殼。是這樣的，孫校長叫我通知你，明天中午十二點正，你在紅旗商場門口等我，孫校長找你有事。注意衣著光鮮、頭髮整齊、皮鞋光亮，其餘的話我就不多說了，你也不必多問。見面細談。」

這裏得交代幾句：孫九路有個外號叫「校長」，得名於當年他給吳志樸辦情場補習班而來，無劍俠聽陳羅漢講過這個故事。如今聽陳羅漢稱孫九路孫校長，而且要他明天衣著光鮮、頭髮整齊、皮鞋光亮，心領神會，知道好事來了，在電話裏哈哈大笑說：「謹遵二位校長之命！」

陳羅漢道：「你別亂叫，我不是校長。」

無劍俠道：「那你是副校長嘛。」

第二天中午十一點過，陳羅漢來到紅旗商場，無劍俠早已在那裏張望了。

陳羅漢看了下時間，離相約時間還差十分鐘，笑言：「大俠，你在《坦》劇是執行總策畫，今天只能當演員，孫校長才是總策畫，我是執行總策畫。還有幾分鐘大戲就要開始，你先做幾個深呼吸調整情緒，讓心跳減慢，血壓下降，以免試鏡效果不佳。」

面對陳羅漢的幽默，無劍俠心領神會，笑瞇瞇地說：「謹遵執總之命。」說完用手整理了下頭髮。

陳羅漢見狀，開玩笑說：「唉呀，叫你把頭髮弄整齊，你怎麼連梳子也沒有一把，用手指頭去梳，油也捨不得擦，梳個水拿波就來了。」

無劍俠立即雙腳併攏，做了個立正姿式說：「回執總，我擦的是摩絲，是摩絲拿波。」

陳羅漢哈哈大笑，看了時間說：「現在我宣布《相》劇正式開機。走，跟我上天橋，兵進對面西南影都。」

紅旗商場與西南影都一街之隔，中間有座天橋。二人上得天橋，陳羅漢見孫九路同玉蘭迎面走來，悄聲說：「大俠平視前方，暗中注意孫校長旁邊的人，不准招呼孫校長，不准使眼色，不准亂張望。要求神態自然，步伐穩健，呼吸均勻。」

無劍俠心領神會，悄聲說：「謹遵副校長三不、三要求。」

四人在天橋中間剛擦肩而過，陳羅漢又道：「目標過去，立即回頭看一看背影，找一找感覺。」

誰知無劍俠剛一回頭，玉蘭也剛巧回頭，四目相碰，電光一閃，直透心底，雙方暗中一驚，各自慌忙回頭。

正是：

四大皆空談婚姻，水月鏡花紙上兵；
即使試鏡能成功，哪有銀子來成親。

看官欲知後事，且聽下回分解。

第二十六回　論鄉土回鍋肉入滿漢席，講愛心喪夫女替子求父

無劍俠與玉蘭四目相碰，電光直透眼底，內心雷鳴，悄悄對陳羅漢道：「副校長，你跟她介紹我的具體情況沒有？」

陳羅漢還不知道玉蘭的感覺怎樣，不便回答他的問題，故作嚴肅說：「大俠說的啥子哦？跟誰介紹你的情況？你是不是吃了過敏丸？本執總要你來試鏡，是為你成功後的某些問題打基礎。至於本次試鏡效果如何，要等結果出來才知道。現在我宣布，試鏡結束，就此分手。回去等我傳呼，聽我好消息。」

無劍俠知趣，笑眯眯地說：「回副校長話，我這人抗藥性強，從不吃過敏丸。既然試鏡結束，那就你方唱罷我登場，本執行總策畫再次粉墨登臺：今天上午十點，我接到劇組總策畫通知，劇組的辦公地點已經落實，在西門萬盛酒店三樓三〇二、三〇三房間，由賓館贊助。老領導

要我通知你和孫九哥，明天下午兩點到辦公室開會，討論相關事宜。」

陳羅漢聽了通知，揮手說：「既然辦公地點落實，今天的試鏡結果，明天到劇組再告訴你。回去不准激動，晚上不能吃安眠藥，以平常心對待一切。」

無劍大笑說：「副校長放心，本執總不會激動。當真話，大小我還是個執行總策畫，歷經無數風雨，怎麼能因為這點小事穩不起、睡不著覺喃。」

二人正欲分手，陳羅漢見時正中午，知道無劍俠身上沒有銀兩，心想不如招待他吃了飯再分手，想畢招手說：「大俠留步，我們到前面找個飯館吃了午飯分手。」

無劍俠沒有推辭，欣然同意。

二人來到附近一家餐廳，找了個偏僻座位，服務員遞上菜單，無劍俠把菜單往陳羅漢身邊一推，說：「副校長，你來點菜，我不敢點葷菜，葷菜貴。」

陳羅漢見他說話風趣，故作不解說：「怎麼，你學佛唸經，吃素了哇？」

無劍俠微微一笑，道：「不瞞副校長，我一個星期沒打牙祭了。」

「打牙祭」是四川方言「吃肉」。「牙祭」的準確意思是祭牙：舊時物資不豐富，人們吃肉有如祭祖，故稱祭牙。祭牙拗口，成了牙祭，久而久之，吃肉成了打牙祭。

陳羅漢見無劍俠一個星期沒沾油葷，把菜單遞給他說：「你點，你點，想吃什麼點什麼，葷菜本副校長招待得起。最喜歡的菜可以來雙份。」

這次無劍俠沒有推辭，接過菜單，看了一下說：「來份回鍋肉。」接下來又點了個素菜湯，把菜單交給陳羅漢道：「副校長你點一個嘛。」

陳羅漢道：「大俠，還是你點。再來份紅燒肉替你打撈如何？」

無劍俠搖頭晃腦，文謅謅地擺手說：「夠了，夠了，好吃者不可多吃也！一份回鍋肉就能把一個禮拜的油水補回來了，再來紅燒肉，油葷就重了。」

陳羅漢也風趣，說：「紅燒肉好，毛主席就愛吃紅燒肉。聽說現在的毛家菜就有紅燒肉。這是帝王吃的菜，我們也來一份，享受一次帝王待遇。」說完招手，要服務員再來一份紅燒肉。

服務員記完菜轉身離去，無劍俠拿起茶桌上的茶壺替陳羅漢滲茶說：「紅燒肉雖然是帝王菜，但不如回鍋肉吃起來打撈，我還是喜歡回鍋肉。據說回鍋肉上滿漢全席，很多烹調藝術家不服，認為他們發明了眾多工藝菜、特色菜，藝術價值遠遠超過回鍋肉，想不到土頭土腦的回鍋肉公然魚躍龍門，上了全席，他們的工藝菜反而被拒諸門外。有人質問評委原因何在？評委說，而今人才濟濟，每年全國發明的工藝菜多如牛毛，單就報上去的菜名就有好幾大卷，來不及看，更別說品嘗，所以沒能入選。相比之下，回鍋肉具有鄉土特色，家喻戶曉，因此入選。有如孫九哥的那部作品，書名就吸引人。現在時興說假話，誰敢坦白隱私？孫九哥敢，就憑這點，此書就有價值，總之我看好這部作品。」

陳羅漢見他如此說，想起前幾天同孫九路通電話，孫九路講的笑，質問他說：「大俠，聽九哥講，你要他自費出書時曾說，如果九哥的書虧損四萬元，你寫小品替他補上，怎麼現在又說這部書了不起？」

無劍俠道：「我那是在給九哥打氣吃定心丸。我明知不可能虧損，故意那樣說的。話說回來，不搞電視劇，我哪有錢替他補虧？」

正在這時，陳羅漢身上的小靈通手機響了。小靈通手機是當前經濟實惠的通訊工具，既享受手機待遇，又座機收費。自從小靈通問世，PB機的市場越來越小。

陳羅漢看了下來電顯示，見是孫九路家的號碼，用手在嘴邊比劃了下，悄聲說：「大俠別講話，是孫校長的電話，估計是談試鏡結果。」說完接通電話，「喂」了一聲，走到一邊去了。

只聽見孫九路在電話裏說：「羅漢兄，無劍大俠在不在你身邊？」

陳羅漢道：「我們在一塊吃飯。不過我現在是在外面同你通話，有什麼事？講。」

孫九路道：「事情是這樣的，玉蘭說替她妹妹相親是託詞，她想把自己介紹給無劍俠，結果她看了人，感覺大俠老沉，面試沒過關。不過玉蘭不成沒關係，我這裏替大俠物色到一樁婚事，不知道大俠願不願？」說完如此這般對陳羅漢講了一通。

陳羅漢聽得不斷點頭，一會兒說：「可以，可以！」一會兒又說：「怕不成吧！我估計大俠不會同意。」

就這樣，二人在電話裏交流片刻，最後陳羅漢對著電話道：「那我試一試，看他意見怎樣，再回你話。」

陳羅漢關上手機，回到餐桌，對無劍俠道：「告訴你一個不好的消息，同時告訴你一個好消息。剛才孫校長來電話，你今天試鏡沒過關，不過別灰心，好戲在後頭。」

無劍俠哈哈大笑說：「沒關係，好壞消息都沒關係，面試不及格在我預料中。我這人有自知之明，一般情況下，面試不易及格，但我敢保證，口試與筆試就不同了。」

無劍俠同陳羅漢的對話，煞是有趣：彼此心照不宣，都不把主題說穿，半打啞謎。

陳羅漢聽了無劍俠這話，風趣地說：「大俠，你說的面試指什麼？口試又指什麼？筆試又所指為何？」

無劍俠回答得很巧妙：「這很簡單，副校長說的面試是什麼、口試是什麼、筆試是什麼，我就指什麼。」

陳羅漢大笑：「大俠會詭辯，我只談了面試，還沒談口試與筆試，你就知道我要說什麼，你有他心通？」

無劍俠道：「不是，不是，我是說我這人面試，一般要三次才能過關，口試與筆試一次就能過關。」

陳羅漢道：「為什麼面試要三次？」

無劍俠道：「第一次，對方見了我會癟嘴，二話不說就走人。第二次會說：『嘿！這個方腦殼有點味道。』第三次近距離接觸後會說：『看不出來嘛，這個方腦殼醜乖醜乖的。』」

陳羅漢見他自稱方腦殼，笑言：「大俠注意，本副校長現在是當值文星，正在蒐集方腦殼們的傳奇故事，你的故事要上書的。鑑於本值班文星是真實記錄各位方腦殼的故事，不妙筆生花，所以你表演得好，書上的閃光點就多，表現不好，書上的閃光點就少。不走後門，不藝術生花。」

無劍俠笑言：「那是，那是。本大俠也不會在校副面前討閃光點，全憑校副對我的印象，如實記錄。詩人余謙有詩：『粉身碎骨全不顧，只留清白在人間。』我將其改為：『身出污泥心不染，只留閃光在書間。』」

陳羅漢聞言，連說「有味道」。

無劍俠又道：「校副，我研究過入黨要寫三次申請：第一次申請，上級會說：『你極積向組織靠攏，這是好事，希望你繼續努力。』第二次，上級會說：『你最近表現不錯，思想覺悟有很大提高，組織正在考慮你的申請。』第三次提出申請，上級才會說：『經組織反覆研究，同意你入黨，請宣誓，把一切獻給黨。』」

無劍俠說到這裏，服務員上來回鍋肉。無劍俠向陳羅漢說了個「請」字，便毫不客氣，挾了一塊肥肉往嘴裏放。

陳羅漢知道他肚皮沒油水，急於打撈，忙說：「大俠多吃點，再來兩片肥的。」

無劍俠也不客氣，又挾了一片肥肉送到嘴裏，停了片刻說：「我知道孫校長與陳副校長關心學員。」

陳羅漢不等他把話說完道：「你既然知道兩位校長關心學員，你就應當努力嘛。自從孫校長舉辦情場補習班以來，畢業了多批學員，個個都找到對象，只有你還在打光棍，影響本校聲譽，也影響孫校長的教學業績。」

無劍俠道：「校副放心，這次《坦》劇拍成，我要找個年輕漂亮的對象，為二位校長增光添彩。」

陳羅漢道：「你這人太不拘小節，昨天我就給你打了招呼，要你今天試鏡頭髮光亮，結果你梳拿波油都捨不得用，梳了個水拿波就來試鏡，當然失敗。明給你講，這次試鏡失敗已經沒有第二次、三次，也沒有口試與筆試了。」說完故意用手扶著無劍俠的背，說：「身子坐穩，別暈倒了，後面另有好戲。」

無劍俠笑言：「副校長放心，啥子就暈倒哦！我如果連這點承受能力都沒有，如何能在九哥的《坦》劇裏當執總呢？」

陳羅漢見玩笑開得差不多了，話鋒一轉，道：「大俠，情況是這樣的。」接下來把玉蘭相親的事源源本本講了一遍，說：「大俠別著急，玉蘭不成沒關係，孫校長要我轉告你，他又給你談了一件婚事，這次讓你揚長避短，免去面試，只進行口試與筆試。」

無劍俠聞言，不假思索，脫口而出道：「沒問題，口試與筆試我保證過關。」

陳羅漢道：「大俠別激動，聽我把話說完。你知道的，現在當官講政績。政績是升官的考核指標，你這個老學員，至今沒找到對象，影響了孫校長的業績，他多方設法，終於替你找到個對象。這位女士年齡同你差不多，是個成功人士，女富婆，經濟上不會讓你負擔，喜歡文人，這對你來講是再合適不過的了。只是，只是……」說到這裏，把話停下。

無劍俠可謂一踩九頭翹，他聽了陳羅漢說「只是」，知道後面必然有話，不等陳羅漢把後面的話說出來，也沒問「只是」後面的六個點點是什麼內容便一口回絕說：「回校副，只是我不願意。說實話，如果剛才校副不說她是富婆，我可能會同意；一聽她是富婆，後面還有六個點點的省略號，我就堅決不同意。」

陳羅漢沒想到無劍俠回答得如此乾脆，道：「大俠，你硬是茅房頭（廁所）的石頭，又臭又硬，我話還沒說完，你就拒絕了。你知道『只是』後面六個點點的內容是什麼嗎？」

無劍俠不假思索，隨口答道：「請校副話講透明點，這只是後面的六個點點是說，只是要我去吃軟飯，是不是？大丈夫，志存高遠，豈能乞食於富婆，受其制約哉！」

陳羅漢道：「大俠別激動，我話還沒說完，你腦殼上的青筋就鼓起來了，頸項也硬了。你我這類人，素有俠肝義膽，豈能受制於女裙釵。實話跟你講，我和孫校長不是叫你去吃軟飯，是叫你去獻愛心，別人是在替兒子找爹。」

正是：

丈夫懷志存高遠，豈能乞食遭人管；
討口三年不想官，乞丐俠客沒長短。

看官欲知後事如何，且聽下回分解。

第二十七回　拒入贅無劍俠餓拚氣節，放風箏柳樹遠暗吃醫醫

無劍俠聽說對方為子尋父，感到奇怪，追問陳羅漢，別人替子尋父，與他何干？

陳羅漢道：「大俠別急，聽我把話說完。情況是這樣的：孫校長認識一位成功女士，這位女士雖然生意上成功，婚姻卻很不幸。其夫早逝，她為了不讓兒子長大有單親家庭感受，一直沒對兒子說他的父親離開人世了，只說他的父親在遙遠的地方工作，要很久才能回來。這位女士之所以對兒子如此說，是因為她認為憑她的財力、相貌，肯定能找個稱心如意的白馬王子，同她真心過日子。到時她就對兒子說，這人是他生父，讓兒子能同後夫相處和睦。誰知事與願違，談了好幾個對象，她都不滿意：不是對方沒有責任心，不願意過來就當現成老爸，就是口頭革命派，或看在錢的份上同她相好。其中也有滿意的人，但文化低，不能替她教育兒子。最後她開出條件，不論對方經濟怎樣，也無所謂對方有無工作，只要有文化、有愛心、人品好就行。孫校長聽了對方的擇偶條件，想到你老兄人品好、不貪財、文采風流，決定把你介紹給她。現在就聽你一句話，只要點頭，你就可以從新四大皆空變成新四大皆豐。」

無劍俠聞聽此言，臉色陡變，嚴肅地說：「羅漢兄，陳校副，你和孫校長的好意我心領了。我雖然經濟上暫時困難，但『君子固窮，小人窮斯濫矣』。我豈能因為貪窮去攀高枝，站高位，

貪圖她的錢財！」

陳羅漢道：「大俠別誤會。誰叫你去攀高枝？我和孫校長最瞧不起這種男人。孫校長經常教導學員，要保持自律，所以設計了垂直鉤釣，這條男人獵獲女人愛情的最高策略。這次我們叫你去的目的，是去獻愛心。」

無劍俠聽了這話，不斷地搖頭說：「要我去攀高枝，那是不可能的。」他剛說到這裏，見有人來到陳羅漢背後，忙把話停了下來。

但見來人在陳羅漢背後拍了一掌說：「羅漢兄久違了。」

陳羅漢回頭一看，起身拉著對方的手道：「我說是哪個，原來是柳兄。許久沒見，在哪兒發財？」

原來此人正是前書四十六回出現過的人物柳樹遠。多年沒見，柳樹遠比過去胖了許多，神氣了許多。

陳羅漢問柳樹遠在幹什麼，柳樹遠道：「如今已不是從前憑膽子大賺錢的時代，現在言必講文化，講品味，所以我順應形勢，開始搞文化產業。」

陳羅漢聽說他在搞文化產業，心下暗想：「又一顆文星現世，這方腦殼傳奇續集熱鬧，但不知眼下這尊文星是何等規格？我要仔細觀察。」一想到此，把無劍俠一指，道：「柳兄搞文化產業是好事，來，我給你介紹，這位是我們《坦》劇劇組的執行總策畫，吳劍秋大俠，我們都稱他無劍大俠。」

柳樹遠聽說無劍俠是電視劇執總，肅然起敬，說：「久仰，久仰。」說著手指旁邊包間，說：「剛巧我和汪鄉長在裏邊喝酒，二位不如過我們那邊去坐，一同喝酒。」

陳羅漢道：「不必了，我們喝得差不多了。」

柳樹遠硬拉著陳羅漢的手不依，說：「陳大經理的酒量我知道，啥子差不多了哦。」說著招呼服務員說：「小姐，這桌飯菜記在裏面雅座賬上，等會兒一塊結。」

服務員見有人買單，滿口應承。

柳樹遠說完，拉著陳羅漢的手，要二人同進雅間，道：「羅漢兄，裏面去坐，我給二位介紹個鄉官。」

二人強不過他，隨他來到雅間。

雅間裏坐了五個人。柳樹遠指著上坐一個四十來歲的中年人招手說：「汪鄉長，我給你介紹兩位文化人。」接著指著陳羅漢道：「這位是著名詩人，企業儒商陳總，這位是電視劇大導演。」說完又指著中年人對陳羅漢介紹說：「羅漢兄，這位是鳳凰鄉汪鄉長。」接著將後面的鄉企幹部、鄉長祕書等人逐一介紹。

汪鄉長同二人分別握手道：「請坐，請坐，請這邊坐。」接著招手要服務員拿兩套餐具、兩個酒杯過來，隨後又讓祕書把酒與二人斟上，舉杯說：「二位，我們初次相識，乾一杯。」

陳、無二人也舉杯相碰，彼此客氣了幾句，把酒一飲而盡。

這時柳樹遠又指著汪鄉長對陳羅漢道：「羅漢兄，你別小看汪鄉，他是博士生畢業。現在凡事打文化牌，講品味，當官的全是高學歷，高智商。我還可以告訴你，鄉座的詩寫得相當好，不亞於毛大哥的詩。」

汪鄉長見柳樹遠表揚他詩寫得好，謙虛地說：「二位別聽柳總瞎吹，我不是詩人，胡亂塗鴉，算不得詩，算不得詩。」

接下來柳樹遠指著陳羅漢對汪鄉長道：「鄉座，陳大經理不僅是知名儒商，他同那位喬半城已進入佛商境界。陳總同這位大導演正在籌拍一部電視連續劇。」

無劍俠見柳樹遠再次介紹他是導演，主動更正說：「不是導演，是執行總策畫。」

柳樹遠聞言，微微欠身說：「抱歉，我剛才介紹錯了。執行總策畫比導演更導演。」

汪鄉長聽說無劍俠是執總，肅然起敬，欠身說：「先生是電視劇總策畫，失敬，失敬！我就是想找機會觸電，上一次鏡。今後你們電視劇裏有普通角色，能否讓我去客串？」

柳樹遠不等無劍俠答話，在一邊替他代言說：「鄉座要觸電沒問題，我同二位是老朋友，等我們從北京回來，他們電視劇開機，執總叫導演給鄉座安排個角色就是。」

無劍俠聽說鄉長想觸電，暗自高興，心想正好把他拉到劇組來，賣個人給他。想到此說：「鄉長要觸電沒問題，這次，我們劇組首創生活原型與藝術人物同臺亮相，我回去同導演商量，在劇中選個適合鄉長的角色，到時請鄉長來對號入座。你們明天下午兩點能否過西門萬盛賓館三零三室、劇組辦公室來？讓劇組總策畫與導演、原著與鄉座見個面。」

柳樹遠很滿意無劍俠的回話，擺手說：「明天我要同鄉座他們幾位到北京找我一個關係，辦重要事情，機票已經訂好，只有回來到你們劇組去參觀訪問。」

汪鄉長點頭說：「柳總說得是，我們明天要去北京辦事，一個星期才能回來，到時一定到劇組拜訪二位。請二位務必給導演講，請他給我留個角色。」

這時，汪鄉長的手機響了，只見他打開手機「喂」了一聲，片刻在電話裏說：「好的，好的，我半小時就回辦公室。」

汪鄉長關上手機，拱手對眾人道：「各位，實在對不起，鄉上來電話，要我趕緊回去，說有個重要客人在等我。這樣吧，我叫祕書去把賬付了，柳總同二位朋友多聊一會兒，我們明天機場見。」

汪鄉長說完叫祕書付賬，隨後又叫司機到他車上去搬了三箱酒過來，對柳樹遠道：「柳總，這三箱酒就送給你和兩位老師各一箱。」隨後對陳羅漢道：「陳老師，初次與二位見面，沒有禮物，這兩箱酒是我們鄉鎮企業生產的，名氣雖然不大，但口感很好，送給二位品嘗，希望今後能在電視劇裏替我們多多宣傳。等我從北京回來，到劇組拜望你們時，再給總策畫和導演送兩箱去，讓他們品嚐。」

陳羅漢與無劍俠見初次相識，鄉長送酒，不好意思，異口同聲說：「鄉座別客氣，我們都不喝酒，還是給別人的好。」

柳樹遠見二人一再推辭，暗中扯了扯陳羅漢的衣襟，輕聲說：「別客氣，別客氣。」

汪鄉長同隨從人員前腳跨剛出門，又回過頭來對柳樹遠道：「柳總，等會兒兩位老師的酒，你叫的士給他們送到家去，你把桶費付了，明天在我鄉會計這裏報銷。」說完離去。

陳羅漢待汪鄉長走後，對柳樹遠道：「柳兄，這酒你拿回去喝，你喜歡喝酒。」

柳樹遠擺手道：「羅漢兄，不要客氣，這些鄉官肥得流油。況乎這酒是公家的，他是在慷公家之慨，不拿白不拿，拿了也白拿。」

柳樹遠說到這裏，拿起酒瓶，替陳羅漢與無劍俠一邊斟酒一邊又道：「羅漢兄不瞭解，現在喝酒是一門學問，是關係學中的一部分。有首順口溜說得好：『想當公僕先學酒，關係才能處長久；當了幹部不喝酒，關係資訊都沒有。』」

陳羅漢道：「主要是我們同鄉長初次見面，不好白要他的酒。」

柳樹遠斟完酒拿起酒杯，同二人對碰了一下，道：「羅漢兄思維迂腐，跟不上形式。什麼白要不白要。不瞞二位講，我這人釣魚從來不用食子，反而是魚兒主動跳進鍋裏，變成鮮魚湯給我喝。」

無劍俠不懂柳樹遠的招術，問他此話怎講？

柳道：「說明白點，就是別人揹我過河。明天汪鄉長又要把我揹到北京去。」

無劍俠仍然沒聽明白，說：「剛才不是說，明天你帶他們進京辦事麼？怎麼成了他們揹你？這『揹』字做何解釋？」

柳樹遠道：「正確，是我帶他們到北京去見某中央首長的祕書，託這位祕書在首長面前替他們鄉說好話，活動批項目的事。但你們不懂，他們利用我的關係，我也在利用他們手中的權力替我買機票，管吃住。到北京既給他們辦事，我也免費辦我自己的事，這就叫揹過河。」

陳羅漢聞言笑說：「柳兄，你這叫燈草蘸油法。」

柳樹遠搖頭反駁說：「老兄定位不準，正確說法是吃鬚鬚，積少成多，集腋成裘。此法不傷大雅，沒有責任，不會產生糾紛。舉個例子給二位聽：上次我到海南去找某官員的祕書。我到他辦公室，祕書不在，我見桌上放有空白信封與信箋，趁辦公室無人，各拿了一疊，回到旅店，用海南某官祕書的口氣，自己給自己寫了一封信，在當地寄回成都我家，等於放了隻鴿子回來。放完鴿子，我又到海南漁村，同漁民大談內地人如何喜歡吃海南的海鮮，當即把漁民的耳朵吹來立起，不斷搧動，紛紛要求我替他們在內地找代理商，銷售海鮮產品。我滿口應承，要他們把魷魚、墨魚等海鮮，各給我包幾個樣品，我好帶回來替他們找買主。結果我拿了一大包樣品回來，在北門找了個地方把樣品賣掉，這也是一筆收入。對方提供樣品不可能收錢，我雖然拿了他們的樣品，不等於一定能找到買主，樣品也不可能還他們，這就叫吃鬚鬚。」

陳羅漢聽了柳樹遠的吃鬚論，說：「柳兄，我還想問一個問題，你在海南放回風箏，有何用途？」

柳樹遠得意地說：「羅漢兄，這你就不懂了，我拿著這封信，可以給汪鄉之類的幹部看，證明我在海南省有關係，如果他們想到海南辦事，就會來求我，把我揹過河。我這是在為下次去海南，有人給我出機票錢打伏筆。」

陳羅漢聽了這話，舉一反三說：「這樣看來，你明天去北京，是汪鄉長揹你過河了？」

柳樹遠點頭，得意地說：「羅漢兄好眼力，明天我同汪鄉到北京，是他們想利用我在北京的關係，當然要給我買飛機票、管我吃住哦，總不可能我倒給他們買機票。這也叫吃鬍鬚。」

陳羅漢與無劍俠聽了柳樹遠的吃鬍論，不禁大笑。

這時陳羅漢又道：「柳兄，我還有個問題：剛才你介紹，說汪鄉長是博士，我沒想通，根據他的年齡，比我們小不了多少，他怎麼能得到這個學位？」

柳樹遠道：「羅漢兄迂腐，他們這些博士帽子，是政府買單，他們鍍金的鍍金博士嘛。你沒看見，很多名牌大學在辦文化加冕培訓班，最多半個月，出來就得一個結業證，從此便可以正大光明在學歷上填博士這一頭銜，這就叫與時俱進。」

陳羅漢明白，柳樹遠說的這種文化鍍金培訓班，就是賈丸藥前面談的那類培訓班。

陳羅漢聽了柳樹遠的論述，笑說：「看不出來，多年沒見，柳兄思維活躍。」

柳樹遠見陳羅漢表揚他，得意地說：「不瞞二位講，我仔細分析了當前形勢，我認為當前的經濟形勢，不再是剛搞改革開放初期那種憑膽大賺錢的時代，現在已經進入知識經濟時代，說穿了就是文化混沌時期，凡事只有大打文化牌，才賺得到錢，所以博士滿天飛，教授遍街走。一切講文化，講品位，講關係，講知名度。上次，賈院長的研究院舉辦活動，電視臺的記者去了，簽到時，我故意放慢動作，好讓電視臺的記者把我的鏡頭多拍點時間，下來我還悄悄塞了一百元給記者，請他關照，把我的鏡頭留長點，他滿口應承。話說回來，商家在電視臺打一分鐘廣告要很多錢，我一百塊錢上個鏡，隨後刻成ＶＣＤ光碟，其後可以充分利用這個鏡頭去以虛求實，何樂而不為。」

柳樹遠說到這裏，端起酒杯，呷了口酒，又道：「有人講了個笑話說：蔣公中正在撤離中國大陸前，故意留了個小兒子在國內擾亂秩序，這個小兒子名叫蔣關係，所以中國現在到處都是講關係。不瞞二位，我最近寫了一本書，叫《論中國的關係學》，已經脫稿，下一步請羅漢兄替我找名人寫個序。」

柳樹遠剛說到這裏，無劍俠激動地說：「關係學這名字取得好，有看點，有賣點。」

正是：

文化鍍金表面新，從頭到腳一身金；
升官發財這張牌，一飛沖天文薄星。

看官欲知後事，且聽下回分解。

第二十八回　關係中論關係關門作戲，檯面上話檯面道具人生

柳樹遠見無劍俠說他的《關係學》有看點、賣點，面帶微笑說：「執總說得好，我專門研究了當前的人際關係。人們經常說，看某個人的為人好不好，是看他的人際資源豐富與否。資源豐富，說明為人好；資源不豐，說明這人不會處世。『資源』二字很說明問題。其實，當人們把人際關係轉化為資源時，就能變錢。以此類推，資源等於錢。為此，我這幾年苦心經營，編織了一張大的人際關係網，只要魚兒游進我的關係網就跑不脫。剛才我說魚兒主動跳進網裏來，讓我熬湯喝，就是這個原因。」

柳樹遠說到這裏，端起酒杯，呷了口汪鄉長的酒，嘴皮上下咂了咂說：「這酒不錯，怪不得他們要想方設法打通關節，搞出口批文，由於沒有關係，只有求我幫忙。」說完向外面張望了下，壓低聲音又道：「不瞞二位，我的人際關係網裏，上至中央，下至地方，大小官魚的祕書全有。關係是一門學問，等我《關係學》出版後，我要送二位一本。你們讀了我的書，就知道關係在我們日常生活中有多麼重要，而且還懂得如何在複雜的關係中慧眼識真關係，不被假關係迷惑。現在女人談婚姻，提出的口號是，嫁個有錢人，少奮鬥幾十年。男人不可能嫁人，因此，結識一個真正有權的高官，利用他手中的權力，可以少奮鬥幾十年。」

接下來柳樹遠道：「『關係』二字學問大，普通而論，有男女關係、上下級關係、夫妻關係、親子關係、情人關係，不一而足。關係又分到位與不到位。關係到位，無事不辦；關係不到位，事情難辦成。這又涉及到關係深淺問題。還有曖昧關係、透明關係，值得研究。中國特色的關係，實質是關起門來作戲，說明中國的關係學講究背後學問。我們經常愛說走後門，這門稱之為關係門，好戲都在裏邊做，這就是我為什麼要研究關係學，寫關係學的原因。在中國，可以說沒有關係，一事無成。我舉個例子：如果你開車違章，腦袋第一個想到的肯定是搜索人際關係網，看有沒有認識的交警，或與交警有關係的朋友，如果沒有直接關係，即便有間接關係，你也會打電話說：『喂，老王嘛，你認不認識交警？我吃了罰單，車被扣了，能不能找關係通融，少罰點錢，把車子取出來。』如果對方關係到位，會說：『沒問題，把你的車牌號報上來，我叫他去查。』或說：『這樣吧，我找一找關係。』這就叫關起門來作戲。」柳樹遠說到這裏，停下來又呷了口酒，道：「還有一種關係，叫應酬關係。你別看那些企業家成天跟當官的碰杯，那是在應酬關係。應酬又叫攻關，這是關係學中的一個配套學問。應酬學最大的特點是利用短暫的人情辦實事。人們愛說人情債，人情也是人際關係中的重要資源。應酬關係的要領是投其所好。」

柳樹遠談到他的關係網，越講越有勁。只見他舉起酒杯，同二人碰了下杯，呷了口酒又說：「二位，根據我的研究，關係學中最複雜的要數男女關係。中國有幾千年的封建社會，男尊女卑，男女有別，陳舊觀念在人們心目中根子很深。男女之間，只要男某與女某單獨多一點交往，就會被旁人斥之為有了關係。因為這關係，可能導致夫妻失和，男人被太太『軍管』，女人被先生『內控』，嚴重者會導致倆口子打脫離。剛才我說的關起門來作戲，典出一對夫妻，為一雙皮鞋，先生開玩笑說了個『關係』，倆口子最終離婚。」

講到這裏，柳樹遠又喝了口酒，陳羅漢見他不斷喝酒，提醒他少喝點，說這酒度數高。柳樹遠擺手說：「沒關係。關門作戲，故事由來是：某君之妻給他買了一雙皮鞋，他穿在腳上，左看右看，戲言說：『足下無鞋一身窮，我穿上這鞋，什麼都好，可惜衣服太舊，妳不如人情做到底，再給我買一套新衣服。』他老婆聞言，雖然笑他人心不足，卻也應允。他又說：『襪子也要換新的。』老婆說：『襪子穿在鞋裏，沒關係。』他說：『現在家家戶戶裝修一新，如果去別人家做客，進門脫鞋，讓人看見襪子有洞，影響形象。』老婆見他說得在理，也點頭同意。然而他人心不足，公然要求再買條內褲。這次他老婆無論怎樣也不讓步，言說：『內褲雖爛，沒人看見，沒關係。』此公一時興起，開玩笑說：『萬一有女同志要同我改善關係怎麼辦？』誰知他這信口開河的戲言，惹得老婆大怒，隨手把皮鞋往外一扔，反手打了他一耳光，說：『關係！關係！男女之間，即便改善關係，也看不到內褲嘛！』他大叫：『妳說的那種關係，是要關門才能作戲；我說的關係，是一般關係。門都沒有關，哪裏來的戲？你亂吃過敏丸，神經有毛病！』這個故事說明，由於幾千年封建保守思想作怪，人們對男女之間的關係特別敏感，一提起『關係』二字就緊張。」

柳樹遠講到這裏，突然抬手，亮出無名指上的金戒子，神祕地對二人說：「建立關係需要道具。你們猜，這枚戒子值多少錢？」

陳羅漢搖頭說：「猜不著，可能很貴吧？」

柳樹遠聞言擺手說：「對二位，逢真人不說假話。實言相告，這枚戒子是工藝品，值不了多少錢。但我戴在手上，誰相信是假的？其實這種東西無非打個檯面，誰去驗證你手上戒子的真假。現在有一種物以人真、人以物貴現象。所謂物以人真，是假貨在名人、有權勢的人，或者成功人士身上，就會成為真的。比如國家領導人身上穿的西服，即使是仿冒的名牌，任何人都不會相信。如果有人說那是假貨，人們會說：『中央首長怎麼可能穿歪貨？』這便是物以人真。所謂人以物貴，是那些半截子成功人士，為了抬高身價，不惜用假名牌打檯面，給人吃名牌，穿名牌，身上褲帶金莉萊的大款印象，有了這個印象才好辦事。這一現象又稱為時代品牌視覺觀念。記得小時候，我曾看過一部電影，名叫《百萬英鎊》，說的是兩位富人打賭，把一張一百萬元的英鎊丟在地上，故意讓一個窮人撿到。這個窮人得到這張百萬英鎊後，先去買衣服。店家見他雖然穿著寒酸，卻手持百萬英鎊，大吃一驚，由於無法找補，主動示好，讓他記賬。從此，這人手持百萬英鎊走州吃州，走縣吃縣，直到最後，他手上這張百萬大鈔分文未動，他卻很富有了，這就是我剛才談的吃鬏鬏策略。當然吃鬏鬏需要道具，那張英鎊就是他的道具，替他打了個大檯面。」

柳樹遠這個「打檯面」很形象，也很幽默，意指掙面子，同前面說的「抬桶」，同屬時代術語。

接下來，柳樹遠又說：「這種品牌視覺觀念，就是人們常說的只重衣冠不重賢的視覺現象。」說著拿出打火機、皮包，伸出腳，亮出鞋子說：「你們看，我這些東西全是名牌，但是又全是二手貨。然而人們只看牌子，誰知道我用的是二手貨？這些二手名牌就是我打檯面的手段，給人成功人士的印象。社會重成功，當人們認為你是成功人士，就會爭相和你交往。為此我悟出個真理：小人物打大牌，大人物打小牌。小人物的名片上印大頭銜，是虛張聲勢，在以虛求實。雖不一定所有的人都服這包藥，但總有人要服。大人物打小牌，是打親民牌。以謙恭、體貼下情來贏得人心。因此民間有句俗話叫『官都好見狗難見』，就是指此而言。就以汪鄉長為例，如果他不認為我是成功人士，不認為我的關係能給他帶來利益，他吃醉了，會送我們酒？剛才執總推辭，我連忙拉你衣角。不要白不要，要了也白要。我再舉個例子：如果你問女人，找對象重金錢還是重真情，她們肯定會說愛情比金錢重要，但當你要她們嫁給一個窮光蛋時，她們又不同意。」

柳樹遠講到這裏，無劍俠在一邊說：「柳總，你的話使我想起個點子：如果能拍一部《中國關係學》的電視連續劇，收視率肯定高。」

柳樹遠拍案大叫：「執總果然好眼力，不愧策畫大師，這個點子好。」

無劍俠見柳樹遠說他是策畫大師，謙虛地說：「大師不敢當，點子有一些。柳總出書時，我再替你策畫，要羅漢兄找記者採訪你，替你宣傳，然後再籌拍電視劇。」

柳樹遠聽說陳羅漢認識記者，拍腦袋說：「在我的關係網中，什麼魚都有，唯獨缺少記者魚。羅漢兄認識記者，使我想起一件事：我有個朋友是私營企業家，做房地產生意，幾年賺了幾千萬，結果被說成是貪污公款，送進監牢關了五年，放出來在打官司。他想找記者把事情曝光，羅漢兄能否把關係介紹給他？」

陳羅漢說：「既然是私營企業家，如何貪污公款？」

柳樹遠道：「正因如此，這是一樁大冤案。」

陳羅漢聞言，爽快回答可以。

柳樹遠見陳羅漢答應，取出小靈通，打電話給他朋友說：「許總，我是樹遠，我給你物色到一個大報記者，是我們陳大經理的好朋友。你現在能否過來同陳大經理見個面，把你的情況講一下？陳大經理為人義氣，他會給你幫忙。」

只聽見對方在電話裏說了幾句話，柳樹遠又道：「你現在來不了，晚上有沒有時間？」片刻，柳樹遠又說：「那好，那好，晚上請他們到夜總會去唱歌也行，我問一下陳大經理，再回你的電話。」說完關上手機，對陳羅漢道：「剛才我朋友邀請你今晚把報社的朋友約上，到夜總會去唱歌，順便把他的事情同那位記者朋友講。」

陳羅漢見對方相邀，回說「要打電話徵求記者朋友的意見，看今晚他有沒有空」。

接下來陳羅漢撥通手機，說：「是鄭平兄嘛，我是羅漢。是這樣的，有位企業家，今晚想請你去夜總會唱歌，你有沒有時間？」

大概對方在電話裏說有，陳羅漢又望著柳樹遠問：晚上什麼時間、什麼地方？」

柳樹遠說：「等我打電話同朋友落實時間、地點再回答他。」

陳羅漢也以同樣的話告訴鄭平，說等幾分鐘再給他打過去。

陳羅漢見柳樹遠同他朋友談妥，晚上見面的時間地點，把電話打過去，告訴了報社記者。柳樹遠又邀請無劍俠也參加晚上聚會。

無劍俠搖頭說：「今晚我要寫劇組的策畫方案，就不奉陪了。」

柳樹遠見無劍俠推辭，同陳羅漢相約，晚上八點在西門金沙夜總會門前，不見不散。

正是：

任人唯親講關係，黨紀國法全拋棄；
不認組織認個人，關起門來唱大戲。

看官欲知後事，且聽下回分解。

第二十九回　許良玉含冤無苦水，鄭大俠仗義罵鄉官

鄭平，大報首席記者。四十來歲，面孔瘦瘦的，中等個頭，戴了副金絲眼鏡。同孫九路過從甚密，陳羅漢也是通過孫認識他的。

晚上，陳羅漢與鄭平來到金沙夜總會，柳樹遠同另外一個年約五十開外的瘦高個子早已在門前張望。柳樹遠見二人到來，不等陳羅漢介紹，搶步上前，握著鄭平的手，連說「久仰」。

陳羅漢見柳樹遠主動同鄭平握手，介紹說：「柳兄，這位就是我中午講的無冕之王，鄭平、鄭大俠。」接著把柳樹遠介紹給鄭。二人互道久仰。

接著柳樹遠拉著他的朋友介紹說：「羅漢兄，我給你們介紹，這位是我的好朋友許良玉、許總。」隨後又把陳羅漢與鄭平介紹給許。

鄭平掏出名片遞予柳、許二人。

許良玉接過名片，手往裏夜總會裏一指，說了聲「各位請」，逕由帶位小姐把眾人迎入裏面一處KTV包間。眾人坐定，值勤小姐問許良玉要幾位小姐作陪。

許良玉擺手說：「先來幾杯飲料，我們談點事，等會兒再請小姐。」

服務送上飲料，柳樹遠喝了一口，開始把話引上正題說：「許總，這位鄭大記者素有俠肝義膽，愛打抱不平。」

許良玉聞言，彷彿黑暗中見到一顆微弱的星星，目透希望之光，不等柳樹遠說後面的話，連忙欠身說：「這事可要仰仗鄭大俠鼎力相助了。柳總知道我的，我懂規矩，大俠幫了忙，我不會讓你白幫。」

鄭平也欠身說：「許總客氣，能幫忙的我一定幫，但不知幫得了不。」

柳樹遠見二人客氣，說：「許總，這樣吧，你現在就把冤情同二位講一遍。今天中午我雖然同他們講了，但我講不清楚，你是當事人，你講最好。」

許良玉喝了口飲料，意味深長地歎了口氣說：「這事說來話長，事情是這樣的：我是北市著名企業家，良鈺房地產實業有限公司董事長、總經理，法人代表。良鈺公司是最早在北市開拓房地產業的一家開發公司。幾年前，我掛靠北市七里鄉企業辦，先後辦了北市工礦企業有限公司和良鈺房地產實業有限公司兩個假集體企業。在短短五年時間內，我沒要國家、集體一分錢投資，把北市體育場的一大片空壩建成了最具現代化規模的商住社區，產業價值超過五千餘萬元，向國家上繳了巨額稅費。眼看我的公司發展壯大，引起了某些人的紅眼病，於是一個如何侵吞這幾千萬資產的預謀便在我身邊悄悄發生，而我這個當事人還蒙在鼓裏。」

許良玉說到這裏，聲音有點嘶啞，用紙巾擦了擦眼淚，繼續說：「由於我的企業發展大了，他們眼紅了。幾年前的六月十六日，北市七里鄉黨委書記阮光明向有關部門舉報，說我的公司向銀行及有關單位借款幾百萬元去向不明。同一天，阮光明又以每天一百元為代價，雇了四個無業遊民，非法將我挾持到北市永興賓館、望江賓館關押了四天。六月二十日，阮光明說通北市檢察院將我拘留。就在我被拘留期間，阮光明於六月二十三日指派我公司副經理汪玉宏以我的委託代理人身分，將我公司五千多萬元的財產，以四千多萬元價格，跳樓變賣，而且在三天之內就把所有的過戶手續辦齊。」

鄭平聽了到這裏，手往桌上一拍，怒說：「這個鄉官可惡，你的財產他怎麼能替你做主？這中間有名堂。」

許良玉點頭說：「你說的正確，我這個案子，表面上是七里鄉黨委書記阮光明控我巨額財產侵占罪，實質含有侵吞我公司幾千萬財產的目的。我們從六月二十日至六月二十五日，阮光明等人變賣我公司財產的『委託資產評估協議』，『房屋變賣合同書』，『公證書』，『國有土地使用權轉讓合同』，『房地產買賣契約』等，這些檔案的日期就可以看出，這種採用非正常程序，以迅雷不及掩耳之法，在三天之內變賣我公司財產，並辦完全部過戶手續的行為，是經過精心策畫的。」

鄭平聽到這裏說：「許總，你這個案子不僅是七里鄉政府個別領導人指控你犯占有罪的簡單案子，它和閃電式變賣肢解你幾千萬財產有不可分割的聯繫，不能孤立看待。我認為，如果不弄清變賣財產後的幾千萬資金流向，不弄清楚三天之內就能辦妥價值幾千萬元資產的各類相關手續的高效率內情，是難以得出公正的結論的。」

許良玉聽了這話，激動地說：「我的青天呀，你說得太對了，針對我這五年多的牢獄之苦，公司資產被侵吞瓜分，當地一些知情人，眾口一詞，都說我冤枉，就連辦案的法官也一再說這是一樁特大冤案，大家都同情我，但同情有什麼用？別人有權。現在鄉長就是土皇帝。」

聽到「土皇帝」三字，柳樹遠接過話說：「天高皇帝遠，鄉長也享受中央首長待遇。就以汪鄉長為例，他們鄉政府的辦公樓比市政府辦公樓還豪華氣派。上次汪鄉長到北京去參加兩會回來，他們鄉組織了數百群眾，手持鮮花，在入鄉的路上夾道歡迎，口唸：『歡迎，歡迎，熱烈歡迎，歡迎汪鄉長，載譽歸來。』彷彿國務院總理訪問美國歸來似的。」

這時許良玉又說：「我的代理人是位很有名望的律師，他說我的行為無受害人，無犯罪對象，無社會危害性，不構成犯罪。判決的事實不清，證據不足，適用法律錯誤，程序違法。」

鄭平聽到這裏，問許良玉說：「許總，我一直沒明白，既然你是私營企業，阮光明有什麼權力變賣你公司的財產？」

許良玉歎了口氣說：「這事說來話長，簡單講，改革開放前，中國只有全民和集體兩種所有制，沒有私營經濟。改革開放初，雖然允許私營經濟出現，但都是些個體戶。在當時，個體戶只允許雇用兩三個員工，成不了企業。為了發展壯大，一種打著集體旗號的假集體就應運而生。所謂假集體，就是名義上掛靠在一些政府部門，或鄉鎮的企業局的婆家，表面上屬於他們的企業，實質上是三自企業。也就是自籌資金、自主經營、自負盈虧，每年只向上級交納一定的管理費的個體企業，我的公司就屬於這類企業。」

話到這裏，在下得交代幾句：許良玉說的這種假體集，是上個世紀八十年代的一種特殊經濟結構，是中國社會的一種經濟怪現狀。當時，由於在中國的宣傳語境中，「私有」意味剝削、壓迫、損人利己。「公有」的字面印象是公正、無私與奉獻。因此改革開放初，既要實行市場經濟，又不敢公開宣揚私營經濟，所以出現了這種假集體現象。

只見許良玉繼續解釋說：「當時，鄉政府為了顯示他們鄉辦的企業多，十分歡迎我這類企業家回鄉掛靠他們，在他們下邊辦企業。我的律師從當年我與七里鄉企業辦簽署的協定看到，文中寫得很清楚：『為了響應小平同志講話精神，七里鄉為完成北市下達的大辦鄉鎮企業的任務，鄉政府動員許良玉回鄉辦企業，打鄉政府集體牌子，資金由許自行籌集，企業實行自主經營，自負盈虧，鄉政府不出錢也不承擔企業所欠債務，除了每年上繳的管理費外，企業有利潤鄉政府不要分文。』」

鄭平道：「既然鄉政府不出錢也不承擔虧損，他們為何能私自將你公司的財產變賣？」

許良玉道：「問題的關鍵就在這裏。由於我國的這類假集體企業是名義上的集體，實質上的私營，後來中央也發現這中間的問題所在，於是下文要求凡這種假集體要與主管部門脫鉤，而我公司還來不及同七里鄉脫離關係，鄉政府黨委書記阮光明便生了眼紅病，指控我侵占集體財產，此案關鍵在於是我公司是集體還是私營的企業性質認定。」

鄭平聽到這裏，追問許鄉鎮企業辦怎樣說。

許良玉道：「其實七里鄉黨委也承認我屬於私營企業，他們還為此發表過聲明，明確指出，變賣我公司財產係阮光明個人所為，與鄉政府無關。儘管如此，法庭依然在沒有原告的情況下，以侵占罪判了我幾年徒刑。這有如一對原本沒有血緣關係的人，當事雙方都不承認他們是父子關係，法庭卻硬性判定他們是父子關係。」

鄭平聽了許良玉的講述，說：「太不合理了。你這案例是我國司法界較為典型的特大冤案：一位為中國改革開放做出過貢獻的民營企業家，在沒有受害人，也沒有原告的前提下，被法庭做了有罪判決。你的無辜受害，不白之冤不得不讓我大聲疾呼：青天何在！」

許良玉聽到「青天」二字，歎息一聲說：「不合理的事情多：在我的案子中，還有一樁讓時光倒流的偽證也得到法庭認可，所以我說現在沒有青天。」

這時陳羅漢在一邊插言，問他什麼是讓時光倒流的偽證？

許良玉道：「人們在生活中時常感受到真假之爭，這並不令人驚奇，這是因為有人類以來，真與假便不可避免地伴隨著人們的生活，但在我這一案中，最令人難以信服的是，法庭公然將假證據視為真的採納。這個假證就是阮光明用了一張五年後印製的便箋寫了一個五年前的任命書。這份讓時光倒流的任命書，公然在法庭上得到認可，的確令人不可思議。」

許良玉說到這裏，又自言自語說：「這還不算，後面還有好戲：幾年前，北市檢察院認為我所辦北市工礦企業開發公司及良鈺房地產實業有限公司是集體企業，我在外面借的款沒有入賬，犯了侵占集體財產罪，將我逮捕。後來北市法院以我犯侵占罪為由，判處有期徒刑十年。我不服判上訴，上面法院兩次發回原審法院重審。重審期間，原審法院並沒按二審法院指出的問題，認真審查，僅僅把指控我犯侵占罪的九筆款項的排列順序做了調整，然後依據相同的事實和理由，堅持判處我有期徒刑六年。我第三次據理上訴，上面法院雖然發文撤銷原判，但終審仍然維持六年原判。最令我不服的是：我是六月二十日被拘留，刑期本應從六月二十日算起，但判決書卻從當年的六月十六日算起？大家清楚，就是派出所羈押犯罪嫌疑人，也不能超過二十四小時，而六月十六日到十九日的這四天，是那幾個無業遊民在非法限制我的人身自由，他們已經觸犯刑法，法庭本應追究他們及幕後人的法律責任，可是法庭公然在判決書上認可這一非法綁架行為，嚴重有違法律程序。」

鄭平一聽這話，激動地說：「豈有此理，天下沒有這本書賣，那四個無業遊民又不是公安機關的人，怎麼能將他們限制你人身自由的時間算入刑期？大路不平旁人剷，路見不平一聲吼，我要替你打這個抱不平。」

許良玉聞言，忙說：「哎呀，我的青天，為了平反，我找了無數媒體，他們都不敢接我的狀子，不敢為我鳴冤，但他們全都同情我，只有你敢說這話，你是當代包青天。」

正是：

街娃拘人算刑期，朗朗乾坤實在稀；
瘟官亂判糊塗案，國法豈容隨便欺。

看官欲知後事，且聽下回分解。

第三十回　謝關照死囚挨槍開後門，亂擔保銀錢吃虧人遭殃

鄭平見許良玉叫他青天，感慨地說：「許總，別說什麼青天，我只不過有正義感，但心有餘而力不足。我從本案謊言與偽證能得到法庭認可、鄉官非法限制公民人身自由的行為能得到法庭

承認，看到了正義與邪惡、權與法的較量。發人深省呵！」說完又問許良玉的獄中見聞。

許良鈺道：「我在獄中護理了三十六個死囚犯人，讓他們平安地被執行了死刑。」

聽說許良玉在獄中護理幾十個死囚，眾人感到奇怪，要他講一講其中的故事。

只見許良玉道：「這些死囚大多數是殺人犯、強姦犯、毒品犯等，其心態極度扭曲，被判死刑後情緒各異。按照獄中規定，凡被宣判了死刑的犯人，要立即戴上腳鐐手銬，即使在房舍裏，也不能自由行動。除洗澡外，吃喝拉撒全要專人照料。我就是被安排去照料這些等待執行的死囚，隨時要同他們對話。他們見我是大老闆，身受不白之冤，心態如此之好，個個不好意思，說：老總，你受了如此大的委屈，心態還能那麼平和，我們是罪人，殺了人，犯了國法，判死刑是罪有應得。在我關照的死囚中，有個犯人最令我感動：這人名叫張二，二十三歲。有一天，張二對我說，他想用錢去買一條重要線索。這條線索足以讓公安局破獲一個全國殺人團夥，舉報人可以立功免死。我聽後說，有關這類事情，很多人都是白花錢，買了些不值錢的線索。聽說獄中有人專門做這種生意，其實是騙吃騙喝。張二仍不死心，說：『管他的，花幾萬元，萬一把命保住，還是划算。』我說，這種事情在獄中，有如串串成天在街上騙鋼材生意，見人就說手中有多少噸盤圓。據說某地監獄有個黑市線索市場，這是犯人們沒事，故意在獄中編出來開心的。我勸你安心認罪伏法，不要再上當受騙，讓家人在經濟上蒙受損失。』」

許良玉在獄中護理死囚，同丁壽文用豆佛舍利到醫院對癌症病人做臨終關懷有點異曲同工。

許良玉說：「我在獄中監管的死囚，都很感激我。這事過去不幾天，另一個死囚臨刑前對我說：『老總，你對我太好了，你受了那麼大的冤枉，心態如此之好，相比之下，我感到自己太渺小了。我為了一點錢殺人害命，傷天害理，太不值得，法院判我死刑，我不後悔。明天我就要上路了，為答謝老總對我的關照，我送你一條可以讓公安局破獲全國性大案的重要線索，你用此舉報，可獲減刑，爭取早點出去。你有了自由，就能為平反你的冤案奔走。』我聽了這話雖然感動，可是反過來一想，雖然我用這種方法能爭取早日出獄，但這樣等於承認自己有罪。經我反覆思考，堅定地對死囚說：『你的心意我領了，我可以向幹警報告，是你提供的這條線索，讓他們給你減刑，即使減刑不成，你立了功，對你家屬總有好處。我堅信自己沒罪，總有一天，我的冤情會大白於天下。』」

許良玉說到這裏，停下來看了看包間的音響，又說：「第二天，是死囚上路的日子。上午，我見行刑幹警走房舍門前過，迚忙叫住他，指著死囚說：『張幹，這是我的好兄弟，等會兒行刑時，請你瞄準點，少打一槍。』聽說上次執刑，那個槍手的槍法不準，補了好幾槍才把人丟翻。幹警滿口應承說：『看在老總份上，保證一槍丟翻。』」

眾人聽了哈哈大笑。

陳羅漢說：「有趣，挨槍還要開後門。」

柳樹遠在一邊得意地說：「羅漢兄，該是我的關係學可以運用到各個方面。行刑官的權力就在於槍口瞄準背部的那個範圍內，關係好可以少挨槍，關係不好，可以在背部許可權範圍多打幾槍，讓你多受痛苦。」

正在這時，夜總會的媽咪進來，問他們要不要叫小姐。許玉良見問，回說「每人請一位」。媽咪出去後，許良玉道：「這幾年，無論是鄉上還是市上當官的來我公司，他們到夜總會玩耍的費用全是我公司承擔。單是阮光明和鄉上幹部就用了我上百萬元招待費。他們吃喝玩樂，泡小姐的錢全在我公司報銷。」

說到這裏，許良玉有點觸景生情，歎了口氣，又道：「我的青天，你有所不知，我之所以遭此厄運，是得罪了一個當官的，他是我們那裏的政法委書記。有一天，政法委書記找到我，說政法委開辦了個北方公司，要我為該公司出具註冊資金擔保證明，我雖然大而化之，但對擔保一事卻很謹慎，我明白，一旦擔保，北方公司出了問題，我就有連帶責任。然而礙於政法委書記親自出面，不好不給面子，只得吞吞吐吐地說：『書記出面要我擔保，我還有什麼話說。只是你是知道的，擔保是要受連帶責任，萬一北方……』我後面的話還沒有說出來，書記就搶著說：『我明白，你顧慮萬一北方公司出現債務糾紛，要找你這個擔保人。這好辦，由我親筆寫張承諾書，寫明如果北方公司發生任何債務與你無關，並蓋上政法委大印，這你總放心了。』我見書記如此說，還能再說什麼，只得點頭同意。誰知只因這一擔保，改變我整個人生，也成了我公司的幾千萬資產被閃電肢解的導火線。」

鄭平追問：「這是為什麼？」

許良玉道：「政法委書記得到我的資金擔保證明，到工商局辦理了北方公司註冊手續，領到執照，委派了一個姓黃的人當經理。這位黃先生雖然經過商，有些經驗，但都是紙上談兵。上任不久就惹了禍，引起了幾樁債務糾紛，後來好不容易同廣東佛山簽署了一筆購銷合同。按照合同規定，北方公司向廣東佛山公司供應一百噸松茸，簽合同後三天內，廣東方面應當將一百八十萬元的定金匯到北方公司賬戶上。對方按照合同如期將款匯入北方公司，黃總收到定金還沒來得及高興，便樂極生悲：原來他公司欠另一公司的一百多萬，被法庭判令歸還。法庭見北方公司賬上飛來一百八十萬元，不論資金來源何處，迅速將北方公司賬戶凍結，以備官司下來北方公司有償付能力。」

許良玉講到這裏，聲音再次哽塞，用手擦了擦眼睛說：「賬戶被凍，款子動彈不得，不但影響生意，還會導致公司與廣東方面的違約官司。政法委書記為此相當著急，八方打通關節，好不容易讓銀行解凍，然而又另生枝節：第二天，政法委書記到銀行查看賬目發現，那一百八十萬在解凍的當天便不冀而飛，不禁大吃一驚。嚇人啊，一百八十萬，不是個小數目，怎麼會被人捲走呢？後經查實，是北方公司黃總提走。最初，書記以為黃總提款是為松茸業務，後來才發現黃總提款後並沒有去做松茸生意，而是另走他鄉，只得派人到廣東等地追查黃總，結果一追就是半年，毫無消息。廣東方面見生意不成，訴訟到法庭，法庭以我公司擔保為由，在我公司賬上劃走一百三十萬元，我不得不找政法委書記討說法，只因這一討，得罪了政法委書記。這天政法委書記找我談話，說：『老許，你幾千萬資產，何必在乎區區的一百把萬元！錢這東西生不帶來死不帶去，你看前兩天車禍死了的那個老闆，雖然幾千萬身價，結果人一死錢就成別人的了。』當時書記說完這話，特別看了我一眼，喝了口茶，深有感慨地又說：『現在的人，為了錢什麼都做得出來。有的對立面還要出錢雇黑社會殺手來對付各類債務。銀行劃走你的一百把萬元，對你來講算不了什麼，我勸我就此作罷的好。』」

鄭平聞言說：「他這是在威脅你。」

許良玉點頭說：「是的，我也聽出他的話外音，但我沒有同意免去這筆債務，結果錢沒收回來，人也得罪了。我估計後來的阮光明整我，與此事有關。」

許良玉正在大談冤情，媽咪給每人帶了一位小姐進來。這些小姐全是二十歲左右，來自農村。陳羅漢第一次進夜總會享受三陪，顯得很不自然。

鄭平看在眼裏，在一邊對陪陳羅漢的小姐說：「妳好好照顧這位大哥，他是我們老總。」小姐瞭解陳羅漢的身分後，熱情地拉著他的手，問他喜歡聽什麼歌。

這時許良玉在一邊說：「有沒有〈包青天〉？我點這首歌。」

小姐在單子上寫下歌名，又逐一讓鄭平、陳羅漢點了喜歡聽的歌，隨後把單子遞到外面。不一會兒，點歌響起。輪到許良玉點的包青天時，許良玉神情不由嚴肅起來。當他聽到「開封有個包青天，鐵面無私辨忠奸」，不禁雙手往頭上一拍，大哭說：「我的青天大老爺，你在哪兒？我在呼喚你呀！希望你給我伸冤，青天大老爺！」

許良玉是個有血性的男人，又是成功企業家，應當說相當顧面子，不到傷心處，絕不可能在這些年輕小姐面前號啕大哭。

鄭平見許良玉哭聲淒涼，安慰他說：「許總，別太難過，你的冤情大家都清楚。」

許良玉聽了這話說：「鄭青天呀，你們知道有什麼用呵，現在是法制濫用時代！律師專門吃冤枉錢！執法部門藉此機會發財！小小的一篇文章能起什麼作用？除非一針見血點中要害，引起眾怒或特別關注。也許，你作為一個記者，引用法律，針對性引起關注，真名實姓點評他們，上面知道後，讓他們受到公正審判，我才能討回公道。」

鄭平道：「這樣吧，你把相關資料複印一份，交到我辦公室去，我讀後設法在內參上把你這事曝光，內參是中央首長看的。中央領導如果讀到，可能有助於你的案子。」

許良玉聞言，起身向鄭平連行三個大禮說：「我的青天呀，你如果能替我打內參，把冤情上達，你就是我的再生父母。」

正是：

寶蓋下邊有隻兔，任人宰割喊屈冤；
法律難伸何正義，欲哭無淚喚青天。

看官欲知後事，且聽下回分解。

第三十一回　打內參無冕王大呼委屈，火鍋城羅漢巧遇何憨憨

從夜總會出來，許良玉對鄭平千恩萬謝，囑託他把打內參的底稿給他複印一份，他好拿去給相關人員看，促使他們重視此案，事後定會重謝，說完同眾人分手。

自那之後，許良玉每天都在盼著鄭平打的內參。結果兩個月過去，鄭平那邊有如石沉大海，音訊全無，令陳羅漢面子難堪。

陳羅漢心想：「鄭平是自己介紹給許的，打內參是鄭平自己承諾的，如今那麼多天沒消息，不好在許良玉面前交代。」內心著急，以致他一接到許的電話就頭痛。

這天，陳羅漢又接到許玉良來電話，詢問此事，他只得在電話裏安慰了許幾句，隨後撥通鄭的手機，沒好氣地質問他，內參的事辦得怎樣了。

只聽見鄭平在電話裏唉聲歎氣說：「羅漢兄請原諒，這幾天我實在太忙，沒時間寫啊！不過快了，把這幾天過了就打上去。」

陳羅漢暗想：「你這老鄭不守信用，承諾的事不兌現，推三阻四，這算人嗎？」

當然，這只是陳羅漢的內心獨白，表面沒露聲色，而是以平和的口吻道：「鄭平兄，現在串串們的統一口徑是：快了，就在這幾天，形式大好，還有最後一個手續沒辦好。」

鄭平連忙在電話裏道：「羅漢兄，別誤會，我的確忙。」

鄭平剛說到這裏，陳羅漢彷彿聽見電話裏傳來音樂之聲，猛然意識到，鄭平又在舞廳，不由沒好氣地在電話裏說：「鄭無冕，無冕王，我發現有兩句話適合用來贈你。」

鄭平不知就裏，在電話裏問他哪兩句話。

陳羅漢道：「謙恭中君無半寸傲骨，善識人公獨具一雙利眼。」

這兩句話，表面看是在表揚鄭平沒有傲氣，實則在挖苦鄭平一雙利眼，只知道向上看、向錢看。陳羅漢怕鄭平沒聽清楚，說完又有意放慢聲調，逐字重複了一遍。

鄭平最初沒有反應過來，也沒去多想，可是剛謙了兩句虛，便意識到陳羅漢在譏諷他，聲音略帶情緒，在電話裏說：「羅漢兄，你我是老朋友，你有什麼話就明說，別彎橫倒拐的。」

陳羅漢見話起了作用，又道：「鄭平兄，你們記者是無冕之王，我知道你很忙。只是既然答應了他，還是麻煩兄臺抽時間辦一下。這有如一個落水之人，在水中望著你呼救，你能拉則拉，不能拉他千萬別亂許願，說讓他等你，你去拿救生圈，結果你一去不復返。旁邊有人本想救他，見你去拿救生圈，只好在一邊觀望。結果你的救生圈沒拿來，別人又不便救他，他被淹死了，肯定要變冤鬼回來找你索命。」

鄭平聽出陳羅漢的弦外之音，改變稱呼說：「陳老師，話不能這樣說，我認識他時，他就快淹死，只剩下最後一口氣，死了咋能怪我？」

陳羅漢哈哈大笑說：「鄭兄別誤會，我不是說你把他推下水的，是怕他因你的承諾沒有兌現，死後變成厲鬼，到陰曹地府去亂咬你，把你老兄拉去墊背。」

鄭平聽了這話，提高嗓音道：「他變鬼也不能咬人嘛，又不是我變賣他的房產，他要怪也只能怪阮光明，怎能怪我？豈有此理。」

陳羅漢聽見鄭平高聲，知道自己的話切中要害，不由語重心長地在電話裏道：「鄭無冕兄，你知不知道，許總出獄後，在經濟上已經山窮水盡？他為了打官司，賣掉了僅有的三間門面，用這些錢八方奔走、上訴，希望他的冤情能夠大白於天下，他對你寄予了多大的厚望。你答應給他打內參，他招待你泡小姐、洗桑拿、進夜總會、吃喝玩樂，這些不用錢麼？常言說：『吃人酒飯與人擔待，得人錢財與人消災。』你又吃又拿，答應了的事不辦，還推三阻四。剛才我聽你那邊有音樂之聲，分明你是在舞廳跳舞，還說沒有時間。我清楚，你是這方面的大愛家，對於你的個人愛好，我不能干涉，但你不能言而無信嘛。」

鄭平見陳羅漢把事說穿，一時沒有回話，電話寧靜了幾十秒。隨後聽見鄭平的聲音顯得無可奈何，在電話裏「哼」了幾下，欲言又止，最後只聽見他歎了口氣說：「羅漢兄，你別以為我們記者是無冕之王，到處吃香喝辣，其實這個職業難做，上面對新聞管制是外鬆內緊，每天我們報社都要收到上面好幾道指示，什麼事可以報導，什麼事不能報導，什麼地方則重，什麼地方就輕，什麼新聞不要炒作，要引導輿論關注什麼，要突出什麼精神等，這些都有規定。比如重大問題，要報導大愛、捐款，少報導情緒化語言，評說也不能過頭。許總那事，我寫過一篇內參，但總編看了，說這篇文章不宜報上去，報上去也沒有用，上面知道下面的實情。上面知道的情況報上去反而對我們報社不利，所以給槍斃了。」

陳羅漢聽了鄭平的話，口氣有所緩和，質問說：「鄭平兄，你是真的打了內參，被總編槍斃了還是託詞？」

鄭平聽見問，在電話裏說：「羅漢兄，你太不相信朋友了。我什麼時候說假話欺騙過朋友？」

陳羅漢知道鄭平這人講究實惠，為了刺激他能把事情給許良玉辦好，只得在電話裏說：「鄭平兄，我的意見，我們在電話裏講不清楚，不如等你跳完舞，我把許總約上，晚上去吃火鍋，到時你當面把困難講給他聽。他那天還對我說，早給你準備了個紅包，等晚上吃火鍋時，他會給你。」

鄭平聽說有紅包，在電話裏說：「羅漢兄，不是紅包的問題，是真的不好辦，不過我可以再想想辦法。我現在的確不在舞廳跳舞，是在打球。你實在要約許總，只有等我把這場球打完才有空。」

陳羅漢知道鄭平所謂的打球，是個代名詞，只是不明白他說的打球是什麼意思，在電話裏問：「怎麼，你老兄也是球迷、腳球票友？」

鄭平在電話裏笑說：「這些都不是。」

陳羅漢說：「那你在打什麼球，乒乓球？網球？」

鄭平道：「三言兩語說不清楚，晚上見面聊。」

陳羅漢見鄭平答應晚上見面，又說：「既然如此，你等我一會兒，我現在就給許總去電話，等我同他約好時間地點，立即打電話通知你。」

過了一會兒，陳羅漢再次打電話給鄭平，說已經同許良玉講好晚上八點，在西南影都樓上的粗糧王火鍋廳就餐。屆時他和許總在門前恭候，鄭平滿口應承。

成都人稱怕老婆的人為「炽耳朵」。後來有人發明在自行車旁邊加一個邊斗座位，讓老婆坐在上面，蹬著她滿街跑，由此人們把這種車叫做「炽耳朵車」，是成都獨有的一道運載風景線。

快到約定的時間，陳羅漢同許良玉提前來到西南影都門前，鄭平還沒到來。陳羅漢正在張望，見何憨憨蹬了一輛炽耳朵車過來。車上坐著一位女士，是他太太。

憨憨一見陳羅漢，連忙把車停下說：「陳總，好久沒見了。」

陳羅漢見何憨憨招呼他，忙道：「何老好！聽說雷清官在替你老父平反的事奔走，最近可有消息？」

何憨憨見問說：「雷清官已經找了有關部門，目前還沒有消息。」說完問陳羅漢在這裏幹什麼。

陳羅漢指著許良玉道：「我同許總在這裏等一個記者。」說著介紹：「這位許總同你一樣，是個冤哥，只是你倆的案情不同，他要我找記者替他打個內參，好讓上面瞭解他的委屈，儘早給他平反。」

何憨憨聽到「打內參」，眼前一亮，輕聲說：「陳總，你能不能讓我也見一下這位清官記者，把我的案子也跟他講一講，讓我搭個順風船，順便捎帶，也替我反映上去？你們幫了忙，我會報答你們，這輩子不行下輩子也要報答。」

成都人的主要代步工具是自行車、電單車、炮耳朵車等，隨處都有寄自行車的攤點。西南影都門前就有一個很大的寄車點。

雖然陳羅漢知道鄭平有難處，但為了安慰何憨憨，點頭說：「何老，如果你想見記者，就要你太太下來，去把你的炮耳朵車寄了。等會兒記者來了，我們一同到樓上去吃火鍋，到時你慢慢把你的故事講給無冕王聽，但不敢保證他能給你幫得上忙。」

何憨憨聞言，千恩萬謝說：「火鍋我們就不吃了，等會兒記者清官來了，我同他站在這裏擺兩句就行了。你們幫了忙，我下輩子變豬報答你們時，隨便你們燙我身上哪個部位的肉吃火鍋。」

陳羅漢知道何憨憨在感激別人時，總是要說變豬報答的話，不由把手一揮說：「快去寄車，等你下輩子變豬來燙火鍋給我吃，我都餓死了。」

講到這裏，在下得交代幾句，這位何憨憨是個傳奇人物，身負世紀奇冤，曾因他父親的問題，被勞改十多年。改革開放後，政府出於統戰需要，將他放出來，給他安排了社會補助，又替他找了個忠厚的對象，當年陳羅漢他們的公司最初註冊登記就用的是他的名字，所以他當了幾天副董事長。他在前書沒有出現，但他私下同陳羅漢關係特別好。

何憨憨寄車過來，鄭平就到了。

陳羅漢見鄭到來，指著何憨憨介紹說：「鄭平兄，我來給你介紹一下，這位是我們前巨龍公司的副董事長何老。」接著又把鄭平介紹給何。

陳羅漢之所以要在鄭平面前抬出何憨憨過去的閃電職務，是因為他知道鄭平勢利，想要引起鄭對何的注意。

果然，鄭平聽了介紹，握著何憨憨的手連說「久仰」。

許良玉見人到齊，在一邊招呼說：「各位，我們到樓上火鍋廳去坐下慢慢聊。」說完對著樓梯做了個「請」的姿式。

何憨憨見狀，擺手說：「我們就不去了，我們就不去了。」

陳羅漢知道何憨憨是因為囊中羞澀，不好意思，於是拉著他說：「何老，沒關係，今天是許總開關，一塊進去聊。」

許良玉也在一邊盛情相邀，何憨憨也想向鄭平訴苦，也就點頭同意，隨眾人來到樓上。

粗糧王火鍋就是上次孫九路打港式麻「蔣」輸了，答應招待陳羅漢夫妻吃的那個火鍋，是成都有名的自助火鍋。價位適中，每客十八元，幾十種菜肴任你取食。相比之下很划算，經常客滿，去遲了得排隊。眾人來到餐廳門前，許良玉買好票，同眾人在進門處取了一套餐具，隨同服務員進入餐廳。但見這家餐廳寬敞氣派，有幾十張火鍋桌。服務員將眾人帶到臨窗一個桌前坐定，擺上餐具，泡上茶水，問他們喜歡吃紅鍋還是白鍋，或紅白相混鍋。眾人答要混鍋後，服務員便離去。

過了片刻，服務員端上配好料的火鍋湯過來，放在桌上，打開桌下的煤氣爐，對眾人比了個「請」的姿式，說：「各位要吃什麼就請自便。」說完徑直照顧其他客人去了。

服務員走後，許良玉要陳羅漢同他一塊去取菜，何憨憨也連忙起身隨他們而去。

陳羅漢取菜過來坐定，見許良玉把菜放進湯鍋裏，這才對他說：「許總，你的事鄭清官是記在心上的，只是他目前有些困難，等會兒他會講給你聽，等他講完，我們再商量下步怎麼辦。」說完又指著何憨憨對鄭平道：「鄭大俠，何老是我朋友，也是省上雷清官的朋友，在他身上有一樁世紀奇冤，也想請你聽一聽，這件奇案值得關注。他父親一九五〇年被共產黨槍決，但他父臨刑前卻高呼『共產黨萬歲』，現在雷清官正在為他老父的案子奔走。等會兒也由他自己講給你聽。」

正是：

反黨分子被槍決，臨刑高呼黨萬歲；
千古奇冤鳴不平，案官判刑打瞌睡。

看官欲知後事，且聽下回分解。

第三十二回　講政績鄭平妙論擦邊球，全孝節白髮奔走世紀冤

鄭平聽了陳羅漢這話，吃驚地說：「古人云：『鳥之將亡其鳴也哀，人之將死其言也善。』何老的父親在共產黨刑場上被槍斃，本應高呼『打倒共產黨』，但他高呼『共產黨萬歲』，說明他是擁護共產黨的。」

陳羅漢聞言，拍手大叫：「鄭平兄說得是，前因結後果，正因為這樣，何老全家不服氣，所以才有了這樁跨世紀冤案。這樣吧，你先同許總把問題談了，等會兒讓何老把這樁冤案的來龍去脈講給你聽。」

鄭平點頭稱是。

這時，陳羅漢突然若有所悟，憶起當年用玄空石夢打冤鬼，以及張俊能夢中所言的曠世奇冤，明白何憨憨正是那冤鬼的後人，決心促成鄭平為何父的冤案出力。

接下來鄭平對許良玉道：「許總，實在對不起，打內參的事我不是沒辦，而是替你寫了一篇稿子，報上去讓總編讓給槍斃了，希望你理解。」接著把下午在電話裏同陳羅漢講的那番話對許講了一遍。

許良玉雖然失望，但理解鄭平的苦衷，說：「鄭大俠，我理解你們當記者的頭上管事婆多，

你們有你們的難處，只是我想請你抽空陪我回一趟老家。一來向阮光明顯示有記者在關注我，二來想找北市法院主管我案子的法官，讓你以採訪的名義去嚇他，這樣可能對案子平反會起推波助瀾的作用。現在很多辦案人吃了原告吃被告，就怕記者曝光。」說完從身掏出一個紅包，往鄭平口袋裏一放說：「小意思不成敬意。」

鄭平略微推辭也就收下，答應同許良玉回他的老家北市走一趟。

許良玉見鄭平答應，從提包內取出一封信說：「鄭大清官，我還有個請求，這事雖然不是我的，但是我一個好姐妹的：你能不能替她把這封信寄給中央電視臺的一位主持人，而且要以你們報社的名義寄。」說完把信遞過去。

鄭平接過信說：「為什麼要以我們報社的名義寄，她不可以直接寄嗎？」

許良玉說：「她寄了幾次，沒有回音，所以想用你們報社的名義寄，可能會得到回覆。」

鄭平聞言展開信紙，但見內容如下：

中央電視臺某某主持人同志，您好！

我叫吴惠君，女，五十四歲，中共黨員，北市退休職工。看了您主持的節目，我很感動。你在節目中把那些臺前暴力、臺後權力，打著維護民營企業幌子欺壓百姓的偽君子們曝光，為人民群眾出了口怨氣，真是大快人心。你的節目使我看到了正義、光明與希望。向您致敬！這裏，向您反映一件事，希望您能為我這個普通百姓主持公道。事情經過是這樣的：

我是北市下崗職工。為了生活，幾年前，我東拼西湊借了點錢，同人合夥在北市開了一個傢俱店，取名「北市傢俱總匯」。經過艱苦奮鬥，終於掘到了資本的第一桶金。為了謀求發展，前年，我在沒有向國家伸手的前提下，找親朋好友借貸，投入兩百多萬元，將國企北A公司荒廢多年的八千多平方米場地租賃下來，成立了「惠興家私廣場」，招聘了待業青年、下崗職工、農民工等，為國家解決了一百二十多人的就業問題。

開業一年，我商場按月交清各種費用，並向國家交納利稅四萬多元。可是好景不長，當我的企業剛走上正軌之際，北市張副市長來到我商場說：「我受市長之託，來給你們打個招呼，現在有外商看中你們商場這個地方，希望你把地盤讓出來。」當時我對張副市長說：「這塊地盤是我商場同北A公司簽了五年租賃合同的，現在離到期還早，他們不能隨便租給別人。」張副市長說：「合同沒滿可以提前終止，希望你們顧全大局，配合政府引資。」說完揚長而去。過了幾天，北市報紙、電視臺開始大造輿論，說外資看中這塊地盤，不久這裏要搞成大的商業城，如此一來，商家見我們在這裏時間不長，也就不敢租我們的攤位了，業務一落千丈。

接著，北A公司老總找到我，以各種藉口逼我們終止合同，見我們不肯，便以廣場裝修為名，平白無故對我商場拉閘斷電長達兩個多月。我們向北市法院提起訴訟，法院下達了強制送電判決書，他們才恢復送電，但我們的損失卻分文不賠，這合理嗎？

還有，就在法院強制要他們送電的當天，北A公司在我們商場兩邊掛出了九乘十八米的巨幅標語，內容是：「商場合同已經解除，商家請莫上當。」隨後又到處散發傳單，限令所有商家，三至七天搬出去，說如果不搬，要依法查封商場，其實合同根本沒有解除。後來，這事驚動了北市電視臺，當記者來採訪時，北A公司老總公然在電視機的鏡頭前，胡說同我們商場訂的合同是無效合同。接下來北A公司派人強行撤了我們商場的招牌，把我們的東西往河裏亂扔，他們的保安牽著狼狗在商場到處打人，砸商家的貨櫃貨架。前後打傷電工及營業員多人，我們的律師去派出所去報案，案沒立成也沒得到任何說法。

現在我的商場垮了，我每天面對債主追討，什麼辦法也沒有。有時我總是在想，老天為什麼對我不公平？我一生做了很多好事，幫助了很多人，沒好報反而揹了一身債，狀告無門。他們官官相護，用假破產逃避法律，侵占公家財產，一個二個肥頭大耳，這世道到底是好人的世道還是壞人的世道？我真弄不明白了。主持人請你評一評理，在法制社會的今天，他們公然用黑惡手段對待我這個普通百姓，天理何在？

鄭平讀到這裏，對許良玉道：「我很同情這位女士。她說今天是法制社會，我承認，現在是要講法制，但她還沒弄懂，雖然我國講法制，但法無定法，因此很多事不按遊戲規則辦是正常的。」

許良玉道：「鄭清官，管他有沒有定法，你能替她把這封信寄出去嗎？」

鄭平道：「許總，不是我不願意幫她寄，是寄出去也沒用，既然當地電視臺也曝了光，不如就在當地打官司算了。」說完，又道：「我還想問一個問題：這位女士在信中說『他們官官相護，用假破產逃避法律，侵占公家財產』，這話是什麼意思？」

許良玉道：「這是指北A公司老總侵吞國家財產。北A公司老總最早在一座六層樓的麗華商場當老總，這是一家國營企業，商場總資產八千多萬，被他經營虧損，而他自己開的歌廳、舞廳、酒廊生意卻紅紅火火。後來老總不滿意，乾脆來了個一紙破產書，將商場變賣給了他姐。這事在群眾反應大，認為既然是破產，房屋未見公開拍賣，人員也沒有解散，認為他們這是在藉破產侵吞國家財產。」

聽了許良玉解釋，鄭平道：「八千多萬算是小數目，現在幾個億破產進入私人腰包也大有人在。」

鄭平說完，掉頭正欲問何憨憨，他父親的案情。只見陳羅漢在一邊說：「鄭兄，今天下午你在電話裏說打什麼球，說你是球迷，到底是怎麼回事？當時你肯定不是在看打球，是不是？」

鄭平沒有正面回答羅漢的問題，而是反問羅漢知不知道中國的國球是什麼？陳羅漢搖頭表示不知道，接著他又問許良玉與何憨憨，二人也搖頭表示不知道。

鄭平笑言：「中國的國球是擦邊球嘛。你們看，在中國，從上到下，各個行業，誰不打擦邊球？不打擦邊球能生存嗎？打擦邊球就是游離於政策邊緣，或紅頭文件要求的紅線邊上，或領導允許的範疇邊上。我今天下午是在寫一篇報告，內容在打擦邊球。」

眾人聞言大笑。

鄭平接下來又說：「不瞞各位，我也是球迷，但我是打擦邊球的球迷。擦邊球種類繁多：有政治擦邊球、文化擦邊球、婚姻擦邊球、經濟擦邊球，不一而足。打擦邊球講技巧，不論打何種擦邊球，講的都是邊緣藝術。擦邊球是中國特色的球類，外國沒有，因此很難爭取到國際體壇去參加比賽。當然也不能說國外一點擦邊球都沒有，有，但很少，外國講打實心球。」

幽默是智慧。談話人的語言風趣幽默，會給場面增添快樂氣氛。鄭平越說越幽默，繼續道：「擦邊者邊緣文化也！所謂打擦邊球，是遊離於政策邊緣。文章講究邊緣，提意見講究邊緣，但反映事情就有兩種情況了，如果反映報喜的事情，就不能講邊緣，反映報憂的事情就得打擦邊球，邊緣化地講，否則你會吃不完兜著走。評論事件，要學會使用『瑕不掩瑜』，給領導提意見，要使用『隔靴騷癢』之類成語。在中國，媒體不打擦邊球就沒法生存。擦邊球在國際體壇不能開展賽項的原因是，老外是一根筋，腦子不轉彎，打不好擦邊球，因此冠軍肯定在中國，所以也進不了奧運會。」

陳羅漢見鄭平講到擦邊球，指著何憨憨說：「鄭兄，何老的案子是打擦邊球的最佳案例。」鄭平剛才聽說何憨憨身負世紀奇案，一直沒來得及瞭解，聽了陳羅漢這話說：「既然如此，請何老先把他父親的案情講給我聽了再說下文。」

陳羅漢聽了這話，要何憨憨把經歷向鄭講一遍。

何憨憨道：「我父親解放前是南江縣的開明人士，一九四九年，受中共地下黨策反，投誠中共，並保護了中共地下黨員安危。解放後，我父親被任命為南江縣工商科副科長，想不到一九五零年夏，那天開公判大會，突然有人大叫：『把隱藏在我們身邊的國民黨地下特務何大山抓出來示眾。』我父被揪出來後，立即被特別法庭審判，說我父親一九三八年參加過國民黨復興社沒有交代，是潛伏的國民黨特務分子，還說我父親殺害過兩名紅軍戰士，身負血債，判處死刑立即執行。我父在臨刑前高呼『共產黨萬歲』，以此說明他不是潛伏的國民黨特務。我也因為父親的歷史問題沾光，被送到山上勞動改造了十多年。出獄後生活一直沒有著落，後來改革開放，我哥從臺灣來信找我，政府出於統戰的原因，給我安排了住處。後來經人介紹，我認識了位女士，就是我現在這位太太。我現在的生活就是靠她每個月的退休工資維持。」

鄭平聽到這裏，打斷何憨憨的話說：「何老，我不明白，一九五〇年剛解放不久，全國鬥地主、肅反等運動，槍斃的人多，如今幾十年過去，怎麼能翻得了案？」

陳羅漢聽了鄭平的提問，不等何憨憨回答，在一邊搶過話說：「鄭兄，正因為他們家屬不服，幾十年來一直在上訴，後來有關法庭撤銷了他父親有兩條命案的罪行。既然命案撤銷，就應當平反，但法院還是維持原判，他們不服，仍在上訴。現在雷清官正在為他父親的事情奔走。」

鄭平聽了羅漢的解釋說：「既然雷清官在插手這件案子，我就不能越俎代庖了。」

陳羅漢反駁他道：「鄭平兄，你這話不正確，雷清官都敢給他幫忙，說明他這案子符合平反條件，你替他打擦邊球，無非在旁邊推波助瀾，怎麼能說是越俎代庖。其實何老父親的這個案子是打擦邊球的最佳案例。你說不好打，說明你打擦邊球的球技還欠缺火候。」

鄭平不服陳羅漢說他打擦邊球的技藝不高，說：「羅漢兄，你不瞭解我，在打擦邊球方面，我可以說算得上高手，如果全國舉辦擦邊球球賽，我不敢說能奪冠軍，至少亞軍沒問題。」

陳羅漢見鄭平自稱打擦邊球的亞軍，不由幽默他說：「鄭亞軍，如果你能把何老這個案子的擦邊球打好，你就能榮升全國擦邊球冠軍。」

鄭平聞言，歎了口氣說：「難哪，幾十年過去了，難！這個冠軍寶座不好奪。」

陳羅漢笑言：「鄭平兄，以我之見，這個擦邊球不難打，而且還會讓當官的產生政績。」說完故意把話停下。

鄭平聞言，知道陳羅漢這話不是信口開河，隨便說的，忙做謙恭狀說：「既然兄臺認為好打，願聞其詳。」

陳羅漢慢條斯理，燙了一片毛肚說：「鄭平兄，枉你在新聞界待了這麼久，還是無冕之王，你沒看出來麼，黨最喜歡聽恭維話，喜歡打愛國牌，當年改革開放之初，港臺歌星張明敏到國內來唱了一首〈中國心〉，大受政府歡迎，結果媒體一捧，名滿天下。何老這個案子有個最大的好處是，他父親在中共的刑場上高呼『共產黨萬歲』，中間的文章就好做了，擦邊球也好打了。」說完把燙好的毛肚吃進肚內，拿起杯子，喝了口啤酒。

鄭平聽到這裏，認為陳羅漢的話有道理，見他又不再言語，追問具體應該怎樣打這個擦邊球。

陳羅漢道：「何老的父親在共產黨刑場被處決時高呼黨萬歲，可以解讀為他不服判，但他明白，如果單純的叫『冤枉』二字沒用，只有叫『共產黨萬歲』，才能表明他身受不白之冤。其次還可以理解為他相信黨的有錯必糾政策，相信黨遲早會給他平反。」

鄭平聞言，不斷點頭，說：「有道理，請繼續。」

陳羅漢見鄭平的胃口被吊上，故意停下來舉杯說：「別忙，別忙，大家來乾一杯，為無冕王奪得全國擦邊球冠軍預乾一杯。」說完不等鄭平反應過來，一飲而盡，把酒杯向下說：「我先乾為敬。」

鄭平正聽到興頭上，見陳羅漢舉杯乾酒，只得一飲而盡。許良玉、何憨憨各自呷了一口，放下酒杯，靜聽下文。

陳羅漢見眾人全都洗耳恭聽，繼續說：「何老父親這個案子的有利之處在於地方法院受理了，並且撤銷了原判決書上的兩項指控，一項指控說他父親是臺灣留下來的特務分子，第二項指控說他父親曾殺害過兩位革命人士，這兩項指控撤銷，就意味著他父親死得冤枉。但法院雖然撤銷兩項指控，卻仍然維持原判，這就不公平了。打擦邊球的活眼也就在這裏。這個案子還有個特點，那就是拖了五十年，成了一樁跨世紀冤案，正因如此，文章反而好做。」說完再次把話停下，用筷子挾了一塊燙好的火鍋肉，往鄭平碗裏一放說：「鄭兄請吃菜。」

鄭平連忙欠身說：「羅漢兄別客氣，菜我自己來夾，快講文章好做在什麼地方？」

陳羅漢笑言：「道理很簡單，幾十年的冤案，法院都能受理，正好說明黨有錯必糾的政策是正確的嘛。你可以在內參上說，那些西方國家不是經常攻擊我們不講法制嗎，我們不講法制，幾十年的冤案，法院能受理嗎？這就是本案打擦邊球的活眼。」

鄭平聽了這話，激動地把手往大腿上一拍，說：「羅漢兄高！看來這頂冠軍帽子應該由你來戴。」

陳羅漢擺手說：「鄭大俠別客氣，我是紙上談兵，給你當參謀可以，擦邊球得你打，冠軍杯也是你的。」

這時許良玉在一邊說：「既然是有錯必糾，為什麼我的案子搬不過來？」

陳羅漢道：「你的案子，性質屬於白天挨了白挨，黑夜挨了黑挨，因此擦邊球難打。」

許良玉不理解陳羅漢這話的意思，要他講明白點。

陳羅漢道：「道理很簡單，現在當官的講政績，何老父親的案情能讓當政者感興趣的地方是，通過為他父親平反，可以把外國媒體在法制問題上說三道四的口堵住，免得他們成天對我國雞叫鵝叫，指手劃腳，此乃最大的政績。而你那個案子不能讓當官的產生政績，難以吸引他們的眼球，所以白遭冤枉叫白挨。」

接下來陳羅漢對鄭平道：「鄭大俠，如果你能在文章裏巧妙地把這層意思表達出來，讓你們總編看懂，上面看懂，內參打得上去，何老父親的平反也就有望了。」

這時何憨憨激動地說：「鄭清官，如果你能打擦邊球讓我父親的冤案平反，被沒收的財產退回來，我一定要重謝你們。」

何憨憨講到這裏，鄭平還沒來得及表態，許良玉便在一邊說：「何老，我勸你最好別指望平了反政府會給你賠償，如果你提出賠償，現在的當政者會說，那是毛大爺時代搞的，我們給他擦屁股，替你平反已經夠意思了，你還要求賠償，我們哪來的錢賠你。」

鄭平也在一邊說：「據我瞭解，政府每年撥有幾十個億的國家賠償金，但每到年底，這些錢大多數被退回去了，原因是任何當官的都不願自己治下出現冤案，治下賠款多了，紗帽就保不住。」

陳羅漢接過話說：「何老，我同意他們二位的意見，幾十年的案子了，能平反就很不簡單了，你就別想賠償了。古有二十四孝，你父親這案是在成全你的二十五孝。你現在也七十多歲了，你就把為你父親平反的事當成事業，能平反就平，不能平反盡了心，成全了你的孝節，將來在歷史上也是一段佳話。」

何憨憨的確忠厚，他聽了陳羅漢這話，嘿嘿一笑說：「陳總，我倒不是想圖啥子二十五孝的虛名，我是不服氣，我媽也不服氣，她老人家臨終時一再囑咐我，要我為父親平反的事奔走，我是在遵母命而為。」

陳羅漢道：「這就對了，你父的案子能平反，成全了黨的名節，你父的案子不能平反，成全了你的孝節，這是順理成章的事，不是任何人為做作得出來的。」

何憨憨聞言道：「既然如此，我有個小小的請求。」

正是：

中國國球擦邊球，政策邊緣任君遊；

隔靴搔癢提意見，越線便成階下囚。

看官欲知何憨憨什麼請求，且聽下回分解。

第三十三回　還人情憨憨甘變來世豬，施報復俠女閹割淫官鞭

陳羅漢見何憨憨說話的聲調有點傷感，問他：「什麼要求？」

何憨憨道：「我現在滿七十歲，已經風燭殘年，來日不多，可能看不到家父沉冤大白之日了。剛才你說成全我的二十五孝，這我不敢當。我母親臨終前曾對我講，凡是冤鬼，不能投胎轉世，要我一定將家父沉冤洗清，以便他老人家的靈魂能有所安息。這事我沒完成，怕到了陰曹地府，母親她老人家怪我辦事不力。我知道你同那位丁大菩薩關係很好，丁菩薩有一粒豆佛舍利，據說舍利的照片能超度亡靈，我想請你在丁菩薩那裏替我恭請兩張豆佛舍利的照片，供在家裏，超度我父亡靈。」

陳羅漢滿口應承說：「你想恭請豆佛舍利的照片，這好辦，過兩天我同丁大菩薩見面，要他送你兩張照片，你拿回來去供奉，只要心誠，肯定有靈。」

何憨憨見陳羅漢首肯，滿心喜歡，又指著他的太太說：「我太太是個老實人，怕我死後沒人送花圈，左右鄰舍會笑我們家沒人緣，你送花圈時最好多送一個。你可視情況而定，如果送花圈的人多，你就送一個，如果送的人少，你就多送兩個，多寫幾個人的名字，把他們的名字也寫上，這種做假我想是可以的嘛。如果全都送的大花圈，你就送個小的，如果全是送小的，你就送

個最大的，以示我們關係特別。我到了陰間，雖然人微言輕，說不起話，不敢說保佑你發財，至少可以為你們說幾句好話。我會逢鬼就說你們幾位是大好人。通過我的口碑，在陰曹地府宣傳你們，這總可以嘛。」

許良玉聽他們說到豆佛舍利，好奇地問陳羅漢此為何物。

陳羅漢把丁壽文那套理論簡單地講了一遍，隨後對鄭平道：「鄭大俠，你是無冕之王，你知不知道有媒體報導過這事？不知寫報導的那位無冕王是誰？」

鄭平笑言：「是我一個朋友寫的報導，後來還挨了批評。靈豆我也見過，你說不信也不行，那天我在丁家參拜豆佛時，發現這粒小小豆子公然能把知貪石蹺起來；你說信它，可我拿著知貪石又輕飄飄的，一點感覺也沒有。當時丁先生說我不貪財，我不同意，其實我也很想錢，只是我的為人是君子取財取之有道，沒有非份之想而已。對這粒豆子，我的觀點是不可不信，但不可全信。」

許良玉道：「我在獄中護送了三十多個死囚犯人，對生死看得很開，我相信佛菩薩。陳大清官，改天你替何老請豆佛的照片時，也替我請兩張。現在大廟子的菩薩香客多，保佑不了那麼多香客，還不如請小菩薩保佑還靈得多。」

陳羅漢見許良玉說靈豆是小菩薩，糾正說：「許總，你可別小視這粒靈豆，它是佛祖在四川弘法的實證。你參拜豆佛，相信對你的冤案有好處。」說完對鄭平道：「大俠，閒話少敘，言歸正傳，對於何老的內參擦邊球，你什麼時候打？」

鄭平道：「等何老把他的材料給我，我看材料消化後，找個氣眼就動筆打。」

鄭平說完掏出名片，遞給何憨憨說：「何老，這是我的名片，你把材料備好，按名片上的電話通知我，我在辦公室等你。」

何憨憨接過名片，千恩萬謝說：「鄭大清官，謝謝你了，我這輩子沒錢不能報答你，只有下輩子變豬讓你多燙火鍋吃。」

陳羅漢笑說：「何老，你見人就說下輩子變豬報答，我看你下輩子能變幾條豬？」

何憨憨接過名片，面露憨態說：「嘿嘿，變豬死得快，可以多變幾次。很多人感恩不願意變豬，是因為現在變豬被殺之前要注水，死得好慘啊！儘管如此，我為了答謝各位，寧願被注水慘死，以表我心誠。」

眾人聽了哈哈大笑。

何憨憨說完起身又對眾人道：「各位，我們就告辭了，回去準備材料。」

陳羅漢見何憨憨要走，不再挽留。待他夫妻離去後對鄭平道：「鄭大俠，你跟許總談好沒有，什麼時候到他老家去？」

鄭平見問，回頭對許良玉道：「許總，這樣吧，這兩天我手邊有兩個擦邊球要打，三天後我隨你到你老家去擺展覽亮相，嚇一嚇那個龜兒子貪官。不過話說回來，現在已經不是從前，記者去了，那些當官的怕醜聞曝光，對我們記者百依百順。現在時代又不同了，他們也見慣不驚了。他們就是黨，黨就是他們。」

陳羅漢聽了鄭平之言，反駁說：「鄭大俠，你這話不正確，一個鄉官算老幾，他怎麼能代表黨？」

鄭平沒有立即回答陳羅漢的問題，而是擺手說：「羅漢兄，我剛才就想糾正你一個概念，你說黨喜歡高帽子，這話不正確。黨是一個團體的代名詞，代表了一個群體，這個群體不是鐵板一整塊，而是各有各的思想認識，不一定每個黨內人士都喜歡高帽子。」

陳羅漢道：「我知道黨是一個概念，是一個團體的代名詞，但『黨』字代表權，是權力的象徵。我說的黨喜歡高帽子，就是掌權的人喜歡高帽子。」

鄭平把手往腿上一拍，激動地說：「羅漢兄果然機敏，再也不是方腦殼了。你說得正確，黨是權，正因為如此，那些鄉官有權，他在當地就代表了黨，所以現在上面很多政策難以貫徹執行就是這個原因。」

許良玉聽了二人對話，說：「二位說的都有道理。現在當官的一手遮天，權力大，我多次招待主辦我案子那位法官去洗桑拿、按摩、泡小姐，他口頭上答應想辦法替我把案子搬過來，可一直沒見動靜。我多次跟他說，案子平反，得到補償，我和他五五分成，他也多次暗示我，要我現在就給他一部分錢，而且他要的數目又不是一般的大，我哪來錢給他，所以案子拖到現在。」

鄭平道：「這次我去後，你把他約出來洗桑拿，我當面同他談如何？」

許良搖頭說：「不行，你是記者，他不敢同你去洗桑拿，怕你把他的醜事曝光。對於他，只能正面接觸，他見你是記者，會擔心我把他泡妞的事講給你聽，可能會好些。」

鄭平問許良玉，何以知道法官的心態。

許良玉道：「這位法官在這方面是個大愛家，但他很狡猾，每次我招待他泡妞都只有我一個人知道，最怕暴露這方面的行蹤。」

鄭平聽了許良玉的解釋，感慨地說：「在這方面，我總結的種類有：玩家、愛家、躲藏家、票友、發燒友。所謂玩家，那是上了檔次的，已經不是玩一兩個女人，至少幾百上千，才能稱之玩。這在一般普通人是不可能的，只有那些權貴們才能辦到。據我所知，有位局座，就是因為玩女人太多，蒐集了幾百個女人的陰毛，準備用來做陰毫筆，正當大功即將告成之際，被一位俠女把他的命根子割去泡酒了。事發後局座沒有報案，而是身穿三角褲，血染下半身，意識清醒地由親信將其送到縣醫院搶救，並主動向醫生曝光自己的身分。隨後，局座夫人聞訊趕來，將局座送往省城一家大醫院就醫。據縣醫院目擊者說，局座的命根子是在雄起時被割掉的，否則傷口不會那麼整齊。」

陳羅漢聞言笑說：「局座的命根子沒有了，這麼大的事不報案，肯定是有把柄被對方抓住。」

鄭平點頭說：「你說得正確，局座以偉哥為後盾，雄糾糾、氣昂昂，意欲挺進中原，結果被女俠徹底繳械，且不敢報案，說明他把別人玩弄夠了，許諾的事又不兌現，傷了別人的心，才會遭此報復。這事在當地影響很壞，群眾反應大。有人說肯定是英雄女俠幹的，認為對方是懲治淫官的高招。還有人說，局長先生人膽報案才對呀！還有群眾幽默他，可能想做變性手術。還有群眾問那東西在誰手裏，說保存好，值錢的！並且建議浸泡在盛有百分之五甲醛溶液的玻璃瓶裏。

也有群眾建議祕密做個DNA測試，保存好結果，沒準哪天反貪局查大案有用。還有人編順口溜說：『局長沒了槍，從此就下崗，今後綠帽子，戴得心發慌。』還有人建議俠女蒐集三百個貪官的淫鞭泡酒，以示男女平等。」

許良玉聽了這個故事，幽默說：「局座不報案，不等於反貪局不知道，遲早要進去坐牢，不如在入監之前做個變性手術，將來到了獄中，可以為犯人們提供性服務。我在獄中服刑幾年，深刻感受到犯人在這方面的需求與苦悶。」

這時陳羅漢道：「許總叫他做變性手術不現實，就叫他去當聯想集團老總，成天空想社會主義算了。鄭兄，他這種空想社會主義的又稱為什麼家呢？」

鄭平道：「局座沒有槍了，只能歎息，因此叫歎家。」

許良玉聽了鄭平的解釋，問他剛才說的藏家又指的哪類人。

鄭平道：「所謂的藏家，是表面上道貌岸然、自持清高，結果背地裏經常出入舞廳、歌廳、紅燈區。表面上把道德掛得老高，背後卻在寫一個作家的懺悔，一個企業家的懺悔，一個政府官員的懺悔，一個什麼什麼的懺悔。我認識一個名人，他就是個藏家，好幾次我在洞洞舞廳見到他，但他沒看到我，事後他還在我面前大談洞洞舞廳是藏污之地，我暗自好笑。至於愛家，在這方面有癮。有位名人對我講，說他在這方面癮大，經常找小姐，結果回家沒法交公糧，只好對老婆說患了陽萎。」

這時陳羅漢問他說：「鄭兄，你屬於什麼家呢？」

鄭平沒有迴避，直言不諱地說：「我只能稱票友，這就跟業餘唱京劇一樣，偶爾票一腳，偶一為之，過把子癮。至於發燒友，就是初入這行。」接著指著陳羅漢說：「我從那天小姐陪你時，你有點臉紅發現，你不是經常出入這類場所，你只能稱為發燒友。」

陳羅漢見鄭平說他是發燒友，笑言：「鄭兄，我在這方面是方腦殼，你稱我發燒友算是高看我了，我連你剛才說的洞洞舞廳都不知道在哪兒，怎麼能談得上『發燒』二字。」

鄭平道：「正因為你沒去過洞洞舞廳，我才將你定性為發燒友，如果你常去洞洞舞廳，不是藏家就是愛家。」

陳羅漢聽了這話，顯得有點好奇，問鄭平洞洞舞廳在什麼地方，有什麼特色。

鄭平道：「洞洞舞廳是特定時期的產物，也是特定環境下特殊人群求生存的場所。那裏的舞女陪舞是要收費的，十塊錢陪跳三曲貼面舞。那裏至少養活了無數的下崗女工，解決了無數下崗家庭的生存問題。」

陳羅漢聞訊，追問洞洞舞廳在什麼地方。

鄭平道：「洞洞舞廳在人民南路，它是成都人民南路兩邊的人防工程改造而成。人防工程又是在『文革』期間，根據成都人民南路的御河改造成的。改革開放後，人防工程失去作用，有關部門曾將其改造成地下商業街，但商家生意清淡，最後承包給一些開舞廳的人，反而生意紅火，洞洞舞廳也就應運而生。從成都人民南路毛澤東的大理石塑像兩邊，沿後子門一圈，幾十個舞廳，全是洞洞舞廳。」

鄭平正在高談洞洞舞廳，忽見對面過來一位中年女士。但見這位女士長得珠圓玉潤，體態豐滿，給人一副官太感覺。

女士來到鄭平面前招呼說：「呀，鄭大記者，吃火鍋也不打電話招呼我們，怕我們給不起錢麼？」

鄭平見女士招呼自己，連忙欠身說：「呀，是汪太太得嘛，怎麼也來吃火鍋？來快坐下一塊兒吃。」說完指著陳羅漢與許良玉介紹說：「這兩位是我的好朋友，這位陳老師是詩人企業家，這位許總也是企業家。」接著又向陳許二人介紹說：「這位是汪書記的太太呂梅芳女士。」

呂梅芳聽了鄭平介紹，拉著陳羅漢的手說：「陳老師，我見過你，是上次在賈院長的研究院開會時見過，當時你沒有注意到我。」

正是：

淫官繳槍不報案，內中自有機關算；
俠女懲淫施高招，從此恩情兩了斷。

看官欲知後事，且聽下回分解。

第三十四回　姐弟戀男女平權話進步，官綠帽趕超時代新潮流

陳羅漢見呂梅芳說認識自己，只得含糊地說：「可能是吧，我也感到妳很面熟。」

呂梅芳道：「我多次想約陳老師去喝茶，又沒有你的電話號碼，我本想找賈院長要，幾次都忘記了。今天正好，請陳老師把你的手機號留給我，有時間我想約你喝茶聊天，有些問題要向你請教。」說完要鄭平把筆借給她，記上陳羅漢的電話號，同眾人擺手說：「各位，我過那邊去了，我們幾個姐妹也來吃火鍋，她們正在那邊等我。」

呂梅芳離去後，鄭平向陳羅漢眨了眨眼，笑說：「羅漢兄，可能這位官太太對你有感覺，否則怎麼見面就問你要電話號碼，注意她把你老兄電倒。」

陳羅漢擺手說：「鄭無冕兄說到哪裏去了，你的朋友，怎麼可能對我產生放電現象，我的確在賈院長那裏見過她。」

這時許良玉又把話扯回來，要陳羅漢三天後也同鄭平到他家鄉去。

陳羅漢見鄭平同許良玉約好時間，任務完成，而且又幫何憨憨辦了件事，雖然鄭平不一定能夠辦好，但多少對何是一種安慰，於是擺手說：「許總，我就不去了，這幾天我還有其他事要辦。」

眾人在粗糧王火鍋廳出來分手後半月，這天，陳羅漢突然接到呂梅芳的電話。

只聽見呂在電話裏對陳羅漢說：「陳老師，你幾次給我打電話，我不是懂不起，我曉得你對我印象好。你幾次約我喝茶，不是我不願意，是的確有事，實在對不起。」

陳羅漢聽了這話，丈二和尚摸不著頭腦。心想，自己從來沒有給她打過電話，也沒有約她喝茶，不明呂梅芳為什麼會如此說。

正欲相問，呂梅芳又在電話裏道：「陳老師，等會兒你有沒有空？我想約你到府河茶樓喝茶，同你擺一下。」

陳羅漢也想瞭解呂梅芳說這話的目的，相約一小時後，二人在茶樓見面。

陳羅漢來到府河茶樓，呂梅芳早已在那裏等候。

呂梅芳見陳羅漢到來，起身讓座，要服務員來一杯碧罎飄雪，說：「陳老師，剛才的電話有點冒昧，請你原諒。」

陳羅漢見她道歉，知道傳奇故事又來了，擺手說：「沒關係，我見妳打那種無頭電話，肯定有什麼事情，妳是故意那樣說的，是不是要把話說給某人聽？」

呂梅芳點頭道：「陳老師果然不簡單，我還沒說，你就猜出我的心思。我之所以說你經常給我打電話，又說你約我喝茶，對我有意，是在作戲。戲事前沒同你溝通，就把你拉進來充當角色，不好意思。你能原諒我嗎？」

陳羅漢想聽下文，再次擺手說：「沒事，只要能給妳幫得上忙，我這個角色就值了。」

呂梅芳見陳羅漢寬容大肚，高興地說：「只要不介意我拉你來唱雙簧，那就太感謝你了。我想向你提個問題：你說走得急，看到的是不是最美的風景？傷得最痛的是不是最真的感情？」

陳羅漢一聽這話，知道眼前這位女士可能為情所困，來要寬心丸的。不由安慰她道：「走得急，看到的不一定是最美的風景，但傷得最痛的是最真的感情。只有付出的感情真，才會感到傷痛，玩世不恭也就無所謂痛與不痛。風景不同，走得急沒看清楚，以為最美，其實不一定。」

呂梅芳聽了陳羅漢的解釋，喝了口茶，把話扯上正題說：「陳老師，你為什麼不問我打那個電話的原因？」

陳羅漢笑言：「妳既然約我來喝茶，相信妳要主動跟我講，所以沒有必要相問，我怕那樣會使妳心存壓力。」

呂梅芳聽了陳羅漢的回答，感動地說：「陳老師，你真是善解人意，誰找到你這樣的男人，是她的福分。」

呂梅芳說到這裏，聲音顯得低沉，歎了口氣又道：「陳老師有所不知，最近我耍了個男朋友，我可以說對他愛到骨髓裏了，而他對我卻愛理不理。為了讓他重視我，剛才故意在他面前打電話給你，約你出來喝茶，想以此引起他對我重視。」

陳羅漢感到不解，說：「原來妳是讓我來充當義務第三者中的第三者。」

陳羅漢說這話是故意的，他知道呂梅芳有老公，而今公然再找男朋友，所以他就成了義務第三者中的第三者角色。

呂梅芳臉色微紅，顯得不好意思，解釋說：「陳老師，我曉得你要說我有老公還在外面偷鬧哥，這樣不道德，是不是？」

有時，我們從人的某句話可以看出其生活背景。「偷鬧哥」是成都上個世紀五十年代土語，意指婦女在外偷情。這話一般是農村婦女愛說，現在很少聽人說這話了。

陳羅漢聽呂梅芳用「偷鬧哥」一語來形容找情人，估計她出身農村，嫁了個當官的，不由將就她的話回說：「我沒用傳統的道德觀念看待妳，只是我不明白妳要我充當第三鬧哥中的第三鬧哥，用意何在？還有，妳同妳老公關係怎樣？當然這話我不該問。」

呂梅芳見問說：「陳老師，你是我最尊敬的人，你有什麼話儘管問。說起我那個老公，我想起社會上流行的一首〈女人十嫁〉歌，不知陳老師聽說過沒有？」

陳羅漢搖頭表示沒有。

呂梅芳道：「沒聽過我就背給你聽。」說完背書似地說：「一嫁一桶水，越嫁越貪嘴；二嫁一碗油，越嫁越風流；三嫁一盒銀，越嫁越精靈；四嫁一盆金，越嫁越花心；五嫁小汽車，嫁的是老爹；六嫁一套房，越嫁越亮堂；七嫁一畝地，越嫁越豪氣；八嫁當官人，天天守空門；九嫁生意人，天天看財神；十嫁步步高，越嫁越風騷。」

呂梅芳背完〈女人十嫁〉歌說：「陳老師有所不知，人說女人越嫁越大膽，但又越嫁越苦惱，這話總結得再好不過。我就是第八嫁中說的，八嫁當官人，天天守空門。我家那個老幾是個當官的，成天在夜總會鬼混，回來我還不敢說什麼，如果說他，他會不高興。但空門守得惱火，所以我才找了一個男朋友。我這男朋友比我小八歲。」

呂梅芳說到這裏，怕陳羅漢說她什麼，主動解釋說：「陳老師，你別笑我老牛吃嫩草，現在時興姐弟戀。」

呂梅芳剛說到這裏，陳羅漢搶過話說：「是的，是的，現在的姐弟戀是時代新潮流。那天我聽人講了一個故事，說有個三十多歲的小夥子，在車上認識了個六十多歲的太婆，二人一見鍾情，小夥子公然主動追求老太婆。據說小夥子在車上剛一聽見那位太婆同人講話，立即被老太婆的聲音迷住，下車後一直緊跟太婆，待找到太婆的家，便徑直到太婆家中求婚。都以為他在想太婆的錢，其實太婆根本沒有錢。大家不明白，小夥子為了什麼？其實這些人不懂，那個小夥子是這位太婆三十三年前去世的丈夫，只是這小夥子過奈何橋時沒有喝王婆的迷魂湯，記得前世之事。那天他在車上偶遇太婆，一聽她的聲音，便知道太婆是他前世之妻，所以才會跟蹤而去。太婆見小夥子能道出她與亡夫的各種隱私，認定小夥子是她前世之夫，相續前緣。」

陳羅漢講到這裏，笑說：「姐弟戀是時代的進步。傳統觀念是，七十歲的男人找個二十歲的女子，彷彿天經地義，而六十多歲的太婆，找個三十多歲的小夥子，卻會大驚小怪，這是男女不平等的根源。妳找個比妳小的男朋友，可以理解。只是萬一妳老公知道怎麼辦？」

呂梅芳聞言，不滿地說：「解放初，幹部進城換老婆成風，在群眾中造成了不良影響。現在那些當官的學乖了，不換老婆，把老婆當成花瓶，放在家裏，把家當賓館，偶爾回來看看花瓶的插花。家裏紅旗不倒，外面彩旗飄飄。」

說到這裏，呂梅芳有些激動，說：「他能把家當賓館，我為什麼不可以在賓館裏接客，給他戴頂綠帽子。」

陳羅漢對呂梅芳的家當賓館論表示不解，問她原因何在。

呂梅芳道：「我老公說，很多事在辦公室不方便談，一般都在飯桌上、夜總會、桑拿浴場談，因此回家吃飯的時間少。說他們進這些場合是工作，正因為如此，家就成了他們的賓館，只是偶爾回來住一個晚上。」

呂梅芳接著又道：「其實我搞姐弟戀，是受一個朋友的影響。這個朋友姓易，比我大，我叫她易姐，她老公的官也比我老公的官大。她也是成天守空門，耐不住寂寞。一次我和她去香港遊玩，回來途經深圳，那天晚上，易姐帶我和另一個女士去夜總會玩。進門見吧檯旁邊坐了一排帥哥，當時我還不明白那些帥哥是幹什麼的。我們坐下後，易姐見一個屁股口袋別了一把木梳的帥哥走她面前過，指著那人對服務員說：『把那個帥哥叫過來陪我。』過了片刻，那個帥哥來到我們面前，對易姐行了個禮，說：『小姐，對不起，我在坐檯！』」

陳羅漢聽到這裏，不禁哈哈大笑，說：「有趣！只聽說女孩子坐檯，小夥子坐檯我是第一次聽說。唉，時代變了！」

陳羅漢後面的話還沒說出來，呂梅芳便打斷他的話說：「陳老師，你這話是大男子主義在作怪。為什麼坐檯只能是女人，男人難道不可以坐檯？」

陳羅漢經此一問，感到語塞，沒有開腔。

呂梅芳又道：「提起男人坐檯，我想起易姐講的一個笑話：易姐認識一個小白臉，是在網上認識的。易姐的老公經常不在家，她只有扮成男士上網同人聊天。這天易姐在網上見一個二十一歲的小夥子，在自己的個人留言中說：『我專門為大齡女士服務，妳的快樂是我的工作，只是要收費。』易姐讀了小夥子的自我介紹，知道他就是人們稱的鴨子，於是點擊小夥子，同他開玩笑說：『朋友，你在廣告宣傳詞裏直接談收費太直白了，我想替你修改幾個字，可以嗎？』對方回說：『請講。』易姐保留他的原話，只在收費問題上做了修改，發過去的廣告內容是：『我專門為大齡女士服務，妳的快樂是我的工作。請注意，妳的付費，是婦女地位的提高，男性生理價值的體現。』」

陳羅漢聽到這裏，不覺笑了起來，說：「妳這位朋友思想前衛嘛。不過我倒想聽妳解釋一下，為什麼說付費是提高婦女的地位？」

呂梅芳道：「這很簡單，你們男人成天在外包二奶、玩三奶、逗四奶、想五奶，我們女人為什麼不可以用錢消費二爺？男人可以有紅顏知己，女人為什麼不可以有藍顏知己？男女要平等嘛。有人說，現在官員不包二奶、不養情人的，有如熊貓般珍稀。據有關部門統計：那些下馬官員，百分之九十幾的人都有二奶、小密。既然講男女平等，老公在外包二奶、養情人，老婆難道就不能找鴨子、包二爺嗎？正因為這樣，現在那些當官的戴綠帽子也就成了時代新潮流。」

二人在茶樓又聊了一會兒，呂梅芳看了下時間，對陳羅漢道：「陳老師，時間還早，不如我們到附近的舞廳去跳舞，你也去找一下感覺如何？」

陳羅漢道：「我不會跳舞。」

呂梅芳道：「不會跳舞沒關係，我帶你跳幾曲就會了。」

正是：

男人可以包N奶，女人越界就出拐；
既然男女講平等，男權思想要更改。

看官欲知後事如何，且聽下回分解。

第三十五回　呂梅芳燈泡光照婚外情，網聊女三寶犯傻是與非

離府河茶樓不遠，有一家舞廳。二人來到舞廳，陳羅漢剛要掏錢買門票，呂梅芳把陳羅漢向旁邊一推說：「陳老師靠邊站，咱能讓你開關喃。」說著掏錢買了兩張門票，同陳羅漢進入舞廳。

還沒跳舞，迎面過來一位中年女士，招呼呂梅芳說：「小呂，又換教、找新電燈泡囉哈。」

呂梅芳看了陳羅漢一眼，說：「不是新燈泡，別個陳老師是文化人，從沒進過舞廳，是我約他來看一看。」

呂梅芳說到這裏，又道：「陳老師雖然不是我的燈泡，但他是我請來充當燈泡角色，配合我演戲的。」

呂梅芳見陳羅漢對「電燈泡」一語感到茫然，主動解釋說：「陳老師有所不知，現在女士圈子內將換情人稱為換教，我們說的電燈泡，是指有夫之婦在外找的情人。我們這群官太太聚到一起，說到找情人，不用換教二字，而是用電燈泡代替，這是我們的內部語言，外人聽不懂。」

陳羅漢聞訊笑言：「那今天我就是義務電燈泡囉。」

呂梅芳哈哈一笑，指著來人對陳羅漢道：「陳老師，我給你介紹，這位是我的好朋友易群姐。就是剛才在茶樓，我同你講的那位大姐大，是她把我引進官綠帽人群的。」

易群女士比呂梅芳大幾歲，看上去四十開外，雖半老徐娘，風韻猶存。她聽呂梅芳介紹她是牽線人，笑說：「妳少亂說，二天妳老公曉得囉，我可要吃不完兜著走。」

呂梅芳道：「沒事，沒事，他咋個曉得喃，當真話腦殼裏有乒乓。陳老師不是外人，他為人正派，不會亂說。」

說話間，易群把二人拉到舞廳角落坐下。這時剛好一曲舞完，易群待第二曲響起，起身對呂梅芳道：「梅芳，我想請陳老師跳個舞，可以嗎？」

呂梅芳道：「跳嘛，妳請陳老師跳舞何必給我說。」

易群道：「妳帶來的人當然要徵求妳的意見囉。」說完起身來到陳羅漢身邊，伸手道：「陳老師，來，我們跳一曲。」

陳羅漢擺手說：「我不會跳舞，要跳只有妳帶我，我跳女角。」

易群拉起陳羅漢說：「我帶你沒關係。」

二人隨著舞曲，步入舞池，走了兩圈。

易群邊跳邊說：「陳老師的舞跳得可以嘛。」

陳羅漢見易群表揚他舞跳得好，搖頭邊跳邊說：「哎呀，易小姐咱個亂戴高帽子哦，我就是不會跳舞，幾次差點踩到妳的腳。是易小姐會帶人，我才能勉強走幾步。」

一曲下來，二人回到座位，易群對呂梅芳道：「現在的好男人標準是：『喝酒不喝醉，跳舞只摸背；風流不下流，再晚回家睡。』陳老師就符合這樣的標準。他雖然舞跳得不熟，但節奏感強，舞姿輕盈，而且禮貌，哪像上次那個文人，第一次同我跳舞就貼得緊緊的，就跟跳貼面舞似的。我跟他說，想跳貼面舞到洞洞舞廳去跳，那裏十塊錢跳三曲，隨便抱倒啃兔腦殼。」

呂梅芳接過話說：「妳說的是不是那個叫仙藥的文人？」

易群點頭道：「是的，是的，就是那個酸文人，自以為是。第一次同我跳舞，就把我摟得喘不過氣來，他邊跳還邊說：『摟摟妳的腰，好風騷，拉拉妳的手，跟我走。』」

易群說到這裏，往地下做了個吐痰的姿式說：「呸，跟他走！跟他走算是倒了八輩子的楣。」

呂梅芳在一邊接過話說：「是的，那個酸文人著實可笑，上次他同我跳舞也一樣，摟得緊緊的，見我沒有反抗，約我第二天到他辦公室去。結果第二天我去時，他公然早就把沙發椅子放開成為一張床，在等我了。當時我生氣地質問他：『這是為什麼？』他支吾了半天，沒說出所以然。他筆名叫仙藥，我看他不是仙藥，是鬧藥，想把我毒死。我坐也沒坐，轉身就走了。」

陳羅漢聞言大笑，說：「有趣，有趣。」

這時呂梅芳拉著陳羅漢的手說：「陳老師，來，我們來跳一曲。」說完不等陳羅漢應承，拉起陳就往舞池走去。

二人邊跳邊聊，只聽見呂梅芳說：「陳老師，你知不知道，今年三八節的婦女宣言是什麼？」

陳羅漢一邊隨著呂梅芳的腳步，邊跳邊搖頭，表示不知道。

呂梅芳道：「廢除老公終身制，爭取紅杏出牆合法化。引來小夥競爭制，情人互換合理制。二奶二爺平權化，綠帽男女共用化。」

呂梅芳說完趁陳羅漢不注意，突然把陳羅漢緊緊往身前一摟，趁勢給了陳一個熱吻。

陳羅漢與呂梅芳跳舞，舞姿一直端正，保持了一定距離，沒想到呂梅芳突然來這一手，不禁顯得尷尬，說話語無論次，嘴裏不斷地說：「妳、妳、妳……」後面就沒有話了。

呂梅芳見狀大笑，說：「怎麼，陳老師怕觸電？」

經此一問，陳羅漢方才醒悟，說：「不是怕觸電的問題，是我不能轉正的問題。」

呂梅芳不明白陳羅漢這話的意思，反問說：「什麼轉正？」

陳羅漢已經恢復常態，笑說：「我今天的角色是義務第三者，不能轉正。」

呂梅芳聽了陳羅漢的幽默，也笑說：「男女相處，時間一久就會放電，如果不放電，不是女方沒有吸引力，就是男方生理有問題。我們剛才啃兔腦殼，屬於正常的放電現象。」說到這裏，再次向陳羅漢吻去。

這一次陳羅漢有了準備，他既不能迴避又不想用唇相迎，於是將頭向旁邊微偏，讓呂梅芳吻到他的臉頰。

呂梅芳不滿地說：「陳老師，你這人怎麼沒有男子漢氣派，是不是生理出了故障？說實話，不是那種人，我是不會亂放電的。那天報上登了一則新聞，說：有一對網友，在網上認識，很聊得來，相約來舞廳跳舞。結果第一次跳舞，那個男士就亂放電，把女士摟得氣都喘不過來，還用手亂摸。那位女士當即生氣離開舞廳，打電話約見記者，把這事曝光。」

陳羅漢聽了這則新聞說：「人說：『三羊開泰，講個吉利。』以我看這則新聞叫：『三寶犯傻，盡顯晦氣，三個人都是寶器。』」

呂梅芳不明白陳羅漢這話的意思，要他解釋清楚。這時曲終，二人回到座位，易群也回來了。呂梅芳再次要陳羅漢解釋「三寶犯傻」的意思。易群聞言問呂所言何事。呂梅芳把剛才跳舞時同陳羅漢的對話複述一遍，易群也感到稀奇，要陳羅漢解釋。

陳羅漢道：「成都人說寶器，是指這人有點傻乎乎的。我看這對男女以及那位記者都是寶器，原因很簡單：先說那位男士，他同女士在網上認識，第一次見面相約到舞廳跳舞就亂放電，有失男士風度，此為一寶。其二，那位女士也是一個寶器，既然雙方初次相約就能進舞廳跳舞，說明她對那位男士多少有些好感，否則不可能初次見面就同別人去進舞廳。既然進了舞廳，那位男士產生放電現象，可以理解。如果嫌那位男士放電過急，可以警告他，或一走了之，大可不必約見記者，鬧得滿城風雨，此乃二寶。再說那位記者也無聊，什麼新聞不能寫，偏偏找些這類花邊新聞來吸引眼球，讓人把他看成專門報導男女丟窩之事的丟窩記者，豈不自降檔次，此乃三寶也。」

「丟窩」，是社會下層的專用土語，指亂搞男女性事。

易群聽了陳羅漢的評論，說：「陳老師說得好，那些文人就是無聊，喜歡寫些丟窩、煽情、搞笑的文章，以此吸引眼球。我認識個人，自稱報社總編，是個票嘴，說話漂亮，就是不來電。他第一次見我就說：『我從妳甜美的笑容看出，妳是一個樂觀、豁達、大度的女士。我們雖然過去不認識，但我從妳說的相信自己、相信別人、充滿幻想，這三點看出，妳是一個很不簡單的女士。相信自己，是自信心的體現；相信他人，是心靈美的體現。正如巴爾札克說：『偏信是一個人靈魂高潔的表現。』充滿幻想的人，會永遠年輕。』」

呂梅芳聽了易群講述，在一邊說：「他說得有道理。」

易群看了她一眼說：「唉呀，票嘴一個，這個文人嘴上說得漂亮，就是不來電。」

易群後面的故事還沒講出來，呂梅芳就把話扯到一邊，問陳羅漢說：「陳老師，你那麼會評論人的，那我講個故事給你聽，你來評價一下是什麼現象。」

呂梅芳接下來道：「那天我聽到一則小道消息，說：某地民警夜巡，見一輛黑色轎車在不停地搖動，強行打開車門一看，車內一對男女正在幹那方面的事。經審訊，男的是當官的，女的是他下屬，二人承認當時正在發生不正當關係。官員認為導致他如此的原因是他老婆在家偷鬧哥，給他戴了綠帽子。有趣的是，事後官員發現患了陽痿，醫生診斷為心因性陽痿。官員認為病因是他在激情中被警方赤條條從車內拉出來曝光所致，警方應給他賠償。按照每次性交易平均一百五十元，正常情況下他還可以進行六千多次房事算，警方應賠他一百萬元的損失，揚言要到有關部門告狀，提出賠償。有人認為，這位官員與女下屬發生不正當關係，不是賣淫嫖娼，沒有妨礙社會治安，警方強行將二人從車內裸體拉來的做法欠妥，造成後果理應賠償。陳老師，我想聽一聽你的評說。」

陳羅漢聽了呂梅芳的故事，哈哈大笑，正要回答她的問題，舞曲再次響起。

正是：

官員偷情太膽大，車震曝光天底下；
影響惡劣不悔改，反告警方成笑話。

看官欲知後事，且聽下回分解。

第三十六回　談偷情陰陽生日鑽戒禮，拆謊言巧用胎記還清白

呂梅芳見舞曲響起，拉起陳羅漢道：「來，陳老師，我們邊跳邊聊。」

陳羅漢同呂步入舞池，說：「警方在這件事情上雖然沒有人性化執法，但也沒大錯。現在不是『文革』時期，發現男女單獨在一起，就會懷疑他們通姦，甚至破門而入，五花大綁。那時人人緊盯他人下身。現在時代不同了，他們的性質是偷情，不屬於賣淫嫖娼。估計是因為事情曝光，官員顏面掃地，為了挽回面子，故意說自己出現陽萎要告警方，以示偷情合法，打的是虛張聲勢牌。反過來講，如果那位官員真的要求警方賠償他性功能障礙的損失，他就屬於破罐子破摔的那類人。不同的是，低層社會的人破罐子破摔，是不得已而為之，他破罐子破摔是以破挽面子，結果弄巧成拙，越挽越沒有面子。」

陳羅漢剖析完畢，曲終同呂梅芳回到座位，易群已經同另外一個人跳舞去了。

這時，對面過來一人。但見來人個頭高大，一副斯文模樣，徑直走到呂梅芳面前，做了個「請」的姿式說：「呂小姐，跳一曲好嗎？」

呂梅芳抬頭看了來人一眼，冷冷地說：「對不起，我累了，不想跳。」

來人討了個沒趣，轉身離去。

呂梅芳指著他的背影說：「這人就是我剛才說的票嘴。上次他來糾纏我，我威脅說要打電話給他老婆講，說他經常下舞廳，嚇得他屁滾尿流，一再求我別亂說。想不到今天又來了，硬是臉厚。」

這家舞廳設有茶座，舞客既可跳舞，也可以到旁邊品茶。

呂梅芳見來人離去，拉著陳羅漢的手說：「陳老師，不，方腦殼，走，我們到旁邊去喝茶。我一見到他就敗胃口。」

舞廳旁邊的茶座全是包廂似二人座茶位，主要是為那些在舞廳跳舞找到感覺的男女提供的聊天場地。由於消費低，環境舒適，那些在舞池找到感覺的人，都會來此勾兌。

呂梅芳將陳羅漢帶到此，找了一個僻靜處坐下，對陳羅漢道：「方腦殼，你曉不曉得，這地方是啥子地方？這是情人幽會喝花茶談心的地方。」

陳羅漢聽出她話中的弦外之音，故作不解，幽默地說：「我今天有幸，呂小姐公然帶我到這地方來享受情茶待遇，我感到無上光榮。」

呂梅芳見陳羅漢如此說，以為陳羅漢明白她的用心，高興地說：「方腦殼，你今天也享受一下本小姐帶你出來的滋味。過去女人是男人的附屬，往往依賴男人，出門也要男人帶，今天本小姐就反其道而行之。從前讀張恨水的小說，他說你們男人要求女人三婦，那是不公平的。既然男人要求女人在外像貴婦、在家像主婦、床上像蕩婦，那我們女人也可以要求你們男人三公：在女人面前像剛剛開叫的小雞公，羞答答的純潔；在外要像雄雞公，頂天立地；在床上像騷雞公，滿足女人性需要。只有這樣才能做到真正的男女平等。」

呂梅芳說到這裏，又繼續說：「我的觀點是：隨著人們舊觀念的打破，真正懂得開發利用男人價值的女人才是聰明女人；反之，當男女平等的今天，能夠開發利用男性生理功能價值，對付那些需要這方面滿足的富婆，這樣的男人才算開明又實惠。」

呂梅芳講到這裏，見陳羅漢沒有附和，又進一步說：「方腦殼，你知不知道，為什麼現在時興找情人的原因？」

片刻，她見陳羅漢沒有回答，又道：「原因很簡單，過去人們將生殖器當作神，後來又作為生育工具，現在又視為娛樂工具，因此，人們現在已經不再將性愛和生育聯在一起，而是分開對待，這是社會進步。」

陳羅漢聽了她的論述，笑說：「看不出來，呂小姐思想前衛嘛。」

呂梅芳道：「不是前衛問題，這是在追求生命價值。」

陳羅漢聽了這話，說：「妳說的是個人享樂，但是很多人正因為尋求歡樂及縱欲，使得家庭破裂。」

呂梅芳道：「方腦殼呀方腦殼，我說你是書呆子，就是書呆子，現在找情人是時代新潮流，其實你都應當找個情人。」

陳羅漢見呂梅芳把話挑明，笑說：「呂小姐別開玩笑，中國是個多民族國家，現在又增加了許多民族，有滿族、逍遙族、汗族。我屬於汗族，咋敢亂找情人哦！」說完喝了口茶又道：「現在社會開放，男女觀念也在改變，男女間關係容易到位，情感不易到位。」

呂梅芳見陳羅漢不給面子，顯得很不高興，臉色陰沉，話峰一轉，說：「方腦殼，我從你身上就看到了成都男人的影子，所以很多女士都說，寧可找成都男人做老公，也不找成都男人做情人。」

陳羅漢問她：「此話怎講？」

呂梅芳道：「成都男人顧家，路上掉根針都要給老婆撿回去。但成都男人做情人就太摳門了，總想占別人便宜。你同他幽會，肚皮餓了他連素麵都捨不得招待你吃一碗。不單針捨不得送你一根，他的衣服釦子掉了，還要叫你拿針給他縫上，純粹的只進不出。用現在時髦的話說就是，一丁不掉光愛熱鬧。」

陳羅漢聽了呂梅芳這話，搖頭說：「我不同意妳的觀點，妳不能把成都男人全都看成摳門。更不能以區域劃分男人摳與不摳，任何地方都有小氣鬼，也有大方的人。」

呂梅芳道：「一方水土養一方人，成都男人就是要比其他地方的男人摳門。」

陳羅漢見她把成都男人說得一錢不值，有點生氣，幽默地說：「呂小姐，妳別生氣，恕我直言，成都男人對於持妳這種觀點的女士，沒有一個敢接招。」

呂梅芳不服，反問為什麼？

陳羅漢道：「情是兩情相悅的火花，不存在物質利益，不能用金錢代替。」

呂梅芳聽到這裏忙道：「所以我說成都男人假就假在這裏，占了便宜還美其名曰真愛不講物質。那我問你，真愛不用物質用什麼來體現？總不可能見面哈哈一笑，比個牙齒白，白啃個兔腦殼就走人，天下哪有那麼好占的便利哦。成都人愛說什麼東西好吃，魌頭最好吃。」

呂梅芳講到這裏，略停片刻，接著又說：「你們成都男人都是糖公雞，比鐵公雞還厲害。鐵公雞一毛不拔，但鐵公雞久了生鏽還要掉點鏽渣渣下來，糖公雞不單不掉鏽，還要倒粘你幾根毛。」說著手往舞池一指，說：「就以剛才那個男人來講，他就是成都男人的典型：逢年過節打個空手到老丈母家去拜年，走的時候還要提一大包東西回去，你說是不是倒粘毛？」

陳羅漢不服這話，提醒她說：「剛才妳不是說成都男人顧家嗎？既然顧家，怎麼會去粘老丈母。」

呂梅芳道：「顧家是顧他那個小家，所以連老丈母的毛也要倒粘幾根跑。」

陳羅漢見她把成都男人說得一錢不值，反駁說：「呂小姐，妳的觀點有問題。男女相處，可以根據各自的經濟條件送禮，但不能了無止境，獅子大開口。妳沒聽現在歌裏唱的：『問世間情為何物？』持妳這觀點的女士，實際上不懂得何為『情』字。這類女士，一旦同她有了關係，她立馬把你當成鮮兔剮，第二天就會悄悄對你說：『親愛的你猜，今天是我的什麼日子？』如果你猜不到，她會說：『今天是人家的生日得嘛！記住，明年這個時候就不用我提醒你了。』接下來如果你沒有反應，她會單刀直入地說：『親愛的，你今天送我什麼禮物喃？』如果你說祝她生日快樂，送她一束鮮花，她會不高興說：『人家就想要一隻鑽戒嘛。』第一次你沒滿足她的要求，過些時候她又會對你說：『親愛的，你猜今天又是我的什麼日子？』如果你說不清楚，她又會說今天也是她的生日。如果你問她為什麼過兩次生，她會解釋，說上次是陽曆年的生日，這次是陰曆年的生日，中國人注重陰曆年生日，提醒你上次還欠她一隻鑽戒。她的生日過完，接著是她爸媽的生日。全家的生日過完，她又會問你說：『親愛的你猜，今天是什麼特別的日子？』如果你回答不上，她會提醒你說：『今天是我們認識一個季度的紀念日。』還問你該不該紀念，如果你點頭說該紀念，她又問你送什麼禮物給她。見面紀念日剛過沒兩天，她又會問你今天是什麼紀念日。如果你說不出來，她會說：『親愛的，難道你忘記了麼，幾個月前的今天晚上九點十分八秒，是我倆第一次啃兔腦殼的時間，值不值得紀念？』一旦你認可，她又會問你送她什麼禮物。而且她要的禮物全都不是一般禮物，最少是金銀首飾、名牌衣服之類。初吻紀念日剛過，接踵而來的是關係進城週年紀念日、悼念墮胎還沒出世的小寶寶紀念日、第一次建立情人關係紀念日、第一次看電影紀念日等等，名目繁多，跟做小生意被攤派苛捐雜稅不相上下。長此下去，成都男人的首富也招架不住。」

呂梅芳聽了陳羅漢的幽默說：「方腦殼，我看你說了那麼多，估計你是怕老婆的原因，我能理解。」

陳羅漢見呂梅芳把話題扯到怕老婆上面，笑說：「話不能這樣講，不是怕老婆的問題，是沒有興趣的問題。」

呂梅芳道：「方腦殼，你太假打了。什麼興趣不興趣，沒興趣你會同我坐在這裏？老實說，男女相處時間一久就要放電，我們之間不放電，到底是你的問題，還是我的問題？」

呂梅芳這話可謂單刀直入，陳羅漢一時語塞，不知如何回答，略微沉默，含糊地說：「呂小姐，妳說的這兩點都不存在。」

呂梅芳立即追問說：「既然兩點都不存在，那就是怕老婆。你們成都男人都是炽耳朵協會成員，個個怕老婆。」

陳羅漢說：「怕老婆是和睦家庭的方式，是男人對女人的謙讓。」

呂梅芳見陳羅漢如此說，追問道：「方腦殼，這樣說你承認是炽耳朵囉。」

陳羅漢當然不會承認，反駁說：「我不是炽協成員。」

呂梅芳道：「既然你不是炽協成員，你敢不敢把你家裏的電話號碼給我，讓我有事不打你手機，直接打電話到你家裏？」

陳羅漢不假思索，隨口答道：「心中無冷病，哪怕吃西瓜，怎麼不敢！妳記一下。」說完把家裏的電話號碼講了出來。

成都人流行將北方人叫的大嬸稱為「姆姆」，將那些混混稱為「啖娃」，將那些水準介於啖娃的女士稱為「啖娃姆姆」。

幾天後的一個下午，陳羅漢正在家裏看書，沒想到呂梅芳果真打電話到他家，約他出去喝茶。上次陳羅漢對呂梅芳的觀點有看法，認為她有點像那些啖娃姆姆，同她說話大有話不投機半句多之感，不再想同她聊天了。見她來電話相邀，婉言推辭，說自己有事。誰知從這之後，呂梅芳總是打電話到陳羅漢家裏，約他出去聊天，都被陳羅漢婉言相拒。

這天，陳羅漢正在家裏陪太太看電視，呂梅芳又來電話，約他去喝茶聊天。

最初陳羅漢說家裏有事分不開身，呂梅芳見多次相邀，陳羅漢不給她面子，老大不快，說：「方腦殼，我啥子事情得罪了你，每次約你出來喝茶，你都推三阻四？」

陳羅漢因為太太在旁邊，不便多言，含糊其詞說：「實在對不起，今天太太在家，我要陪太太看電視。」

陳羅漢不說太太還好，一提太太，呂梅芳以為他找藉口，不禁惱羞成怒，說：「方腦殼，方大文人，說你是炟耳朵你還不承認。」

陳羅漢聞言，略去「炟耳朵」三字，含糊說：「不是不是，絕對不是。」

呂梅芳也不示弱，得寸進尺，說：「不是炟耳朵，你敢不敢讓你太太聽電話？」

陳羅漢沒想到呂梅芳會如此相逼，直覺使他意識到，這不是一般女人，感到有被她要脅的滋味，暗中慶幸沒同她有越軌行為。然而慶幸歸慶幸，眼下不得不面對呂梅芳的騷擾，如果他回答不敢讓太太聽電話，就有可能讓呂梅芳抓住他的弱點，今後會不斷地來騷擾他；如果叫太太聽電話，難免會被太太誤解。然而當雙方短兵相接之際，是不允許有過多的思考。想到此，不由怒從心頭起，毫不猶豫地說：「為人不做虧心事，不怕半夜鬼敲門，怎麼不敢！」說完臉色陰沉，把話筒遞給太太說：「來，她要跟妳說話。」

陳羅漢的「怎麼不敢」，這話充分體現了他的個性。其實，陳太英英早就注意到陳羅漢接聽電話的神態，見他臉色陰暗，要她聽電話，接過話筒「喂」了一聲，接下來做靜聽狀。

片刻，只見英英手拿話筒，說：「妳說我老公在妳面前拿表現，我不相信。我的老公我知道，他就是不懂在女人面前獻殷勤。」

大概對方在電話裏談了陳羅漢諸多不是，只見英英對著話筒又道：「妳說妳同我老公有那方面關係，那我問妳，我老公腰部有一塊很明顯的胎記，是在左邊還是右邊？如果妳說得出來，我就相信妳的話。」

大約對方在電話裏回答了英英提問，只見英英笑了笑說：「妳說胎記在左邊，那我問妳胎記有多大？」

大約對方又回答了這一問題，這次英英再沒有提問了，而是哈哈大笑說：「這妳就是打胡亂說了。我跟妳明砍，剛才我說我老公腰上有個明顯的胎記，是在檢驗妳說的是真話還是假話，其實我老公腰上根本沒有胎記。」說完把電話掛上。

正是：

最怕自己吃錯藥，還給他人洗腦殼；
生活目標各自定，全憑悟性找感覺。

看官欲知後事，且聽下回分解。

第三十七回 避嫌疑男女最怕怎麼樣，金魚妹網上假想成真愛

男女無論處家庭還是處社會都要有個度的把握，陳太英英在這方面把握適中。她最初見陳羅漢接聽呂梅芳的電話，說話含糊，憑著女人的直覺，感到對方是位女士，只是她沒露聲色。後來見陳羅漢把電話遞給她，聽了呂梅芳在電話裏的談話，她的回答可謂相當得體。既維護了先生的面子，又讓對方徹底繳械。

英英放下電話，陳羅漢問她呂梅芳在電話裏說了些什麼。

只見英英平心靜氣地說：「剛才她可能沒想到你真的會把電話給我。她聽到我的聲音有點吃驚，在電話裏語無論次，說你時常在她面前拿表現，同她有特殊關係。所以我才用胎記來驗證你們的關係，她說不出來，證明你們之間沒有怎麼樣。」

英英說的「怎麼樣」很有內涵。這裏講個笑話——

一天，甲A同甲B在玉泉茶樓喝茶。只見甲B道：「中國人語言豐富，幽默風趣，簡單的『怎麼樣』可以概括很多內容。有時人們不好正面相問或正面回答的問題，均可用『怎麼樣』代替。那天汪大哥同朋友一起喝茶，朋友突然問汪大哥說：『大哥，你現在某

方面生活怎麼樣？』儘管朋友沒有明確具體哪方面生活，汪大哥卻心領神會，明白朋友此問是指夫妻生活怎麼樣，於是想了半天回答：『倒還怎麼樣。』」

甲A聽到這裏，搶過話道：「汪大哥閃爍其詞的回答，正好說明，在中國，男女之間最敏感的是關係怎麼樣，最怕的也是關係怎麼樣。」接著又道：「現在社會上流傳的『男人有錢就變壞，女人變壞才有錢』，這裏的壞，就是專指某方面怎麼樣。男人有錢可以怎麼樣，所以變壞，女人想要錢，就得以此作為資本去怎麼樣，這是消費與付出的怎麼樣。」

說到這裏，甲A不覺感慨道：「人們常說男女平等，其實並不平等。試想，如果一個男士想和某個女士怎麼樣，她會翹尾巴，先要對方怎麼樣，才會怎麼樣，否則不會怎麼樣。」

甲B不以為然說：「正因為中國婦女長期處於弱勢地位，她們要保護自己，才會發現你想和她怎麼樣，就要你先怎麼樣，這是被動式翹尾巴產生的不平等。男女間還有一種不平等，叫傳統式不平等，此類不平等表現在，男人可隨便怎麼樣，不准女隨便怎麼樣，女人一旦隨便怎麼樣，社會輿論就會怎麼樣，這才是不平等的根源。」

甲A笑言：「看不出來，你思想還前衛嘛。既如此，現在全國山河一片『紅』，到處都有紅燈區，你去怎麼樣沒有？」

對於這個「怎麼樣」，甲B擺手說：「沒有怎麼樣，從來沒有去怎麼樣，不知道那是怎麼樣的滋味。」

甲A見他連說幾個怎麼樣，大有談到怎麼樣，就會怎麼樣，不覺大笑，說：「虧你還有超前意識，現在那些當官的想方設法都要到紅燈區去怎麼樣，難道你比那些當官的還怎麼樣？況且你身體很好，就真的不想去怎麼樣？」

甲B不由臉色難看，怒道：「豈有此理！當官的去怎麼樣與我有啥關係？我身體再好，思想再開放，也不可能到那種地方去怎麼樣。」

甲A也不示弱，道：「這有什麼嘛，別個克林頓同萊妹怎麼樣，媒體曝光也沒把他怎麼樣，你怕啥！」

甲B臉色顯得很不自然，道：「外國是外國，中國是中國。」甲A追問：「你的意思是外國當官的怎麼樣，媒體可以怎麼樣，中國當官的如果怎麼樣，媒體不能怎麼樣？」

甲B無言……，留下六個點點。

二人沉默良久，甲A突然反問甲B：「你理解的怎麼樣是什麼意思？」

甲B答：「那方面問題。」

甲A逼問：「哪方面問題？」

甲B一時語塞，面色尷尬。

甲A神祕一笑，道：「看來你老兄過敏丸吃得多，我說的怎麼樣，並沒指具體怎麼樣，你何必臉青面黑，大動肝火！」

二人不約而同哈哈大笑，齊聲說：「東方習俗，中國特色，男女最怕怎麼樣！……」

閒話少敘，書歸正傳。成都人愛說：「黃泥巴落褲衩，不是屎也是屎。」這話是指被人誤解。陳羅漢同呂梅芳本來就沒有怎麼樣，但由於中國傳統的封建意識，使得男女單獨相處往往給人有關係怎麼樣的感覺，因此他在接到呂梅芳的電話時，說話有點含糊，給人印象同對方有關係，結果是黃泥巴落褲衩，好在英英善於處世，沒說什麼。儘管如此，陳羅漢自從呂梅芳事件發生後，在太太面前還是相當注意，生怕再有什麼引起太太的關注，加上最近他在學電腦打字，每天晚上都在QQ上聊天，晚上也很少出門。

陳羅漢有個網友，網名金魚妹，她同陳羅漢都是用王碼五筆字碼打字。五筆打字比拼音打字快許多，以致二人聊得很開心。這位女士愛開玩笑，她見陳羅漢談話幽默，經常在網上等候陳羅漢。

這天二人又在網上相遇，只見金魚妹對陳羅漢道：「好久沒有見到方老大了。」

陳羅漢道：「妳這條魚今天游到什麼地方去了？這麼晚才來。」

金魚妹道：「和幾個驢友玩了才回來。」

陳羅漢一聽「驢友」二字，問她：「驢友又是什麼朋友？」

金魚妹正要解釋驢友的涵義，大概是突然接到個電話，於是螢幕出現「接電話」三字。

陳羅漢最初沒摸著魂頭，後來猜想，估計她在接電話，於是故意開玩笑說：「呵，原來接電話的朋友叫驢友，又學了個新名詞。有趣！」說完見金魚妹還沒有回應，又說：「英國哲學家培根先生說：『坎坷的道路上可以看出毛驢的耐力，患難的生活可以看出友誼的忠誠。』這大概就是驢友的概念吧？」

這時金魚妹接完電話，道：「呵……你不會那麼可愛吧！」

陳羅漢哈哈大笑說：「我在聯想嘛！」

金魚妹道：「本來想重新給你解說驢友的概念，聽你這麼一說，反倒使我對驢友一詞有了更多認識。」

陳羅漢：「我聯想的不一定正確，還是聽妳說好了。」接著又道：「妳一定會在內心獨白：『這個方腦殼，才幾天沒見面，就變成假老練了。』」

金魚妹道：「才沒有，而且聽你說後，反而成了一種全新解釋。」

陳羅漢道：「還是要聽魚妹的，我不能假老練，自以為是。」

金魚妹道：「那我就按目前大家通認的說法說了。」

陳羅漢：「對，通認的。」

金魚妹道：「驢友是說都喜歡到處旅遊、攝影的朋友。」

陳羅漢：「呵，原來如此，是妳們行內的朋友，看來都是些熱愛大自然的朋友。」

金魚妹：「在非常旅行中有一個欄目叫找驢友，不過你的解釋更好聽一些。」

陳羅漢道：「哪裏，妳的解釋更富時代特色。」

這時，金魚妹又道：「我喝了點酒喝，不過沒有什麼。」

陳羅漢道「看來妳醉得不輕，還沒有醒，出來夜遊，是嗎？」

金魚妹道：「不許亂說，也不許擔心我。看見你我好像心情輕鬆多了，我今天上來就是想看你在不在。好了，看見你我就可以下去了。」

陳羅漢：「謝謝老總，只要能給老總帶來快樂，我老方就高興了。剛浮出水面就要下去，不聊一會兒麼？」

金魚妹道：「我又不是魚。」

陳羅漢道：「妳不是魚，為何叫魚妹？」

金魚妹道；「名字取來是別人叫的，我不可能自己叫自己魚妹。」

陳羅漢道：「就算妳說得有理，那也是妳讓我叫的，等於是妳自己叫自己。」

金魚妹：「方腦殼是你用的名字？」

陳羅漢：「那就叫方腦殼魚好了。」

金魚妹：「是的，還沒有聽說過有方魚，哈哈哈！」

陳羅漢道：「我看妳不是方腦殼魚，是圓腦殼魚，是外方內圓的魚，方是假象，圓是真的。」

金魚妹：「你居然敢頂撞我？哼哼！」

陳羅漢一看笑道：「呵喲，三根大木棒！打不得啊！」

金魚妹：「誰叫你不向我說好話，還不向本魚道歉，我真生氣就要動手哦！」

陳羅漢道：「是、是、是，我不好，得罪老總。」

金魚妹道：「這才對了。本魚暫且原諒你這一次，下次再犯定不輕恕。」

陳羅漢剛說了個「謝謝魚妹寬宏大量」，金魚妹又道：「你真是萬變先生，今天把我變成方腦殼魚，不知明天又要變什麼？看來你才是聯想的老總。不過我還沒有見過你，與你面對面說過話。真想知道你這個方腦殼是什麼樣子。」

陳羅漢道：「我也不知妳這條魚是條什麼魚！」

金魚妹說：「膽大，還敢頂撞我！我可有照妖鏡，提防把你這個方腦殼先生照回原形哦！」

陳羅漢道：「我的原形就是方腦殼，只不過這段時間受妳這個聯想集團老總影響，也開始聯想了。」

金魚妹見陳羅漢說自己也在聯想，道：「既然你也在聯想，那我們現在就來聯想，假如我們是一見鍾情的情侶，在海邊見面，會是什麼樣的情景？」

儘管網路是虛擬世界，說話可以毫無拘束，但陳羅漢對這類話題還是很注意，回說：「呵，能見到大海一條金色的美人魚，當然很高興！」

金魚妹不高興說：「討厭！我是說真的。」

陳羅漢心下暗想，這可不是亂說的，開玩笑說：「一見鍾情不可能，生活中的方腦殼不是妳想像的那麼可愛，他有點像口子上賣燒烤串串的人，是有點討厭。」

金魚妹又道：「你討厭得很，我是說如果。」

陳羅漢道：「呵，真的麼？我很激動！」

誰知金魚妹突然道：「我又沒有說一定喜歡你！」

陳羅漢道：「妳這『如果』二字使我不敢亂聯想了。」

金魚妹又道：「我喜歡想，你陪我想嘛，好不好？」

陳羅漢：「萬一聯想到我喜歡妳怎麼辦？」

金魚妹哈哈大笑說：「我會摔筋斗的。」

陳羅漢道：「你學雜技麼！」

魚妹道：「我是高興所致！」

陳羅漢道：「要我陪妳聯想可以，首先我想明白，如果我們在海邊相遇，妳又喜歡我這個方腦殼，我如何辦，是麼？」

金魚妹：「是啊！」

陳羅漢道：「我會立即長胖。如果我激動，晚上睡不著覺，妳報不報安眠藥的藥費？」

金魚妹：「哈、哈、哈，你笨！誰給你報藥費！」

陳羅漢：「為什麼說方腦殼笨？我不服！」

片刻，陳羅漢又道：「那妳的意思是讓我把妳望著，呆呆的做方腦殼狀，還是要我表示激動的模樣？」

這時，金魚妹說：「在這清新的早晨，我獨自漫步在海灘——」

她話還沒說完，陳羅漢搶著道：「妳見到了方腦殼，是嗎？那我就走過來，在妳面前說：

『妳好，魚小姐。』」

金魚妹道：「別打斷我的聯想！在那醉人的椰子樹，對……」

陳羅漢又接著道：「方腦殼走過來說，我……」

金魚妹又說：「我說了，請不要破壞這美好的情調。你讓開，我想看朝陽，你想遮住它的壯觀嗎？」

陳羅漢道：「魚小姐，我可沒有擋住妳的視線啊！我希望潮退後妳能留在海灘上，難道我沒有給妳帶來朝陽？」

金魚妹：「那浪潮退後留下的海草——」

陳羅漢接過去說：「是美的。」

金魚妹道：「多話。當我回頭時，我驚喜地發現一個奇怪的動物，方方的腦袋，圓圓的眼睛，可愛極了。」

陳羅漢問：「是什麼動物，是……」

金魚妹道：「是方腦殼啊！」

陳羅漢道：「又是方腦殼，那是假的。」

金魚妹道：「不，那是真的。那是我心中愛戀的方腦殼！」

聯想到此，陳羅漢不知怎麼回答，道：「呵、呵、呵！」

金魚妹見他連說三個「呵」字，道：「那是我甜蜜的聯想，我夢中的主角，生活的開心果。」

陳羅漢道：「那妳就上前，對嗎？」

金魚妹道：「是的，我的方腦殼急步向我跑來。」

陳羅漢道：「不，不是方腦殼向妳跑來，是金魚小姐向方腦殼跑來，說希望妳能帶給我歡樂，讓妳享受大海沒有的東西。」

金魚妹道：「討厭，是方腦殼向我跑來。」

陳羅漢：「那就照魚小姐的意見，就算我這個方腦殼向金魚妹跑來說：『能得到金魚妹子的青睞，睡夢中都會笑醒。』這總可以了嘛。」

金魚妹道：「不行，要說親愛的嘛。」

陳羅漢道：「那就說個親愛的魚小姐嘛。」

金魚妹又道：「方腦殼那愛意綿綿的眼神使我情不自禁地投向了他的懷抱。」

陳羅漢見金魚妹已經聯想到投入他的情懷，只得說：「方腦殼見魚小姐倒在他懷中，於是就大大的表現自己，向金魚小姐表達了愛、真情、友情、愛情。」

陳羅漢聯想到此，見金魚妹沒有反應，又道：「於是方腦殼……，咬了魚小姐一口，不，是甜蜜的吻。」

金魚妹沒有正面回應陳羅漢的聯想，而是說：「我們在灑滿晨曦的金色海灘上緊緊相擁。」

陳羅漢又道：「突然，魚小妞推開方腦殼。」

金魚妹道：「不對，沒有推開，聯想與事實不符。」

陳羅漢道：「那麼方腦殼就深情地，撫、撫、撫摸魚小姐，不，是相互撫摸……」

陳羅漢聯想到此，見金魚妹沒有回應，便坐在電腦前等候。過了一會，他見金魚妹還沒有回應，不由問道：「妳怎麼不聯想了？是不是……？」

這時，螢幕上出現：「你是大壞蛋！誰撫摸你了？不害臊！」

陳羅漢道：「罪名不能成立！男女相擁在一起，不放電就有問題。」

金魚妹道：「哪有那麼快就摸到那些地方了？你是哥哥，我是妹妹，靠著你都不行嗎？」

陳羅漢心想，剛才還說是情侶，一下子就變成了哥哥。想了一下，質問說：「說清楚，摸到什麼地方了？我撫摸妳的頭髮，難道不可以嗎？妳聯想到什麼地方去了？是妳聯想失敗。」

金魚妹經此一問，無話可說，道：「不行，重新聯想！」

陳羅漢道：「妳是妹妹，當哥的摸一下妹子的頭髮，難道不行嗎？好在我說的是淺層次撫摸，不然成了花鼻子。」

金魚妹道：「不行，金魚哪來的頭髮？怪了！」

陳羅漢道：「金魚變成美人在海灘上，當然有頭髮，沒頭髮撫摸一下頭也行，又沒深層次表現……」

金魚妹道：「我說不行就不行，得重新聯想，浪漫的愛情要慢慢品嚐。」

陳羅漢只得說道：「好的，重新聯想：於是當金魚妹倒在方腦殼的懷裏時，方腦殼想放電，但他想到這是妹妹，不能放電，於是他壓抑了內心深處的欲念，悄悄對金魚妹說親愛的，我……」

金魚妹道：「你那句話後面六個點點是什麼意思，說明白點。」

陳羅漢正要解釋，忽見英英從客廳進來，輕聲說：「勾兌好沒有嘛？」

「勾兌」是成都方言土語，源於酒類生產術語，意指雙方談好沒有。「勾兌」一語用途廣泛，可以說，時下的中國，什麼事情都需要私下勾兌。

陳羅漢見英英如此說，知道太太在敲山震虎，忙把QQ關閉說：「唉呀，網上都是虛擬世界，對方是男是女都碼不實在，啥子就勾兌好了哦。我在網上聊天，無非練習打字而已。」

英英見陳羅漢如此說，也就沒再講什麼了。

第二天晚上，陳羅漢剛從外面回家，英英便笑著對他說：「今天你的網友來電話，問她寄給你的照片收到沒有。」

陳羅漢知道英英這話純屬無中生有，又在敲山震虎，忙道：「太太說到哪裏去了，我的網友不可能給我寄照片，更不可能打電話到家裏來，她連家裏的電話號碼都不知道。」

英英見陳羅漢如此解釋，沒有再說什麼。

陳羅漢經過太太兩次敲山需虎的提示，知道已經被太太列為內控人員。從此太太在家，再也不去上網聊天，即便上網也只看新聞。這天英英回她父母家去了，陳羅漢獨自在家，空氣自由，打開電腦，上了QQ，見金魚妹在網上。

金魚妹見陳羅漢上來，招呼他說：「方腦殼，怎麼最近沒有上網？我好想你同我聊啊。」

陳羅漢道：「這幾天我在住觀察室，所以沒有上網。」

金魚妹打字很快，只見螢幕上立即出現：「怎麼，你病了怎麼不告訴我？」

聽口氣，金魚妹對陳羅漢已經產生感情。

陳羅漢道：「不是生病，是太太把我送進了觀察室。」

金魚妹在螢幕顯出「哈哈」二字，說：「方腦殼，原來你成了被監控的對象。」

金魚妹問明陳羅漢的太太回娘家去了，二人便在網上開懷暢聊了很久。

接下來，金魚妹對陳羅漢道：「方腦殼，明天是禮拜天，我要到成都去，你住在什麼地方？我想約你見個面，好嗎？」

最初陳羅漢不同意見面，只見金魚妹道：「方腦殼，你弄清楚，我無非因為你說話風趣，想看一看生活中的方腦殼是什麼樣子，你過敏了。老實說，男女相交忌亂吃過敏丸，哈哈。」

陳羅漢被金魚妹將了一軍，不服氣說：「啥子亂吃過敏丸哦，我這人什麼都吃，就是不吃過敏丸。既然如此，妳說明天在什麼地方見面？」

正是：

現代科學奇也神，網上忽逢相知人；
與君聯想暖春夢，醒來尚服過敏丸。

看官欲知後事，且聽下回分解。

第三十八回　貼面舞小姐也打擦邊球，找感覺民間疾苦湧波瀾

金魚妹見陳羅漢答應，說：「明天下午兩點，在成都人民南路鐘樓旁邊的望川茶樓見面。」隨後雙方交換了手機號碼。

第二天午後，陳羅漢準時來到茶樓外面，剛到一分鐘，手機就響了，他估計是金魚妹來的電話。果然，打開手機便聽見金魚妹在電話裏說：「方腦殼，你在哪兒？」

陳羅漢道：「我在茶樓門口，妳在哪兒啊？」

只聽見金魚妹在電話裏哈哈大笑說：「我看見你了，我看見你了。」

這時陳羅漢見一位燙著鬈髮，眉目清秀，三十多歲，身著淺紅短袖衣衫，肩揹時髦挎包的靚麗女士徑直走到他面前，伸手說：「方腦殼你好？」

平時，陳羅漢雖然同金魚妹聊得很投機，但從沒真的看過她的照片，也沒聽過她的聲音，這次突然見她出現在眼前，一種既陌生又熟悉的感覺湧上心頭。彷彿這位女士是從太空來的仙女，不由遲疑了一下才同對方握手。

現在網路的神奇，在於能使素不相識的人結為好友。而雙方的第一次見面特別有味道：原因是他們的認識沒有經過任何紅塵媒介，僅是憑藉無形的網路世界，因此第一次見面握手那一瞬

間，都有夢幻成真的感覺。二人進入茶樓，在裏面聊了一個小時左右，陳羅漢又將金魚妹送上公車，同她揮手告別，感到仙女又回到了虛幻的太空。

陳羅漢品味了同網友第一次見面的滋味後，正欲轉身回家，突然想起鄭平說的洞洞舞廳就在附近，在好奇心驅使下，決心去探個究竟。

洞洞舞廳離陳羅漢同金魚妹喝茶的茶樓不遠。陳羅漢信步來到人民南路電信大樓旁邊的地下商業街，沿街進去，已經沒有過去的商家，而是左邊一排舞廳，右邊走廊是一排排麻將桌。只聽見音樂聲不斷響起，沿途舞廳招牌的霓虹燈不斷閃爍，有「白天鵝」、「花蕊」、「浪琴」等各種名稱。

陳羅漢來到一家名為「白天鵝」的舞廳門前，賣票小姐見他過來，招呼說：「哥老倌，跳舞嘛。」

陳羅漢停步問說：「門票多少錢？」

守門小姐說：「男士一塊錢，女士免費。」

陳羅漢又道：「有沒有舞伴？」

對方回說：「十塊錢三曲，小姐隨便請。」

陳羅漢透過守門小姐這話，證實了給錢買舞不是虛妄之言，儘管他對有些問題沒弄明白，還是掏出一塊錢遞給守門小姐。只見小姐做了個「請進」的手式，說：「哥老倌裏面請。」

陳羅漢進得舞廳，見裏面燈光昏暗得剛進去眼前漆黑，只能看見一對對抱得緊緊的黑影在音樂聲中緩慢地扭動。剛進來，他的眼睛還不適應，隨便找了個牆邊的座位坐下，大約過了兩分鐘，眼睛才慢慢看得清楚周圍。但見舞廳是長條形，兩邊靠牆是一排木條搭的座位。舞廳的音樂是一曲接一曲，不停地播放，從不間斷。客人基本上全是坐在木條座位上，女士們全是站在那裏招呼客人。

陳羅漢第一次進舞廳，怕上當受騙，顯得拘謹，不敢隨便去請小姐。當他正坐在那裏觀望，一位三十多歲的舞女徑直來到他身邊坐下，用手輕輕推了他一下，說：「哥老倌咱個坐著喃，跳舞嘛。來，我們兩個跳。」

陳羅漢還沒弄清楚來龍去脈，不敢輕易下水，含糊地說：「剛來，坐一會兒再說。」

舞女道：「來了就跳嘛。哥老倌好面熟，好像上次我們跳過。」

陳羅漢順著她的話點頭說：「妳這位小姐是面熟，記得跳過吧。」

聽了回答，舞女伸手拉陳羅漢說：「既然是老熟人就更要照顧，十塊錢三曲都捨不得嗦！我看哥老倌不是那種夾腳夾手的人。」

陳羅漢透過舞女之口進一步弄清楚價位，隨舞女手拉，順勢站了起來。

舞女見陳羅漢起身，擁著他腳步開始扭動，邊扭邊說：「人家說：『男人有錢就變壞，女人變壞才有錢。』其實，我也是良家婦女，這裏邊大部分都是良家婦女，單位垮了人下崗，逼得沒法，才來舞廳跳舞掙錢糊口。跳貼面舞無非抱緊了點，又沒賣淫。現在社會開明，不像過去，男女之間連手都不敢碰。」

很明顯，舞女這話是一種行業白卑心態產生的自我聲明，同時也是對生活無可奈何的自我辯解。

舞女說著話，順勢將身子貼近陳羅漢說：「哥老倌隨我的步子走。」

這時只聽見歌聲響起：「九九女兒紅，捱到了十八冬。十八年的相思，盡在不言中……。」

舞女隨著音樂聲，將她的下身緊貼著陳羅漢的下身，屁股不斷地左右扭動，模擬做愛動作，在原地起舞。這是人的生理要求在向社會人的理性挑戰。然而此時此刻，自然人的生理衝動戰勝了社會人的理性，陳羅漢的屁股也隨之兩邊擺動起來。這種擺動，是人性生理衝動產生的火花。從人們的常規觀念可以看出，情不能作為商品市場化，性能夠作為商品市場化，這是二者本質的區別。正因為如此，社會才上有賣淫的行業、偷情的行為。法國作家羅曼‧羅蘭說過：「真正的英雄並不是沒有卑下的情操，只是不被卑下的情操所征服。」

陳羅漢初次隨舞女的屁股扭動，有點興奮，不由幽默地說：「小姐，想不到妳們也在利用人本能生理衝動的感官吸引對方，你們這是在打生理擦邊球。」

中年舞女聽到「擦邊球」三個字，隨之一笑說：「哥老倌說得正確。隔層布，千里路，我們又沒有賣淫，只是在打擦邊球。不過話說回來，男人嘛，出十塊錢來跳三曲貼面舞，你連屁股都不扭一下，清湯寡水的，別人什麼感覺都找不到，不如回家去抱老婆啃。」

這時第二曲開始，只聽見歌聲響起：「抱一抱呀，抱一抱，抱著那個妹妹上花轎……」

舞女隨著旋律，把陳羅漢抱得更緊，同時一邊扭屁股，一邊附在他耳邊悄聲說：「哥老倌，你把眼睛閉上，找一下這種『臉貼臉，肚貼肚，三曲下來走兩步』的感覺，看味道如何。」

陳羅漢照舞女所言，閉上眼睛，第一次品味這種感覺既新鮮又刺激。眼前浮現出飽暖思淫欲、意志消沉之感，明白為什麼眾多貪官會在女色誘惑下落馬的原因。當人的理性不能戰勝自然人的生理要求，最容易走向道德反面，這是人性墮落的根源。

三曲下來，陳羅漢掏出十塊錢塞在舞女手中，準備離去。

舞女接過錢，抱著陳羅漢仍不鬆手說：「唉呀，哥老倌硬是就只跳三曲嗦！來，再跳幾曲。我同哥老倌跳舞感覺好。哥老倌今年多大，有沒有四十？」

陳羅漢見舞女沒有鬆手，繼續同她邊跳邊聊說：「豈止四十，五十出頭了。」

舞女聞言，指著坐在角落裏一個中年人說：「哥老倌你看那人，他是典型的性大公司董事長。他對我講說，他一個月只有三百多元下崗生活費，但他在這方面有癮，沒錢腳桿癢，從十多里路遠的跳登河走路進城，來這裏花十塊錢跳三曲貼面舞，然後坐在這裏洗眼睛，打乾哈欠，等眼睛洗得差不多，哈欠也打夠了，才慢梭梭地走路回去。而且就這樣的低標準，每個月才只敢來兩次。我對他說，既然你經濟不允許，就別當這個性大公司董事長、出來跳舞了嘛。你肚子沒虧圓，跳啥子砂砂舞喲！不如在家把孫娃子帶好算囉。」

舞女說到這裏，略停片刻，刻意扭了兩下屁股，又繼續說：「人家說：『上等人有本事沒脾氣，中等人有本事有脾氣，下等人沒本事有脾氣。』嘿！那個彎腳桿不知好歹，我好心勸他，他的臉比垮（脫）褲子還快，一下子就垮下來了，公然給我打燃火，說各人有各人的愛好。說他既不抽菸，又不喝酒，也不打麻將，成天活得清湯寡水的，就是變雞咯咯啄米，偶爾也要啄個蟲子之類的東西打牙祭。我見他氣比我大，訓斥他說：『人與人不同，花有幾樣紅。你命裏只有三顆米，肚子都虧不圓，還想啄蟲子吃，癡心妄想！』你哥老倌不一樣，氣質、風度、談吐同他是兩碼子事。你剛才說有五十歲，我看最多三十七八。哼，男人沒得錢就等於老瓜娃子，加之染上嫖癮，就成了老瓜瓢。」

舞女這話有點腦筋急轉彎，陳羅漢聞言，頭腦一時沒有反應過來，問他什麼是「老瓜瓢」。舞女道：「唉呀，就是老瓜娃子嫖客，簡稱老瓜瓢（嫖）嘛。」說到這裏，她大概感到這話太直白了，又道：「哥老倌別以為我說話勢利。說實話，憑我的長相，在洞洞外面，素不相識的人，別說給十塊錢陪他跳三曲貼面舞，就是給一百塊錢跳正規舞，我也不幹。我們也是有尊嚴的。」

陳羅漢見她如此說，點頭道：「妳這位小姐說得也是，在洞洞上面，像妳這樣端莊秀麗的女士，哪個敢摸一下妳的屁股，不把他打成流氓才怪。妳們單位在什麼地方？」

陳羅漢問話很藝術，他不正面問對方是哪個單位的，只問她單位在哪兒，是在給舞女留面子，避免她不好意思。

舞女見問道：「我和我老公都是東郊信箱單位的，如今雙雙下崗，老公成天在家打麻將，娃娃又小，實在沒辦法，我才來洞洞舞廳打擦邊球，扭屁股當砂輪廠工人。」

陳羅漢聽了舞女所言，一種悲涼之情湧上心頭，身子不覺拉開距離。這是理性與同情心淡化了自然人生理衝動的結果。成都杜甫草堂有副詩人郭沫若題寫的對聯：「世上瘡痍詩中聖哲，民間疾苦筆底波瀾。」一大批下崗女工在洞洞舞廳打性擦邊球、公開扭屁股招攬客人的行為，是人性的弱點在暗光下直白暴露，是她們利用打性擦邊球謀生的手段。站在在悲眾生角度，值得同情。

舞女見雙方身子產生了距離，主動將身子向陳羅漢貼近，邊跳邊說：「哥老倌在想啥子哦，是不是沒找到感覺嘛？」說著把陳羅漢的手往自己胸上一放，說：「哥老倌想摸就摸。說實話，你哥老倌不好意思，我反而要主動。那些混混想摸，我還不得讓他摸，想占便宜沒門。我這人與別的小姐不同，有的小姐為了多掙錢，客人多給十塊錢就可以在桃花溝、乳頭山動手動腳，我才不幹，寧可不掙那個錢。」

陳羅漢的手沒有上乳頭山，而是把手放回原處說：「妳老公知不知道妳在這裏跳舞？」

舞女搖頭道：「他當然不清楚哦，這怎麼能說。我只告訴他，我在砂輪廠找了份臨時工，住在單位宿舍。」

陳羅漢又道：「妳怎麼會想起說在砂輪廠工作，工廠能掙多少錢嘛？」舞女道：「唉呀，哥老倌沒懂起，我們成天在這裏扭屁股，彼此摩擦放乾電，小姐們就把自己稱為砂輪廠的砂妹，這是沒奈何的比喻。」

二人又跳完三曲，陳羅漢把舞女的手一拉說：「這樣，不跳了，我們在邊上坐一會兒，聊兩句。」說完又拿出二十元錢塞在舞女手中。

舞女收下錢，道了謝，同陳羅漢來到牆邊坐下，只見舞女握著陳羅漢的手，頭靠在陳羅漢肩上，悄聲說：「等會兒叫我妹妹陪哥老倌跳幾曲，我們兩姐妹都下崗了。不過我們姐妹只當砂輪工，不當飛機工。這裏面也有飛機工，五花八門，什麼人都有。也有便衣在裏面逮人，如果發現打飛機就抓人。昨天花蕊舞廳就抓了兩個飛機工。」

陳羅漢不明白飛機工所指為何，要她解釋。

舞女道：「唉呀，哥老倌的確單純，飛機工就是打飛機嘛。給男人雄起的那個東西消腫，這下明白了嘛。」

舞女說到這裏，過來一位小姐招呼她「二姐」，問她跳了幾個人。

舞女一見來人，拉著對方的手說：「砂妹過來陪這位哥老倌跳幾曲。哥老倌是正派人，還沒開竅，在這裏還屬於童子雞公，連打飛機都不懂。」說完又對陳羅漢道：「哥老倌，這位就是我剛才說的妹妹。我們姐妹只當砂輪工。讓她陪你跳幾曲，感覺保證不擺了。」說完把砂妹拉過來坐在陳羅漢身邊，起身道：「哥老倌，讓我妹妹陪你跳如何？我到對面去把那個客人的錢收回來。」說完見陳羅漢點頭，道了聲「下次再見」，逕自走了。

正是：

下崗女工面憔悴，常扭屁股身心累；
洞洞舞廳擦邊球，強作歡顏眼含淚。

看官欲知後事，且聽下回分解。

第三十九回　巧名目閏月逢雙耗子藥，瘦猴子求職被騙抵押金

舞女前腳離去，砂妹便拉著陳羅漢的手說：「哥哥，走，我們兩個來跳。」

陳羅漢隨砂妹起身相擁，在音樂聲中開始舞動。所謂舞動，實際上是雙方相擁，站在原地，屁股不斷左右擺動。剛才陳羅漢同舞女跳的是第一個人，興奮感使他不及細看周圍，這次興奮感有所下降，他一邊同砂妹跳舞，一邊觀看周圍。但見一對對舞伴，多是相擁站在原地擺動屁股，模擬做愛動作。

這時砂妹道：「哥哥難得來吧？我從沒見過你。」

陳羅漢見砂妹相問，本想說自己是第一次來這裏，但他轉念一想，如果說實話，對方可能會把他當成方腦殼看待，於是故作老練道：「是的，成天忙碌，沒有時間。」

砂妹道：「忙是好事，我們想忙，忙不起來，只有在這裏當砂輪工，打擦邊球。」

陳羅漢見砂妹也說打擦邊球，好像打性擦邊球是這一行公認的道德準則，不由笑言：「妳們這個擦邊球打得有味道。」

陳羅漢後面的話還沒說出來，砂妹就把話接過去說：「是打擦邊球嘛，難道能說我們賣淫？法律又沒規定不准男女打成捆捆，成為包心菜（相擁之意）。只要沒有直接來電，就是合法的。

即使老婆老公知道也不怕，我們又沒違背原則，但抱著就是錢。」

接下來砂妹又說：「那天我同一個哥老倌跳舞，才一曲就給他砂爆了。從他回去換褲子可以看出，那東西流在他自己的褲子裏，說明我沒有賣淫，他沒有嫖娼。如果流到我這裏邊，我就違法了。大家都說：『隔層布千里路。』要想直接來電，得千里之外。當然，這裏也有直接來電的，那是飛機工幹的活，我們姐妹不幹。」

砂妹說話風趣，接著指著旁邊一對男女說：「哥哥你看，那個小姐就是飛機工，愛打飛機。她對我說：『打慣了飛機，摸著那東西就有癮。管他的，把對方當成動物發情。試想公馬發情，那東西雄起，你把自己當成獸醫替馬消腫，心態就平衡了。』我們姐妹只砂不當獸醫。」

陳羅漢笑說：「妳說得安逸，把人當動物。」

砂妹一本正經地說：「是的，我們在這裏跳砂砂舞，無非是生活所迫，又不賣淫。他尊重我們，我們就尊重他，他有非份之想，我們只有把他當動物。既然是動物，我們就是獸醫。哥哥不曉得，飛機工危險，便衣經常來查。」

說來也巧，砂妹剛說到這裏，舞廳的燈光突然亮許多，砂妹立即同陳羅漢拉開距離，跳起三步舞。

只見砂妹邊跳邊說：「哥哥別緊張，這是有便衣的信號。老闆不願意這裏的小姐被抓去罰款，所以在門外觀察，發現有像公安便衣的人，立即把燈開亮些。」

不久，燈光恢復原狀。砂妹又道：「走了，便衣走了。」

陳羅漢問砂妹怎麼知道便衣走了。

砂妹說：「燈光暗下來，說明警報解除。」

聽了解釋，陳羅漢幽默說：「妳們這跟做地下工作沒有區別。」

砂妹聞言，一本正經地說：「哥哥，難道你忘記這是洞洞舞廳麼？我們就是地下工作者。話又說回來，如果在上面，彼此互不相識，哪個好意思抱著就扭屁股哦。」

陳羅漢見砂妹說話直爽，問她便衣跳舞給不給錢，打飛機抓到如何處理。

砂妹道：「便衣腦殼上又沒有刻字，誰知道他是公安便衣，他們跳舞當然要給錢。但他們抓到一個飛機工，至少要罰三千塊錢，這中間他們個人有沒有提成或獎金，不得而知。」

這時陳羅漢又問砂妹為什麼會想到來洞洞舞廳打擦邊球。

砂妹道：「單位破產，人下崗，八千塊錢把我們十多年工齡買斷。我們倆口子分了將近兩萬元，又湊了點錢，開了一個小麵館，經常有黑貓來吃麵不給錢。有天中午，有個城管來吃麵，我老公不在，我不認識他，收了他的錢，沒過多久，那個黑貓就開了張罰單過來，說我們占道經營，罰了兩百元。」

砂妹說的黑貓，是指城裏穿黑制服的城管員。

陳羅漢聽了砂妹這話，笑說：「如果不收黑貓的麵錢，可能就沒有罰單，這碗麵價值兩百元。」

砂妹附和說：「哥哥說的是，現在生意難做，苛捐雜稅多如牛毛。遠的不說，單就收清潔費就有好幾個名目：什麼清潔費、清渣費、垃圾費、拉圾轉運費、拉圾搬運費。更可惡的是，每個月來賣耗子藥的就有三家：辦事處來賣了，衛生局來賣，過幾天防疫站又來賣，而且閏月閏年逢雙，來賣兩次，春節元旦也逢雙。價錢貴得驚人：街上騎自行車走街串巷的人，賣的耗子藥才一塊錢一包，他們賣的耗子藥要幾十塊錢一包，一次賣五包，兩百多塊錢就出去了。其實這是明擺著來要錢，生意啷個做嘛，只有關門算了。」

陳羅漢聞言說：「幾十塊錢一包的耗子藥，耗子沒鬧死，把人鬧死了。」成都話「鬧藥」，就是「毒藥」，這裏的「鬧死」就是「毒死」的意思。

砂妹聽了陳羅漢這話，氣不打一處來，越說越氣，又道：「人家說，毛主席給了我們一個鐵飯碗，可惜就是小了點；鄧小平高明，叫我們改革開放要大膽，結果我們剛要搞活，黑貓又來驚呼吶喊。」說到這裏，不覺語音哽塞。

陳羅漢見砂妹傷心，把她拉到旁邊坐下說：「別哭，坐下聊一會兒。生意不好做就別做。」砂妹隨陳羅漢坐下，用手揉了揉眼睛道：「是嘛，只有不做了，但不做生意又幹什麼呢？我老公決定到九眼橋勞務市場去找工做，結果應聘又遭人騙。」

陳羅漢也很感慨，想起青年時被矮幹士欺騙的情景，同情地說：「妳這位小妹運氣不好，屋漏還遭連夜雨，職介所怎麼騙妳老公的？」

砂妹說：「哥哥不瞭解，勞動力市場求職人多，職介所同招工單位聯合設陷阱專門騙外地來找工作的人，把我們當成農民進城的彎腳桿燒。上次，我老公通過勞務市場的一家職介所，介紹到一個公司去工作，公司要求來應聘的人，包括清潔工在內，全都要交五百元保證金，也稱違約金。雙方簽個協議，試用一個月，期滿錄用。月工資八百至一千元，視其工作能力而定。錄用後公司解決宿住，中午包工作餐。結果一個月下來，我老公被公司辭退，不僅白幹一個月，一分錢沒拿到，連保證金也沒有拿回來。我們找經理論理，他說我老公工作沒有成效，公司沒錢給我們。」

陳羅漢說：「妳老公是被用人單位欺騙，不能怪職介單位。」

砂妹道：「當然有職介所的事：按文件規定，職介費十元，實際上職介所收的是工資的百分之二十，這百分之二十，是由用人單位從罰沒的定金中提取給職介單位的。另外，職介單位還要收四十元建檔費，才能把求職者推薦到公司去。到了公司，他們又要收五十元建檔費，不給收據，最後被辭退時，這錢也不退還。」

砂妹越說越有情緒，咬牙切齒又說：「用人單位很狡猾，他們讓我老公簽協議時，把所有條款搞得很細，內中包括不願意幹、主動要求退費一事，專門加了說明：其中有不服從公司安排，被公司除名的，所有費用不退。服從了公司安排，但公司認為不合格的人，公司雖然答應退還一切費用，但根本不可能。到時他們會找很多藉口，把你的保證金吃掉。如果服從了公司安排，但期滿本人不願幹的人，交了自動辭職報告也只退五十到八十元給你。細則後面還有一條文字：以上所有細則經雙方達成一致，簽字生效，必須遵照執行，如有異議，雙方協商，附書面文字說明。求職者一般都不會注意這些，因此沒有說明，以致到期退款時相當被動。」

陳羅漢道：「難道這些事情勞動部門不清楚麼？」

砂妹道：「這些勞動部門都清楚，但對方打的是擦邊球，勞動部門也拿他們沒法。我老公就是中了這樣的合同陷阱。不得已我只得出來打擦邊球，跳砂砂舞。」

這時陳羅漢問砂妹，老公知不知道她在洞洞舞廳跳砂砂舞。

砂妹說：「他知道我在跳舞，但不知道跳的砂砂舞。我告訴他，我們跳的是正規舞，他相信了。」

砂妹說到這裏，又把話挽回來說：「我也弄不清楚，老公到底明不明白洞洞舞廳跳砂砂舞的事。不過清楚也不怕，打擦邊球跳砂砂舞，又沒有給他戴綠帽子，每個月還把錢給他揹回去，哪點不好？」

陳羅漢同砂妹正在談話，突然過來一人，輕聲說：「陳大經理，想不到你也是愛家，跑到砂砂茶館來喝茶。喝了幾碗？」

陳羅漢抬頭一看，不覺一驚，原來此人正是楊神仙。

陳羅漢沒想到會在這裏遇見楊神仙，瞬間面露尷尬，隨即神態自若說：「想不到你也在這裏。」說著從身上掏出二十元錢遞給砂妹，悄聲說：「我們今天就聊到這裏，下次再聊。」

砂妹接過錢，說了聲「謝謝哥哥」，走到一邊去了。

楊神仙在洞洞舞廳遇見陳羅漢，最初吃驚，繼後彷彿抓到什麼把柄似的，一屁股坐在陳羅漢身邊說：「羅漢，我說文人虛偽，你還不承認。其實現在的人，在這方面都是愛家。很多人表面上道貌岸然、裝神弄鬼，結果都是偽君子，只有我這種人敢做敢說。」

陳羅漢道：「你敢說什麼？」

楊神仙道：「找情人太累，找小姐太貴，只有下崗工人最實惠。」

聽了楊神仙的順口溜，陳羅漢說：「你娃頭兒文俗星轉世，狗嘴裏吐不出象牙，別個下崗女工已然很慘，你還想占她們便宜，沒人性。」

楊神仙不滿陳羅漢這話，說：「羅漢，不是我批評你，你娃頭兒總愛假正經，別個九哥就比你直爽，那天有人帶他來砂砂茶館喝茶，他興奮得連喝四碗花茶。」

陳羅漢不明白楊神仙說的啞語，問他砂砂茶館在什麼地方。

楊神仙用手往周圍一指說：「羅漢，你是裝糊塗還是真的沒懂起？砂砂茶館就是這裏，喝花茶的意思是跳砂砂舞。九哥喝了四碗花茶，就是跳了四個小姐，這是在洞洞外面說的隱語。」

陳羅漢沒想到孫九路也到洞洞舞廳來喝過「茶」，表示不相信。

楊神仙見他懷疑，說：「羅漢，你娃頭兒少假裝丁二黃，別個九哥是作家，來體驗生活，喝幾碗花茶，理所當然。你還沒弄清楚，現在行情變了，給當官的送禮，不僅是送紅包，而是送房子、送情人了，這是同當官的搞好關係，充分利用他手中權力的最佳途徑。」

說到利用權力，楊神仙略停半拍，又說：「如果你能同當官的把關係搞得來，彼此能一塊去嫖娼，那麼你們便成了無話不談的鐵哥們，一旦這樣，他手中的權力就會為你所用。你沒聽說有幾句順口溜：『求人辦事太荒誕，奉上美女提前辦，奉上錢財慢慢辦，無錢無女靠邊站。』」

「假裝丁二黃」，是成都時代土語，典出何處，無從考證，意指分明知道，故意裝傻。

陳羅漢聞言吃驚地說：「真的？」

楊神仙道：「不是蒸的難道是煮的。我給你說，現在是全國山河一片紅，只不過不是政治紅色的紅，是紅燈區的紅。如果你有興趣，想直接來電，改天我帶你去『么五』一條街，那裏家家戶戶都是幹那話的。所謂『么五』，是一百五十元包括洗澡幹那事。那裏的小姐個個年輕漂亮，二十五歲就算大齡。她們公開說：『媽媽給我兩片肉，要我去批發，為了生活只好去零售。』其實她們是在開發自身生理資源。你沒聽說麼，某地鎮政府提出的口號是，大力發展無菸工業，讓家鄉富起來。」

陳羅漢聞言，嚴肅地說：「楊導，這你就瞎扯淡了，政府每年都要開展掃黃打非，怎麼可能提這種口號！」

楊神仙正色道：「羅漢，我說你娃頭兒孤陋寡聞，你還不服。」

正在這時，過來一個胖砂妹。

正是：

下崗工人好憂愁，萬語千言湧心頭；
勤勞被騙血汗錢，蒼茫大地路何由。

看官欲知後事，且聽下回分解。

第四十回　偷技術老廠長另起私灶，換新任餓蚊子大口吸血

楊神仙見胖砂妹過來，招手說：「胖妹，妳過來。」

只見胖砂妹走到楊神仙身邊，問他是不是要跳舞。

楊神仙說：「跳嘛，但妳先來給我證明，去年，沿海一家夜總會，組織了幾十名小姐在疾病控制中心工作人員帶領下，集體宣誓，誓詞是：『父母養我幾十年，離開家鄉來掙錢。如果不用安全套，得病懷孕真是慘。打針吃藥好幾萬，空手出門空手返。染上愛滋命歸天，還要家人沒面臉。』妳說有沒有這事？」

只見胖妹毫不猶豫地點頭說：「有這事，我一個姐妹就在其中，是她講給我聽的。她還說，疾控中心的人深入夜總會、卡拉ＯＫ、酒店、髮廊和出租屋等場所，向近萬名娛樂場所的工作人員推廣使用安全套，以便展開預防愛滋病的工作。當地疾控中心還為小姐們免費提供性知識培訓，包括如何判斷客人的消費能力、攬客技巧、討價還價技巧、性技巧等。」

楊神仙待胖妹說完，又道：「陳大經理，你娃頭兒假老練，你說的掃黃打非，掃不掃？要掃。自從上世紀九十年代開始，幾乎每年都要掃黃，結果還是不見效。我擺個笑話給你聽，你就曉這個黃如何難掃囉：公安局抓到個小姐，要治她賣淫罪。小姐說：『單位破產心慌亂，暫借軀

體把錢賺；不費馬達不費電，自己輪子自己轉。不論上崗與下崗，絕不麻煩黨中央；供需雙方講自願，世上少了強姦犯。』局長見她不給黨添麻煩，思想覺悟高，把她放了。」

陳羅漢聽了楊神仙這話笑說：「你娃頭兒就只把這些黃色順口溜背得溜溜熟。」

楊神仙把手一揮，擁著胖妹對陳羅漢道：「大經理，少假正經！你好好找下感覺，我同胖妹跳舞去了，等會兒再聊。」說完隨歌聲同胖妹喝「茶」去了。

陳羅漢見楊神仙跳舞去了，徑直出得洞洞舞廳，剛到地面，便看見小巷對面一個賣冒菜及鹽茶雞蛋的中老年人。他感到這人好面熟，再仔細一看，原來是青年時借三輪車給他去掙錢的那位朋友蘭師兄，蘭實忠。

陳羅漢正欲過去招呼蘭實忠，對方也看到了他，主動招呼說：「喲，是羅漢兄得嘛，快過來擺一擺，聽說你老兄搞得不錯啊。」

多年沒見，蘭實忠顯得蒼老，瘦瘦的像個小老頭。

陳羅漢來到蘭實忠面前，同蘭握手說：「你現在應當是退休年齡，孩子也大了，沒什麼負擔了，為何如此蒼老，頭髮全都白了？」

蘭實忠見問，歎了口氣說：「羅漢兄，我現在是麻繩串豆腐——提不得。退啥子休哦，單位破產，工齡被買斷，生活沒著落，來這裏賣冒菜、鹽茶雞蛋，掙點小錢養家糊口，成天焦頭爛額，頭髮如何不白嘛。」

陳羅漢見蘭實忠說得傷感，正欲安慰他幾句，蘭實忠又道：「聽說你和喬半城搞得很好，生意做得大，半夜都在打電話。」

陳羅漢擺手說：「我談不上好，半城兄生意的確做得大，半夜常在接海外長途，那是時差問題。」

蘭實忠道：「半城兄是菩薩心腸，有天他坐耙耳朵車走御帶橋立交橋下邊過，見我在那裏擦皮鞋，高矮給了我兩千塊錢，要我去做點小生意。當時我堅決不收，他好說歹說，硬把兩千塊塞給我，我只好成全他老兄富起來後悲眾生的菩薩心腸，把錢收下。」

蘭實忠說到這裏，突然不平，高聲說：「媽的，鄧小平說讓一部分人先富起來，是要讓他們來幫我們這些還沒富起來的窮人，結果龜兒子這些先富起來的人就不理我們，太不樂教！」

蘭實忠的話雖幽默，但這是苦澀的幽默。

面對他無可奈何的嘲諷，陳羅漢說：「你不是已經到了退休年齡了嗎？怎麼節外生枝？你們單位怎麼樣了？」

蘭實忠道：「工廠被貪官搞垮了，我們的工齡被買斷，錢在股市虧了，現在又成了無產的階級成員。」

陳羅漢聽了這話，不解地問：「我想不通的是，你們單位的產品好，效益可以，怎麼會垮呢？」

蘭實忠道：「你要想知道我們廠是如何垮的，先聽我講個蚊子的故事。

　　某地有一鄉官，貪得無厭，橫行鄉里，魚肉鄉民，大家背地裏叫他鄉蚊子。這天，鄉官吃得醉醺醺地倒在床上，夢見自己果真變成了一隻鄉蚊子。

鄉蚊子心想：「聽說城裏人血是甜的，我不如去品嚐一下，看滋味如何？」當牠飛到城中，正在撲翼張目，四處尋覓，剛好有一隻城裏的蚊子聞息而來。這隻蚊子也是一個貪官變的。兩隻蚊子臭味相投，碰到一起，便各自講述自己的吸血經驗。

城蚊子見鄉蚊子一再炫耀自己吸血的本領高，不由輕蔑地說：「鄉下人全是光膀子幹活，當然可以任你盡情吸血，城裏人衣著講究，自我保護意識強，你的吸血術早已落後，吃不到伙食了。」

鄉蚊子大笑：「城裏人有什麼了不起！以我多年的吸血經驗，上至廟裏胖菩薩，下至雞腳桿遊神，無有吸不到血的。」

城蚊子聞言搖頭：「沒那麼怪，廟裏菩薩乃泥塑木雕，你能吸到血？」於是把鄉蚊子帶到一座廟內，指著如來佛說：「你挑中間最胖那個菩薩試試，看能否吸到半滴血。」

鄉蚊子聞言，不慌不忙地飛過去，在菩薩面前悠轉了半天，卻沒動口。城蚊子正想看牠如何下臺，外面進來一位穿著入時的女香客。鄉蚊子一見女香客，不禁大喜，忙飛過去，趁她拜佛之際，在她臉上猛叮幾口，直叮得香客心慌意亂，連隨喜功德錢都沒有給，便匆匆離去。

鄉蚊子見香客離去，得意地望著城蚊子道：「高明的吸血術是一門藝術，要講變……」

後面的「通」字還沒有出口，菩薩便怒容滿面對他們說：「這些香客是來給我送供果的，你吸她的血，等於吸我的血。你們這些蚊子與其在這裏影響我的業務，不如到夜總會去叮那些名歌星、名演員，那些人唱一首歌，走一次穴，出場費好幾萬元，肥得流油，血甜熱，體溫高，演出時衣衫單薄，最合你們口味。」

兩隻蚊子遂雙雙飛往夜總會，果然見一衣著暴露的歌星正在臺上演唱。鄉蚊子一馬當先，喜滋滋地飛過去，正欲叮咬，孰料，這位歌星多次遭受蚊子之害，早有一心二用的經驗。當她聽到蚊子「嗡嗡」之聲，急忙趁牠落腳未穩，揮手往臉上一拍，改口唱道：「貪官似蚊子，吸血太無恥，法網密密布，回頭才有路。」

鄉官猛地驚醒，嚇得渾身冷汗直冒。

蘭寶忠講完蚊子的故事說：「剛才你老兄說我們廠產品好，不應該破產，但你不知道，正因為我們廠的產品不愁銷路，所以才會垮。老兄有所不知，我們那個老廠長，是個老油條，很會打擦邊球。他見其他當官的個個肥得流油，羨慕得口水流起一尺多長。他知道那些人的錢是憑手中的權力貪污而來，遲早要出問題，所以他不敢直接貪污受賄，可背地裏卻在打廠裏的技術主意。他勾結了廠裏兩個技術員，暗中在鄉鎮企業去辦了個私營工廠，不單利用廠的產品及技術，還把廠的客戶也拉到他那邊去了，廠的效益大受影響。後來這事被廠的職工發現，告到上面去，上面回答，說他開工廠沒有用廠裏的資金，技術上我們廠又沒有中請專利，產品人人可以開發。然而我們廠的競爭能力就在於技術比其他廠好，但產品銷路有限，他把客戶給我們剜過去，我們的飯就少了。他的廠小沒壓力，船小沒負擔，我們廠退休工人多，壓力大。他打擦邊球，把廠坑了，屁股一拍，辭職去辦他個人的廠，新任廠長是個貪官，沒多久便把廠弄得發不出工資，最後勾結有關人員，低價把廠的地皮賣了，用很少的錢把我們的工齡買斷，我們就失業了。大家都說，走了一個飽蚊子，來了一隻餓蚊子。」

陳羅漢聞言說：「想不到擦邊球打到各行各業，看來中國的國球的確應該定為擦邊球。後來那個廠長不是打擦邊球，是在雞腳桿上剮油。他們當官的還自稱公僕，為人民服務，我看他們是在為人民幣服務。」

蘭實忠聞言，激動地說：「說起為人民服務，你們就不知道，毛主席當年提的為人民服務，中間掉了個『幣』字？」

陳羅漢問他怎麼知道掉了那個字。

蘭實忠道：「當年毛接見全國勞模，有人請主席提字，主席隨手寫了『為人民服務』五個大字。主席寫完字唸了一遍，突然說：『完了，中間掉了個「幣」字，只有另寫一張。』主席的本意很清楚，他是要鼓勵這些商業戰線的精英搞活經濟，所以要他們為人民幣服務，誰知漏寫了個『幣』字，正欲重寫，有人進來叫主席，說接見外賓的時間到了。主席只好把這事放下，出去接見外賓。這位勞模好不容易請到主席親筆墨寶，豈能放過，趁主席前腳出去，立即把字捲好收藏起來，工作人員不知內情，沒有阻攔。勞模回到家鄉，當地政府通過媒體將這幅字的內容公布出來，於是就成了為人民服務。鄧小平知道這事後，為了恢復主席的本來的思想，提出讓一部分人先富起來。但鄧小平的本意是要讓先富起來的人幫沒有富起來的窮人，結果先富起來的人就不管我們了，實在可惡。」

陳羅漢聽了蘭實忠的笑話，點評說：「蘭師兄，你這個故事肯定屬於政治笑話，毛主席怎麼可能把字寫掉嘛。不過一個時期的政治笑話反映了民眾對時局的看法。我認為，為人民服務與為人民幣服務，就其這兩句話的本意來講，都沒有錯，前者是口號與旗幟，但是經常掛在口中，就變成口號似的假打。後者雖然是真打，但形成風氣後，社會道德就會下降。那天我聽人講，有人途經東風路，見一個老者從公車上來，不小心跌倒在地，爬不起來，圍觀的人很多，但沒有人敢去拉他。老頭倒也聰明，見沒人扶他起來，知道面對道德滑坡的當今時代，即使有人想把他拉起來也不敢，怕被他反咬一口，只得在地下大叫：『你們不用怕，是我自己摔倒的，請你們把我拉起來。』經此聲明，才有人敢去扶他。」

蘭實忠聽了陳羅漢的評論說：「羅漢兄，你說得有道理，以我看，這假打與真打都有問題。」

陳羅漢點頭道：「你說得正確，二者都有問題。其實『假打』，是成都流行的時髦土語，意指表裏不一。生活中處處都有假打現象。從前成都人見面打招呼愛問對方『吃飯了麼』，分手要說『改天喝茶』，譯成現代話就是『你好』、『再見』之意。去朋友家，剛好別人在吃飯，主人會客氣地說『請吃飯』。這裏的『改天喝茶』、『請吃飯』就是假打。正確的理解應為『再見』、『請坐』。隨著時代變遷，物質豐富，人們的生活用語也有所改進，這種以吃為問候的善意假打也隨之進入歷史，繼之而來的是『再見』、『你好』等禮貌用語。當然，那種惡意假打的現象還層出不窮，甚至也在與國際接軌，引進國外洋花樣。那天我同月夢兄到成都南郊公園去時，便見到一起惡意假打的故事。」

講到這裏，陳羅漢見有顧客來買蘭實忠的茶蛋，便把話停住。過了片刻，買主走後，又繼續道：「我和毛大哥在羅家碾到崇州的中巴車上，見車上有三個小夥子同一個貌似憨厚的年輕藏民打得火熱，內中一個小夥子見藏族青年手中戴了一隻價值八萬元的空霸名錶，高矮要用自己手上的普通手錶與他交換，說再補藏民一萬塊錢。二人討價還價，講了半天，正要成交，藏民青年突然發現小夥子的錶沒走動，搖頭反悔說：『你的錶在睡覺，我不能同你交換。』這時另一夥子用肘靠了我一下，使眼色要我用自己的錶再添錢把藏民的錶換下來。我明知道他在假打，笑說：『別個的錶價值八萬元，我怎能昧良心，欺他無知。』小夥子見我清醒，旋即促成一位小姐用兩百元買下藏民一顆胡豆大的紅寶石。旁邊一位老者見狀，以為小姐買到魁頭，說藏民小夥子是方腦殼，要小姐買到便宜趕快下車。小姐走後，老頭在旁邊小夥子的慫恿下，同藏民小夥子開始商談換錶的事，舉座全都幫那老者欺藏民不熟悉漢語，不懂行情，支持他們換錶。我在一邊不勝感慨，下車後對月夢兄道，分明那個假藏民同小姐等人是一夥的，他們故意串通在唱假打川戲，舉座卻因『貪』字障目，反而明火執仗，欺假藏民是傻瓜，最後到底哪個是方腦殼，可想而知。」

陳羅漢聊到這裏，看時間不早，問蘭實忠家住什麼地方。

蘭道：「我們安順橋的舊房撤遷後，在一環路附近分了一套住房。如今城市擴建，房屋增值，我們來了個換籠養鳥，把城裏的房子租出去，到二環路外租了一間小房子，吃差價當生活費，順便炒點渣渣股。最近股市跌得厲害，虧了很多錢。」說完問陳羅漢在幹什麼。

陳羅漢道：「我也在炒股，雖然比你炒得大，但也沒賺什麼錢。」

蘭實忠聽說陳羅漢在炒股，眼前一亮，說：「陳師兄，你炒股肯定是坐大戶室，今後有消息，給小弟透個信哦。」

正是：

下崗工人好淒慘，蚊子吸血廠破產；
口舌難討血汗錢，呼天叫地求黨管？

看官欲知後事，且聽下回分解。

第四十一回　急功近利虎哥膽大滿倉，大盤狂瀉高手心虛隱形

陳羅漢見蘭實忠要他通炒股訊息，搖頭說：「我雖然在大戶室，也沒有消息，全靠自己平時不斷學習，但水準還差。」

蘭實忠道：「大戶室總比我們散戶好，我們是盲人騎瞎馬碰運氣，虧多贏少。」

陳羅漢道：「我雖然在大戶室，但我的資金不多。我是因為一個朋友的資金多，沾他的光，證券公司把我們安排在一個房間。我初入股市，什麼都不懂，是在失敗中總結了些買票、賣票的經驗。你可以把我的手機號記下，有事打電話給我，相互切磋。」說完留下電話號碼，與蘭實忠分手。

陳羅漢介入股市很有一些時日，他的夥計姓吳名虎虎。吳虎虎與陳羅漢從前在一個廠工作，退職出來做房地產生意發達，經陳羅漢引薦，進入股市，特別膽大。他的名言是：「撐死膽大的，餓死膽小的。」身邊人因此稱他「虎膽大」，又叫他「虎哥」。

陳羅漢家離證券交易所很近，步行五分鐘。股市是上午九點開盤，十一點收盤，下午一點開盤，三點收盤。這天早上快九點，陳羅漢正欲出發去股市，接到虎哥電話。只聽見虎哥在電話裏說：「羅漢兄，我今天請了一個高手來指導我們炒股，你先到大戶室去把電腦打開等我。他是操盤手，很有水準。」

陳羅漢正欲問高手是何方神聖，虎哥已把電話掛斷。

陳羅漢同虎哥所在的大戶室，要經過散戶廳。九點，陳羅漢來到股市，進門便看見虎哥同一個中年人坐在散戶大廳最後一排，眼望大盤，交頭接耳。陳羅漢估計這人就是虎哥說的操盤手。當他從二人身邊經過時，向虎哥點了下頭，便徑直進大戶室去了。

陳羅漢把兩臺電腦打開，剛好開盤。他見大盤高開高走，紅多綠少，大多數股票在漲，連忙把自己和虎哥的幾檔股票調出來看，見全都在漲，一支下跌，不由把各票的資料調出來逐一分析賣點。

不久，虎哥進來急切地說：「全部賣掉，全部賣掉！把現有的股票全賣了。」

陳羅漢回頭看了虎哥一眼說：「有支票在跌，賣不賣？」

虎哥揮手，果斷地說：「賣，全賣！賣了先別買票，空倉等候。」說完出去。

有了虎哥這話，陳羅漢立即輸入密碼，打開賬戶，調出股票，以現價把虎哥的票全部出手。

片刻，虎哥從外面進來，問陳羅漢票賣沒有，陳羅漢回答已經成交。

虎哥道：「全部買成粵富華。」

陳羅漢一驚，說：「虎哥，你想好哦，炒股最忌把所有的蛋放在一個籃子裏，是否留一部分錢？」

虎哥很乾脆，擺手說：「不留，全買。」

陳羅漢看了下虎哥的賬面資金，有一百三十萬元，回頭又對虎哥說，要他考慮清楚。接下來調出粵富華股票的走勢圖，見這支票正在上漲，又說：「這支票正在漲，等它下來再買。」

虎哥看了圖形，點頭說：「好的，等它掉頭下來，全線跟進。」說完又匆忙出去。

虎哥出去不久，陳羅漢見粵富華的日線開始掉頭向下，立即看準低點，打了六十萬資金進去，不一會兒就成交了。這時虎哥進來，問他買票沒有。

陳羅漢道：「買了，買了一半，還剩一半資金。」

虎哥忙道：「剩下的資金也全部買這支票，撐死膽大的，餓死膽小的。這支票別個操盤手研究了很久，別怕，大膽買！要學會借腦。」

陳羅漢見虎哥如此說，心想：「難怪不得他敢全線跟進，原來有高人指點。可能對方有內部消息。」一想到此，立即遵照虎哥意思，全部跟進，將虎哥現有的資金全部買成粵富華，自己也買了十萬元該股。

過了一會兒，粵富華開始直線上升。虎哥看在眼裏，喜在心裏，對陳羅漢道：「我去把操盤手叫進來。」說完出去。

片刻，虎哥帶了個中年人進來，這人就是剛才陳羅漢進門時，看見那位同虎哥聊天的人。

但見來人三十多歲，中等個頭，說話斯文。

只見虎哥指著來人對陳羅漢介紹說：「羅漢兄，這位是股林高手王操盤，倒過來就是操盤王，我的老朋友。」說完又把陳介紹給對方。

王操盤聽了虎哥介紹，握著陳羅漢的手，連說：「久仰，久仰！」

接下來王操盤坐在虎哥的電腦前，調出粵富華的走勢圖，見股價直線上漲，得意地說：「這支票我觀察了好幾個月，你們看它的K線圖，它一直在四塊多錢附近橫盤整理了好長時間，換手率充分，現在莊家開始拉抬，跟進正是時候。」

虎哥聽得心花怒放，一再表揚王操盤是高手，說：「王哥，你認真觀察，我出資金你出腦，我們好好合作，賺了錢有你的份。」說完從身上掏出兩千塊錢遞給王操盤，又道：「這兩千塊錢你先拿去暫時滋潤著，等這檔股票賺了錢，我會考慮你的利益。」

王操盤接過錢，笑瞇瞇地說：「謝謝虎老闆。說實話，我替幾個老闆操過盤，都沒有虎老闆豪爽。」

虎哥進入股市是陳羅漢的原因，所以虎哥在這方面有幾斤幾兩肉，他是知道的。他見虎哥說王操盤是老朋友，感到迷惑。心想：「從沒聽老虎說他有炒股的老朋友，怎麼會突然冒出個操盤手老友？」他見虎哥拿錢給王操盤，王說替幾個老闆操過盤，直覺使他感到這人不是證券公司的職業操盤手。

果然，當陳羅漢問王操盤在哪個證券公司操盤時，王操盤搖頭說：「我沒在證券交易所操盤，是專門替老闆操盤的。」

陳羅漢明白王操盤的背景後，不再多言。

王操盤坐在虎哥的電腦前，調出奧富華股票的背景資料，看了半天，對虎哥說：「虎老闆你看，這支票的基本面相當好，股價卻如此之低，說明它被嚴重低估，我預測這支票上二十塊的可能性很大。」

虎哥聞言，以為王操盤在表功，興奮地說：「你放心，我懂規矩。」

王操盤擺手說：「我知道虎老闆不是一般的人，我不是那個意思。我是說現在的股市已經不是最初的T加0，而是T加1了。所謂的T加0是當天可以買賣，T加1是今天買了票要明天才能賣，而且設了漲停限制。如果在當時，我們今天就來個現買現賣，保證賺個盆滿缽滿。」

漲停限制是成熟股市的規定。中國股市的漲停限制是漲跌各百分之十，換言之，就是每天無論漲跌，限制在百分之十。漲到百分之十或跌到百分之十，稱之為漲停板或跌停板。當天收盤時，虎哥的這支票漲了百分之八，也就是說，虎哥的一百三十萬元，賺了十萬元左右。

王操盤見股票收在高點，高興地對虎哥說：「大盤今天收紅，明天還要漲。你們明天早點來，我住的地方離這裏遠，爭取盡可能早來。」

果然，第二天大盤高開，但不久趨勢線便掉頭向下，股價開始下跌。陳羅漢見勢不妙，對虎哥說：「以我看可以賣了。」

虎哥道：「不賣，不賣，別個老王說了，這支票要上二十。」

陳羅漢見虎哥堅持己見，只得趁盤中高點，把自己昨天買的十萬元股票果斷賣出。

陳羅漢剛賣完票，王操盤就進來了。只見王操盤對虎哥說：「不要著急，股價下跌沒賣，不等於你虧本，股價上漲沒賣不等於賺了錢。原因很簡單，股價下跌不賣會漲上去，股價上漲不賣，股價會跌下來，所以股票市場有『紙上富貴』之說。」

這時大盤趨勢線開始上下波動。

王操盤見虎哥顯得急躁，解釋說：「這種現象的原因有二：一是莊家洗盤，把浮籌洗去，以便最後拉升；二是有部分短線資金獲利回吐。」

虎哥吃了王操盤的定心丸，情緒開始穩定。然而到了下午收盤，股市收陰，雖然跌得不多，但昨天獲利的百分之八已經跌去部份。

臨走時，王操盤安慰虎哥說：「虎老闆放心，這支票我觀察了好幾個月，莊家在中間吸籌很久，今天收綠，是莊家要把不堅定分子洗掉，同時也說明他們還沒吸夠籌碼。」

三天過後，股市仍然在跌，虎哥的這支票也慘遭套牢。王操盤仍然堅持他的莊家洗盤論，但他的定心丸在虎哥心中已經不起作用了。

王操盤眼見虎心難定，知道虎哥想割肉，不由自言自語說：「這種情況不能割肉，一割就割在地板上。這種情況如果有資金，只能補倉。」

虎哥聞言，說：「老王，你說現在能不能補倉？如果能，這兩天我剛好賣了幾套房子，手邊有現金，我再去搬一百二十萬元來如何？」

王操盤聽說虎哥願意搬救兵，伸出大拇指說：「虎老闆果然是成大事的人。如果你能再搬百萬大軍來，我的意見還是打這支票，這樣可以攤低成本，一旦大盤上漲，不單全軍回來，還要為你俘獲大量敵兵。」

王操盤說到這裏，看了陳羅漢一眼，神祕地說：「這位朋友是虎哥的好朋友，我就不瞞二位講，我炒股的絕招是只打一支票，這叫銀狐偷心，一般沒有膽量的人，不敢玩這招。」

虎哥聽了這話，立即拍胸口說：「你說對了，撐死膽大的，餓死膽小的。我這人乾脆，看準就下手，想那麼多幹什麼。老王，既然你說可以補倉，我明天就把錢搬來投進去，全打這支票。」

王操盤見虎哥動真格，為了給虎哥吃定心丸，他又神祕地說：「虎老闆，我這一招是從『股市永遠在後悔』這句話悟出的真理。你知不知道，所謂『股市永遠在後悔』指的什麼？買到股票被套肯定後悔；買到股票上漲沒賣後悔；買到股票上漲賣了，股票繼續漲也後悔，後悔賣早了；買到股票上漲到位，也賣到高點還是後悔，後悔買少了。我這一招就是針對買少了後悔。所以後悔丸賣不了我的錢。」

虎哥的確有氣魄，說話算話，第二天一早，他就提了一大口袋現金來到證券交易所，將錢交給櫃檯小姐清點。隨後通知陳羅漢，看到盤中低點，全倉吃進，一分不留。

陳羅漢見虎哥再次滿倉，提醒他說：「虎哥，我的看法，是否可以分階級吃進？留有餘地。」虎哥不耐煩地說：「羅漢兄，你們文人就愛講研究、思考、分析，我就不同，看準就買，想那麼多幹啥！」說完又重複他那句「撐死膽大的，餓死膽小」的口頭禪。

陳羅漢雖然不認同他的觀點，但在尊重個性與尊重選擇的前提下，只得按他的要求，替他全倉吃進前股。

吃進股票不久，王操盤到了。他聽說虎哥全倉吃進，又一次伸出大拇指說：「虎老闆果然英雄氣概，我敢保證，按照你的氣魄膽量，不出兩年，資產肯定過億。到時可別飛鳥盡，良弓藏哦。」

虎哥不懂什麼叫「飛鳥盡，良弓藏」，把手一揮說：「你說的啥子哦，啥子費了勁吃不到糖哦。我老虎是這種人嗎？說這些。」

王操盤連忙解釋說：「虎老闆別誤會，我不是那個意思。我是說打下飛鳥燒湯，虎老闆要請我們品嚐。」

虎哥聽了這話，拍了拍王操盤的肩膀說：「王哥說到哪裏去了，我成了億萬富翁，你豈止喝點湯，你就是我的財務總管了。」

王操盤連忙點頭說：「謝虎老闆重用。」

天下事，人算不如天算，就在虎哥全倉吃進股票後，連續三天，股價仍在下跌，眼看虎哥的二百五十萬資金已經跌去百分之四十，虎哥看在眼裏急在心裏，想找王操盤商量，誰知王操盤卻如石沉大海，沒有消息，手機打不通，人也不見蹤影，有如一艘潛水艇。

正是：

虎哥膽大無計畫，全部雞蛋一籃挎；
縱然財大實力強，難逃套牢遭笑話。

看官欲知後事，且聽下回分解。

第四十二回　亂方寸虎滿倉追漲殺跌，談經驗謝百聞現身說法

股市K線圖的標誌是紅漲綠跌。王操盤成了潛水艇，大盤又天天下跌，K線圖綠肥紅瘦，急得虎哥如熱鍋上的螞蟻，不知是賣票還是持票。

這天他同陳羅漢商量說：「羅漢兄，你看我是把票全部賣掉，還是繼續持票觀望？」

陳羅漢見大盤已經跌了很久，分析下跌深度不會很大，安慰他說：「以我看，大盤基本見底，建議你持票觀望。」

虎哥此時方寸已亂，只見他反向思維說：「如果持票，股價繼續下跌，我豈不虧得更多。」

陳羅漢道：「那就全部空倉。」

虎哥又道：「如果空倉，萬一漲上去，我豈不要加價買進？」

陳羅漢道：「那就兵分兩路，先賣一半，如果漲上去，就加價把賣的一半買回來，如果下跌，又用現有的資金補倉。」

虎哥道：「你不是經常說股市忌追漲殺跌嗎？」

陳羅漢見虎哥鑽牛角尖，知道同他談話很困難，為了平衡自己的心態，只得祭出他的「三尊（珍）重」法寶：尊重個性、尊重選擇、珍惜緣分和友誼的處理人際關係三原則，說：「這事全憑你自己拿命脈，你說賣我就替你賣，你說留，我就替你觀望。」

陳羅漢的三尊（珍）重，是他最近悟到的處理人際關係的方式，其間有個故事，這裏暫且不表，後面自有交代。這條原則有個重要準則：即便對方的決定是錯誤的，也要尊重。既然如此，陳羅漢為了慎重起見，再次徵求虎哥意見，賣與不賣。虎哥把牙一咬，果斷地從牙縫中蹦出一個「賣」字。陳羅漢見他點頭，打開賬戶，輸入密碼，以現價將股票全部空倉出局。

就在虎哥空倉出局第二天，大盤再次上漲，氣得虎哥呀牙切齒，要陳羅漢替他把昨天賣出去的股買回來。

陳羅漢道：「你今天買要加價，不如觀望一下再說。」

虎哥搖頭道：「你們這些文人就是岔腸子多，大盤已經下跌多日，如今剛剛上漲，加價買還來得及，過了這個村，就沒有那個店了。再等就不是這個價位能買到的了，就當我最初買貴了點。」

陳羅漢在三尊重原則指導下，再次徵求他的意見，虎哥果斷地從牙逢中蹦出個「買」字。陳羅漢打開虎哥的賬戶，見賬面資金只有二百一十萬元，虧損四十萬元，再次提醒他是否分兩次吃進。

虎哥擺手說：「要買就全買，分兩次幹啥，全倉吃進。」

陳羅漢只得尊重他的選擇，成全他再次當個虎滿倉，現價吃進，不留餘地。

也是該得虎哥倒楣，當他再次滿倉的第二天，大盤又一次暴跌，虎哥再次想割肉出逃，這次陳羅漢堅決不讓他割肉。他見虎哥執意不肯，只得建議說：「虎哥，你我是老朋友，我在股市的底細你清楚，我說服不了你，建議你找隔壁大戶室的謝百聞、謝老替你參謀，謝老在這方面很有經驗。據說謝老一萬元起家，六年炒到百萬身價。」

虎哥也聽說謝百聞有此業績，聽了陳羅漢的建議，點頭同意。

謝百聞的大戶室與虎哥他們一牆之隔，有時一方講話，另一方也能聽見。人活七十古來稀。謝百聞年近古稀，頭髮花白，他見二人到來，熱情讓座。

二人坐定，陳羅漢開門見山，指著謝對虎哥說：「這樣，把你的想法同謝老師講一講，聽一聽謝老師的意見再說。」

虎哥直爽，聽了陳羅漢之言，對謝百聞道：「謝哥，麻煩你幫我看一看粵富華那支票能不能賣？」

謝百聞在電腦上調出虎哥的股票，仔細看了走勢圖說：「這支票已在底部範圍，下跌空間不大，如果現在賣，只好賣到地板價，但這支票要漲上去，還得用時間等。莊家籌碼沒吸夠。」

虎哥聽了謝百聞之言說：「謝哥的意思，這支票不能賣？」

謝百聞點頭稱是。

虎哥又問謝百聞，這支票要等多久才能上漲。

謝百聞道：「那就說不準了。以我看還得三五個月。」

虎哥忙道：「什麼，還要等幾個月？那麼這段時間我的資金就動彈不得了，我每天還來股市幹什麼呢？」

謝百聞不知虎哥全部資金打了一支票，不解地道：「這支票就等它放在那裏，你可以炒其他票嘛。」

虎哥道：「我所有的資金全買成這支票了，要麼我就得再去搬二百五十萬來，不，不能再搬二百五十萬了，只能搬二百萬，否則成了雙料二百五。」

成都人說的「二百五」，是指「傻瓜」或「笨蛋」的意思。

謝百聞瞭解情況後說：「虎大戶，你財大氣粗，我們不敢同你比。你被套牢可以搬救兵，我們只有這點子弟兵，全靠它們替我俘獲戰利品。」

接下來謝百聞開始講解他的炒股經驗說：「把所有的資金用來打一檔股票不是不可以，但是要快進快出，不可戀戰。你現在是短線變長線，只有等待。上次我有個學生，此人很謹慎，看票仔細，經他反覆挑選，打了一萬股湖北金環。這是一支死票，他以十六元二的價格買入，就是不漲，也沒跌多少。守了五個月，一天，股票終於開始上升，他很激動，說他的目標位要上看二十四元。這隻票從十六元開始拉升，在二十三元時我勸他出手，他說不到目標位絕不出手。到了二十三元五，我又勸他出手，他還是不肯，非要守到他設定的目標位。結果股價在二十三元六掉頭向下，直到二十一塊才止跌。這時我勸他果斷出局，他說二十三元多沒有賣，為什麼要在二十一元賣呢，非要等漲到上的次價位才肯出手。結果這次股票卻再也不去上摸二十三元，只在二十二元五就再次掉頭直破二十，到十八元附近止步。當時我勸他略有升幅趕快出手，這次他稱，如果再上二十二元，堅決出手。結果人算不如天算，股價再也不去摸他想要的二十二元，而在十九塊左右掉頭向下，直破十五元。我見勢不妙，勸他準備出局，他表示只要有賺立即出手。誰知這次股價僅在十六塊就不再前進，當時我勸他出手了結，他不甘心白守幾個月，最後股價直破十塊。這次他再也忍受不了股價下跌的驚恐，在七元附近果斷割肉出局。後來股價再次上漲，他又加價買進。就這樣追漲殺跌，沒多長時間，他的賬面資金就成了負數，贏家變輸家。」

謝百聞講完故事，問虎哥怎麼會想到用全部資金去打一支票，虎哥據實將王操盤的事講了一遍。

謝百聞聽後，再次調出粵富華股票的基本面細看，隨後說：「你這個朋友說對了一半，這支票的股價是被嚴重低估，但業績不好，這次拉升是莊家出貨。莊家要在下邊去吸籌，你這時候進去早了點。既然買到，現在賣又划不來，只有放在那裏，等過些時候漲上去再賣。」

聽了謝百聞的分析，陳羅漢突然好奇地問虎哥說：「我們是多年老友，從沒聽說你有朋友炒股，怎麼突然冒出個操盤手老朋友？」

虎哥沒好氣地說：「他哪是什麼老朋友嘛。」

陳羅漢追問說：「既然不是老朋友，你們是怎樣認識的？」

虎哥道：「我在報上看到一則廣告，說他有炒股絕招，於是根據報上留的手機號找到他的。」說完，虎哥不滿地說了句：「龜兒子瓜娃子，方腦殼。」

陳羅漢與謝百聞不禁大笑。

陳羅漢道：「虎哥，你罵他是瓜娃子、方腦殼，我看你才是方腦殼。」

虎哥顯得不好意思，自我解嘲說：「管他的，就算我投資，我再去搬二百五十萬元來。」說完立即否認：「不，不能再搬二百五十萬，只能搬兩百萬，否則又成了二百五。」

謝百聞聽了虎哥自嘲，說：「我總結的經驗是：股海搏擊如戰場打仗，操作如實際交鋒。既然是在戰場上，就是真槍實彈地拚搏。因此，炒股最忌諱假老練，自以為是。這種人通常愛過高地估計自己各方面的能力，在實際生活中又常常視燒料子為金寶卵，把膏藥貼反，最後徒勞無益。」

謝百聞講到這裏，停了片刻，又繼續說：「我的體會，股海搏擊最講實戰，以獲利的多寡來衡量你操作水準的高低，是最能檢驗你的觀察判斷力、決斷力、風險承受能力等諸方面的能力。

炒股不論你在理論上說得如何天花亂墜，講得頭頭是道，如果你自己沒賺到錢，就是紙上談兵的理論家，說不起硬話。你們看我，一萬塊錢起家，六年打到百萬，這就是業績。」

虎哥親耳聽謝百聞說一萬元炒到百萬，伸出大拇指說：「謝哥不簡單，我要是當初一百萬入市，跟你炒幾年，豈不成了億萬富翁。」

謝百聞搖頭說：「那不一定，性格對炒股要起很大作用。如果你要想在股市裏賺大錢，就必須正確對待自己的操盤能力與性格弱點，揚長避短，找到適合自己性格特點的操作策略與方法，然後通過漲跌無序的股市來檢驗自己的應變能力，隨時修正錯誤的操作手法，靈活變通，才能獲得好的效益。面對無情的股市，任何自以為是的假老練行為都是在同資金開玩笑。因為它可能導致你判斷失誤，資金被套，血本無歸。」

謝百聞講到這裏，看了看大盤的走勢圖，見股市波動不大，又繼續說：「都說炒股炒心態，這話有道理。股市最能體會到心態變化：當你剛賣完票的瞬間，心態立即轉變為盼跌，剛買到票的瞬間，又立即改為多頭思維盼漲。這種瞬間心態變化，是『貪』字在作怪。正因為『貪』字作怪，我的經驗是當大部分人被套，便是你入場時機，當大部分人獲利，便是你離場的時候。」

謝百聞講到這裏，停下來喝了口茶，又道：「炒股是高智商運動，不是對著股市亂發一通牢騷，或是憑藉膽大能解決問題的，要沉得住氣，要有耐心。」

這時虎哥提問說：「謝哥，你說股評家的話能不能聽？」

謝百聞道：「這要看哪些股評家。很多股評家是三步曲：最初不能說，繼後不敢說，當他們放膽評說時，股價已經飆升了一長節。如果在牛市，這沒問題，在熊市跟進往往會被套牢，這是牛市與熊市股評的區別。」

這時虎哥又問謝百聞長線與短線的區別。

謝百聞說：「對於短線高手來講，他們不在乎股票的過去、長期未來，而在乎它的短期未來。長線要注意過去現在和將來。藉以預測它的漲跌幅度。買票有如狩獵，要有耐心，賣票有如危險區逃命，要時時警惕。我的經驗是買票要冷靜，賣票要果斷。」

虎哥聽了謝百聞的解釋，又道：「謝哥，我還想問個問題，你對炒消息股有何看法？」

謝百聞道：「關於消息，最初被消息蒙在鼓裏，繼而半信半疑，當中小散戶對消息確信無疑時，已是莊家出貨之時。底和頂莊家和散戶對比明顯，中間不明顯，人們總是愛在價格進入尾聲時大膽。」

謝百聞講到這裏，見大盤拉升，把話停下。

正是：

炒股最忌假老練，自以為是把他算；
莊家常使障眼法，散戶難把錢來賺。

看官欲知後事，且聽下回分解。

第四十三回　雙下崗剮骨臉對斷腸人，窮二代拚爹無產拚夢想

虎哥見謝百聞關注大盤拉升，問大盤能不能形成一波上升行情。

謝百聞調出大盤的K線圖仔細看了半天，擺手說：「估計大盤還要下跌，但跌的空間不大，我同意老陳的意見，暫時不能買票也不能賣票，等它橫盤走一些時候再說。」

虎哥聽了謝百聞之言，打消了在底部空倉的念頭，謝過謝百聞，拉著陳羅漢要過他們那邊去。

謝百聞見二人要走，把陳羅漢叫住說：「老陳，你別走，我想問你個問題。」

虎哥轉身出去，謝百聞正要問陳羅漢的問題，外面便進來一人。但見來人一臉精瘦，骨如柴棍。

謝百聞一見來人，招呼說：「乾蝦，有啥子事？」

只見乾蝦愁眉苦臉地說：「謝老師，我想請教大盤還有多久才見底？現在能不能買票？」

謝百聞道：「昨天我跟你講了，現在雖然是底部區域，但還要橫一段時間盤。等莊家把籌碼吸得差不多了，開始拉升時再進貨，搭莊家的順風車，走一段路提前下車，這叫炒波段。炒短線則要求快進快出，你心態不好，做不到。」

謝百聞說到這裡又道：「乾蝦，我多次給你講，既然想在股市這個血盆子裡抓飯吃，一定要

學會看技術指標。你不能成天老是『打點小麻將，吃點麻辣燙，看點歪錄相』打發日子。」

乾蝦見謝百聞說他看歪錄相，解釋說：「謝老師，這你就錯看我了。你說我平時沒事打點小麻將消磨時光有這事，燙點素菜火鍋吃也有，但歪錄相我絕對不看。不是不想看，是不敢看。你想嘛，我們倆口子雙雙下崗，成天剮骨臉對斷腸人，哪還有心思看歪錄相哦。歪錄相是你們這些吃來挺起的滿族胖娃兒們看的。」

「剮骨臉」是四川方言，表面指骨瘦如柴，這裡指沒有錢。

謝百聞見乾蝦說他看歪錄相，擺手說：「你娃頭兒少亂說，我已經是古稀之年的人，看啥子黃色錄相哦。」

乾蝦笑言：「謝老師，我曉得你怕看歪錄相的原因何在。」

謝百聞道：「你講。」

乾蝦說：「現在假貨充斥市場，你怕歪錄相看多了，產生欲望買到假偉哥，身體那地方消不了腫，成天揣個衝鋒槍，把褲子頂起在街上走，讓人見了，說你老不退火，有失觀瞻。」

乾蝦說話風趣，惹得陳羅漢哈哈大笑。

乾蝦見切中要害，不等謝百聞反駁，又道：「謝老師，剛才你說我心態不好，其實不是我心態不好，是我的資金短少，虧不起啊！你知不知道，而今眼目下，競爭激烈，千變萬化，我最怕四水。」

謝百聞問他哪四水。

乾蝦回說：「買豬肉怕注水，沒錢送禮求人辦事怕對方耍水，買到歪貨回家怕挨老婆口水，最怕股票縮水。」

謝百聞聽了乾蝦的幽默，笑說：「你娃頭兒乾蝦還怕老婆嗦？」

乾蝦認識陳羅漢，見謝百聞笑他怕老婆，也不避諱說：「謝老師曉得的，我們雙雙下崗，最近我老婆好不容易找到一個掙錢的地方，我全靠她在砂砂茶館陪人喝砂砂茶，掙點辛苦錢來養我們倆爺子，咱敢得罪她哦。女人沒得錢可以嫁人，男人沒得錢就只有去當捧老二。我這種男人連捧老二也不敢當，只有乖乖當個耙耳朵算了。」

陳羅漢明白，乾蝦說的砂砂茶館就是洞洞舞廳，陪人喝砂砂茶就是跳貼面舞。

謝百聞見乾蝦氣短，說：「乾蝦，你娃頭兒不要太把我們男人的臉丟盡了，你……」

謝百聞後面的話還沒說出來，乾蝦已經明白謝要說什麼了，不由感慨地說：「唉呀，你和我不同，你是紅寶石戒子戴起，真皮衣服穿起，大戶室坐起，飽漢不知餓漢饑，根本體會不到，男人沒錢連廁所都上不了的滋味。那天早上，我見一個叫化子蹲在廁所附近的角落裡大便，大聲喝斥，說叫化子不講衛生，分明廁所就在前面，他偏要在此解便，是何道理？叫化子說上廁所要交一毛錢，沒錢守廁所的大爺不讓他進去，水火不留情，只得在廁所外面方便。我聽了叫化子的話，來到廁所門前，質問守廁老人，為何不給叫化子開綠燈。守廁老人回說，他不給錢當然不能進，這是規矩。我說廁所是公共場所，對丐幫弟子應該免費。守廁老人不以為然，愣眉愣眼將我上下打量，半天才回答：『你說得輕巧，拿根燈草，丐幫免費，天知道他是不是假裝的。』說實話，如今社會五光十色，什麼都有假冒，只有守廁所這類下賤職業沒有假冒，說明叫化子的社會地位地比他高，憑啥要給他們開綠燈！我說：『儘管這年頭什麼都有假的，也不能把守廁所這行說得如此低賤。你是恨不得把每一位想在這裡方便的人都憋死在那裡擺起嘛？』」

陳羅漢聽乾蝦講完笑話說：「這個故事是你編的吧？可惜編得不夠。現在是做哪行吃哪行。」

乾蝦說：「守廁所難道吃屎？」

陳羅漢道：「你就沒搞懂，聽人講，有的地方，早上廁所排隊，想提前解便，必須另外給小費，先在蹲位裡的人才會相讓，然後這些得小費者出門還得回扣部分給守廁所的人，下次守廁所的人才會給他留蹲位。」

謝百聞聽了陳羅漢的幽默說：「這叫靠山吃山，守廁所就吃廁所。」

陳羅漢點頭道：「你們知不知道，現在有兩個時代：我們這一代人的時代是靠山時代，就是謝老剛才說的靠山吃山，靠山吃水。當官吃官，辦案吃案，醫院吃病人，學校吃學生，學生啃爹。第二個時代就是青年人拚爹的時代。拚爹時代有幾句順口溜：『官二代拚爹拚臂膀，富二代拚爹拚銀兩，紅二代拚爹拚信仰，窮二代拚爹拚夢想。』這四句有個笑話。」

謝百聞聽說拚爹有笑話，問他什麼內容。

陳羅漢說：「一次，官二代與富二代拚爹。官二代說：『我爹位居高位，權傾當朝。』富二代道：『這不稀奇，我爹富可敵國，如果想當官，可以用錢買。』官二代道：『用錢買的官只能當花瓶，沒實權，我爹有實權。』富二代不服，指著天安門城樓掛的毛主席相說：『你爹權大，能不能把那像變成我爹？』官二代毫不猶豫地說：『只要你肯出錢，我爹當然辦得到。』富二代問多少錢，要他開個價。官二代把大拇指和二指頭分開比了個八字，說：『八千萬。』富二代道：『八千萬不貴，如何成交？』官二代說：『簽協定後，先付四千萬。款到賬後三日內辦妥。』富二代伸手說：『成交，來接掌。』劃款後第三天，富二代來到天安門廣場，見城樓前仍然掛的毛澤東像，急忙找到官二代論理，說：『你小子吹牛，怎麼城樓前還是毛像？』官二代道：『你不是要將那人變成你爹嗎？』富二代點頭說：『是呀，但你沒辦到嘛。』官二代道：『怎麼沒辦到？你到派出所去看你的戶口，你爸的名字已經改成毛澤東了。』這時紅二代過來說：『你們兩個不要爭，無論你們爹的權有多大，財富有多少，沒有我爹他們老一輩無產階級憑信仰打下紅色江山，你們能有今天嗎？說明信仰為大。』這時窮二代過來說：『你爹他們老一代無產階級已經自然消亡，成了有產的階級。繼之而起的是我爹他們這些下崗工人才是真資格的無產階級。我爹給我留下的是一個夢想：希望社會有一個公平的競爭環境。我敢說，如果你們不靠臂膀和銀兩，單憑夢想，肯定拚不過我們。因為膀硬腰粗拳頭大，銀子拚不過臂膀，信仰換不了銀兩，只有夢想最自由，不靠臂膀與銀兩。』」

這裡得解釋一下，上面這則笑話中的「紅二代」與「官二代」是有區別的：紅二代指那些打江山的老一輩革命幹部的子女，官二代指現在當官的子女。

乾蝦聽了陳羅漢講的笑話，激動地說：「陳老師，你說得太好了，最近社會上流傳得有一首順口溜：『當官就能享特權，公款吃喝好悠閒；熱盆火鍋騰細浪，生猛海鮮加魚丸。卡拉ＯＫ歌一曲，按摩桑拿樣樣全；更喜小姐白如雪，三陪過後盡歡顏。』」

說到這裡，乾蝦聲音嘶啞，眼含淚水，感歎說：「我經常對兒子講：你爹修得不好，你投錯了胎，投到我這個窮爹家庭，害你成了窮二代。娃娃呀，你爹沒有能力，害苦了你。現在你爹的名字叫壓力山大，留給你的只有一座貧窮的大山，但你比其他的窮二代幸運的是，你爹給你留下了個夢想，希望你能替爹完成，讓我們富起來，你的兒子不能成為窮三代。娃娃你記住，有夢的窮爹比沒夢的窮爹好。人們常說：『祝你美夢成真。』你連夢也沒有，何以能享受美夢成真的祝福？」

乾蝦邊說邊用手揉眼睛，抹去淚花，又道：「前幾天我聽人講，沿海某地，有個區人大代表喝醉酒開車逆行，把一個騎自行車的人掛倒，非但不道歉，反而破口大罵：『你這窮鬼，敢撞我的車！』受害人報警，警察要帶他回去盤問，他公然亮出人大代表證，說他是人大代表，警察不能留置，否則違犯程序。聽了這個故事，氣得我差點吐血。說實話，聽見『窮鬼』二字，我一陣揪心的痛，難道窮人就只能當鬼！你沒見麼，『穷』字寶蓋下邊兩筆是『人』字，人字下邊是『力』字，說明下力人就是窮人。我經常對兒子講：『好人一生平安，其實不平安，但是不能因為這樣就去做壞事。你爹一生勞苦，從沒做過虧心事，給你留下的夢想是，如何在不搞歪門邪道的前提下，推翻貧窮這座大山。』」

正是：

君子愛財走正道，小人愛財亂伸要；
代表腰硬爆粗話，銀錢來自哪門道？

看官欲知後事，且聽下回分解。

第四十四回　析貪字謝百聞再談股經，平心態陳羅漢幫瓜說話

謝百聞和陳羅漢聽了乾蝦這話，全都感到憤怒與辛酸。

只見謝百聞動容，提高嗓門道：「僅僅是龜兒子芝麻大個區人大代表，他算老幾！竟然如此囂張，如何不影響下一代成長。雖然自古夫貴妻榮、父貴子傲是常有的事，但沒有今天的父有權勢、兒子目空一切的父貴子狂那麼厲害，這都是家庭教育沒有跟上的原因。」

謝百聞說完，看了看大盤走勢，見大盤仍然在跌，又回頭對二人道：「其實拚爹現象過去就有，《水滸傳》裏的高衙內就是憑藉他爸的職務橫行八道。我們小時候，部隊實行軍銜制，軍官肩上的肩章是以星的多少來區別官大官小。那時軍人子弟拚爹最明顯，我曾聽見那些孩子們拚爹說，我爸爸比你爸爸肩上的豆豆多。孩子們說的豆豆，就是肩章上的星。把星說成豆豆，一般是

幼稚園的小朋友。幼兒不懂事拚爹，肯定是受大人影響，說明拚爹是家庭教育出了問題。新權貴們富起來後頭腦發熱傳給子女，子女才會口出狂言。如果大人不在家裏誇富，子女怎麼會在社會上目空一切？人可能一夜暴富，不可能一夜成為紳士。說明秩序、寬容、理解等綜合素質訓練非一朝一夕功夫，有的要一代或兩代人的修養。」

乾蝦聽了謝百聞的話說：「謝老師說得好，子不教父之過。我經常對兒子說，要他在外面千萬別惹禍，我們沒權沒勢，沒有關係，惹了禍我是保不了他的。我也時常教育孩子要尊老愛幼，發揚我們國家的禮義道德。」

聽了乾蝦這話，謝百聞對陳羅漢道：「老陳，『拚爹時代』是網路流行語，我是在網上看到的，但你剛才說的『靠山時代』，我還沒聽說過，這你又是在什麼地方聽來的？」

陳羅漢道：「拚爹時代這一詞彙我也是從網上看到的，靠山時代的提法，是我的幽默。我是根據剛才乾蝦說守廁所的人吃回扣，聯想到各行各業都把工作當成業餘生意做，由此成為產生隱形收入的主管道，才將其戲稱為靠山時代。這有如我們炒股，要靠股市賺錢一樣，只不過股市這座山不好靠，主要是『貪』字作怪，難以克服。」

謝百聞是在股市搏擊的成功人士，每每談到股市他就會引以為榮，興趣也特別大。當他聽了陳羅漢這話，反駁說：「你說炒股不能貪，我不同意你的觀點。炒股不貪炒什麼股？我的觀點是炒股要貪，但要貪得合理，所謂不貪即為貪，反而多賺錢。這就是老莊哲學的無為而無不為。我對貪的理解是，正常的欲望應該有，但不能有非份之想。我講個王滿倉和他老婆炒股的笑話給你們聽。」

說完，謝百聞喝了口茶道：「人們凡做什麼事都愛說直接來電，此話是立竿見影之意。生活中無處不存在急於求成、立竿見影的思想，這也是一種貪病。這類病在股市表現得尤為突出，有人認為股市好淘金，股市的確遍地是黃金，但也處處是陷阱。如果沒有一定的金融知識、投資理念、投機技巧，要想從中獲利很難，弄不好就會身陷沼澤不能自拔。前些時候，老王倆口子就是致富心切，急於直接來電，結果身陷其中，損兵折將。」

謝百聞講完開場白，調出大盤的K線圖，指著大盤說：「去年十二月中旬，他倆口子看見別人在股市賺錢賺得歡，得了紅眼病，也想揹個大口袋去撿幾坨金磚回來，改變家庭落後面貌。他們抱著碰運氣的投機思想，到廟裏去給韋陀菩薩燒了幾炷香，許願說只要菩薩能保佑他們在股海發大財，一定給韋陀菩薩買新衣服，重塑金身。哪知他二人不清楚，最近菩薩界也在反腐倡廉，韋陀菩薩也不敢亂受香火，因此就在倆口子傾其全部家當投入股市才兩天，政策性利空就令股市連跌好幾個跌停。從賬面看，他們口攢肚落的幾萬子弟兵已損失過半，倆口子不由面色瓦灰，相互指責對方在菩薩面前許願心不誠，誤了大事。只見老王的老婆扯著他耳朵大罵：『龜兒子瓜娃子，喊你初一十五到廟裏燒香要心誠，操盤切忌滿倉，你偏不聽，這下安逸囉。』由此，人們給他取了個綽號，叫他『王滿倉。』王滿倉見老婆發脾氣，誠惶誠恐，遵照她的意見，底部斬倉出逃，幾萬兵馬損失過半。不久股市止跌回升，王滿倉面對犧牲的『烈士』，抱怨他老婆說：『我說妳患了股海方腦殼敗血症，妳還不服，高矮說股市要跌二百五十點，我看妳才是他媽二百五。』由此，周圍的人又給王滿倉的老婆取了個『二百五』的綽號。」

謝百聞講到這裏，指著K線圖說：「你們看，K線圖雖然在上升，但那是反彈出貨行情，王滿倉罵了二百五，持股不動。這次他穩得太老，股市不久再次下跌，他只好眼睜睜地看著賺錢機會失去。二百五在一邊冷笑說：『瓜娃子，你說沒賺到錢是氣太短、心太軟，以我看你不是心太軟，是心太腫。』說著唱道：『你總是心太腫，心太腫，心的尖尖都在流濃，結果到頭來，眼睛輸得兔樣紅。』」

陳羅漢聽到這裏，笑言：「謝老，想不到你還幽默嘛。」

謝百聞擺手道：「幽默談不上。」說完開始總結說：「王滿倉之所以輸成王三光，二百五輸成光屁股，並不是吃了股評家的瀉藥，而是沒有克服恐懼與貪婪的心理障礙，『貪』字害人。其實失敗不可怕，可怕的是當事人不能從中找出失敗的原因。王滿倉股市慘遭失敗，並沒有吸取教訓，認識到貪是從多方面害人的道理，事後又因貪小利上了個瓜當：那天，他家附近來了兩個打工妹，神祕地問他：『大哥，請問這裏離郵局有多遠，不知郵局能不能兌換這個？』說著從身上摸出個金元寶給王滿倉看，說是她倆在工地上挖到，悄悄帶出來的，想找人換成現金。王滿倉見對方是農村來的打工妹，不由暗自高興，把二人帶到家裏，連哄帶嚇，用三千元把對方的幾個金元寶全買下來，滿以為這下可以把股市的虧損奪回部分，不料事後經行家鑑定，這些所謂的金元寶是西安某地生產的旅遊產品。這事本來無人知道，是事後兩口子吵架捅出來的。大家知道後笑他說：『你欺別人彎腳桿，想要她們的金寶卵；人家見你不要臉，把你當成槽頭砍！』」

「槽頭」指豬頸部的肉。「砍槽頭」，是成都土語，意指整傻瓜。

謝百聞講完笑話，陳羅漢正欲過他那邊去，只見謝招手說：「別走，剛才我說有事找你，還沒來得及講。」

陳羅漢停步問他何事。

謝百聞道：「你是不是認識一個叫丘墨硯的才子詩人和一個叫孫九哥的作家？」

陳羅漢點頭說認識，問他們有何用意。

謝百聞道：「聽說孫九哥寫了本書，已經出版，我想買一本，你能不能幫我找他簽個字？還有，聽說丘才子的詩寫得相當好，但他的書買不到，你能不能替我買一本，也請他簽個字？」

陳羅漢道：「你要找九哥簽字我可以幫忙，但丘才子很難，原因是墨硯兄同我和九哥絕交了。」

謝百聞不解，問他這是為什麼。

陳羅漢說：「說來話長，故事得從九哥的電視劇說起。」接著把何軍座前些時候拍電視劇的來龍去脈跟謝百聞講了一遍，隨後解釋說：「自從何軍座在御帶橋茶館宣布八月開機，製片人雖然拉了些贊助款，最終因為大資金沒有到位流產，這是預料中的事，不足為奇。奇的是何軍座大手筆的天幕閃光法，要把九哥的作品推薦到諾獎去參評。其實這事說鬧玩笑一陣也就過了，無非遊戲人間。但他那張同九哥有關係的名片，上面印的頭銜就不是一陣風吹得過的。何軍座這張遊戲人間的名片上印的是『孫九路《坦白與交代》諾貝爾文學獎推薦提名總策畫』。這張名片流入社會後，引起一些人在背後議論。好在何軍座為人正派，大家當成笑話議論後也就過了，誰知他這張名片不知怎麼的，被九哥的老師丘墨硯看見。」

陳羅漢講到這裏，怕謝百聞不瞭解丘墨硯同孫九路的關係，又把丘墨硯單相思人格教的故事補充講了一下，這才繼續說：「前面講了，墨硯兄雖然才高學厚、學富五車，然而心態不好，最終落入萬恨幫去任幫主。他的單相思人格教也流產了，他自己也結了婚，有了一個女兒。墨硯兄與九哥有朋友、師生情誼，後因墨硯兄的單相思人格教不准九哥有靈肉一致的戀情，九哥被迫叛離師門，從此二人有了矛盾。這次九哥出書，所有的朋友都去祝賀，唯獨墨硯兄沒有露面。當墨硯兄看到何軍座那張遊戲人間的名片上面的頭銜，勃然大怒，拍案大叫：『唉，世風日下呵！老九沽名釣譽。諾貝爾文學獎是何等神聖的國際大獎，就連我這個才子中的才子要想問津，也得花大力氣，長期苦讀，拿出過硬的作品，才敢隔海相望，而他這個憑格言起家的半罐水，豈能望其項背，太不自量！』墨硯兄在背後痛罵了老九還不解氣，又提筆寫了幾句話：『夫二桿子者，半罐水也！水準平平，才情一般，不意縱身躍上舞臺，竟然丟翻一串祖師爺。猴子獨大，實天下文人之不幸也！』墨硯兄寫了挖苦孫九哥的書法條幅，又拿到裱糊店去裱糊完畢，專程託人帶給孫九哥。九哥看了條幅，心態不平，把條幅拿到我家，要我同他去找月夢大哥評理。我讀了條幅內容，安慰他說：『九哥，我勸不用去找毛大哥評理了，就憑墨硯兄寫的這個條幅，你就是贏家。』九哥不解，問我此話怎講。我解釋說：『墨硯兄自幼以天才自居，但他這個天才至今沒有拿出前無古人的作品，你便捷足先登，拿出了一部長篇小說。他心態不平，受刺激寫下這個條幅。條幅的出現，是你勤奮苦讀的結果。我們再從條幅的內容看，你也是贏家。他自稱是你的老師，你也承認他是你老師，你們有師生之誼。條幅中把你比成二桿子，你在他面前的確是二桿子。但你這個二桿子公然把他這個祖師爺丟翻，你說是不是贏家？』我的寬心丸立即在九哥心中起了作用，九哥轉怒為喜說：『唉呀，我寫啥子書嘛，我無非在打文化麻將。文化麻將打順手了，手氣好，就來了個笨鳥先飛，墨硯兄太無雅量，學生成功了，老師也有面子嘛。』」

謝百聞聽得不斷地搖頭說：「想不到此公太無雅量。」

陳羅漢點頭道：「是的，他老兄才高學厚，可惜小肚雞腸。據我多年觀察，墨硯兄相當自私，在他眼中只認得『我』字，認不得『你』和『他』。在他眼中，『我』是天才，『我』的文章甲天下。然而儘管他處處談『我』，但他還沒有把『我』字搞懂，『我』字分為主體我與客體我。英語我『I』，音『哎』，其客體『我』的受詞為『ME』，音『米』。主體我代表自己，客體我是社會我的產物。是個人設想他人對自己的態度。個人透過這個詞，約束言行，使之符合社會公理。」

陳羅漢談到這裏，略停片刻，又道：「墨硯兄還有一個致命弱點。他雖然想處處以『我』為中心，但又不敢公開表現自己，內心陰暗，因此養成了說過噱話的習慣。那天，我見無劍俠拿了一篇文章給一位文友看，朋友看了半天，對無劍俠說讀不懂，把文章遞給我，要我讀一讀。我接過文章，從行文風格看，明白這是墨硯兄的大作。但我仔細看了半天，看得似懂非懂。最後從字裏行間發現，通篇在罵人，只有三個字，是粗話，我不便說。」

陳羅漢說到這裏，感慨地說：「文章寫到別人看不懂，還自以為了不起，處處爆粗口，是很可悲的。天不自言高，地不自言厚。」

謝百聞聽到這裏又道：「你又怎樣得罪了他呢？」

陳羅漢回說：「九哥吃了我的寬心丸，心壓釋放許多。但任何人都是勸別人容易，輪到自己就難了。我雖然給九哥發放寬心丸，自己的病卻沒法醫。墨硯兄得知九哥既出書又要拍電視劇，心態已經很不平衡，又聽說我也在寫書，心態更不平衡，竟然在他的一篇文章中直呼我的名字，說我鵝卵石變不成天鵝蛋。讀到這段文字後，我的心態也不平衡。心想：『你墨硯兄茅房頭插秤桿——過糞了，你背後指桑罵槐，說幾句過崗話沒關係，公然還要見諸文字，未免可惡。』」

謝百聞聽我這麼一講，有點吃驚說：「丘才子怎麼能直呼你的名字辱罵呢？太無雅量，太無雅量！他的書就是送我，我也不要了。」

陳羅漢道：「成都人說『過崗話』就是指桑罵槐。墨硯兄善於講過崗話，我也只好用過崗話回敬他。當時我寫了一篇短文，內容是：一文友在評論某君的文章時說，鵝卵石變不成天鵝蛋，我說，無論說這話的人用意何在，都是大實話，石頭的確不能變成蛋。但是，如果石頭上有奇特的花紋，就有可能被收藏家當作奇石收藏，反之，天鵝蛋如果是寡蛋，永遠也孵不出美麗的天鵝來。據說流沙河先生的書桌上放了一個瓜，上面刻有：『你說我是瓜，我就是瓜。』我在這句話的後面加了幾個字，內容是：『但我是金瓜，所以才會在著名學者的書桌上擺起。』」

謝百聞聽到這裏，嚴肅地說：「我要批評你了，這篇短文雖然幽默，但顯得尖酸刻薄，說明你的胸懷也不寬廣。」

陳羅漢點頭說：「謝老，你的批評正確，我給這篇短文取名〈幫瓜說話〉，而且沾沾自喜，自以為還了對方一彈弓，最初心態趨於平靜，但不久我便做了一個夢，夢見老友張俊能給我託夢說：『羅漢兄，你是當值文星，肩負重任，豈能因一點小事亂了方寸。墨硯君乃文曲星臨凡。曲者屈也，雖才高學厚，難免小肚雞腸，這是正常的。他撰文挖苦你，是在磨練你，你回應他的短文，顯出你心胸不寬闊。正因如此，你頭上的光環減弱一分，得重新修煉。』」

陳羅漢講到這裏，謝百聞打斷他的說話：「你說得太神祕了，什麼當值文星？」

陳羅漢問謝百聞知不知道豆佛舍利。

謝百聞搖頭說：「聽說有個什麼豆子佛，但沒見過，這同你有什麼關係？」

陳羅漢沒有講張俊能上次託夢之事，只說夢醒受啟示，提出了「尊重個性、尊重選擇、珍惜緣分和友誼」的和解人際關係三原則。

謝百聞點頭道：「這三點提得好！有水準。」

陳羅漢又道：「我剛提出這三原則，眼前一亮，一朵蓮花飄然而至，但見蓮花上端坐一人，細看不禁大驚，原來是家母含笑端坐蓮臺之上向我點頭，隨即飄然而去。我見家母坐蓮臺來給我託夢，有所徹悟，從此單方面與墨硯兄冰釋前嫌，可惜他老兄至今不肯與我和九哥對話。」

謝百聞聽了陳羅漢的故事，感慨地說：「你講的神奇夢境是不是真的，我不在乎，只當成神話故事聽，但我因此悟出一個真理：當他人有喜悅不敢讓你分享，怕你心態不平衡，怕遭你嫉妒，這個人的社交生命就即將終止。」

謝百聞話剛說到這裏，陳羅漢的手機響了，一聽原來是毛月夢來的電話。

正是：

墨君恃才寫詩好，目空無人頭白早；
只因孤傲少知音，滿腹經書空讀了。

看官欲知後事，且聽下回分解。

第四十五回　清心寺和尚捧官染紅塵，帝王陵月夢詠詩笑萬歲

說起毛月夢，這裏得交代幾句：他是前書活躍人物之一。本書雖然多次提到他，如今他才粉墨登場，有必要向列位看官做一介紹：這位仁兄是個大才子，詩寫得好，又具有領導能力，是控他型人物，周圍朋友都尊他「大哥」。

陳羅漢接到他的電話說：「唉呀，原來是毛大哥，有何貴幹？」

只聽見毛月夢在電話裏說：「羅漢兄，星期天是拙內生日，想請幾個老友一聚，到時把你太太也一併請來。」

陳羅漢滿口應承，說屆時一定去朝賀。

毛月夢個頭不高，戴了副金邊眼鏡。人說有錢難買老來瘦，他雖然年過六旬，仍然同青年時一樣清瘦，精力充沛。

到了他請客這天，陳羅漢同太太去得特別早，進門見毛月夢正在客廳練毛筆楷書，不由笑說：「人說：『文如其人，字如其人。』大哥寫字一絲不苟，說明大哥生活態度嚴謹。不過大哥得注意，現在有文化要暗起，沒有文化的要崩起。」

陳羅漢說的「暗起」和「崩起」是成都土語。「暗」指藏起來的意思，「崩」指故意裝出很了不起的樣子。

陳太英英聽了這話，不解地說：「現在沒文化的大老粗都曉得用文化裝點門面，你為何要叫大哥暗起？」

四川話「曉得」，就是知道之意。

陳羅漢笑言：「現在發案率高，我怕公安局知道大哥的字寫得工整，叫他去寫逮捕證，到時不把他累死才怪。」

毛月夢笑說：「羅漢兄思維落後了，現在是電腦時代，何用人工寫逮捕證。」

陳羅漢道：「大哥之言差也，聽說公安局長喜好書法，他見你的字有收藏價值，才會借故叫你去寫逮捕證，實際是想收藏你的字。以我看，將來丁兄要在成都望江公園對面修一座豆佛寺，到時也請你老兄題寫寺名，你看如何？」

毛月夢多次聽陳羅漢談到豆佛舍利，但沒有見過，對此似信非信。見陳羅漢提及靈豆，說：「既然你們要修豆佛寺，那我問你，豆佛舍利現在何處？暫時供奉在哪一座寺廟？」

陳羅漢見問，感慨地說：「這粒豆子本來早已歸位，可惜壽文兄執著不悟，始終不肯將豆子送到寺廟去，這都要怪那個在背後替他出餿主意的影子教授。據說這位教授聲稱要參與策畫分成，要丁兄同他簽個協定，去公證，證明這粒靈豆他有一半所有權，然後由他去賣，揚言定會賣個好價錢。」

毛月夢聽了這話，搖頭歎息說：「一粒普通豆子，要求去公證所有權，實乃天下奇聞。」接下來，指著客廳裏供奉的觀音菩薩說：「現在是信仰危機時代，據我所知，眼下，有些和尚不守修行，跳出戒外，介入滾滾紅塵。今年春節，我和太太到清心寺去敬香，見廟門外扯了一個橫幅，上寫：『誠摯祈禱菩薩保佑各級領導官運亨通，萬姓擁戴。』信眾見了橫標，反響很大，都說和尚不守清規，亂拍官馬屁，堪稱中國第一拍案驚奇。對此，廟方一位大師回應說：『都說我們拍領導的馬屁，其實是誤會，應是百姓擁戴，廣告公司寫成了萬姓擁戴。』」

毛月夢講到這裏，喝了口茶又道：「通過這話可以看出，這位大師並沒有悟到群眾之所以罵他們拍官馬屁，不是把百姓寫成萬姓，而是『誠摯祈禱』四字後面的被祈禱對象是官員，所以成為拍官馬屁的經典。佛門是信仰聖地，不得有功利言語、馬屁行為。聽人說，不久前，外地有兩名乞丐，晚上為爭一件棉衣打架，其中一人被打死，演出了一幕現實版『朱門酒肉臭，路有凍死骨』悲劇，這些廟方為何視而不見？不求菩薩護佑萬民生計無憂，只想菩薩保佑各級領導官運亨通，此是清心嗎？出家人拍官馬屁，是對信眾不恭，對佛不敬。」

說到這裏，毛月夢取下眼鏡，用布擦了擦，放在桌上，感慨地說：「當信仰被有心人當作政治鬥爭或聚斂財富的手段，信眾便有被愚弄之感。」

陳羅漢點頭道：「大哥說得正確，時下，有的人把寺廟當成公司辦，實為本末倒置。正因如此，我們這座豆佛寺是一座真正弘揚佛法的聖地。今後寺內要修文星殿、石牛亭、觀雲樓、靈寶塔，其中文星殿供奉的就是以大哥為首的這群文星的塑像，大哥居中，眾小文星追隨其後或站立兩旁。」

毛月夢笑道：「你們修文星殿，還是要給我們賜個座位嘛，總不能讓我們跟人民南路那尊毛大爺的漢白玉塑像一樣，老是站在那裏，站久了腳會腫。」

成都市中心的人民南路，過去是皇城。

陳羅漢見毛月夢提起那裏的一尊毛澤東塑像，幽默說：「毛大爺塑像背後，過去是皇宮，文化大革命，那些拍馬屁的官員將古蹟拆掉，改建成毛主席紀念館，他圖虛榮，沒加制止，讓那些人把他塑在那裏站起，當然要把他的腳站腫。大哥與他不同，你是文魁星，像塑在文星殿內，肯定有座位。我才是站著，站在你背後替你收供果的。」

毛月夢笑言：「三國時曹操有個故事：有一次，番國派使臣來朝。曹操知道，番臣此來，表面是向漢稱臣，實則窺視中原虛實，擔心自己個子矮小，降服不了番國使臣。萬一使臣回去向番王稟報，說他庸碌，番國會來生事。思去想來，找了個牛高馬大的大漢扮他接待使臣，他自己則站在背後暗中指揮。事後曹操派人到賓館看望使臣，問使臣對他印象怎樣，使臣說假曹操沒有丞相氣質，講話碌碌，站在背後那人才是真英雄。」

陳羅漢笑說：「大哥會開玩笑，你是文魁星轉世的控他型人物，真英雄，我才碌碌。」

毛月夢見陳羅漢說他是控他型人物，端起茶杯喝了口茶道：「你說我是控他型，『控他』二字不敢當。最近我在研究歷史，那些帝王就是控他型人物，然而他們真能控制人心麼？我看未必。最近我寫了一首詩，名叫〈皇帝〉，你看了就會明白我的思想。」說著進書房去取出詩稿，遞給陳羅漢。但見內容如下：

你自封為天之驕子
你生前擁有大好河山
普天之下莫非王土
然而最終你只能擁有一座土包
我見過千年的帝宮
沒見過千年的皇帝
你曾尋求長生不老的祕方
但你沒有長生
你的三千宮妃而今安在哉

你要臣民對你三呼萬歲
萬萬歲
然而你沒有萬歲
否則你不會立太子
你知道活萬年是假
但你要過那種人上人的癮
是麼
我的君王
我的皇帝

陳羅漢讀完詩，說：「大哥這首詩寫得好，的確只有千年的衙門沒有千年的官。」

毛月夢接著道：「我研究中國歷史發現，中國人有一個根深柢固的思想，帝王思想，它貫串了中國整個歷史。所謂帝王思想，就是打江山、奪社稷，光宗耀祖。」

毛月夢講到這裏，興趣來了，侃侃而談：「據我觀察，帝王思想始於螞蟻。不知你記不記得，小時候看螞蟻覓食，曾有一首〈螞蟻〉兒歌：『螞蟻、螞蟻來來，大官不來小官來，吹吹打打一路來。』」

陳羅漢聽到這裏感到不解，心想：「毛大哥也成了賈丸藥，或受賈丸藥影響，說話顛三倒四，談帝王思想，怎麼會同螞蟻扯上邊？」當然，他這問題沒有說出來，而是做恭聽狀。

毛月夢從陳羅漢的神態看出，他有點迷惑，主動解釋說：「你可能要說，螞蟻與帝王思想風馬牛不相及，是不是？」

陳羅漢見問，沒有說話，點頭了點頭，以示默認。

毛月夢見他點頭，說：「你知不知道，兒歌中的『大官不來小官來』的官是什麼意思？」

陳羅漢搖頭表示不知道。

毛月夢道：「說明你不善於觀察生活。你沒看見麼，螞蟻出來搬食時，一隊隊的螞蟻，走不了多遠就有一個大腦殼螞蟻，這就是螞蟻中的官。蟻官的個頭要比一般螞蟻大，中國帝王思想就是由此而生。他們認為動物尚且講等級，天生塊頭比一般螞蟻大，是理所當然的官，由此也就認為，他們得了江山就是當然的大腦殼。所以民間把當官的人稱為大腦殼，小老百姓則自稱方腦殼。」

毛月夢的家在底樓，外面有花園，有人來找他，他從窗上便能看見。當他講到這裏，起身往窗外看了看，見沒有人來，又道：「現在有個怪現象：大腦殼越來越多，有人稱這種現象為大腦殼現象。所謂大腦殼現象，就是官多兵少現象。例如一個部門裏，副職就一長串，什麼第一副，第二副，第三、第四、第八副……等等，光副職就有二三十個。」

陳羅漢聽到這裏，突然笑了，說：「大哥也學會幽默了，你這話太誇張了吧？」

毛月夢一臉嚴肅說：「誇張？一點不誇張！我可以告訴你，某地有所學校，一個班五十七個學生，就有五十個班幹部，擦黑板的稱為黑板管理員，開燈的稱為照明管理員，收課本的稱為作業員等，不一而論。這所學校有兩千多學生，百分之九十八的學生是幹部，只有百分之二的學生是群眾。你說這種官多兵少現象，是不是大腦殼現象？」

陳羅漢聽了毛月夢的解釋，笑眯眯地說：「大哥，你老兄說起大腦殼，我想起墨硯說你的腦袋比列寧的大，說你官癮也比列寧的大，是天生的官料，搞挎了兩個公司。」

毛月夢笑言：「古人云：『三十而立，四十而不惑，五十而知天命，六十而耳順，七十從心所欲。』我現在已到了耳順之年，不論他老兄怎樣講，我不多心。」

陳羅漢點頭稱讚說：「大哥心態好，說明已經進入佛的境界。」

毛月夢淡然說：「你說我心態好，那是生活磨練的結果。墨硯兄正是因為心態不好，到現在都活得累。上次他同我在望江樓喝茶，大談『文革』怪現象，說中央雖然將『文革』稱為十年動亂，但沒有全盤否定。大罵某些專家，修史時把『文革』內亂推在四人幫與林彪頭上，還有的專家把一九五八年人為的『大躍進』帶來的負面影響，納入三年自然災害，這些將給子孫後代造成誤會。」

毛月夢說到這裏停了一下又道：「墨硯兄說得有道理，文化大革命時，林彪是毛澤東親選的接班人，還寫進了黨章，王洪文是後來被毛提拔、坐火箭上去的，怎能把內亂全推到他們頭上？這樣不公平。毛大爺自己也說，文化革命犯了兩個錯誤：打倒一切、全面內戰。還有，所謂『三年自然災害』，按時間算也只能從一九五九年算起，作為史學家，如果不公正記錄，是對子孫後代不負責任。而且墨硯兄還忽視了一個重要的問題，他在批評別人不公平時，自己卻陷入不公平的旋窩，不能自拔。他說我整垮兩個公司，純屬冤枉，正如將『文革』的過失全推在四人幫頭上不公平一樣。其實，墨硯兄這種思想是在野獨裁思想。」

毛月夢剛說到這裏，被毛太從廚房出來聽見，忙說：「眼鏡，我給你打個招呼，少談政治，文化大革命你沒遭整夠麼？」

陳羅漢聽了毛太之言，擺手說：「大嫂，沒事，沒事，大哥談的是民間問題，不涉政治。」

毛太道：「羅漢，你少給眼鏡抽起，二天出了問題，我要找你的哦。」接著對英英招手道：「走，英英，不聽他們鬼吹，跟我到廚房去幫忙。」說完拉著英英進廚房去了。

陳羅漢待毛太離去，對毛月夢道：「大哥的在野獨裁論，我第一次聽說，提法新提得好，說明大哥的水準越來越高，不動聲色就把墨硯兄批得體無完膚。」

毛月夢道：「世界上誤解比欺詐和作惡更可怕。羅漢兄別誤會，我這話不是針對他的人格，是針對他的性格。我之所以提出在野獨裁，是基於人們總是蒙蔽於老子天下第一的心態，不能容忍他人的批評意見。就以墨硯兄為例，雅安有位朋友要我轉一封信給他，信中給他提了不少意見，我讀了此信，發現意見提得尖銳，怕他受不了，至今不敢給他看，就是擔心他的在野獨裁思想作怪。」

陳羅漢聽了解釋，不滿地說：「大哥，不是我批評你，墨硯兄之所以養成這些壞習慣，是被你灌事（寵壞）了的。你過去口口聲聲說他今後要享受身後名，他既沒拿出前無古人後無來者的作品，又沒有做出驚天大事，憑什麼享受身後名？你這頂高帽子同賈丸藥的高帽子異曲同工，使得他老兄一輩子都處於興奮狀態中，害人呵！」

毛月夢見陳羅漢提起賈丸藥，正色道：「兄臺之言差也，墨硯兄不能同賈丸藥相比，墨硯兄是才子，賈丸藥是眼下經濟增長、道德下滑情況下應運而生的文假星。不知你注意到沒有，最近社會上有人在議論賈丸藥和聶老謀，說這對雙胞胎是改革開放誕生的怪胎，說他們狼狽為奸，使人們看到，金錢面前人性的扭曲。」

陳羅漢見毛月夢說二人是雙怪胎，不由笑說：「大哥這話我也有所風聞。聽說這對雙胞怪胎對你可重視了，別個賈院長還準備授予你院士頭銜呢。」

毛月夢笑道：「他那個民間院士是耍猴的把戲，只能矇一般人。我雖然屬猴，豈是他能矇得了的！據我瞭解，賈丸藥的障眼法有三：浮光略影法、高帽罩人法、燈草蘸油法。先用虛假的光環把對方迷住，再用高帽子給你戴起，最後他自己變成乾燈草蘸你的油。當你知道吃虧，也只能當啞巴，不敢張聲，怕人笑話。」

毛月夢講怕人笑話的「笑」字，啟發了陳羅漢的靈感，使他突發奇想，說：「月夢兄，我們來同賈丸藥開個玩笑如何？」

毛月夢問他玩笑如何開？

陳羅漢附在毛的耳邊如此這般說了一通，只見毛月夢聽得不斷點頭。

陳羅漢見他首肯，拿起毛家座機電話，撥通賈丸藥的手機說：「喂，賈院長嘛，我是羅漢，方腦殼。」

估計賈丸藥沒想到陳羅漢會主動給他打電話，只聽見賈在電話那端激動地說：「羅漢兄嘛，陳所長嘛，我正在同大企業家黃文柄先生介紹你，說你是我們院文學研究所所長。黃總對你十分欽佩，很想結識你，你的電話就來了，這是殊勝因緣。」

大概賈丸藥在電話裏問陳羅漢打電話什麼事。

只見陳羅漢道：「我現在正在毛大哥家裏，毛大哥聽說你們院最近又有了幾個大成績，要我向院長表示熱烈祝賀。」

大約是賈丸藥在電話裏誇毛月夢，只見陳羅漢對著電話不斷地點頭，一會兒說：「是、是、是，好的、好的，謝謝院長。」一會兒又說：「我一定轉告毛大哥。」

片刻，陳羅漢同賈丸藥通完電話，對毛月夢道：「大哥，你猜剛才賈丸藥說了些什麼？」問完解釋說：「賈丸藥見我主動去電話，聲音顯得激動，在電話裏說：『雖然我們院的很多會議你沒參加，但每次開會，我都要在會上講，說我院文學藝術研究所的所長陳羅漢先生因工作忙，不能出席大會，打電話來要我代表他向大會同仁們問好。而且我還著重介紹了我院院士毛月夢先生。我告訴他們，毛院士最近正在完成他的科研專著，分不開身來參加大會，也要我向大會同仁問好。』」

毛月夢聽到這裏大笑，打斷陳羅漢的話說：「賈丸藥的確會賣假丸藥，我什麼時候成為他的院士？」

陳羅漢也笑了，道：「大哥就沒搞懂，別個賈院長是假打冠軍，好不容易認識你老兄，當然要把你當成大牌，隨時拿出去調那些等待上氣的饅頭們的主。賈院長剛才說了，他們院最近談成了好幾個大項目，而且所有項目產生的效益，都會分給我和你。賈院長說，不準哪一天，我們會突然收到一筆可觀的紅利，那就是他在院裏為我們爭得的。要我轉告你，上次他給你的那張表格，希望你儘快填了，附上兩張二吋免冠照片和二百八十元工本費，寄到他的辦公室，他好要祕書把你的院士證辦妥寄給你。」

陳羅漢傳達完賈丸藥的話，評論說：「大哥剛才說他燈草蘸油，他公然蘸到你老兄頭上了。」

毛月夢說：「他想在雞腳桿上剜油，那是不可能的。」

陳羅漢道：「大哥自稱雞腳桿，別個賈院長可不這樣看，他把你視為精英。他剛才還對我說，要我轉告你，說你老兄那種均富思想是錯誤的，要學會接受不公平。鄧小平之所以說讓一部分人先富起來，就是要讓人們接受不公，這才是科學的態度。那種均富口號，是政治家們的治國口號。」

毛月夢聽陳羅漢講了賈丸藥解釋鄧小平理論，說：「大世界言智，小世界言真。你我小人物，處於低層社會，講的是真、善、美。那些處在大世界的人言智，講的是智、信、仁、勇、嚴。然而現今當官的大腦殼卻只講智與勇，但他們講的是貪智與貪勇，而不講信、仁、嚴。」

毛月夢講到這裏，掏出菸點燃，抽了一口，繼續說：「你知不知道，當前貪官的十五字真言是什麼？」

陳羅漢搖頭，說不清楚。

毛月夢道：「『大膽貪，小心拿，謹慎嫖，風吹走，草動溜。』這個十五個字就是貪官們通過貫徹執行貪智與貪勇總結出的經驗，而缺乏社會誠信，忽視仁愛之心、執法之嚴。因此可以說，中國的悲劇是以術治國，術是個人的，法是大家的。痛心呀，痛心！賈丸藥要人接受不公平，是對鄧小平理論的曲解。鄧小平的讓一部分人先富起來，目的是要走共同富裕的道路，但是現在那些富起來的人對共同富裕的道路背道而馳，這是價值觀淪沒。由於價值觀的淪沒，才會出現笑貧不笑娼的時代心態。這一心態的普及，標誌著道德在走下坡路。權力讓人恐懼，利益誘惑，讓人講違心的假話，只有良好的道德修為給人誠信和安全感。正因如此，在很多人視奸詐為聰明的大環境下，反其道而行之，恢復傳統的誠信，以誠信為本才是立身之道。」

陳羅漢道：「大哥講得好，由於賈丸藥之類的人打著紅旗吃紅旗，廣倡貪智，難啟心智，所以才會出現歪諸葛亮多、方腦殼少的怪現象。」

毛月夢點頭說：「當貪腐成為某些官員們的信仰，深入骨髓，道德便開始下滑，社會問題也就開始顯現。賈丸藥打著紅旗吃紅旗，讓人痛恨被他們忽悠。文化大革命出現的道德真空，現在用什麼來恢復，人們的信仰在哪裏？沒有，至少我還沒看到恢復途徑。當年，鄧小平提出按經濟規律辦事，推行市場經濟，實際是在否定舊制度，只是他很聰明，不由他出面倒毛，而是把這事讓給後人去做，這樣可以穩定政權，不讓國家產生亂象。」

陳羅漢聽了毛月夢這番話說：「大哥的思想越來越成熟了，你這光輝思想比天安門城樓上的老毛還厲害，可以說是當代思想家。」

毛月夢笑說：「你怎麼也沒跳出封建思維的桎梏。」

正是：

丸藥欺世謀己利，輕拋誠信亂放屁；
忽悠百姓乃智謀，敢把良心當兒戲。

看官欲知後事，且聽下回分解。

第四十六回　歪教授貪小利坦言失格，掀蓋頭羅漢戲說金戈戈

陳羅漢同毛月夢正談得高興，孫九路夫妻便到了。接下來喬半城夫妻、勾家和夫妻都到了，唯獨不見丘墨硯。

陳羅漢問毛月夢怎麼丘墨硯還沒來。

毛月夢看了下時間說：「現在社會風氣不好，婚喪聚嫁、生日喜慶、請客送禮，都成了有目的而為，我不喜歡。因此，這次內人六十大壽，我沒驚動更多朋友，只請你們幾位，但墨硯兄是請了的。我託人通知他，回說他有事，我又親自給他打電話，他不肯接，估計今天他來的可能性

不大。」

陳羅漢道：「他可能是因為我和九哥的原因不肯來。」

毛月夢雖然明知丘墨硯有可能因此不來，嘴上卻沒有承認，而是說：「這不一定。不管他來與不來，我們喝酒。」

勾家和聽說丘墨硯不來，在一邊說：「前不久，我聽一個當官的講，他過生日那天，有人從海南專程打飛的過來替他給飯錢，還有一個正在病床上輸液的朋友，聽說他過生，連忙拔掉針頭，從外地打的來給他賀壽。毛大嫂六十大壽，如果墨硯兄不到就說不過去了。」

勾家和說的「打飛的」，是成都現代流行土語，意指坐飛機。

陳羅漢道：「勾兄，你說的那類人之間沒有友誼，他們是貪腐產生的利害關係。當官的過生，是他們拿表現的機會，這和毛大嫂過生日不同，這裏是純友誼。」

毛月夢見眾人議論，又見毛大嫂同英英已經把席桌擺好，不由向窗外張望片刻，隨口詠道：「舊友相聚君未到，窗外瞭望禮三分。」隨即招手對眾人說：「不等他了，大家入座。」

眾人隨毛月夢依次入座。

席間，陳羅漢對眾人道：「剛才勾兄說那個當官的慶生，有人打飛的來替他給飯錢，體現的是金錢作用。去年，我在網上認識一位網友，網名錢老大。當時，我的電腦螢幕上突然出現：你在幹身模？是錢老大發過來的。見此相問，我丈二和尚摸不到頭腦，納悶良久方悟出，『幹身模』是『幹什麼』之誤。三個字錯兩個且能上網聊天，我猜測對方是中學生。問他年齡多大？

回答：『十幾』。問：『有沒有十八？』答：『沒。』又問：『十六？』答：『沒。』連續問：『十五、十四、十三？』回答仍然是沒。我有點狐疑，心想總不可能十一二歲，於是追問他到底有多大？對方終於回答了個十。我大吃一驚說：『你才十歲就知道錢是老大，長大別認錢不認人哦！』果然，前幾天我在網上讀到一則新聞，應了此言：某縣一個連自己名字都寫不全的暴發戶老闆，因掙錢多、納稅多，當上縣長助理，引起縣裏人不滿，結果遭轟下臺。」

陳羅漢說到這裏，幽默說：「嚇人啊，縣長助理相當於古代的工部員外郎。連自己名字都寫不全的文盲星，就因為是老闆，居然與詩聖杜工部平級，有辱斯文！」

勾家和聽了陳羅漢的幽默，笑說：「這不算稀奇，那天我在網上看到一則消息，稱得上拍案驚奇：沿海一些地區，結婚喜宴收紅包，竟然在喜宴簽到臺的桌子上放了一臺點鈔機和一臺驗鈔機，以驗客人禮金多寡及真假。」

毛月夢說：「請客送禮，人之常情。婚禮用點鈔機、驗鈔機我是第一次聽說，給人感覺，情在異化，也在變味。如果說點鈔機顯示了人情深淺取決於金錢的多寡，當事人將其記錄下來，便於今後還情，這還可以理解；但驗鈔機的出現，說明情已變味。很明顯，有人曾用假鈔送禮，騙取他人的人情，才會有主人擺出驗鈔機鑑別真偽的舉措。如果我們批評此舉有損人與人之間感情，主人說，當今社會，假鈔充斥，尚若不用驗鈔機驗明真偽，萬一收到假幣，豈不白欠他人之情？」

陳羅漢附和說：「大哥說得正確，這事體現了人情物化後，對社會誠信的又一挑戰。」

勾家和聽了二人的議論，指著孫九路說：「九哥，你現在是作家了，你要注意，現在的社會風氣是『言人王見金戈戈』。『金戈戈』連起來就是錢字；言人王見金戈戈，合起來便是『认現錢』，是幽默一切向錢看。」

勾家和剛說到這裏，孫九路道：「勾兄，你這話是啥子意思？這和作家有什麼關係？」

勾家和道：「你別忙嘛，聽我把話說完。前幾天，有媒體說，當前文壇有個拿紅包寫評論的潛規則，由於這種風氣盛行，以致評論家寫評論時全是亂給對方戴高帽子。某地有一位教授，很有眼光，評論寫得好，但是人品低下，是個文俗星。為了錢，他坦白說，經常講違心假話，寫假評論，亂給作者戴高帽子。他說，現在人都很聰明，研討會上說幾句好話，文章裏多吹捧一下，作家高興，多發點紅包，參加研討會的人高興，皆大歡喜。九哥，你的書千萬別讓這類歪教授替你寫評論。」

孫九路聞言，擺手說：「不會，不會，我咱可能讓他們給我亂戴高帽子嘛。」

勾家和見他如此言語，開玩笑說：「聽說上次老領導要把你的書推薦去參評諾貝爾文學獎，你興奮得好幾個晚上都在失眠。」

孫九路聞言，臉色微紅，急切地說：「勾兄別誤會，我當時清醒白醒的，根本沒有興奮過。」說完端起酒杯對勾家和道：「勾兄，請酒，請酒！酒沒給你老兄敬巴適，二天老兄要在背後噂我。」

勾家和也端起酒杯，同孫九路對碰了一下，道：「我咱敢在背後噂九哥喃。我曉得九哥不可能給紅包讓人替你寫評論，但有人要這樣做。有需求才有供給，才會使得給紅包寫評論的現象普遍。而且很多人認為，給紅包請人寫評論很正常，認為評論家付出了勞動，回報是無可厚非的，我剛才說的那位教授，他就持這種觀點，他說：『我看了一本讓人噁心的長篇小說，本身受了那麼多痛苦，區區幾百元可以換回來嗎？我要是有錢人，我就把那幾百元燒了。』他認為評論家的紅包掙得很痛苦，因為批評付出的代價和收入不成正比，一本書看幾遍寫一千字是苦差。」

講到這裏，勾家和點評說：「這位歪教授語出驚人，他把說恭維話、派送恭維帽子當成特殊生意，還叫苦連天，說收入與付出不成正比。我搞不懂的是，文學評論市場化，言人王見金戈戈，是文學的悲哀，還是社會發展的必然？還是當代儒林奇觀？文學評論家就是文學藝術鑑賞家，其職業本身是向社會推介好的文學藝術品，其評論具有指導意義與社會責任感，豈能為了金戈戈打胡亂說？喪失人格！古人說：『貧賤不能移，富貴不能淫。』是指對待金錢的態度。這位歪叫獸公然宣稱，為了錢說假話是『聰明』，人格有相當問題。特別是他那句『我要是有錢人，就把那兩百元燒了』，此話一語道破天機：為了金戈戈，他可以放棄真實見解，用違心話去誤導讀者。當我看到這位教授在金戈戈面前利令智昏，忘記文學評論家應有的職業道德，把自己降格為奸商之流，說假話理直氣壯時，直想對他大聲疾呼：『先生，你這是何苦？既然是苦差，就別幹了！何必為一個可憐的紅包，讓自己的靈魂墮落，成為名副其實的歪叫獸。』」

陳羅漢聽了勾家和慷慨激昂的講話，說：「勾兄，你說的這位歪叫獸的故事我知道，這還不算稀奇，那天我聽到一則消息才稀奇：有人聽說在香港坐牢待遇好，專程偷渡到香港去故意犯案坐牢，你們說稀奇不稀奇？」

孫九路聞言，連說這不可能。

陳羅漢道：「這則消息我是在網上讀到的。說一些在香港服刑的人寫信回鄉，說在港坐牢有吃有住，工資又高，還可以寄錢回家，結果引起一些老實人冒險偷渡赴港去設法坐牢。還說有人幾年前偷渡到香港故意搶劫，進監獄後，每月有港幣一千五百元工資寄回家。刑滿釋放後，此人又在香港搶劫，目的是好再次入獄領工資。」

孫九路聽了這話，搖頭說：「我相信這是謠言，這是不可能的事，只有傻瓜才會這麼幹。」

陳羅漢說：「要說是謠言也有可能，聽說香港囚犯每月最高工資只有港幣四百多元。但是有人問，為什麼偷渡犯罪集團能夠利用以上謠言矇騙大陸偷渡客赴港？說穿了是金戈戈面子大，讓這些人不惜捨棄自由之軀，偷渡香港做囚。為此我想起前人的：『生命誠可貴，愛情價更高；若為自由故，二者皆可拋。』也打油四句：『人往高處走，走到監獄頭；為了金戈戈，甘願失自由。』其實這些人比起前面那位歪教授就忠厚多了。這些老實人生財無門，竟然想出用自由替換坐牢掙工資的笨辦法，雖可笑也可憐，而那位教授為了紅包，不惜說假話，令我悲從中來。對於這些怪現象，我曾寫過一首〈掀開你的紅蓋頭〉的打油詩。

說完從身上取出詩稿，遞給勾家和。但見內容如下：

金戈戈喲金戈戈，又愛又恨的金戈戈！

草民生活離不開你，人情世故需要你，名利場中爭奪你。

只因擁有你，房子變大車變小，人情也變長。
只因為了你，世界起紛爭，社會分貧富。
只因亂想你，無聊文人黑說白，商人販假昧良心，政客公開說假話。
金戈戈喲金戈戈，你公然讓老實人去坐監牢掙工資，讓歪靈魂工程師睜起眼睛說瞎話。
金戈戈喲金戈戈，你為什麼有這麼大能量？
我真想掀開你的紅蓋頭，看一看你長得啥模樣！

眾人正在傳觀陳羅漢的〈掀起你的紅蓋頭〉，突然毛家的電話鈴響了。毛月夢聞聽鈴聲，自言自語說：「我還以為他老兄真的不來了，結果還是要來。」說完拿起話筒「喂」了一聲，臉上立即顯出失望的表情。

正是：

世態炎涼很正常，名利場中人匆忙；
前人早已有定論，何必我等說端詳。

看官欲知何人來的電話，且聽下回分解。

第四十七回　賀壽誕賈丸藥不請自來，秀成果他人不誇自己誇

毛月夢以為電話是丘墨硯來的，結果一聽是賈丸藥的聲音。

只聽見賈丸藥在電話裏說：「月夢兄，剛才羅漢兄給我來電話，說朋友們在你家裏聚會，我都沒反應過來，後來才醒悟，今天是大嫂六十大壽，實在對不起。你們現在所在何處，在你家嗎？」

賈丸藥這話純屬廢話，他既然撥打的是毛家座機，又是毛月夢本人接聽的電話，毛月夢當然在家。

毛月夢沒想到賈丸藥會來電話，雖然思想上沒有準備，但不可能回答不在家。見賈相問，隨口回答了個「在家」。

賈丸藥聞言，在電話裏迫切地說：「那我馬上過府上去給嫂子祝壽。」說完掛上電話。

毛月夢放下電話，陳羅漢問他是不是丘墨硯打來的，毛月夢搖頭說：「是賈院長的電話，說他馬上過來。」

孫九路問毛月夢怎麼把賈丸藥也請來了。

毛月夢解釋說：「我哪裏請了他嘛，他不知道在什麼地方聽到風聲，打電話說要過來，還說要送一些稀奇禮物過來。」

陳羅漢見賈丸藥不請自來，笑說：「天下事總是不以人的意志為轉移，請了的該來不來，沒請的不該來反而要碰起來，說明毛大哥這張牌對賈丸藥很重要。」

喬半城道：「羅漢兄這你就沒搞懂了，現在社會，謙恭與高傲都成了一種手段，有如古人走終南快捷方式。謙恭者逢人矮起自稱學生，高傲者則以傲顯示學問深不可測。」

喬半城剛說到這裏，意識到這話不那麼恰當，解釋說：「我得聲明，這話不是針對墨硯兄，是針對賈丸藥的。墨硯兄有真才實學，但是心態不好。」

陳羅漢笑說：「半城兄思維銳敏，洞察力強。你的《半城粹語》中有很多精闢的話，完全可以當成格言警句。例如你說：『嫉妒別人是無能的體現，人總是追求他人缺少的東西。』這些話很富哲理。」

喬半城見陳羅漢誇他的半城語錄，樂哈哈地說：「羅漢兄過獎，羅漢兄過獎。」

陳羅漢見喬半城連道兩個『過獎』，說：「半城兄不用謙虛，你的話的確有道理。你對墨硯兄的評介中肯。他老兄有才氣，心態不好，自戀成分重，是一種病，屬於人格障礙症。聽說他不讓女兒上學，由他自己教。」

毛月夢聞言糾正說：「羅漢兄，你說錯了，墨硯兄沒有不讓女兒上學，是老友伊南的表哥不讓兒子上學，在家自己教。」

勾家和說：「伊表哥我認識，多年沒見，想不到他公然不讓兒子上學，當代奇觀。我想不通他這是為什麼？」

毛月夢道：「你們說墨硯兄是夜郎，其實伊表哥才是真正的夜郎哥。據我所知，他青年時就自我標榜學過萬人敵，精通治術，揚言要接毛主席的班。此公之所以不讓兒子上學校念書，是他讀了一篇文章，文中舉了幾個瘟兔學生鬧的笑話。其中有兩篇學生寫的檢查。」

毛月夢說到這裏，從寫字臺抽屜裏拿出兩篇文章說：「這兩篇檢查很有趣，我也收藏得有，現在讓我唸給各位聽，奇文共欣賞。第一篇檢查的內容是：『在上體育課的時候，我們跑接力，為了勝利，我一下子把接力棒扔向了終點。這樣非常不好，接力棒是公物我們應該愛護，如果仍得不好，扔到別人的身上，砸死兩三可就不太好了。砸傷的話，會耽誤學習，我保證以後再也不會出現這種事情，我保證，如果再亂扔老師隨便處理。』檢查之二是：『高老師你永遠居住在二・六班學生的心裏。今天我一下課我就走了十分不對。老師要我寫兩百字的檢查。我十分寫不出來。下回一是不敢了。老師多謝了。我老師最後一回了。因為我寫不出來兩百字了。對不起。』還有一篇解答也很精彩：第一題，要求學生解釋什麼是『門前冷落東馬稀，老大嫁作商人婦』；學生回答：『在自家門前被馬踹下了地上，長大了只有嫁有錢人。』第二題，要求學生續句：老師出句之一：『頭可斷血可流』；學生續句：『靚女不可不追求』。出句之二：『人為財死』；學生續句：『女為仔亡』。老師出句之三：『男人大丈夫』；學生續句：『流血不留愛』。老師出句之四：『天地有正氣』；學生續句：『沒錢沒天理』。老師出句之五：『開門七件事』；學生續句：『吃、喝、玩、樂、飲、夢、吹』。老師出句之六：『忍一時風平浪靜』；學生續句：『下一步準備劈友』。第三題，要求學生在括弧裏填上合適的詞：老師出題是：

『（　）的人流』；學生填的是：（無痛）的人流。第四題，要求學生回答問題。老師出題之一：請問何謂網路？學生回答：『網路就是網路，請參考課本。』老師出題之二：『網路依連線距離遠近共分為哪三類（中英文名稱都要寫出）？學生回答：『請自行參考課本。』老師沒法，只得在卷子上批說：『你還真勇敢啊！這樣給我回答問題。』」

毛月夢唸完學生的檢查，感慨地說：「伊表哥也有點因噎廢食，他讀了這篇笑話，認為產生瘟兔學生的原因，是教育產業化造成的悲劇，所以堅決不讓兒子上學校，在家裏自己教孩子。據他講，兒子才十二歲，他已經在教初中課程了。」

勾家和聽了笑話，說：「大哥，伊表哥自己教兒子，那他兒子沒有學歷怎麼辦？」

毛月夢道：「是的，他說讓兒子今後去考成人大學的同等學歷。」

勾家和聽說同等學歷，擺手說：「夜郎誤子，同等學歷怎麼能同正規大學相比，很多企業不承認這樣的學歷，今後難找工作。前幾天我到外地去，見有一所大學裏面的學生鬧事，一個學生在那裏講解，也就圍過去聽稀奇。只聽見大學生說，當時學校招生時講得清楚，他們是按普通高等教育本科錄取和收費，結果讀了兩年書，現在學校告訴他們，拿的是成人自學考試本科文憑，學生和家長全都大呼上當，罵學校坑爹坑娘坑學生。他們多次去找校領導，一直沒有得到解決，所以集體在這裏罵學校坑爹。」

陳羅漢聽了這話說：「這有點類似我當年去茶山被騙，去之前說是到茶『廠』，到那裏才知道是茶『場』，一字之差吃大虧了。我們當時吃虧很快就清醒，這批學生可憐，白白被矇了兩年，打擊當然大。」

孫九路道：「這些學生也是方腦殼，怎麼兩年都不曉得真相？」

勾家和道：「我聽學生講，他們就是太相信校方。學院招生時宣傳說，保證他們拿正規畢業證，他們見學院是按大學本料錄取和收費，也就沒去想那麼多，畢業才知道讀的是學院的繼續教育學院，而且是業餘班。他們找校領導論理，領導說招生時講得很清楚，是招成教學生，怪他們報名時沒把畢業情況瞭解清楚，責任不在校方。現在很多學院為了擴招，都設有業餘成人班，學籍不屬於政府編制，用人單位不認可這類學歷證書。當時校內一片哭聲，很遠都能聽到，好可憐啊！」

聽了勾家和解釋，毛月夢道：「嚴格地說，這種坑學生的現象是教育產業化後，江湖術用在教育上矇騙學生的惡行。」

孫九路道：「青年是社會的未來，他們一旦受騙，會對社會產生扭曲心態，把社會看得一團糟。」

孫九路講完，毛月夢又道：「產生這種現象的原因，是先富起來人的子女與窮二代子女不在同一個起跑線上。窮二代子女想靠知識改變命運很難，他們與富二代相比，一開始便輸在起跑線上，所以很難考上重點大學。在這種情況下，再被歪學校矇騙，容易走向生活的反面，造成社會不安定，政府應該嚴厲打擊這種坑害學生的行為才對。」

喬半城道：「我一直就對教育產業化的口號有看法，什麼都可以產業化，教育不能產業化。教育產業化豈不明擺著叫學校向錢看，正因為學校向錢看，學生才會被坑。」

這時陳羅漢歎道：「最近有消息披露，連中央也承認我國到處是假貨。」

勾家和一本正經說：「羅漢兄，你這話不正確。現在也有不假，例如腐敗不是假的，權錢勾結不是假的，天價醫藥費不是假的，一切向錢看不是假的。」

陳羅漢聽了勾家和的幽默說：「現在全國銷量最大的是假丸藥，所以賈院長吃香。」

也是無巧不成書，陳羅漢的話剛完，門鈴就響了。

毛月夢又以為是丘墨硯來了，慌忙起身說：「我說他老兄不來了，結果還是要來。」結果開門一看，是賈丸藥同沙仲良站在外。

毛月夢沒想到賈丸藥來得這麼快，見他到了，客氣地招呼說：「賈院長來了，這位？」

賈丸藥指著沙仲良介紹說：「毛大哥，這位是沙仲良沙老闆，沙鎮長，長春鎮鎮長。」

接著賈丸藥又把毛月夢介紹給沙。

毛月夢客氣地說了聲：「二位請裏面坐。」

二人進屋，賈丸藥把手上提的瓜果、蔬菜放在客廳說：「月夢兄，這些鮮菜鮮果是純天然無化肥食品，是專供富人食用的特供產品。」說完拿出一塊臘肉說：「大哥你看，這塊臘肉也是沒有食用添加劑的豬肉。」

儘管毛月夢不喜歡賈丸藥，但還是強作笑臉道：「賈院長客氣，來就是了，買那麼多東西來幹啥？」說著請賈丸藥與沙仲良入席。

賈丸藥一邊入座一邊故意聲明說：「毛大哥別誤會，這些水果蔬菜不是在外面買的，是我們科學院特供基地生產的，都是沒有打過農藥的安全食品。大嫂的生日消息來遲了，否則我今天就叫基地多送點過來給各位朋友品嚐。」

賈丸藥說這話時，故意把「特供基地」四字說得特別響亮。

毛月夢把賈丸藥與沙仲良安排在陳羅漢身邊的座位上。

賈丸藥的確臉皮厚，他雖然是不請自來，卻對眾人拱手道：「各位對不起，來晚了，讓各位久等。」說完又舉起毛月夢剛替他斟上酒的酒杯，對眾人道：「各位老友，我還得感謝羅漢兄剛才給我打電話，他雖然在電話裏沒有說今天是毛大嫂生日，但憑我的直覺，我立馬意識到，今天毛大哥家有重要聚會，果然被我猜中。」

賈丸藥說完這話，隨即又否認說：「不，不是猜到的，是羅漢兄告訴我的。羅漢兄雖然沒把話挑明，但響鼓不用重錘。」

陳羅漢不服賈丸藥這話，笑說：「賈院長，我想提個問題：你是怎麼猜到我談話背後的內容？」

賈丸藥道：「唉呀，羅漢兄忘記了麼，我國是個機密國，中央很多事情都屬於國家機密，小老百姓不可能知道，由此訓練出我的火眼金睛，使我能從一些報章雜誌的新聞內容中窺視其蛛絲馬跡，瞭解高層動向，從而決定本院的投機策略。正因為我有一整套分析問題的能力，所以剛才你打電話給我後，職業習慣使我分析發現，毛大哥家今天有重大活動，否則你老兄這個大忙人，不可能有閒到大哥家來喝清茶。」

陳羅漢對賈丸藥這種王婆賣瓜自誇不服，又道：「賈院長，就算你分析到毛大哥有活動，但你怎麼知道今天是毛大嫂的六十大壽呢？」

賈丸藥道：「羅漢兄小看本院長了。我這憑報上一張照片上人物排列的先後、能分析出中央高層的人事變動的腦袋，難道連毛大嫂今天滿六十，做大壽都分析不出來麼？」

陳羅漢說：「你還是沒講清楚，怎樣知道今天是大嫂六十大壽的原因。」

正是：

坑爹坑娘坑學生，坑掉前途與青春；
途前似井步難行，人生道路淚紛紛。

看官欲知賈丸藥如何回答，且聽下回分解。

第四十八回　賈丸藥談現狀贏者通吃，禍臨門神仙歪用勾兌術

只見賈丸藥得意地說：「這很簡單，去年毛大哥過了六十大壽，今天不可能再過六十大壽。據我所知，大嫂比毛大哥小一歲，因此今天肯定是她的六十大壽。」

賈丸藥回答了問題後，怕陳羅漢再找他糾纏，立即轉移話題，指著沙仲良對眾人道：「各位，沙老闆除了毛大哥，大家都認識，知道他是企業家，但他的新身分你們還不知道，他現在是常春鎮鎮長。」

賈丸藥說沙仲良是常春鎮鎮長，這次沒有吹牛。前面講了，沙仲良通過聶老謀買官，終於如願，買到一頂烏紗帽，從而使他們這個利益集團形成了權錢結合的小新四人幫。

賈丸藥本人也不隱瞞他們是四人幫的觀點，只見他繼續說：「不瞞各位講，有人攻擊我和沙老闆、聶老領導以及楊導是小四人幫，我大膽承認，我們就是小四人幫。但我們這個四人幫不搞政治，是搞經濟的四人幫。我們分工明確，我在院裏從事科研項目推廣，楊導外交活動量大，屬於勾兌專家，專們負責打通下面關節，省上聶老領導負責打通上層關節，沙老闆企業家兼官員，充分利用手中的權力，為我們這個集團輸送財源福利。」

賈丸藥說到這裏，環視了下眾人，見眾人全在靜聽，繼續道：「各位，我之所以要把本院這些機密講給你們聽，是因為各位都是精英，是本院打提前量的院士，未來的中層幹部。儘管你們現在還沒有履行入院手續，但我院有如水泊梁山，眾好漢遲早要上山坐把交椅。上山不分先後，所以我斗膽在這裏替各位打個提前量。」

賈丸藥的厚黑學的確學到家，臉皮厚得驚人。只見他又對毛月夢道：「毛院士，當年劉玄德求賢曾三顧茅廬，如今我要八顧毛府，為的是把你這個精英魁首請上山，共創大業。」

毛月夢見賈丸藥稱他院士，反駁說：「賈院長別開玩笑，當院士我不夠格，別因為我這個蠢才把貴院的招牌砸了。」

賈丸藥正色道：「毛大哥此話不正確，以你老兄的才華、學識、為人、品格都是首屈一指，領袖群倫，如果能上本院這座小山寨，實乃本院大幸，怎麼能說砸招牌呢。」

接下來賈丸藥又說：「有人說，當前是信仰危機，我不同意這種觀點。其實大家都有信仰，信仰財神，我家供的是財神菩薩趙公明的像。很多人都有同我一樣的信仰，說明我並不孤單。現在有一種現象，叫『贏者通吃、輸者被動』現象。毛大哥是在精神領域通吃，我們要在經濟領域通吃。半城兄在這方面做得好，精神、物質兩不誤。」

喬半城聽了賈丸藥這話，說：「院長過獎，我搞得不好，物質方面院長搞得好。」

賈丸藥道：「喬院士別客氣，我那天還在同沙鎮長講，要將我們院特供基地產的鮮菜給你送一些過去，讓你和太太品嚐，如果你們覺得好，就請向你身邊的富豪們宣傳。我們院的特供基地生產的純天然食品就是專們為你們這類富豪食用的。」

喬半城見賈丸藥說到特供基地，同他開玩笑說：「賈院長，現在什麼都講山寨：山寨手機、山寨箱包、山寨名牌、山寨醫院、連派出所也有山寨版，但凡加了『山寨』二字就是歪的。你那個特供基地，是否山寨版特供基地？」

賈丸藥見問，擺手說：「不是，不是，絕對正版。」

喬半城又道：「你剛才不是說要請毛大哥到你的山寨科學院去坐把交椅嗎？不是山寨你怎會如此說？」

賈丸藥道：「我說的山寨，是水泊梁山的山寨，不是現在的歪貨山寨。」

這時毛月夢在一邊說：「賈院長，恕我直言，我發現你有一整套山寨語言。你講山寨語言不單理直氣壯，還振振有詞，天經地義。」

賈丸藥明知毛月夢說的山寨語言是講假話，但他既不臉紅也不生氣，而是理直氣壯地說：「毛大哥呀，你這個文魁星怎麼一下子變成了文腐星，迂腐得腦筋不轉彎？當年林彪曾說過：『不說假話辦不成大事。』這話是千古名言。」說完對眾人道：「不知各位注意到沒有，現在文字應當重視『借』（藉）字。借勢、借力、借題發揮等等，大家可以認真從這些成語裏去領悟玄機：縱觀當今天下，誰不藉一個題材來炒作自己，誰不藉一個消息發揮。《三國演義》裏，劉備借事出徐州，就是『借』字用得活，藉一個機會逃離虎口。草船借箭是諸葛亮藉氣候之便，巧取曹軍之箭。劉備借孫權的荊州為根據地取西川，也是一個借。雖然我們已經走出第一步，經濟上有所好轉，但我們還要借。借現有的關係之勢，把自己坐大。一旦坐大便可以贏者通吃了。」

毛月夢道：「賈院長，你這贏者通吃理論體現的是社會不公。」

賈丸藥聞言，正色說：「唉呀，我的毛大哥，你怎麼如此迂腐，公平體現理念，不公體現競爭。鄧小平為什麼說讓一部分人先富起來，不說讓大家一起富起來，就是深通此理。」

賈丸藥說到這裏，端起酒杯，呷了口酒，顯得有些激動，繼續道：「毛大哥，我想給你提個意見，你很有才華，但你保守，有小富即安的思想。我一直盼望你上我們院來共創美好明天。剛才你談到正聽、正念，這些道理我都懂，但你這叫閃光勞改。所謂閃光勞改，就是滿足精神上的虛榮。我舉個例子，如果成天讓你穿名牌，上電視，享受最高榮譽，但在飲食方面卻只能享受勞改隊的犯人待遇，每天吃二、三、三：即早上吃二兩稀飯，中午晚上吃三兩乾飯，一個星期吃二兩肉，相當於每天用高級轎車把你拉去參加國宴，同老外碰杯，但不准你挾菜。長此以往，餓得你白鶴伸頸，你受得了嗎？」

賈丸藥講到這裏，把話停下來，環視了下眾人，見眾人沒有開腔，又道：「想當年，毛主席就使用的閃光勞改法，以至於全國人民以穿補巴衣服為光榮，成天高唱精神雄起，結果個個陽萎。當時就連中央首長穿的衣服都是土眉土眼的，跟彎腳桿一樣。不信我們把那個時代的照片翻出來看。有一天，我女兒看了我們在那個時代的照片，問我為什麼我們那時候的人全是彎彎。還有，我再舉個例子，就以我們認識的朋友丘才子來講，他創立單相思人格教，要大家找個女娃子當菩薩拜，說什麼精神戀愛最高尚，結果他還是結了婚。有種的他就不結婚，我就說他是好樣的。」

賈丸藥說的「彎腳桿」、「彎彎」，是成都現代土語，泛指老實巴交的人。

毛月夢見賈丸藥說他小富即安，反駁說：「賈院長，你這話我不認同。什麼小富即安，我追求公平競爭，不願用不正當手段搞錢。」

賈丸藥聽了這話也反駁說：「大哥呀，你好糊塗，我剛才講了，世界上沒有真正的公平。就以我們院的特供基地來講，生產的就是兩類食品，一類就是無污染純天然食品，那是供給上層及富人們食用，另一類食品，就是使用添加劑的科研食品，那是供應普通老百姓的。你別小看剛才我送來的那些蔬菜，那是絕對天然無化肥產品。我們院的特供基地管理相當嚴格，所有蔬菜檔案跟人口管理一樣細。何時下種，誰育的苗，誰打的農藥，打了多久，採摘安全期是哪天，誰收穫的，全都要記錄在案，以備查詢。」說完指著沙仲良道：「各位不信可以問沙鎮長，我們院的特供基地就在他們鄉，由他監管。」

沙仲良見賈丸藥談到他，起身對眾人道：「各位同仁，我可以證明，院長說的是實情，我就在分管鄉的特供基地。是我牽線，把鄉上的特供基地納入院的管轄之下，由科學院給特供基地戴帽子，提供技術。」

沙仲良講到這裏，賈丸藥把話接過去說：「沙鎮長說的是，我院為了密切聯繫群眾，方便各大企業發展科技產品，已經給很多家企業戴帽子、掛牌子。同時我院的生產基地還專門為廣大群眾生產大眾食品。現在的生產者們發明了一種叫做添加劑的東西，凡是能使食品增色、增鮮、增香、增重、增加賣點的東西，統稱為添加劑。這個名字取得好。添加劑過去就有，做涼粉要加石膏，點豆腐用膽水，這些都是名正言順的。最近有個農民企業家發明了一種添加劑，用在豬飼料裏，保證三個月豬就長成大肥豬。我院正在同這位農民企業家洽談，把他發展成我院的研究員、院士。把他的成果納入我院科研項目，以便向上面報成果，爭取國家科研撥款。現在國家每年有一大筆科研經費用不出去，只要符合條件，便可以得到這筆款子。這筆款子的好處是不用償還。」

陳羅漢聽到這裏，打斷賈丸藥的話說：「院長，你說的三月肥加了激素，現在政府已經明令禁止使用了。」

賈丸藥道：「羅漢兄你這就沒搞懂了，你說的那種被禁止使用的添加劑的確加了激素，但我們這種添加劑不含激素，而且還可以根據客戶要求，變化配方及劑量大小，使得喜歡吃肥豬肉的豬長肥膘，使喜歡吃瘦豬肉的豬盡長瘦肉。這種肉精是經商品安全部門檢測確定，允許使用的添加劑。」

賈既丸藥正在秀他的安全添加劑成果，手機響了。只見他打開手機喂了一聲，聽了片刻，臉色突然來了個睛轉陰，大聲說：「什麼？豈有此理，你再講一遍。」又過了片刻，只見丸藥臉色陰沉說：「這樣，你等我，我和沙鎮馬回來。」

賈丸藥掛斷電話，躬身悄悄在沙仲良耳邊如此這般說了幾句，沙仲良的臉色也隨之陰沉下來。只見賈丸藥對眾人拱手道：「各位，我們先走一步，院裏有急事，要我和沙鎮長回去處理，說完又向毛月夢告別。當他正欲離去，突然又停步，回頭對眾人道：「各位既然是本院提前量院士，我也就有病不瞞太醫，剛才是我院楊導來的電話，說有關部門到我們群眾食品生產基地檢查，高矮說我們的化學添加劑超標，所以我和沙鎮得趕回去處理。」說完，為了表示他光明磊落，又打開手機，撥通楊神仙的電話，使用免提通話說：「喂，楊導嘛，我是院長。剛才我同沙鎮簡單商討了下，本院現在禍事臨門，決定重用你這個正邪委員，命你施展勾兌術，將禍事拒之門外。」

只聽見楊神仙在電話那端大叫：「院長放心，常言說，法愈嚴弊愈深。兵來將擋水來土掩。現在社會流傳了一句話：酒杯一端，政策放寬。天大的事，只要施展勾兌術，都能擺平。」

賈丸藥當眾同楊神仙通完電話，這才告別眾人，同沙仲良驅車離去。

賈丸藥前腳出門，毛月夢便道：「人說四川，四川，事情總是要穿。勾兌是放棄原則，這次他們即便使用勾兌術逃脫法網，下次也難逃法律的利劍。」

陳羅漢接過話道：「久走夜路要闖鬼，總有一天他們要脫不了左手。」

羅漢話音剛落，他的手機響了，打開一聽，是丁壽文的。只見丁壽文在電話裏道：「羅漢兄，我這裏又有重大發現。」

正是：

民生問題食為先，烏雲籠罩半邊天；
富豪享受純淨菜，群眾只有吃科研。

看官欲知丁壽文有何重大發現，且聽下回分解。

第四十九回　度眾生靈豆盡照貪嗔癡，警世人奇書實錄假惡醜

丁壽文的豆佛舍利一直沒放大光明，其原因說白了，仍然是貪字作怪。本來，丁壽文作為無字真經取經人，已經修到菩薩級別，應當戒掉貪欲才是，然而從佛的角度講，善念即佛，貪念即魔，明理即佛，昧理即魔。丁壽文雖然深通佛理，卻因一念昧理，而使他原地停步。

陳羅漢見丁壽文在電話裏說他有重大發現，問他發現什麼？

丁壽文道：「我又得了一粒奇石，這粒奇石比你見到的那兩粒石頭更有價值。你什麼時間抽空來我家賞石？」

陳羅漢聽了這話，在好奇心的驅使下，答應第二天抽時間到他家賞石。

第二天下午，陳羅漢來到丁家，看了石頭說：「壽文兄，這石頭仍然是你的靈視觀悟法所結之果。不過我要提醒你，這種事可一、可二、不可三。物以稀為貴，多了就不稀奇。」

丁壽文道：「羅漢兄此言差也，當年張獻忠在成都錦江河丟失的是三船金銀財寶，我才發現了幾粒，怎麼就多了呢？」

陳羅漢笑言：「這麼說錦江河之寶全都被你一個人得了。」

丁壽文也不謙虛，得意地說：「凡事有該得，這是我命所有。」

陳羅漢見丁壽文談到命，道：「凡人認命，智者造命。最近我寫了一首《命造歌》。」說著從身上取出詩稿遞給丁壽文。但見內容如下：

珍惜這輩子，同修今生與來世。花開花落悲悲喜喜，風風雨雨春來秋去，白雲悠悠萬事空，轉眼兒童成老翁。富貴如浮雲，榮華隨風飄，高低貴賤不足道，萬紫千紅不如春草常綠。

珍惜這輩子，勿要怨命時不遇。月落清辰星明萬里，汗疑珍珠可催粟粒，流水淙淙入江海，腐朽渣滓終成泥。玩物喪大志，空幻成癡迷，花天酒地害自己，歲月如梭匆匆空歎宛惜。

珍惜這輩子，勸君勤奮多努力。理想執著如金似玉，戒驕戒躁不苟不虛，短短警句常牢記，蕭蕭灑灑走到底。苦澀只管丟，歡顏勿拋棄，水滴石穿見真功，展宏圖成功就在你手中。

丁壽文讀了歌詞說：「羅漢兄，你不是批評我執著嗎？以我看，你這首詩還沒跳出滾滾紅塵。歌詞中說到成功，我問你何謂成功，何謂不成功？你名利思想重呵！」說完略停片刻又道：「大道無形，似水而流，同學人間，同在天地是人間。幻覺生起，玩玩笑笑，笑笑玩玩，法眼觀人，妙心知人。泥牛入海便無形，天涯人相遇便說家鄉話。多元接無元，多點接無點，找到點位去完成就是成功。提起來是什麼，放下來又是什麼？」

陳羅漢聽了丁壽文這翻話，感慨地說：「丁兄，既然你悟到人生在世，提起來是什麼，放下去又是什麼，為什麼你總是在最後一層就看不開了？為什麼你不肯讓豆佛歸位？貪嗔癡呀，貪嗔癡！貪字讓你仍在迷悟之間，惜哉！」

聽了陳羅漢這話，丁壽文不服，說：「羅漢兄，非是我癡迷不悟，是老教授的那一整套策畫方案還沒實施，一旦實施，豆佛自然就會歸位。」

陳羅漢經常聽丁壽文提起這位教授，說是他的參謀總策畫，雖然猜測到此人是誰，但一直沒有從丁壽文口中得到證實，不由問說：「丁兄，你經常提起這位老教授，他到底是何方神聖？姓氏名誰，在哪所科學院校供職？」

丁壽文見問，不假思索，隨口答道：「他姓賈名文禮，是社科院教授。」

陳羅漢淡然一笑，內心獨白：「我說是他，果然就是，想不到他十處打鑼九處在。上次賣偉人鞋，這次豆佛也是他在策畫，難怪魔障深，阻力大，豆佛難以歸位。」

陳羅漢雖然這樣想，但沒露聲色，只是輕描淡寫地說：「丁兄，據我所知，賈教授不是社科院的院長，是多功能文化科技研究院的民辦院長。」

陳羅漢這個「民辦」二字是在提醒丁壽文，賈丸藥不是社科院的人。

丁壽文不以為然說：「羅漢兄，你說的正確，賈院長是社會科學院下屬，一個官扶民辦的研究院院長，但他的臂膀很硬，他是省上某領導的幕僚。老教授很有眼力，他參拜豆佛後專門為豆佛寫了我前面說的那首詩。」

陳羅漢聽了這話，嚴肅地說：「既然賈教授是你的總策畫，他也認同靈豆是佛門至寶，為何不支持你將此豆送回吉祥寺去歸位呢？」

丁壽文道：「賈教授說了，靈豆是佛門至寶，肯定要讓它歸位，但是得有代價，總不可能白白地送到寺廟去嘛。」

陳羅漢知道，丁壽文這話是貪魔附身，邪惡籠罩正義所發的雜音，不由嚴肅地說：「壽文兄，我要提醒你，現在人愛玩概念，如果你能讓佛寶歸到它應該去的寺廟供奉，你將功德無量，如果你心存貪念，那麼你同普通的凡夫俗子就沒有兩樣。」

二人正在說話，突然聽見有人敲門，丁壽文開門一看，是韋老太婆。只見韋老太進門便說：「丁大菩薩，大事不好！聽人講，外地有一所寺廟，聲稱他們也發現了豆佛舍利，還說他們的豆佛舍利就是我們那粒舍利的靈化物，說我們這粒舍利的佛性已經轉移。」

丁壽文大驚，拍案而起，說：「豈有此理，我手中這粒舍利是佛祖在四川弘法的物證，是正宗佛舍利，他們那粒豆子是山寨舍利，眾生千萬不可相信。」

韋老太又道：「丁大菩薩，我是來給你報信的，我家裏還有事，要趕緊回去，你同陳大護法研究一下，有什麼指示，等會我來，傳達給我。」說完匆忙離去。

韋老太前腳出門，丁壽文便問陳羅漢對此事有何看法？

陳羅漢說：「壽文兄恕我直言，你雖然對佛學理論有所參悟，也悟到了無字真經的很多道理，但你仍然處於迷悟之間，時而清醒時時而糊塗，以至貪魔時常在你心中作怪。你千萬別再執著，及早回頭，恭送豆佛歸位，你將功德無量。」

丁壽文沒想到陳羅漢會如相勸，不滿地說：「羅漢兄，你是舍利護法，別人用山寨舍利來搞破壞，你不抵制，反而批評我，是何道理？」

陳羅漢道：「你的靈視文化是一種觀悟方法，你的佛學理論，無字真經內涵，是你用這種方法研習所結之果，別人也可以用你的方法靈視觀悟，從而得到與你異曲同工之果。但是別人比你看得開，他們的豆子是在寺廟供奉，你這粒本應歸位的靈豆卻供奉在你家中；別人的豆子在寺廟享受萬眾香火，你這粒靈豆始終未能到它應該去的地方，所以花紋越來越暗淡，佛性逐漸轉移，久而久之，也就成了一粒普通豆子。」

陳羅漢說到這裏，知道丁壽文急於說話，把手一擺說：「我知道你想說什麼，別忙，聽我把話講完。成都有位姓彭的民間科學家，通過多年研究，發現牛頓的萬有引力是錯誤的，發現了萬有斥力定律，但是他在民間，不被廟堂認可，以至他至今仍然沒放大光明。」

丁壽文道：「彭先生的萬有斥力定律挑戰萬有引力，這事我多年前就聽人講過，他那是科學，我這是宗教，佛性不可能轉移。」

陳羅漢見他仍然癡迷，又道：「你若不信，我再舉一例：前些時候，社會上傳聞，某人有一粒與你靈豆花紋類似的石頭，宣稱他在石頭上發現了八十幅圖畫，畫面不僅有佛祖成佛的心路歷程，還有十八層地獄全景圖。這人之所以能觀悟到這些圖案，用的就是你的靈視觀悟法。」

丁壽文把桌一拍說：「這世道太邪，靈視觀悟法是我發明的，屬於我的專利，豈能容這些凡夫俗子妖言惑眾。」

陳羅漢正色說：「壽文兄，你這話就不對了，別人運用你的靈視法觀悟所得就是妖言，你那套理論又是什麼？」

丁壽文道：「靈視觀悟與靈視心悟二法是我的發明，所以我的話就是正統，凡未經我認可的理論，均屬於歪理邪說，當然就是妖言。」

陳羅漢道：「丁兄之言差也，靈視二法雖然是你首創，但你並沒有申請專利。」

丁壽文反駁道：「羅漢兄，我看你才是處於迷悟之間，我是佛祖安排的無字真經取經人，我用靈視觀悟法取到無字真經，此乃天意，何來申請專利之有？」

陳羅漢也不示弱，反駁道：「既然你是佛祖安排的取經人，你的靈視觀悟是靈性火花所結之果，那又豈能言其發明二字。佛法貴在覺悟與捨，始能解其癡障。捨就是斷貪念，無欲則剛，無貪則剛。我是護法，一心只想讓舍利歸位，不敢在靈豆上面有半點貪念，心胸坦蕩。」

陳羅漢說完這話，又提示性地說：「壽文兄，我要提醒你，現在很多人在打你手中這粒靈豆的主意。前不久，我聽人講，說有個外號人稱楊神仙的導演，說他手中有一張藏寶圖，圖中記錄了張獻忠丟失的那幾船金銀財寶的所在地，要將那張藏寶圖賣個好價錢。」

丁壽文拍案大叫：「騙子，純粹的騙子。」

陳羅漢笑言：「這當然是騙子。」

接下來，丁壽文又道：「我是豆佛主人，我捨與誰？」

陳羅漢見丁壽文越來越癡迷，正在為難不能說服它，突然想起知貪石，說：「丁兄，既然你不承認你有貪欲，你可以用知貪石檢驗你的心境。」

丁壽文以為陳羅漢要他檢驗豆佛，取出天秤，將知貪石放在天秤上，另一端放上豆佛舍利，回頭對陳羅漢道：「羅漢兄，你要怎樣檢驗？」

說來也奇，就在丁壽文問完這話，陳羅漢發現天秤絲毫沒動，不由指著天秤說：「丁兄還在癡迷，你看天秤已然不動了，還要怎樣檢驗？」

丁壽文聞言，這才將注意力集中到天秤上，發現天秤果然絲毫沒動，吃驚地說：「怪了，平時只要將靈豆放上去，天秤就會左右擺動，今天怎麼不動了？」說完把豆佛與知貪石取下，檢驗天秤，見天秤沒有問題，再次將知貪石與豆佛放在兩端，天秤仍毫無動靜。

丁壽文見狀，十分驚詫，自言行自語說：「怪了，天秤怎麼可能不動？這粒靈豆是有靈性的，前兩天我還在想，要將它送到吉祥寺去歸位。」

天下事的確奇，就在丁壽文說完這話，天秤突然擺動起來，而且不斷向豆佛這邊傾斜。

丁壽文見天秤擺動，撫掌大笑說：「羅漢兄，我說豆子有靈，你看天秤不斷擺動傾斜，說明這粒靈豆就是正統，他們的豆子是山寨靈豆，他們的理論也是異端邪說。世界上只有這粒豆子價值連城。」

豈料丁壽文此言剛出，天秤又恢復原狀，不再擺動。

丁壽文見狀，又自言自語說：「奇了，上次我說此豆價值連城，天秤不但不斷擺動，還把石頭橇上來了，這次怎麼的了？」

陳羅漢見時機到來，在一邊說：「這叫此一時彼一時。彼時你的心念與現在的心念不同，產生的念力也不一樣。」

丁壽文聽了解釋說：「我還是不明白你老兄這話的意思。」

陳羅漢道：「你之所以難以成佛，是你仍然處於迷悟之間，對內中玄機似悟未悟，只有自去反思。」

丁壽文反問說：「羅漢兄，請你明說，要我反思什麼？」

陳羅漢說：「佛說起妄念即為魔，起正念魔即退。既然靈豆是東方聖物，佛門瑰寶，是人類共有財富，眾生關心它的歸宿，你目前只不過在克盡保護聖物的職責，你如妄生貪念，據為己有，邪魔附身，你將墮入六道輪迴。」

丁壽文正色道：「羅漢兄說的是，我是在克盡保護聖物的職責，我並沒有將靈豆據為己有，怎麼可能墮入六道輪迴？」

陳羅漢見他仍然迷糊，說：「你曾說，豆佛面上有活菩薩觀音顯靈，因此應將其送到南海普陀山去供奉，你又說，豆上面的圖案與藏傳佛教有關，應將它送到布達拉宮去供奉，你還說豆面紋理顯現有寶光梵影，它理所應當是新都寶光寺的鎮寺之寶，你也曾經許諾吉祥寺，要將此豆還給他們，讓豆佛舍利歸位，普度眾生。佛家不打妄語，如今多年過去，豆佛實際怎樣？你我人生皆白髮，未見豆佛放光華。惜哉！」

丁壽文見陳羅漢說得肯切，略有所悟說：「羅漢兄，非是我不願意讓豆佛舍利歸位，凡事有定數，豆舍利何時歸位，歸於何處，因緣未到也！」

陳羅漢見丁壽文仍然似悟非悟，要他各自反思，告辭回家。

當晚，夢見張俊能再次托夢說：「羅漢兄，恭喜你大功告成，文星值日結束。」

陳羅漢道：「俊能兄此話怎講？」

張俊能道：「豆佛自有它的歸宿，你已經克盡職守，護法有功，下次當值文星為何人，佛祖自有安排。」言畢飄然而去。

張俊能托夢後，《方腦殼傳奇》續集的故事到此結束。然而，許良玉、何憨憨的官司還在繼續。賈丸藥仍然在賣假丸藥，楊神仙仍在八方勾兌，聶老謀又在賣另一粒偉人糞。常言道：「人在做，天在看。」賈丸藥他們的所作所為，都種在自己的因果田中，最終會得到應有的果報，受到法律的制裁。

豆佛舍利還沒歸位，仍然在世間繼續照貪。而《方腦殼傳奇》續集則真實的記錄了這粒豆子照貪過程中，各類人等的表演。這就是本書前面所言，為什麼說《方腦殼傳奇》是豆佛舍利幻化而成的原由。

關於豆佛舍利，人們盼望它歸位，然而一切皆有定數：豆佛舍利最終會有它的歸宿，那就是真正能供奉它，讓它展示光輝，弘揚佛法，普度眾生的佛教聖地。屆時眾生成佛，普天祥和。

正是：

靈視菩提有定數，貪癡失智難開悟；

六道輪迴與成佛，迷悟之間只一步。

二〇〇八年元月至二〇一一年十二月完稿

二〇一二年八月修改定稿於美國洛杉

《方腦殼怪相》後記

《方腦殼怪相》是沿用前書《方腦殼傳奇》（伊犁人民出版社，二〇〇〇年出版）的人物寫出的現代故事，既是前書續集，又自成一書。在寫作上，考慮到要與前書風格一致，保持地域特色，又要照顧國際社會的廣大讀者對地區方言的理解，我在行文時盡可能少用冷僻的成都方言，但對於有特色的方言不僅使用了，還透過人物變相解釋，或在故事後面作了注釋，以便廣大讀者能品味到成都這座古老的文化名城豐富的語言內涵。

我之所以沿用前書人物寫本書故事，是因為前書成稿後，感到還有不滿意處，但彼時已很疲勞，不想再做大的改動，為彌補不足，我在前書後記中寫了這樣一段話：「嚴格地講，本書應是劫難求生、商海沉浮、精神回歸等三部分組成，而現在奉獻給廣大讀者的是前兩部分，第三部分將在以後的續集中完成。」

前書在中國大陸出版後，有朋友曾好奇地問我，為什麼書還沒出版，我就在後記中說要寫續集，這話是不是空了吹？成都人分手愛說「改天喝茶」，重慶人分手愛說「空了吹」，這兩句口頭禪的意思並不是改天真的還要喝茶，或改天還要聊天，而是「改天見」，或「再見」的意思。

當時，我告訴朋友，我在前書後記中承諾要寫續集，絕非信口開河的改天喝茶，空了吹。朋友不以為然地說：「什麼承諾不承諾？誰會在意你那幾句話！」我說：「我知道，雖然不會有人將我那幾句話當回事兒，但文學是嚴肅的，凡見諸文字的話是不能隨便亂講的，輕諾者寡信。」朋友說：「現在人們對於『承諾』的概念都是空了吹。別說你我這些小人物，就連某些大人物的承諾都是空了吹。」我承認朋友說的這一現象，是當前社會道德倫喪的時代病。然而，作為有良心的作家，不打妄語，不講違心話是其道德底線。從那以後，每當我想到要寫續集的承諾，內心就如有個物壓在其間。雖然這都是我自己找的，但必竟是一件事兒掛在心裡。

二〇〇四年，我旅居海外後，迫於生活，不得不邊打工邊寫作，但寫的全是打工故事。後來，我的長篇紀實文學《方腦殼美國行》也已完成，續集還只是一些素材。每當想到這事，總感到心壓難釋。為了兌現諾言，我於零八年元月動筆，歷時三年，在邊工作邊寫作的前提下，完成了這部前書的姊妹篇，了卻多年心願。文章寫得好與不好，是水準問題，但講不講真話，是人品問題。文人的悲哀是為了某種利益說假話。完成本書，我感到欣慰的是，我沒有隨波逐流，沒有為了利益放棄己見，去講違心的假話。我堅持了文學的獨立追尋，守住了一個作家最基本的文字承諾的道德底線。

在寫作上，主觀意識常會使人自我感覺良好。我在創作《傳奇》與《怪相》二書的另一個收穫是，總結出「熱寫冷讀」的創作經驗。所謂熱寫，是寫作之初，要充滿激情，無論多高的帽子，來者全都笑納。頭腦越熱就越有創作激情。全書殺青，為了消除自我感覺良好這一主觀意識的蒙蔽，要多聽返饋意見，讓頭腦降溫，細品差異，精心雕琢。書出版後，木已成舟，當以平常心態，任人評說，視高帽子與小鞋子等同對待。

「方腦殼」是四川方言，既褒也貶。正面有忠厚老實、執著進取，或上當受騙等含意；負面有貪婪，自私等內涵。由於本書人物以賈丸藥、聶老謀等另類方腦殼為主，故事大多反映社會的種種怪相，經秀威出版社編輯林泰宏先生提議，取了現在的書名。

本書有幸能在臺灣出版，首先得感謝《南加華人三十年史話》編輯部總編陳十美會長、周愚副會長與郎太碧女士等文友引薦，使我認識秀威出版社編輯林泰宏先生。感謝秀威出版社出版拙作，全書到此畫上句號。感謝林泰宏先生為本書正名，感謝所有關心本書作的朋友的鼓勵與支持，感謝前書細心的讀者對本書的關注。

羅清和

二〇一三年三月誌於美國洛杉磯

SHOW小說03 PG0908

方腦殼怪相

作　　者／羅清和
責任編輯／林泰宏
圖文排版／陳姿廷
封面設計／王嵩賀

發 行 人／宋政坤
法律顧問／毛國樑　律師
出版發行／秀威資訊科技股份有限公司
114台北市內湖區瑞光路76巷65號1樓
電話：+886-2-2796-3638　傳真：+886-2-2796-1377
http://www.showwe.com.tw
劃撥帳號／19563868　戶名：秀威資訊科技股份有限公司
讀者服務信箱：service@showwe.com.tw
展售門市／國家書店（松江門市）
104台北市中山區松江路209號1樓
電話：+886-2-2518-0207　傳真：+886-2-2518-0778
網路訂購／秀威網路書店：http://www.bodbooks.com.tw
國家網路書店：http://www.govbooks.com.tw

2013年5月BOD一版
定價：500元

國家圖書館出版品預行編目

方腦殼怪相 / 羅清和著. -- 一版. -- 臺北市：秀威資訊科
技, 2013.05
面； 公分. -- (SHOW小說 ; 3)
BOD版
ISBN 978-986-326-089-9 (平裝)

857.7 102003943

讀者回函卡

感謝您購買本書，為提升服務品質，請填妥以下資料，將讀者回函卡直接寄回或傳真本公司，收到您的寶貴意見後，我們會收藏記錄及檢討，謝謝！如您需要了解本公司最新出版書目、購書優惠或企劃活動，歡迎您上網查詢或下載相關資料：http:// www.showwe.com.tw

您購買的書名：________________________________

出生日期：________年________月________日

學歷：□高中(含)以下　□大專　□研究所(含)以上

職業：□製造業　□金融業　□資訊業　□軍警　□傳播業　□自由業

□服務業　□公務員　□教職　□學生　□家管　□其它_____

購書地點：□網路書店　□實體書店　□書展　□郵購　□贈閱　□其他

您從何得知本書的消息？

□網路書店　□實體書店　□網路搜尋　□電子報　□書訊　□雜誌

□傳播媒體　□親友推薦　□網站推薦　□部落格　□其他__________

您對本書的評價：（請填代號　1.非常滿意　2.滿意　3.尚可　4.再改進）

封面設計____　版面編排____　內容____　文／譯筆____　價格____

讀完書後您覺得：

□很有收穫　□有收穫　□收穫不多　□沒收穫

對我們的建議：________________________________

____

____

____

請貼
郵票

11466
台北市內湖區瑞光路 76 巷 65 號 1 樓
秀威資訊科技股份有限公司　　收
BOD 數位出版事業部

....
（請沿線對折寄回，謝謝！）

姓　　名：____________________　年齡：________　性別：□女　□男

郵遞區號：□□□□□

地　　址：____

聯絡電話：（日）______________________（夜）________________________

E-mail：____